돌이킬 수 있는

돌이킬 수 있는

문목하 장편소설

아작

차례

1
당신이 시작한 이야기

단도를 거머쥔 여자의 손이 도중에 뚝 멎었다. 칼자루를 으스러 뜨릴 기세로 온 힘을 주어 밀어도 칼은 앞으로 더 나아가지 않았다.

눈앞의 남자는 제 귓불에서 한 뼘 거리에 멈춰 있는 칼날엔 눈길도 주지 않았다. 피곤한 듯 잔뜩 충혈된 남자의 눈은 조금 전 자신에게 달려든, 움직이지 않는 단도를 부여잡고 끙끙대는 여자를 관찰하고 있었다. 덫에 걸린 산짐승을 겨냥하며 때를 기다리는 사냥꾼의 눈빛이었다. 흙먼지를 잔뜩 뒤집어쓴 꼴에 비해 남자의 자세며 표정은 평온하기 그지없었는데, 죽은 사람이 눈만 끔뻑이는 듯보일 만큼 생기가 없어서 얼핏 혐오감이 들 정도였다.

갑작스럽게 여자의 귀 안쪽을 때리는 진동이 일었다. 왼편이었다. 빽빽이 들어찬 활엽수 때문에 건너편이 자세히 보이지 않았지만, 멀리서 무거운 울림이 하나둘 착실히 건너오는 걸 느낄 수 있었다.

그제야 남자의 자세가 변했다. 여자는 공격을 예상하고 고개를 뒤로 뺐다. 하지만 남자는 전혀 다른 곳을 보고 있었다. 숲 바깥에서 무언가 다가오고 있었다. 나뭇잎 스치는 소리에 불길한 소음이 섞였다.

날 수 없는 것이 하늘을 나는 소리였다.

거대한 덩치가 나무들을 우지끈 부수며 날아들었다. 한둘이 아니었다. 어느 것은 낡은 주택 일부였고 어느 것은 바위처럼 보이는 시멘트 덩어리였다. 여자는 조금 전의 진동이 폭발음이었다는 걸 깨달았다. 날아오는 것들은 그 폭발의 잔해였다.

여자는 몸을 숙였다. 추락지점을 벗어날 시간도 없었으니 칼을 챙길 틈은 더더욱 없었다. 웅크려 앉은 건 본능에 지나지 않았다.

그러나 남자가 엎드리는 기색은 없었다. 내달려 도망치는 소리도 들리지 않았다. 곧바로 이어져야 할, 거대한 폭발 잔해가 주위에 내리꽂히는 소리 역시 나지 않았다.

여자는 양쪽 귀가 짓이겨진 건지 의심하며 조심스럽게 고개를 들었다. 하늘에서 돌가루가 이슬비처럼 후드득 떨어졌다.

그러나 그것들은 지면에 닿기 전에 우뚝 멈췄다.

여자의 시선은 공중에 멈춘 돌가루를 계단 밟듯 타고 올라가 머리꼭대기로 향했다. 하늘을 가리고 떠 있는 거대한 철골은 비행기나 헬리콥터 따위가 아니었다. 조금 전 머리 위로 떨어지려던 건물 잔해였다. 나무들을 쓰러트리며 무서운 기세로 날아오던 온갖 덩어리도 그들에게 닿지 못하고 도중에 멈춰 섰다.

그 거대한 잔해들은 허공에 박제라도 된 것 같았다. 혹은 구름이나 태양에서부터 이어진 가느다란 실에 의지해 대롱대롱 매달린 것처럼, 혹은 보이지 않는 투명한 지렛대에 올라탄 것처럼 보였다.

그것들이 무해한 작은 동물인 줄 아는 듯 남자는 그곳에 그저 가만히 서 있었다.

여자는 남자를 올려다보며 굳었다. 눈길을 느꼈는지 남자도 여자를 내려다보았다. 남자의 눈높이에서 무언가가 반짝였다. 여자가 놓친 단도였다.

단도는 공중에 떠 있는 다른 사나운 것들과 마찬가지로 허공에 멈춰 있었다. 칼을 내지른 여자의 팔에 문제가 있던 게 아니었다. 칼날이 꿈쩍도 하지 않은 순간부터 그 단도는 공중에 붙박였다.

남자는 주인 잃은 단도를 잡았다. 공중에 단단히 박혀있던 작은 칼은 우스울 정도로 허무하게 남자의 손에 감겨들었다.

"도망 안 가?" 남자가 말했다.

차라리 이때 무슨 수를 써서라도 어떻게든 이 남자를 죽였다면 좋았을 것이다. 이 순간을 떠올릴 때마다 여자는 그렇게 생각한다. 시간의 타래가 감길 때마다 그 생각은 퇴색되었다가 덧칠되고, 희미해졌다가 견고해지길 수없이 반복하는 변덕을 부리게 되지만.

"도망가 줘."

남자가 단도를 치켜들고 말했다. 도망갈 방법이야 없지 않았다. 여자가 남자를 쳐다만 본 건 도망갈 수 없다는 무력함 때문이 아니라, 남자의 목소리에서 느껴진 피로와 환멸 때문이었다. 남자는 도축자처럼 효과적인 자세로 칼을 쥐고 있었지만 그게 짜증스러워 견딜 수 없다는 양 인상을 찌푸렸다.

남자의 이마에 그어진 주름을 따라 하기라도 하듯, 허공에 떠 있던 건물 파편에 금이 가기 시작했다. 왼편에서부터 머리 위까지 포물선을 그리며 다닥다닥 멈춰 있던 조각들이 일제히 부서지며 더 작은 여러 개의 파편을 만들어냈다.

따가운 폭발음이 터지기 직전에 여자는 저도 모르게 말했다.

"도망쳐."

그 말에 반응해 남자의 눈이 빼쭉 솟았다. 한 번 멈췄던 잔해가 다시 터지면서, 위에 있던 것은 아래로 쏟아지고 평행한 곳에 있던 것은 옆으로 짓쳐 들었다. 남자는 칼을 내리고 주위를 둘러보았다. 사방에서 달려들던 회색빛 우박은 남자의 시선에 복종해 다시 멈춰 섰다.

남자는 그것들이 당연히 공중에 매달려있어야 하는 모빌이라고 생각하는 듯 느긋하기만 했다. 모든 파편이 정지해 얌전히 자리를 지켰다.

여자에게 날아드는 단 하나의 파편을 제외하고.

주먹만 한 시멘트 덩어리가 뒷머리를 강타했을 때, 순간 여자는 남자가 그 파편을 멈추는 데에 실패했다고 생각했다. 그러나 남자를 보고 전혀 그렇지 않음을 깨달았다. 남자는 그것만을 기다렸다는 듯 여자를 주시하고 있었다. 변함없는 관찰자의 눈길이었지만, 그 눈빛은 더는 사냥꾼의 것이라기엔 애매했다.

남자의 달라진 표정에 주의를 빼앗겨서 여자는 도망갈 틈을 놓치고 정신을 잃었다. 남자는 여자의 맥박을 확인하고 허리춤을 뒤져 칼집을 찾아냈다.

칼을 칼집에 꽂아 넣자 남자의 등 뒤에서 발소리가 다가왔다. 남자는 여자의 칼을 다시 빼내려다 발소리의 주인을 보고 손을 물렸다.

모래를 잔뜩 뒤집어쓴 탓에 염색이라도 한 것처럼 보이는 또 한 명의 남자가 숨을 헐떡이며 서 있었다. 그는 허공의 건물 잔해는 쳐다도 보지 않고 말했다.

"뭐냐?"

옆에 쓰러져있는 여자를 두고 한 말이란 걸 알았지만, 남자는 대답이 궁해 고개만 저었다. 남자를 찾아온 이는 부루퉁하게 입술을 내밀고 고개를 돌려 크게 소리쳤다.

"형! 여준이 여기 있는 거 맞아요! 그래, 무사해. 내가 그럴 거라고 했잖아. 신경 쓸 필요 없대도. 빨리 돌아가요! 나도 이제 갈 거야!"

그는 신경질적으로 머리 위의 모래를 털어냈다.

"여긴 왜 왔어." 그에게 여준이라고 불린 남자가 말했다.

"대홍 형이 하도 걱정하잖아. 그 형도 참, 다른 애들 다 놔두고 하필 나한테 자꾸 가보라고 해서. 그렇게 큰 거 하늘에 주렁주렁 멈춰놓으면 아무리 멀리 있어도 네가 여기 있는 거 누구나 다 알겠다, 야. 위치 들켜서 2차 폭발까지 당한 거 같은데 왜 그걸 또 가만히 공중에 매달아 놓고 앉았냐? 자리 옮기지 않고 계속 여기 있으니까 형이 너 다리라도 심하게 다친 줄 알고 걱정하잖아."

"어쩌다 보니 그렇게 됐어. 이제 이동할 거야."

"그래. 왜 아직도 여기 있냐고 물어보려고 했는데 옆에 있는 그 여자 때문이겠네. 누구냐?"

"넌 누군지 알아?"

"처음 보는 얼굴인데."

"네가 모르는 사람을 내가 어떻게 알겠어. 나도 몰라."

"모르는 거 좋아하시네. 모르는 사람 옆에서 뭘 뭉그적거리고 있어. 대충 처리하고 다른 데로 가. 거의 막바지라 이제 끝날 거 같긴 한데 혹시 모르잖냐. 난 먼저 간다."

손을 휘휘 저으며 뒤도는 그를 향해 여준이 말했다.

"야, 이찬."

"뭐, 또."

여준은 턱짓으로 여자를 가리켰다.

"네가 대신 좀 맡아줘라."

"아이씨, 나더러 죽이라고?"

"이제껏 잘만 해놓고 왜."

"비원 쪽 여자 죽이는 거랑 생판 얼굴 한 번 못 봤던 여자 죽이는 거랑 같아? 하긴 허리에 칼 매달고 너 찾아온 거 보면 비원 사람이겠다만."

"어쨌든 나 대신 맡아줘. 죽여달라는 거 아니야."

"죽이지 않으면, 뭐 착하게 앉아 '쎄쎄쎄'나 하라고?"

"…뭐 좀 물어볼 게 있어."

"생포해서 고문하는 거야 말리진 않겠는데, 너랑 내가 안 죽여도 다른 사람들이 가만 안 놔둘걸?"

여준은 표정을 누그러트리고 이찬을 향해 잔잔히 웃었다.

"그럴 리가. 네가 버티고 있는데 감히 누가 손을 대겠냐."

"말은 잘하시지, 아주."

이찬은 성큼성큼 걸어와 여자의 단도를 칼집째로 빼내 제 주머니에 넣었다. 그리고 여자의 머리가 시야에 닿도록 대충 둘러업었다.

"데리고 어디로 가? 아예 퇴각해버려도 돼? 이거 내가 농땡이 피우는 게 아니라 네가 시켜서 그러는 거다?"

"그래. 이제 막바지라서 좀 있으면 끝날 것 같다며. 다른 데 다시 자리 잡아서 내가 정리할게."

"나야 고맙지. 수고해라. 아, 그런데 얘 어떡할까? 다리라도 부러트려 놓아?"

여준은 눈을 가늘게 뜨고 여자의 체격을 가늠해보았다.

"…아니야. 됐어. 그냥 나랑 대홍 형 둘 다 도착하기 전에 정신 차리지만 않게 해 둬."

"오냐."

이찬은 비틀거리며 멀어졌다. 여준도 머리 위에 떠 있는 잔해를 주시하며 멀찍이 걸음을 옮겼다. 거리가 어느 정도 벌어지자 그는 허공에 멈춰놓은 파편을 놓아주었다. 철골이며 시멘트 덩어리들은 제각기 큰 소리를 내며 떨어져 박히고 부서졌다. 왼쪽 산길은 반쯤 허물어졌고 곳곳에 허리 높이만큼 잔해가 쌓였다.

늦기 전에 새 자리를 찾아야 했다. 아래쪽 상황을 파악할 수 있을 만큼 높되 상대편에게 들키지 않도록 적당히 멀고 장애물에 둘러싸인 곳을, 동시에 동료들이 자신을 찾아오기 어렵지 않을 만큼 충분히 익숙한 곳을.

그의 눈이 사방을 훑다가 잔해 너머로 멀어져가는 이찬의 뒷모습에 꽂혔다. 여자의 고개가 불편하게 흘러내려 덜렁거렸다. 단정히 묶이지 않고 제멋대로 나풀대는 머리카락이 살인자의 몸단장답지 않아 눈에 거슬렸다.

여자가 그랬듯, 여준 역시 차라리 이때 복잡하게 굴 것 없이 바로 그녀를 죽였다면 좋았으리라고 생각하게 된다.

물론 그것은 오랜, 아주 오랜 시간이 지난 후의 이야기다.

2
당신이 마주한 이야기

모든 일은 가을에 시작되었다. 여자가 경찰청에 입사한 것도, 처음으로 서형우를 만난 것도, '정여준 암살부대'에 합류한 것도 각기 해는 달리했지만 모두 가을에 일어난 일이었다. 언제 왔고 언제 떠났는지 모르는 계절처럼 그 일들 역시 정확히 언제 어떻게 일어났는지 사람들의 기억 속에서 모호했다. 다만 그 순간을 떠올리면 늘 기억 한구석엔 낙엽 쌓인 골목이 있었다.

특채로 들어온 신입 하나가 써먹을 만하다는 소문을 들었을 때, 서형우는 조금도 흥미로워하지 않았다. 월급 받아먹으니 당연히 빠릿빠릿해야 할 것이고, 설령 써먹을 만하다 해봤자 신입이 얼마나 날고 기겠냐는 생각 때문이었다. 더군다나 소문의 신입은 마약 수사 전담팀이었다. 인연이 전혀 없는 부서는 아니었지만, 서형우는 소문의 다른 팀 신입과 최소 10년 안에 상종할 일은 생기지 않으리라고 생각했다. 본청에서 짬밥깨나 먹었다는 사람들 입에 오르내린 건 꽤 가상하지만 딱 거기까지였다. 신입이 똑똑하고 약삭빠른 건 좋지만 유능하면 곤란했다. 유명해지면 더더욱 낭패였다. 그 신입이 앞으로 처신을 얼마나 잘할지는 몰라도 백이면 백, 남의 공 세워주기 위해 재주 부리는 곰으로 전락할 게 뻔했다.

알을 깨고 나온 야심 찬 젊은이의 미래가 어찌 되든 사실 그의 알 바 아니었다. 소문에 흥미를 안 가졌던 건 신입을 무시했기 때문만은 아니었다. 경찰청을 오가는 웬만한 이야깃거리는 서형우의 관심사가 못 된 탓이다.

그 후 서형우는 남의 팀 신입 얘기는 까맣게 잊고 지냈다. 다시 떠올리게 된 건 마약 수사 전담팀이 어떤 두 조직의 꼬리를 한꺼번에 잡은 때였다. 당시 그 두 조직은 수사대의 손안을 벗어나 서로 관련 없는 별개의 조직으로 취급받고 있었다. 서형우는 강 건너 불구경하듯 그 조직이 적어도 한국에서 법의 심판을 받을 일은 없을 거라고만 생각했다.

하지만 결과적으로 두 조직, 정확히는 두 조직인 척했던 한 조직의 우두머리가 그의 눈앞에서 쇠고랑을 찬 채 참치 덮밥을 먹었고, 서형우는 그게 아래층 최 팀장의 솜씨라곤 생각하지 않았다.

단순한 호기심 때문에 훑어본 수사기록에서 그는 써먹을 만하다던 특채 신입의 존재를 읽었다. 확실히, 이 정도면 최 팀장이 신입의 세금을 대신 내줘야 한대도 이견이 없었다. 신입은 돈의 흐름을 무섭도록 잘 읽는 인재였다. 경제적 시야가 좋다는 게 아니라, 궁지에 몰렸어도 의심 많은 놈들이 수중의 것을 어떻게 처리하고 싶어 하는지를 그 신입은 기가 막히게 예측해내는 재주가 있었다. 판돈 굴러가는 꼬락서니만 제대로 알아내면 그걸 어떻게 이용해야 하는 지는 최 팀장도 알았다.

"얘는 검찰청이나 국세청에 갈 것이지, 왜 경찰청에 와서 이러고 있대."

그게 서형우가 신입에 대해 가진 감상 전부였다. 이때도 그는 신입의 이름은커녕 성별조차 기억하지 못했다.

서형우의 시야에 신입이 걸려든 건 해를 넘겨 다시 가을이 찾아올 즈음이었다. 그로선 상대가 두 팔을 벌리고 뛰어든 것이나 마찬가지였다. 신입이 '비원'이라는 가칭을 지닌 범죄조직의 말단을 건드렸기 때문이다.

중요한 건 하나였다. 비원은 오로지 서형우만이 건드려야 하는 먹이라는 점이었다. 신입은 분명 몰랐을 것이다. 경찰청의 그 누구도 모르는 일이었으므로.

아무리 비원이 떳떳지 못한 일로 돈놀이를 한다 해도, 바깥에 마약으로 고속도로를 뚫지는 않았다. 마약이든 아니든 비원은 어떤 일로도 해외와 접촉하지 않았다. 바다 건너에 물꼬를 트지도 않아 거기서 거기인 조직을 최 팀장이 좋다고 잡아 물었을 리가 없었다. 겉으로 보기에 비원은 소규모 집단이었고 늘 합법과 불법 사이를 아슬아슬하게 걸어 다녔으므로 본청에선 서형우를 제외한 누구도 비원에 침을 바르지 않았다.

가만히 두면 신입이 잡아낸 비원 건은 최 팀장이 적당히 다른 기관에 넘길 사안이었다. 하지만 서형우는 이 일이 자연스러운 흐름에 묻히길 기다리지 않았다.

그는 인사과에서 제 팀으로 넘어온 수사관을 붙들고 말했다.

"작년에 '파이브 라인' 계좌 털었던 애 있지. 걔 신원조회 좀 하자."

그렇게 서형우는 그렇게나 인연 만들기를 무의식중에 거부했던 아래층 똘똘이 신입의 이름을 알게 되었다. 윤서리.

얼굴만 봐도 직업을 알 것 같은 사람이 있다. 인생이 직업에 찌든 것이다. 그건 단순히 흰자위의 실핏줄이나 주름살 따위로 구별하는 종류의 것이 아니다. 그 직업을 위해 태어나지는 않았지만, 그 일을 하다 죽겠구나 싶은 묘한 기운 같은 것이 있다. 윤서리가 서형우를 보았을 때 느낀 인상도 그런 기운과 비슷했다.

경찰, 형사, 첩자, 흥신소, 수금원. 뭐가 됐든 사람을 쫓고 좇는 데에 삶을 탕진한 얼굴이었다. 그 때문에 윤서리는 그의 눈빛에 자신의 어느 부분이 쫓기고 있는지 절로 고민했다.

사무실에서 대면했을 때 서형우는 그녀를 투시하듯 쳐다보았다. 가십의 주인공을 흘끔거리는 호기심 어린 시선도, 직급 낮은 어린 여자를 끈적하게 훑어보는 지저분하고 폭력적인 시선도 아니었다. 단지 건조하고 날카롭기만 했다. 그 때문에 윤서리는 자신이 어느 일 처리에 실수했는지 헤아리기 시작했다. 업무상 긴밀하게 전할 말이 있는데 언제가 좋겠냐고 그가 물었을 때도, 그녀는 무슨 일 때문에 그러시냐고 묻지 않고 조용히 다섯 손가락을 쭉 내밀었다.

서형우는 장소가 적힌 메모를 건넨 후 지팡이를 짚고 다리를 절뚝이며 돌아갔다. 그녀는 오후 5시에 자리에서 일어났다. 약속장소인 지하 문서 보관실엔 서형우 외에 아무도 없었다.

둘은 성의 없이 목을 까닥여 인사를 대신했다.

"어쩌다 이 일에 지원했나?"

종이컵에 대충 탄 커피를 내놓으며 서형우가 처음으로 한 말은 고작 그것이었다.

"난방비 내려고요." 못 견디게 지루한 질문이라고, 그녀는 생각했다. "혹시 제가 저도 모르는 사이에 면접 지원서를 또 냈습니까?"

"난방비가 두 배로 찍혀 나와도 연연하지 않을 수 있게 해줄 일에 관해 얘기 좀 해보려고 하는데, 관심 있나?"

윤서리는 자리를 뜨지 않았다. 서형우는 곧바로 비원에 관해 물었다. 무슨 수로 비원을 추적했는지에 대한 질문이 아니었다. 네가 비원을 내장 속까지 뒤집어봐도 비원이 아무 제재도 받지 않는다면 어떻게 생각하겠느냐는 물음이었다.

"그런 특권을 누릴 정도로 대단해 보이진 않던데요."

"대단하고 대단하지 않고의 문제가 아니야. 그냥 그런 일이 있다면 어떻게 생각하겠냐는 거지. 사채, 수금, 불법개량, 도박 사업으로 몸뚱어리를 유지하는 조직이 있는데 절대 일정 선 이상은 간섭받지 않는다면."

"세상 쉽게 산다고 생각하겠죠. 정말 그럴 경우의 말이지만."

"그럼 그 조직을 일정 선까지만 간섭하고 그 이상은 간섭하지 않는 사람들에 대해선? 어떻게 생각하나?"

"왜 그런 일을 하죠?"

"더 많은 사람을 안전하게 해주니까."

윤서리는 잠시 입을 닫았다가 말했다.

"세상 쉽게 산다고 생각하겠죠."

서형우는 씩 웃었다.

"자네 세상 쉽게 살아볼 생각 없나?"

"무엇을요, 비원을 선택적으로 제재하라는 말씀입니까?"

"그게 아니면 뭐겠어."

"그 경우 제가 그 안전한, 더 많은 사람 안에 속하나요?"

"안 그럴 이유가 없지."

"왜 하필 제게 그런 제안을 하시는 겁니까?"

"본인이 유명인사라는 자각은 있을 거 아냐. 능력 덕에 스카우트 제의받는다는 생각은 안 드나?"

"경찰청의 모든 유능 인사가 그 일에 달라붙어 있을 것 같진 않아서요."

"그래, 내 능력이 달려서 도움을 바란다면 거짓말이겠지. 마찬가지로 자네도 얼마 전에 비원 건드린 거 기억 안 난다고 하면 거짓말이겠지? 이대로 놔뒀다간 계속 비원한테 얼쩡댈지 누가 알아. 자네가 일 더 크게 벌이기 전에 내 선에서 막는 게 낫지. 아, 물론 내 제안을 수락하든 말든 자네 맘대로 비원 못 건드리게 될 건 변하지 않을 거야."

주먹을 휘두르는 게 어울릴 협박이었지만 그의 목소리는 차분했고, 심지어 듣기 좋을 정도였다. 부패경찰의 둥그스름한 이목구비에서 죄책감 따위는 찾아볼 수 없었다.

윤서리는 무덤덤하게 답했다.

"정확히 무슨 일을 하게 될지 들을 수 있습니까? 부서까지 바꾸게 되나요?"

"자네가 동의한다면 내 팀으로 불러들일 거야. 절차는 걱정할 필요 없어."

다행히 윤서리는 과장급도 아닌 고작 팀장 선에서 어떻게 멋대로 인사이동이 가능하냐고 면전에서 말하지 않았다.

"지금 당장은 이거만 신경 써봐."

서형우는 종이 한 장을 내밀었다. 윤서리는 서류에 적힌 익숙한 주소를 보고 눈살을 찌푸렸다.

"신원조회에서 유일하게 걸리는 게 이건데, 여기에 대해 잠깐 대화를 나눠도 괜찮겠나?"

서류엔 윤서리가 어릴 적 거주했던 옛 주소가 적혀있었다. 이제는 존재하지도 않는 주소건만 층수까지 세세히 남아있었다. 윤서리는 그것을 직장의 데이터베이스 그 어디에도 남긴 적이 없었다. 두말할 필요도 없이 뒤가 털렸다는 증거였지만 윤서리는 그리 놀라지 않았다.

"제가 도중에 대답을 거부할 수도 있습니다. 그래도 괜찮으시면 대화 정도는 얼마든지."

"괜히 용의자처럼 굴지는 말지그래."

"제가 어렸을 때 여기서 살았던 게 왜 걸린다는 거죠? 문제 될 게 없다고 생각하는데요."

"보통은 문제가 안 되지. 하지만 내 밑에서 일하게 될 거라면 문제가 돼."

"PTSD를 걱정하시는 건가요?"

"외상 후 스트레스 장애 때문에 일상에 불편을 겪고 있나?"

"아니요."

"잘됐군. 그거랑 별개로 내가 걱정하는 건 PTSD 같은 게 아니야. 언제부터 언제까지 이 지역에 살았는지 말할 수 있나?"

"출생지는 수원이고, 그쪽으로 이사한 건 세 살 때라고 들었는데 정확하진 않습니다. 그 뒤로 계속 그곳에서 살았습니다."

"싱크홀 발생 전까지?"

"네."

주소를 털었는데 주거 기간을 모를 리 없었다. 윤서리는 그가 자신에게 진실을 말하게 하는 준비운동을 시키고 있다는 것을 알았다.

"그날 어떻게 살아남았나?"

"그곳에 없었습니다."

"평일이었는데? 학생이었으니 학교에 갔을 텐데?"

"당시엔 별로 학생다운 학생이 아니었습니다."

"그럼 그땐 어디에 있었지?"

"서울에 올라갔었습니다."

"거기서 뭘 했는데?"

"말씀드리고 싶지 않습니다."

"부모님이 어디서 어떻게 사망했는지 정확히 알고 있나?"

"모릅니다. 직장이 집과 가까웠으니 거기서 돌아가셨겠죠."

"시신은 거뒀고?"

"못 찾았습니다. 다들 그랬으니까요."

"찾으려고 노력해 봤나?"

"말씀드리고 싶지 않습니다."

"그날 이후 어디서 살았지?"

"유가족 임시 피난소요."

"피난소 철거된 이후 말이야."

"말씀드리고 싶지 않습니다."

"이거는 정말 들어야겠는데."

"이건 정말 말씀드리고 싶지 않습니다."

서형우는 차가울 정도로 담담한 그녀의 눈을 오랫동안 들여다보았다. 대답을 재촉하는 신호라고 생각한 그녀가 말했다.

"이걸 말씀드리지 않아서 팀 이전이 불가능하면, 저는 팀장님 팀엔 들어가지 않아도 됩니다. 비밀엄수가 필요한 업무 내용을 들은 것도 아니니 문제 생길 일도 없을 거고요. 설마 한때 그 지역에 살았던 적이 있단 이유로 경찰청이 절 부당해고하진 않겠죠."

서형우는 차디찬 의자에 등을 기대 그녀의 옛 주소가 적힌 종이를 반으로 접었다.

믿기지 않지만, 그곳이 특이할 것 없는 평범한 장소였던 적도 분명 있었다.

벌써 11년이나 지난 일이다. 한때는 사람들도 하루하루 날짜를 세어가며 재난을 기록하고 추모했지만, 이제 대부분은 그 일이 정확히 몇 년 전에 일어났는지 기억하지 않았다. 서형우에겐 다행스러운 일이었다.

연도는 차치해도 사건 자체는 갓난애가 아닌 이상 모두 생생히 기억하고 있었다. 산 하나가 통째로 땅 아래로 가라앉았다. 지도에서 지워지기 전 그 산은 경기권 도시 세 군데를 가운데서 막는 넓고 높은 곳이었다. 땅은 그런 산을 뿌리부터 꼭대기까지 잡아먹었다. 등산로 입구도, 주차장도, 약수터도, 산 깊숙이 자리 잡은 절도, 정상에 길게 늘어선 산성 벽도, 평화롭게 산을 타던 사람들도 전부 지하로 빨려들었다.

산이 얼마나 빨리 가라앉았는지 알려주는 건 위성사진밖에 없었다. 산과 도로와 빌딩으로 가득했던 일대는 검은 구멍으로 바뀌었고 땅속의 거대 진공청소기는 모습을 드러내지 않았다.

산사태가 아니었다. 산 가장자리로부터 주위 약 2킬로미터까지 모두 땅속으로 자취를 감췄는데, 그 절단면은 소행성 크기의 총알이 뚫고 지나간 듯 깔끔했다. 바닥이 보이지 않는 뻥 뚫린 싱크홀의 어둠은 심해를 넘어 우주를 연상케 했다.

유례를 찾기 힘든 자연재해였고 전대미문의 트라우마가 전국을 쑤셨다. 한동안 아무도 등산복을 입지 않았음은 물론이고 전혀 다른 지역에 사는 사람들도 주거지를 산에서 떨어진 곳으로 옮겼다. 공포가 너무나 컸던 나머지 시민들은 몇 주가 지나서야 사망자들을 추모할 수 있었다. 아무도 이 갑작스러운 거대 싱크홀의 발생 원인을 밝혀내지 못했다. 어떤 기관도 조사인력을 들여보내지 않았기 때문이다. 생존자들은 모두 이웃 도시에 급조된 피난소로 대피했고 곧 싱크홀 주변은 유령도시가 되었다. 극히 소수의 인력만 싱크홀에서 아주 멀리 떨어진 곳에 상주하며 출입통제소를 지켰다.

대부분은 그 도시와 가까운 고속도로를 타는 것마저 꺼렸지만, 싱크홀로 다가가려는 사람이 아예 없던 건 아니었다. 가족이 싱크홀 안에 묻힌 사람, 목숨보다 직업 정신이 중요한 학자와 기자, 부동산 소유자, 자살희망자, 구조지원자 등이 때때로 도시에 들어가려 했다. 다행히 출입통제원은 맡은 바 임무를 충실히 수행해서 싱크홀 근처를 집적거리다 추가사망자가 생긴 일은 없었다. 그건 11년이 지난 지금도 유효했다. 아직도 도시 사방엔 출입을 막는 감시소가 남아있었다.

구조대나 경찰은 파견되지 않았다. 기적의 힘을 믿는 이라도 그 재난에선 희망을 찾지 않았다. 누가 봐도 그 싱크홀은 발생 순간부터 거대한 공동묘지였다. 도시 끄트머리의 출입금지구역 표지판은 그 무덤의 묘비였다.

　시신을 찾을 수 없었으므로 인구통계와 실종신고로 사망자 수를 집계할 수밖에 없었다. 확인된 사망자는 십의 자리 반올림으로 43,700명에 달했다. 그러나 자의 반 타의 반으로 도시를 떠나야 했던 난민의 수는 추산되지 않았다.

　아무리 시간이 흘러 사건이 세간의 관심에서 멀어졌다곤 해도 상흔까지 사라지진 않았다. 대표적인 예로 사람들은 싱크홀이 생긴 곳을 본래의 지역명으로 부르지 않았다. '싱크홀'이라고 말하거나 기껏해야 산꼭대기를 산성이 둘러싸던 걸 기억해 '그 산성'이라고 지칭할 뿐이었다. 마치 처음부터 그곳에 있던 건 싱크홀이었던 것처럼, 원래 그곳은 도시가 아니었고 아무도 살지 않았던 것처럼, 가라앉은 건 사람이 아니라 오직 산밖에 없는 것처럼.

　대재난 때문에 사람들이 특별히 잔인하게 변모한 건 아니었다. 그저 4만 명 넘는 유령의 무게를 감내하고 걷기엔 삶이 너무 험준한 탓이었다.

　종이에 적힌 윤서리의 옛 주소는 이제 싱크홀 밑바닥에 있었다. 서형우는 그녀에게서 느껴지는 약간의 냉랭한 분위기가 천성 때문인지 아니면 생존자피난소에서 후천적으로 만들어진 건지 생각해보았다. 하기야 생각해볼 필요도 없었다. 눈앞의 여자는 학창시절에 부모를 싱크홀에 묻고 변변한 친척도 없이 홀로 세상 앞에 몰린 난민 출신이었다. 미성년자 신분으로 보금자리를 잃고 보상금도 제대로 받아내지 못한 인간이 어떤 삶을 살았을지, 아무리 서형우라도 상상하기 어렵지 않았다.

억척스러워지거나 차가워지거나. 둘 중 하나는 선택해야 했을 것이다. 그는 윤서리가 독하게 살아남은 덕에 경찰청의 유능한 인재로 새 삶을 살고 있다고 생각하지 않았다. 그 반대였다. 유능했기 때문에 그녀는 아직도 살아남은 것이었다. 사근사근함을 가장하길 거부하는 말투도, 상사를 대하는 것 같지 않은 묘한 태도도 아마 신입답지 않은 명철함이 없었다면 조직에서 진즉에 사장됐을 게 뻔했다.

그는 자신의 질문에 로봇처럼 대답하는 윤서리의 입을 쳐다봤다. 단정하게 다문 입술 안쪽에 숨어 있을 치아를 그는 아직 보지 못했다. 상사의 기에 눌린 젊은 직원은 괜스럽게 이를 드러내며 습관처럼 웃기 마련이건만 그녀는 미소도 짓지 않았다. 차갑고 뻣뻣한 자세는 너무나 방어적이어서 그는 얄미운 마음조차 들지 않았다.

서형우는 누그러진 목소리로 말했다.

"그 산성을 벗어나서 경찰청에 들어올 만큼 공부하기 쉽지 않았을 텐데, 입사 직전에 신변이 어땠는지 파악해두는 게 좋을 것 같아서 한 질문이었어."

"그건 염려하실 필요 없습니다. 알아내 봤자 좋은 얘기는 듣지 못하실 겁니다. 여자애가 무일푼으로 평범한 삶까지 기어 올라온 고생담을 듣고 싶은 건 아니시겠죠."

"그래, 아니야. 필요한 정보가 그거였던 것도 아니고. 남이 알아서 기분 좋을 일도 아니었을 텐데 미안하게 됐어. 자네한테 일어난 일은 유감이네."

"예."

"이거 하나만 더 묻지. 그간 가까이 지낸 생존 난민이 있나? 연락을 주고받는 그 지역 출신 사람이나."

"없습니다. 그걸 챙길 만한 정신이 없었습니다."

알 법했다. 그는 대화를 나눈 이래 처음으로 고개를 끄덕였다.

"대체 팀장님 밑에서 제가 할 일이 뭐길래 그런 정보가 필요한 건가요? 사전에 이런 문답을 해야 할 업무는 딱히 없을 텐데요."

"그걸 알려주면 아까 자네가 말한 '비밀엄수가 필요한 업무 내용'을 듣는 게 되는데."

"들으면 반드시 함께 일하게 되는 겁니까?"

"그러거나, 혹은 그러지 않더라도 절대 나 외의 사람에게 발설하면 안 되지. 말하는 순간 자네의 해고는 부당해고가 아니게 될 거야."

"소문 퍼트리는 습관은 없습니다. 믿고 말씀하셔도 됩니다."

"자네가 그 산성 출신 사람들에게 감정적 유대나 연민을 느끼면 곤란해서."

윤서리는 눈짓으로 다음 말을 재촉했다.

"비원 소속 대부분은 싱크홀 때문에 생긴 난민들이거든."

윤서리는 잠시 말이 없었다. 말이 막혔다기보단 말을 고르는 것처럼 보였다.

"비원이 정확히 어떤 조직인지는 모르겠지만, 분명 저는 그보다 더 나락으로 빠진 난민도 봤을 겁니다."

"그래서 그 사람들한테 연민은 느끼고?"

"연민도 받아본 사람이 할 줄 아는 거겠죠."

윤서리는 완벽하게 아무 표정도 짓지 않았고, 서형우는 그것을 포커페이스가 아닌 진실을 말하는 얼굴로 받아들였다.

"이제 내가 무슨 일을 하는진 대충 눈치챘겠지."

"네, 하지만 팀장님이 담당하신 게 고작 비원인가요?"

"앞으로도 계속 비원을 '고작'이라고 생각하는 게 좋을 거야. 그것 까지 포함한 게 자네 일이야."

그녀는 구긴 종이컵을 쓰레기통에 던져 넣는 것으로 악수를 대신했다.

바로 다음 날부터 그녀의 직속상사는 최 팀장에서 서 팀장으로 변했다. 윤서리를 서형우 팀장에게로 배속한다는 공문서가 책상에 놓인 일은 없었지만 모든 게 물 흐르듯 처리됐다. 그녀는 무슨 수를 쓴 거냐고 묻지 않았다. 그 대신 많아진 급료에 비해 업무는 줄어든 데에 의문을 표했다.

"머잖아 저절로 알게 될 텐데 뭘 지금부터 알려고."

서형우는 그렇게만 답했다.

서형우의 팀은 공식적으론 테러 혹은 유사테러 사태의 현장지원을 보조하는 B팀이었다. 대부분의 일상은 모니터링과 서류 잡무로 이뤄졌고 지독하게 지루했다. 그녀는 비원이 공식 업무 바깥에 있는 존재라는 걸 금방 눈치챘다.

예상대로 들어맞았다. 비원과 연관된 일이 윤서리에게 할당됐을 때 다른 어떤 팀원도 그 사실을 몰랐다. 서형우가 그녀에게 비공식으로 맡긴 일은 하나였다. 법 위반으로 고발된 비원의 행태 중 지정된 라인으로 들어온 것은 접수하고, 그 외의 라인으로 들어온 것은 눈감아줄 것.

비원이 합법과 불법 사이를 아슬아슬하게 걷는 게 아니라 서형우가 비원을 법의 사각에 두고 보호하는 셈이었다. 비원을 봐주는 것이야 혼자서도 덮을 수 있었던 모양이지만, 그는 윤서리가 비원의 검은돈을 안전하게 유지해주길 원했다. 조직의 돈 일부는 곧 그의 돈이 될 것이기 때문이었다.

"월급 올라간 게 비리수당인 건 상관없는데, 비원 사람들 대신 제가 감방 갈 일은 없을 거라고 보장해주실 수 있습니까?"

그녀가 그렇게 말했을 때 서형우는 자신의 멀쩡한 왼쪽 다리를 담보로 걸었다.

그는 지팡이를 짚지 않으면 춤추듯 걷게 될 정도로 오른쪽 다리가 상해있었다. 무릎 부상이었다. 듣기로는 예전에 업무를 수행하다 생긴 상처라고 했다. 불법사업 은닉을 도와가며 책상일 하는 사람이 부상당할 일이 어디 있나 싶었지만, 부상 탓에 현장업무를 내려놓고 책상으로 돌아왔다고 생각하면 얼추 이해가 갔다.

함께 일하며 그녀가 알게 된 서형우의 사적인 정보는 거의 없었다. 의도치 않게 알아낸 건 서형우가 그의 본명이 아니라는 사실이었다. 그의 예전 신분증을 어쩌다 보게 돼 알게 된 일이었다. 옛 신분증엔 그의 젊은 사진과 함께 장태성이라는 이름이 찍혀있었다.

윤서리는 왜 이름을 바꿨냐고 묻는 대신 왜 예전 신분증을 처분하지 않았냐고 물었다. 뻔한 질문을 하지 않는 그녀의 습관이 맘에 들었는지 서형우는 선선히 대답해줬다.

"직업이 직업이니까. 가끔 신분증 두 개를 번갈아 쓸 일이 있어서 남겨둔 거야. 이름만 속이는 거로도 귀찮은 일이 줄어들 때가 종종 있어. 정직은 신용을 지켜주지만, 거짓말은 생명을 지켜주거든."

"그럼 장태성이라는 이름은 가명처럼 쓰고 있는 건가요?"

"한때는 서형우가 가명이었지. 아는 동생 세 놈 이름에서 한 글자씩 따 만든 이름이야. 서형우가 장태성보다 더 익숙해져 버리는 바람에 아예 개명했어. 이 이름으로 살 거라곤 생각도 못 했지만."

이후로 그녀가 그에게 직접 옛날이야기를 듣는 일은 없었다. 나중에 가서 그는 개명한 이름의 유래를 말해준 것조차 은근히 후회하는 낌새였다.

　그렇게 두 사람은 동업자인 듯 아닌 듯 건조한 관계를 유지했다. 서형우는 현장지원을 감독하는 팀장의 업무만을 기계적으로 수행했고, 윤서리 역시 일상 업무에 임하다가 남모르게 비원의 돈줄을 지키는 일을 차곡차곡 해냈다.

　한 해가 지나 다시 가을이 찾아오기 전까지는.

　서형우는 두 가지 면에서 윤서리를 마음에 들어 했다. 불안을 티내지 않는 점, 쓸데없이 고뇌하지 않는 점이 좋았다. 그것은 그가 옛날부터 동료나 부하를 고를 때 염두에 두던 요소였다. 정의로운 일이라면 모를까 뒤가 구린 일을 할 때 그런 천성은 도움될 게 없었기 때문이다.

　윤서리는 불안도 고뇌도 없이 비교적 잘 돌아가는 톱니바퀴 중 하나였다. 하지만 톱니바퀴를 전적으로 신뢰하는 기계공은 없다. 바퀴는 언제든 잘못 움직이거나 멈출 수 있다. 늘 주기적으로 관찰해야 하는 대상인 것이다. 그리고 그는 적어도 감시자로서의 할 일은 소홀히 하지 않았다.

　그는 윤서리가 이를 간과한 게 틀림없다고 생각했다. 단순히 작은 톱니바퀴로 취급해 저를 그다지 주시하지 않으리라 생각했을 것이다. 혹은 그를 우습게 보았거나. 그렇지 않으면 이 영리한 젊은이가 어리석은 짓을 이렇게나 자주 반복할 리 없었다.

　윤서리가 맡은 비공식 업무는 반년만 깔끔하게 돌아갔다. 그녀가 어긴 첫 번째 매뉴얼은 '지정된 라인으로 고발되지 않은 위법행위는 눈감아줄 것'이었다. 특히 비원 내부에서 일어난 폐쇄적인 일은 그 종류가 어떤 것이든 절대 건드리지 말기로 했는데, 바로 그 부분부터 삐끗하기 시작했다.

이틀에 걸쳐 비원에서 내부투쟁이 일어난 적이 있었다. 물론 외부인의 눈으로 볼 때나 투쟁이었지, 실상은 한쪽이 일방적으로 다른 한쪽을 떼어내는 수술 작업이었다. 잊을 만할 때마다 반복되는 일이었고 제거 대상은 언제나 조직의 최하층 말단이었다. 서형우는 이 일상적인 사건에 철저히 관여하지 않는 것에 더해 관심마저 거뒀다. 죽은 세포가 본체에서 분리되는 건 자연스러운 현상이라는 생각에서였다. 그는 윤서리에게 설령 비원이 이 작업 도중 민간인을 희생시키더라도 특별하게 생각하지 말라고 일렀다. 비원이 손을 댄 이상 그 사람은 민간인처럼 보여도 민간인이 아니라는 논리였다.

문제의 사건에 윤서리가 손을 댄 걸 그는 한 박자 늦게 알았다. 관여 대상의 신분이 일반인과 비원 사이에 어정쩡하게 걸쳐 있었기 때문이다. 상대는 비원의 작업범위 안에 직접적으로 들어간 인물은 아니었지만, 작업의 성공을 위해 필수불가결하게 희생될 수밖에 없는 대상 중 하나였다. 그 사람이 신변보호를 요청했을 때 윤서리는 자신에게 직접 닿은 요구가 아님에도 불구하고 손을 썼다. 그 덕에 그 신변보호 요청은 비원과 일체 관련 없는 단순한 시민의 민원으로 모습을 바꿨다.

결과적으로 그 사람은 목숨을 부지했다. 그가 살았다는 건 비원 내부에서 반드시 일어나야 할 연쇄작용이 도중에 차질을 빚었다는 뜻이었다. 결국 비원의 작업은 상층부가 의도했던 모양새를 만들어내지 못하고 이틀 만에 중단됐다.

　이 일을 서형우는 비원과 연관된 전혀 다른 일을 모니터링하던 중 알게 되었다. 윤서리가 비원의 흐름을 거스르면서 그 한 명을 구한 탓에, 죽지 않아도 괜찮을 사람이 나중에 열 명 더 죽을 것이었다. 그는 그녀에게 그렇게 말해 주려다 잠자코 있었다.

　대체 눈 하나 깜빡하지 않고 덤덤히 범죄에 가담하던 놈이 왜 이런 귀찮고 멍청한 짓을 했을까.

　아마 보호를 요청한 그 사람이 이제 막 열 살 먹은 아이였기 때문이리라.

　그걸 제외하면 그녀가 굳이 손을 썼을 다른 요소가 없었다. 서형우는 그녀의 행동을 결정하는 방정식에 동정심이 끼어든 걸 깨닫고 난감해졌다. 계산에 넣지 않은 장애물이 나타나자 그는 서둘러 머리를 굴렸다. 윤서리의 연민이 어느 범위까지 해당할는지, 어느 선까지 자비를 베풀 준비가 되어있을지, 만약 앞으로 비원과 어린아이가 얽히는 일이 또 생긴다면 그때도 매뉴얼을 무시할지.

　그에게 사람 머릿속을 들여다보는 능력이 없는 이상 그것들은 영영 답할 수 없는 질문이었다. 반드시 답해야 할 것은 하나였다. 윤서리라는 톱니바퀴를 그의 방에서 제거할 것인가, 그냥 둘 것인가.

　서형우는 후자를 택했다. 그가 부하의 돌발행동을 묵인할 정도로 마음 넓은 상사이기 때문도 아니었고, 윤서리의 능력을 아까워해서도 아니었다. 그녀가 그런 일을 저질렀는데도 비원과 서형우의 관계에 아무 변화도 오지 않았기 때문이다.

　이 첫 번째 불상사는 어린아이를 향한 측은지심 때문에 돌발적으로 일어난 일이라고 생각하기로 했다. 그녀의 안에 남아있는 양심 때문에, 정의를 향한 욕구 때문에 생긴 실수라 치고 넘어가기로 결정했다. 시간이 흐르면 사실 네가 무슨 짓을 했는지 알고 있었다고 은근슬쩍 말해줄 생각이었다.

그러나 그가 최대한의 자비심을 발휘해 세운 그 계획은 무용지물이 되었다. 얼마 지나지 않아 비슷한 일이 다시 일어난 것이다.

윤서리가 일으킨 두 번째 일탈은 첫 번째 건과 다르게 요상한 면이 있었다. 그녀는 처단해야 할 일은 처단하지 않고, 처단하지 말아야 할 일은 굳이 처단했다. 그녀는 이 두 건을 한꺼번에 건드렸는데, 그 작업이 노골적일 정도로 동시에 이뤄졌다. 생각이란 걸 할 수 있는 비원 조직원이라면 인위적 손길을 느꼈을 것이다.

이때도 그는 그녀의 반항에 제동을 걸지 않았다. 언제까지 이런 짓을 할지, 어디까지 할 수 있을지 배짱을 두고 볼 요량이었다. 작은 실수인 척 어물쩍 넘어갈 구멍을 완전히 차단하려는 셈이기도 했다. 이왕 잡아 족치려면 일이 커질 때까지 기다리는 편이 좋았다. 상대가 적이든 동료든 부하든.

그런데 두 건을 짝지어 건드리는 당근과 채찍 패턴은 계속 유지됐다. 비원의 작업을 막을 땐 처치 곤란한 범죄기록을 손봐주고, 넘겨야 하는 사건을 처리하는 대신 반드시 처벌받을 수밖에 없는 사건을 수면 아래로 묻었다.

'이 일은 용납할 수 없어, 이건 봐주지 않을 거니 앞으로도 절대 하면 안 돼, 대신 이 일을 안 하면 이건 조금은 봐 줄게, 너희 돈도 더 안전해질 거야.' 마치 비원에 이렇게 말하기라도 하는 것처럼.

상황은 명백했다. 윤서리는 비원을 통제하려 하고 있었다.

분노보다는 황망에 가까운 패씸한 감정이 서형우를 찾아왔다. 요구하지도 않았는데 윤서리는 서형우의 복제품이 되어가고 있었다. 용납할 수 없는 일이었다. 비원을 조종하는 건 온전히 서형우 자신이어야만 했다.

분명 그녀는 비원에 별다른 감흥 없이 이 일에 가담했다. 비원의 뒤를 봐주는 이유를 꼬치꼬치 묻지도 않았다. 그 무신경함과 적당한 타협이야말로 그가 그녀에게 책상을 내준 이유였다. 기대가 예상치 못한 방향으로 적중하기는 했다. 그녀가 한 일은 위법행위로 위법행위를 막은 것이기 때문이다.

그러나 그는 이해할 수 없었다. 이 짓을 하고도 들키지 않을 거라고 윤서리가 자기 실력에 자만했던 건지는 두 번째 문제였다. 그녀로 하여금 이런 일을 하게 만든 동기가 상상이 되지 않았다. 비원을 유희 거리로 생각하고 있는지, 범죄조직을 휘두르는 공권력에 취하기라도 했는지, 아니면 이런 행위가 본인 나름대로는 정의를 실현하는 어둠의 방식이라고 생각했는지. 어느 쪽도 그녀다워 보였고 어느 쪽도 그녀답지 않아 보였다. 윤서리의 신념을 읽어내기엔 이제껏 그가 그녀에게 쏟은 관심이 너무나 적었다.

결국, 그는 그녀의 동기를 추론해 당사자 앞에서 나불대고 싶은 욕망을 눌렀다. 본인 입에서 나오는 해명이나 들어보자고 기대하며 그는 윤서리가 벌인 모든 일탈의 증거물을 모니터 밖으로 꺼냈다.

다음 날 그는 그녀만 남은 사무실에서 증거서류를 책상에 올렸다. 실물로 쌓은 종이 더미의 높이에 윤서리보다 서형우 자신이 더 놀랐다.

그녀는 가장 위에 놓인 종이 한 장만 슬쩍 보고 바로 상황파악이 된 듯했다. 그녀는 종이 더미를 투시해 맨 아래에 깔린 기록물을 읽기라도 하려는 듯 책상만 노려보며 아무 말이 없었다.

"나한테 설명할 게 많을 것 같은데."

"…."

"내가 이것들을 보고 추론하지 못할 만한 사정이 있으면 지금 말해. 누구한테 협박당해서 어쩔 수 없었다든가. 물론 그런 일은 없겠지만."

"네. 그런 일은 없습니다. 전부 자의로 벌인 일입니다. 변명 드릴 말씀이 없습니다."

"아니, 변명해야 돼. 말해봐. 왜 그랬어."

윤서리는 책상에서 눈을 떼고 그를 쳐다봤다. 매주 보는 얼굴인데도 서형우는 그녀와 굉장히 오랜만에 눈을 마주친 것만 같았다.

"비원이…." 그녀는 말끝을 흐리다 한숨을 쉬었다. 그러더니 옆에 있는 의자를 끌어당겨 책상 맞은편에 아무렇게나 두었다. "앉아도 됩니까?"

그는 고개를 끄덕였다. 윤서리는 의자에 털썩 앉아 한동안 깍지 낀 제 손만 내려다봤다.

"…이미 스스로 많이 물어본 질문입니다. 왜 그랬을까 하고요. 누군가 저더러 왜 그랬느냐고 물어보면 뭐라고 답할지 생각도 해 보고. 이유야 많지요. 한두 개겠습니까. 그런 일을 아무 이유도 없이 장난삼아 할 사람은 없겠죠."

그녀는 도저히 상사에게 부정행위를 들킨 부하라고 하기 어려울 만큼 당당했다. 심지어 화가 난 것처럼 보일 정도였다.

"이유가 많았는데…, 변명할 말들을 이것저것 쌓아뒀었는데, 막상 들켜서 이유를 말해야 하니 아무것도 생각나지 않네요. 저도 제가 왜 그랬는지 모르겠습니다."

책상에 쌓인 종이 더미를 집어다가 얼굴에 패대기쳐도 될 만큼 얼빠진 대답이었지만 서형우는 그 심정을 아주 정확히 알 것 같았다. 그는 정말로 오랜만에 타인에게 순수하게 공감했다. 질 나쁜 공감이었지만 그의 말문을 한순간 막히게 하기엔 충분했다.

"서 팀장님."

그녀의 목소리가 그의 턱을 붙잡아 올렸다.

"이제 어떡하실 건지 물어도 됩니까?"

"어떡할 거냐고? 내가? 내가 아니라 자네가 어떻게 해야 할지 생각해야 하지 않겠어?"

"제가 뭘 한다고 뭔가가 달라진다면 이 서류를 보자마자 의자에 앉는 게 아니라 방을 나갔겠죠. 제가 간 큰 짓은 했습니다만, 팀장님을 그 정도로 깔보진 않습니다. 내일의 제가 어디서 뭘 하고 있을지 전적으로 팀장님께 달렸다는 것 정도는 압니다."

"그래. 그래서 이제 어떡할지 결정하려고 자네 변명 좀 들어보려고 했는데, 자네가 들려준 말이 겨우 그거잖아. 내가 대체 어떻게 해야겠어?"

"절 살려두실 겁니까?"

그는 눈을 동그마니 뜨고 그녀를 보았다. 농담하는 낌새도 공포도 느껴지지 않는 당돌한 눈을 샅샅이 훑다가 그는 결국 허탈하게 웃었다.

"너 나를 아예 경찰이라고 생각 안 하는구나?"

최소한의 존칭조차 사라진 그 말에 그녀는 담담히 대답했다.

"전 딱히 서 팀장님을 경찰로 인정해서 팀장님 아래에서 일한 건 아니었습니다. 팀장님도 절 경찰로 생각하지 않으셨을 테고요."

"그래, 내가 널 경찰로서 영입한 건 아니긴 하지. 아무리 그래도 그렇지, 살려둘 거냐니. 이거 제복 입은 사람한테 진지하게 할 말은 아닌데."

"그럼 살려둘 겁니까? 절?"

"정말 내가 누굴 그렇게 아무렇잖게 죽일 거라고 믿는 거냐? 내가 너 보는 앞에서 그런 짓이라도 했어?"

"비원이 그런 짓을 하지요." 그녀는 눈앞에 쌓인 서류 더미를 보며 말했다. "그리고 팀장님은 비원을 지켜보는 사람입니다. 살인할 각오 없이 살인집단의 뒤를 봐주는 건 쉽지 않겠죠."

"나한테 죽을지도 모른다고 생각하면서 여기서 일했다 이거지."

"가능성이 없는 건 아니라고 생각했을 뿐입니다."

"비원 애들 관찰하느라 무뎌졌나 본데, 사람 죽이는 거 그렇게 간단한 일 아니야."

"안 죽이는 것도 간단한 일이 아니지요. 저를 비리로 고발해 처리해도 제가 팀장님을 물고 늘어지면 그보다 골치 아픈 일이 없을 테고. 조용히 직위만 해제해도, 제 머릿속에 있는 비원에 대한 정보가 거슬릴 테고. 어차피 제가 팀장님을 도운 건 팀장님밖에 모르는 일인데, 아예 제거해버리는 편이 깔끔하지 않겠습니까."

"이놈 이거 정말 진심인가 보네. 내가 널 죽여서 입 막을 생각 있다고 하면, 그럼 뭐 어쩔 건데?"

"제 나름대로 도망쳐야겠죠."

"죽일 생각 없다면?"

"다행이라고 생각하겠죠."

"내 말을 어떻게 믿고."

"직전까진 믿어주는 게 인간적이니까요."

가장 인간적이지 않은 주제에 대해 말하고 있는 사람이 인간성을 논하고 있었다. 대화가 이어질수록 그는 두통을 느꼈다. 끌어들이지 말았어야 할 사람을 주위에 두었다는 생각이 들기 시작했다.

1년이 채 못 되는 동안 윤서리와 비원 사이를 오간 손길이 그의 눈앞에 그려졌다. 그는 그중 자신의 심기를 건드리지 않는 거래를 떠올렸다. 그 반대의 경우는 종이의 형태를 취해 책상에 올라와 있었다. 그는 머릿속에 있는 것들의 무게와 책상 위에 있는 것들의 무게를 저울질했다. 이 많은 반항의 증거에도 불구하고 윤서리의 존재는 내치기 아까운 존재인가.

아니었다. 그런 사람은 이제껏 아무도 없었고 앞으로도 없을 것이다.

"너는 어때." 그가 말했다. "내가 널 살려뒀으면 좋겠어? 이 일을 계속하고 싶긴 해?"

그녀는 처음으로 진지하게 고민하는 듯했다.

"설마 나더러 제발 죽여주십사 이런 짓을 한 건 아니겠지?"

"죽고 싶다면 여기 옥상보다 좋은 도구가 없지요. 굳이 팀장님을 쓰진 않았을 겁니다."

"마찬가지다. 비슷한 이유로 난 널 죽이지 않을 거야. 굳이 내가 손쓰지 않아도 네가 선을 넘으면 비원에서 알아서 널 처리할 테니까. 사실 난 왜 아직 비원이 널 가만히 두는지 이해할 수 없어."

"그러게요. 서 팀장님이 절 비원에서 보낸 첩자로 의심하셔도 할 말이 없었을 겁니다."

서형우의 얼굴이 굳었다. 초점 없는 눈을 깜빡이다가 그는 유리를 긁는 듯한 기이한 소리를 내며 웃었다.

"첩자? 비원이? 그 자식들이 날 상대로 첩자질을 한다고? 차라리 너 대신 여기 옥상에 올라가서 단체로 자살쇼나 벌이라 그래."

"다른 짓에 비하면 경찰에 자기네 사람 보내는 것 정도는 쉽게 할 조직 같던데, 아직 그런 적은 없었습니까?"

"제까짓 것들이 감히 누구 앞에 뭘 보내. 신원 조작하는 방법이나 제대로 알겠어, 그놈들이? 3분도 안 지나서 내 눈에 걸릴걸. 그리고 너만큼 비원한테 최악인 첩자가 어딨어." 그는 종이 더미를 톡톡 쳤다. "너 때문에 죽어 나간 비원 중간층이 몇인데."

서형우는 히죽 웃었다. 그녀는 웃지 않았다.

"이렇게 하자." 그는 자세를 고쳐 앉아 책상에 가지런히 손을 모았다. "나는 이 증거를 없앨 거야. 널 고발하지 않을 거고, 너랑 자멸하지도 않을 거야. 하지만 지금까지 해온 일을 계속 시키게 될 거야. 괜찮나?"

"정해진 라인으로 들어오는 사건만 접수하는 그것 말인가요?"

"그건 예전에 했던 주문이고. 네가 실제로 해온 일은 조금 다르잖아? 조작키 들고 비원 놈들 가지고 논 그 짓거리 말이야."

그녀는 얼마간 말이 없었다.

"그걸 계속하게 돼도 앞으론 거기에 제 의지는 들어가지 못하겠군요. 어떤 사건을 덮고 어떤 사건을 막을지 고르는 기준 말입니다. 아마 팀장님이 지시하시겠죠."

"당연하지. 말이라고 해? 네가 비원 데리고 소꿉놀이하려고 여기 있는 거야? 처음부터 내 말대로 고분고분 일했으면 이럴 일도 없었을 거 아냐, 이 배신자야. 너 때문에 죽은 애들은 좀 더 나중에 죽었어야 할 놈들이었어. 넌 그간 받은 뒷돈에서 동전 한 푼 값어치도 일하지 못했다고."

하고 싶던 말을 드디어 조금이나마 내뱉으니 속이 편해져서 그는 뻐근한 목을 양옆으로 비틀었다. 그녀는 여전히 그를 뉴스앵커바라보듯 무표정하게 보고 있었다. 그는 인상을 찌푸리고 말했다.

"이건 내 영역이야. 네가 건드릴 일이 아니었어. 여기까지 온 이상 넌 정말로 나한테 경찰이 아니다. 네가 또 내 눈 피해서 비원한테 멋대로 손대면 이런 얌전한 곳에서 만날 생각은 접어야 할 거야. 내가 주문하지 않은 어떤 형태로든 비원이랑 접촉하는 일이 생기면 그날로 끝이다. 못 하겠으면 지금 말해. 동업관계 청산하고 싶으면 바로 위층에 가서 자수하고, 날 고발하고, 사이좋게 형사재판이나 받자고."

"피고인석에 앉을 생각 없으신 거 압니다. 저도 마찬가집니다."

"알겠지만 이건 비원이 아직 널 건드리지 않은 행운 덕이야. 내지시를 따르다가 비원 상층부 심기를 건드릴지도 모르고, 아니 아마 건드리게 되겠지. 그때 받을 신체적 위협에서 내 보호를 바라기도 어려울 거야. 네가 이 책상에 쌓아놓은 것들 덕분에 생긴 리스크다. 받아들일 거냐?"

"네. 그 대신 하나 요청해도 되겠습니까?"

"그 대신? 그 대신이라고? 설마 이걸 거래라고 착각할 정도로 뻔뻔한 건 아니겠지? 이건 페널티라고."

"압니다. 하지만 필요한 일이라서요."

"말해봐."

"당분간은 그럴 생각 없지만, 제가 원할 때 무리 없이 경찰직을 그만두고 싶습니다. 그때 비원과 관련된 내용은 팀장님이 지워주실 거라고 믿어도 될까요."

그는 눈썹을 늘어트렸다.

"벌써부터 도망갈 길을 만들려는 건 아니겠지."

"저 혼자 힘으론 그러지 못할 거 아시지 않습니까. 어차피 절 너무 오래 곁에 두는 것도 팀장님껜 부담 아닌가요? 배신한 값만 적당히 치르고, 받아먹은 돈이 지나치게 불기 전에 깨끗이 떠나는 게 저희 모두에게 좋을 거라고 생각하는데요."

맞는 말이었다. 적당한 시기를 봐서 그는 윤서리를 잘라낼 생각이었다. 그는 다시금 자신의 왼쪽 다리를 툭 치며 약속했다.

"또 배신하지만 마. 뒤돌아서 자수할 생각도 말고. 진지하게 말하는데 다시 배신하느니 차라리 미리 자살하는 편이 백배는 나을 거다."

"예. 서 팀장님이 윗선에 절 제물로 바치지 않는 이상 제가 수갑찰 일은 없을 겁니다."

그녀는 의자를 뒤로 끌었다. 뭉툭하고 빽빽한 소리가 났다.

"다시 믿어주셔서 감사합니다. 내일부턴 여기서 정말로 나쁜 짓을 시작하게 될 테니 웬만해선 빨리 나가고 싶은데, 더 말씀드려야 할 게 없다면 이만 인사드려도 될까요."

그는 파리 쫓듯 손을 저었고 그녀는 평범한 날의 퇴근 시간처럼 가방을 걸쳤다. 그녀는 한 번도 뒤를 돌아보지 않았지만, 그는 그녀가 문을 나서는 뒷모습을 내내 눈으로 쫓았다.

멀어져가는 발소리를 들으며, 그는 윤서리가 자신과 대화하는 내내 단 한 번도 죄송하다는 말을 하지 않았다는 것을 뒤늦게 깨달았다.

앞으로 비원이 어떻게 반응할지, 그녀가 언제까지 죽지 않고 버틸지 궁금해졌다. 그는 곧 한 장 한 장 태울 종이 더미를 집으면서, 윤서리의 시체를 신축 대형마트 공사장 아래에 묻으려 했던 기존의 계획을 머리에서 지웠다.

일은 여러 의미에서 그의 의도대로 풀리지 못했다.

첫째로는 비원이 윤서리를 살해하지 않았다. 가장 큰 기대가 좌절돼 그는 적잖이 실망했다. 작정하고 지나친 액션을 주문해도 비원은 그녀에게 손대지 않고 서형우에게만 요즘 무슨 수작이냐는 사인을 보낼 뿐이었다. 그건 오히려 그가 비원에 하고 싶은 말이었다. 비원에 잠입시킨 퇴직경찰이며 국정원 직원들은 잘도 쏙쏙 골라 으스러트리는 주제에, 서울 구석진 곳에 홀로 세 들어 사는 눈엣가시는 뭐가 어려워 처리하지 않는지 알다가도 모를 일이었다.

둘째로는, 배반하지 않겠다던 그녀의 약속이 지켜지지 않았다.

서형우는 그래 내가 호구지 싶었다. 자신에게 웃음만 났으나 그는 윤서리의 배신과 다시 마주했던 그 순간 도저히 웃을 수 없었다. 머리를 내려치는 폭우가 매서웠고, 그녀와 그는 꼴사나웠고, 무엇보다 바로 지척에 비원의 우두머리가 서 있던 탓이었다.

문제의 그 날은 처서가 갓 지난 평일이었다. 대구를 제외한 전국에 비구름이 드리워져 있었고 나흘째 내리는 늦장마에 속눈썹 사이사이까지 축축했다. 바깥이 한밤중처럼 컴컴해서, 건물 안에서 점심을 먹는데도 마치 새벽에 몰래 음식물쓰레기를 뒤지는 길짐승이

된 기분이었다.

서형우는 일찌감치 본청을 나섰다. 제2의 '회사'에서 내려온 지령을 완수하기 위해서였다. 정확히는 그가 먼저 '회사'에 제안한 계획이었다. 비원의 삼인자를 제거하기 위해 그는 2년이 넘도록 비원에 연락책을 꽂아댔다. 넘치는 경찰 첩자 때문에 비원의 수뇌부가 냉정을 잃고, 삼인자를 외부와 내통하는 배신자로 의심해주길 바라서였다. 그가 보낸 아이들 대부분은 비원이 정확히 어떤 조직인지도 모른 채 비원의 손에 제거됐다. 몇 안 되지만 성공적으로 심층부까지 잠입한 요원도 있었다. 재주 좋게 비원의 비밀을 눈치챈 이들은 서형우에게 제거됐다. 그들은 비원에 정체를 들키기 위해 잠입한 것이지 비원의 정체를 캐내기 위해 잠입한 게 아니었다. 그들이 자신의 임무를 후자로 알았던 건 차치하고.

가장 바람직한 건 비원의 일인자가 직접 삼인자를 처리하는 것이지만 삼인자가 실각하기만 해도 되었다. 권력자가 권력을 잃는 것을 바깥세상에선 인생이라고 부르지만, 비원에선 죽음을 뜻했기 때문이다.

2년 가까이 되는 지루한 파견은 슬슬 결실을 맺는 듯 보였다. 서형우에겐 삼인자의 마지막을 지켜볼 의무가 있었다. 살해되는지 연명하는지, 저항하는지 묵묵히 운명에 따르는지, 죽는다면 어떻게 죽는지, 곁에 정확히 누가 있는지, 그 모든 것들을.

당연하지만 그가 지켜보는 걸 비원이 알게 할 순 없었다. 잠입한 아이들이 얼마나 죽어 나가든 경찰도 '회사'도 지금껏 그들을 구하러 간 적이 없었다. 삼인자의 처분에 그가 관련된 걸 들키면 그걸로 작전 종료였다. 제사상에 애들 목만 올린 채, 그 혼자 절을 올리면서.

다행히 처분은 실내에서 이뤄지지 않으려는 듯했다. 영상기기를 심을 필요가 없어서 좋았다. 카메라나 도청기를 설치해봤자 비원의 우두머리는 그것들을 귀신같이 찾아내 상식의 반열에 들지 않는 방식으로 죄다 부쉈다. 서형우가 비원에 눈과 귀로 심는 소모품을 반드시 사람으로 선택하는 가장 중요한 이유였다.

비원의 간부들이 향한 곳은 그 산성이 있는 유령도시 외곽이었다. 공개처형 없이 조용히 처리할 모양이었다. 아무도 다가오려 하지 않아 무섭도록 조용한 곳이기에 미행이나 잠복이 어렵겠지만, 굵은 빗줄기 덕분에 그럭저럭 몸을 숨길만 해 보였다.

서형우는 도중에 차를 버리고 뒤를 따라잡았다. 한동안 그들의 차에선 아무도 나오지 않았다. 그는 인내 깊게 동태를 살폈다. 우비만 뒤집어쓰고 1시간 가까이 비를 맞자니 손톱 안쪽까지 오슬거렸다. 얼마 뒤 차 문이 열리고 한 남자가 쫓기듯 튀어나왔다. 곧 시체가 돼야 할 삼인자였다. 이어서 큰 검은 우산을 펼친 일인자가 차에서 나왔다. 열린 차 문 사이로 언뜻 여자가 보였다. 멀어서 이목구비가 뚜렷이 보이지 않았지만, 그는 차 안에 이인자가 있음을 확신했다.

그 외엔 아무도 없는 듯했다. 처형장을 몰래 지켜본 보람이 있었다. 남자가 죽을 때 곁에 있는 게 저 두 사람뿐이라면, 걱정하는 일은 일어나지 않을 것이다.

삼인자의 '능력'은 다른 이에게 '옮겨' 가지 않고 그의 시신과 함께 썩으리라.

남자는 고스란히 비를 맞으면서 자신의 보스를 향해 애원하듯, 혹은 나무라듯 고함쳤다. 아무도 외침에 반응하지 않았다. 비원의 간부 세 명이 2백 미터도 떨어지지 않은 곳에 모여 자해를 시도하는 모습에 그는 소리 내 웃지 않기 위해 애썼다. 의심을 이기지 못한 우두머리가 삼인자를 처단하면 그 빈자리에 앉는 겁쟁이를 소식통으로 삼으면 완벽했다. 다음 목표는 이인자였고, 다시 생긴 빈자리에 두 번째 허수아비를 꽂으면, 양팔을 잃은 우두머리가 제아무리 아성의 독재자라 할지라도 홀로 버틸 수 없을 것이다.

늦여름 비의 찝찝함도 잊고 환상에 취하던 서형우가 어찌 예상할 수 있었을까. 어서 남자의 죽음을 확인하고 집으로 돌아가 따뜻한 목욕을 하고 싶다는 생각만 가득했던 그가, 어떻게 앞으로 일어날 일의 일부라도 상상할 수 있었을까. 사방을 메운 빗줄기의 소란에 갇힌 채, 멀리서 땅을 치며 다가오는 소리가 실은 빗소리가 아닌 바퀴 소리라는 걸 무슨 수로 알아챌 수 있었을까.

차를 멈추고 나와 망연히 선 사람이 경찰 재킷을 입고 있는 걸, 눈으로 보기 전에 그가 어떻게 알 수 있었을까.

그것은 기회가 다시 주어져도 예측할 수 없는 일이었다. 서형우는 빗줄기 아래에 선 경찰이 비원의 삼인방을, 정확히는 차 밖에 나온 두 명의 남자를 바라보는 걸 보고 눈알이 튀어나오는 것만 같았다. 목격자가 생긴 게 문제가 아니었다. 목격자 따윈 비원이나 그가 얼마든지 처리할 수 있는 사소한 장애물에 불과했다. 진정한 문제는 그 사람이 절대 그들의 처형을 방해해선 안 되는 1순위 신분인 경찰이라는 점이었다.

비원의 우두머리도 당황한 낌새였다. 그 작은 머리통에서 무슨 생각이 오가는 중인지 그는 손바닥 들여다보듯 알 것만 같았다. 시나리오가 발가벗겨지고 있는 게 빗방울보다도 생생히 느껴졌다. 서형우라는 이름이 삼인방 모두의 머릿속에 떠올랐다는 것도 장담할 수 있었다.

빗소리에 섞여 사이렌 소리가 들려왔다. 비원엔 구원이고 그에겐 종말 같은 행차였다. 삼인자는 우두머리와 함께 차에 올랐다. 적어도 이 장소에서만큼은 아무런 범법행위도 저지르지 않은 세 사람은 유유히 자리를 떴다. 이제 앞으로 무슨 수를 써도 삼인자는 절대 잘려나가지 않을 것이다.

서형우는 온몸을 부르르 떨며 불청객에게 달려갔다. 지팡이는 공중에서 헛돌았고 오른쪽 다리는 왼쪽 다리의 속도를 따라가지 못해 땅바닥에 질질 끌렸다.

왜소해 보였던 그 사람은 여자 경찰이었다. 더 가까이 다가가자 얼굴을 알아볼 수 있었다. 윤서리였다.

주체할 수도 없는 화가 머리끝까지 뻗쳤다. 서형우가 소리쳤다.

"너 이 자식 어쩌자고 여길 기어와!"

경찰차 세 대가 가까운 곳에 정차했다. 밖으로 나온 다섯 명의 순경 중 그가 아는 얼굴은 없었다. 그들은 무엇을 위해 이 자리에 불려왔는지도 모르는 것처럼 어리둥절해 보였다. 되는대로 대충 끌어모은 송사리들인 게 훤했다. 그는 당장에라도 그녀의 멱살을 잡아 패대기치고 싶어 두 손을 부들부들 떨었다.

"무슨 상황인지나 알고 온 거야? 왜 왔어? 어떻게 왔어! 네가 어떻게 이 시간 이 장소를 알고 올 생각을 해. 이젠 하다 하다 내 외근 파일까지 뚫었냐? 그렇게 할 짓이 없어? 비원한테 받아 처먹은 거라도 있냐? 그런 거구면. 송치할 것도 없이 내부징계만으로 당장 끝장내줄 수 있어! 너 집으로 곱게 돌아갈 생각은 접어라."

순경 한 명이 말을 걸려고 다가왔지만, 서형우는 당장 꺼지라고 소리치며 씩씩거렸다. 윤서리는 주룩주룩 내리는 비를 맞으며 그를 노려보고 있었다. 말도 안 되는 눈빛이었다. 개처럼 엎드려 머리를 박아도 모자를 상황이었다. 그는 거치적거리는 순경들만 없었더라도 지금 당장 윤서리를 저 세상으로 보낼 수 있을 만큼 화가 나 있었다.

그녀는 그가 다시 화를 토해내기 전에 말했다.

"제 보고가 필요하실 겁니다, 서 팀장님. 포에스 빌딩이 무너졌는데요."

포에스 빌딩은 비원이 투기를 위해 근교에 세운 위장회사 중 하나였다. 그는 머리카락을 쥐어뜯으며 순경들에게 경찰신분증을 내보여 되돌려 보냈다. 그녀는 기다렸다는 듯 바로 말을 이었다.

"비유가 아니고 말 그대로 무너졌습니다. 건물이 전부, 완전히요. 지반 문제로 보긴 어려우니 부실공사로 결론 나겠죠. 생존자는 확인되지 않았습니다. 얼마 전까지 저를 통해 계속 주시하셨던 곳이니 중대한 소식이라고 생각합니다만."

"그래, 당연히 무너졌겠지."

"팀장님이 그러셨다는 겁니까?"

"장난해? 자기들끼리 치고받다가 무너진 거지."

"위장회사 직원들끼리 뭘 어떻게 해야 건물이 폭격 맞은 것처럼 무너질 수 있습니까?"

"그냥 그런 자식들이야. 너만 아니었어도 빌딩 한 채는 더 무너졌을 텐데 이따위로 끝나버렸잖아. 비원에서 머리 하나가 떨어져 나가기 직전이었어, 바로 조금 전에! 포에스 빌딩에서 뒈진 놈들도 그

렇게 예상했겠지! 결국 의미 없는 생존싸움이 됐지만 말이야. 삼인
자가 멀쩡히 살아남았는데 휘하만 전멸해봤자지! 내가 돌발행동하
지 말라고 한 게 무슨 뜻인지 아직도 몰라? 다시는 비원 놈들 황천길
가는 순서 바꿔대지 말라고 했잖아!"

그녀는 더 차갑게 가라앉은 눈빛으로 그를 쳐다봤다. 눈망울이
빗방울 같았다.

"서 팀장님. 비원으로 정확히 무슨 일을 하고 계시는 겁니까?"

"그건 내가 묻지. 너 대체 무슨 짓을 하는 거냐? 고작 빌딩 하나
무너졌다고 허겁지겁 달려와? 네가 그럴 애야? 내가 여기 오는 거
알아내려고, 세상에, 무슨 짓을 했어? 뭐로 털었냐? 언제부터 날 털
고 있었냐고."

"서 팀장님."

"그러고 보니 오늘 일 세부사항까지 알고 있겠네? 말해, 어디까지
알아. 어디까지 봤냐고. 이 세상에서 세 명밖에 모르는 계획이었어.
네가 뭘 건드린 건지 알기나 해?"

"서 팀장님."

서형우는 입을 벌리고 심호흡했다. 입술 사이로 빗물이 들이쳤다.

그녀가 말했다.

"비원으로 뭘 하시는지 처음부터 물을 생각은 없었습니다. 묻지
않을 생각으로 팀장님께 합류했고요. 물었던 건 단지 이유와 목적이
었죠. 왜 그런 일을 하느냐고요. 더 많은 사람이 안전해지기 위해서
라고 말씀하신 거 기억하십니까?"

그는 가만히 눈만 깜빡였다.

"비원을 당장 와해하지 않는 데엔 그만한 이유가 있겠죠. 하나라

도 도움되는 구석이 있으니 밟지 않는 거겠죠. 하지만 서 팀장님, 제가 지켜본 바로는 아주 천천히, 하지만 지속적으로, 비원을 가지 치기하듯 잘라내고 계시는데, 그때마다 죽어 나가는 사람들 수가… 저는… 모르겠습니다. 조금이라도 더 많은 사람이 안전하기 위해서라고 말씀하셨지만, 1년 가까이 저는 안전한 사람을 한 명도 못 본 것 같습니다. 묻지 않을 생각이었지만, 이젠 물어야겠습니다. 비원으로 뭘 하시려는 겁니까?"

"내가 등신이다. 내가 등신이야. 믿을 구석이 어딨다고 너 같은 걸 여태껏 끌고 다녔는지 다 내 잘못이지. 안전한 사람을 못 봤다고? 지금 그 말 지껄이는 넌 안전하지 못해서 그러고 서 있는 것 같아? 조금 전에 돌아간 경찰 다섯 명은 안전하지 않아 뵈고? 사람들이 평범하게 살고 있는 게 당연해 보이지? 그걸 위해 뒤에서 누가 어떻게 일하고 있는지는 생각하지도 않고!"

"예, 비원은 나쁜 짓으로 먹고삽니다. 파고들수록 더러운 일 많이 봤고요. 언젠가 합당한 처벌을 받아야겠죠. 하지만 비원 정도의 범죄조직은 얼마든지 더 있습니다. 팀장님이 그렇게 열 내실 정도로 비원이 치명적인 테러집단으로는 안 보이는데요."

"그래서 뭐냐? 네 눈에 그렇게 안 보인다고 정말 테러집단이 아니라는 거야? 고작 그걸로 몇 년짜리 계획을 물 먹인 거야? 덜 위험해 보이는데 자꾸 죽어 나가니까 뒤늦게 동정심이라도 들었냐? 경찰 때려치우고 비원에 들어가지 그랬어? 내가 널 데려오기 전에!"

서형우는 질퍽거리는 땅을 발로 차대며 악을 썼다. 그러다 분노를 칼로 절단한 듯 순식간에 조용해졌다. 그는 이마 아래로 흘러내린 머리카락을 뒤로 쓸어넘기고 말했다.

"여기에 왜 왔는지 한마디로 정리해서 다시 말해봐."

"…비원의 주요인물이 정말로 숙청되면 팀장님이 말씀하신 것처럼 건물 하나가 더 무너지는 일이 일어날 것 같았습니다. 그건 너무 심하다고 생각해서 왔습니다."

"숙청 계획은 내가 준 정보가 아니야. 알아낸 방법은 듣고 싶지 않아. 얼마나 알고 있어."

"방금 팀장님과 대화하면서 오고 간 사항 외에는 모릅니다."

"나도 사람이야. 어쩌면 꼭지 돌아서 너한테 무슨 짓이든 할 수도 있었어. 뭘 믿고 순경들 돌아간 뒤에도 혼자 여기 남은 거냐."

"여차하면 도망칠 수 있다고 생각했습니다."

"지랄을."

그는 지친 다리를 끌고 가 그녀의 차에 기댔다.

"내가 말이야. 공들인 계획에 실패한 적이 없는 건 아니야. 하지만 너 같은, 당장 없어져도 아무 영향 없는 송사리 때문에 이렇게까지 뒤통수 맞은 건 정말로 처음이다."

"압니다."

"더는 나랑 일할 생각 없지?"

"일하게 해줄 생각도 없으신 것 같은데요."

"저번에 나한테 널 살려둘 거냐고 물었지. 어때. 이번엔 내가 널 살려둘 것 같아?"

"잘 모르겠습니다."

"살고는 싶냐?"

"가능하면요."

서형우는 웃으며 도리질했다. 그는 차 문을 열어 다리를 바깥에

49

내놓고 자리에 털썩 앉았다. 좌석이 축축이 젖었고 운동화에 잔뜩 고인 흙탕물이 빗물과 함께 흘러내렸다.

"아무리 그래도 말이다, 나쁘게 시작한 인연도 아닌데 그 정도로 지저분하게 끝내서야 되겠냐. 내가 너한테 화풀이야 할 순 있어도 멀쩡한 사람을 시체로 만들어야 쓰겠냐고."

그녀는 말이 없었다.

"네가 더럽게 굴기 전에 내가 먼저 너한테 더러운 짓을 하게 만든 건 맞지. 끌어들인 건 나야. 물론 네가 뒤통수친 걸 용서하는 건 아니니까 착각은 하지 마라, 이 망할 것아. 그래, 너 때문에 날려 먹은 게 한둘이 아니지. 하지만 마지막은 깨끗하게 정리해야 하지 않겠어? 우리 둘 다 각자 벌인 짓에 책임을 지자. 넌 상사를 엿 먹인 값을 치르고, 난 널 데려온 값을 치르는 거야."

그녀는 고개를 끄덕였다.

"최선을 다해보겠습니다. 어떻게 하면 될까요."

"일단 내일은 출근하지 마라. 연차 처리할 테니까." 그는 오랫동안 마른세수를 했다. "아니. 아니다. 모레도 나오지 마. 그 다음 날 와서 일단 평소처럼 근무해. 고 이틀 사이에 또 비원 주위 껄떡대는 짓거린 안 할 거라고 믿어도 되겠지?"

"예."

"그래. 난 이거 타고 갈 거야. 오늘은 더 이상 말 나누기 싫다. 여기 오면서 내 차 발견했냐?"

"아니요."

"하긴 네 눈에 띌 거면 비원 놈들이 먼저 눈치챘겠지. 버려진 요금소 입구에 폐차 무더기로 모여 있는 건 봤지? 어딘지 알겠어?"

"예."

"그 안쪽에 숨겨놨어. 찾아서 본청에 적당히 주차해 놔."

그는 주머니에서 차 키를 꺼내 그녀의 발치로 던졌다. 열쇠 위로 기다렸다는 듯 빗줄기가 우수수 떨어졌다.

"건물 안으론 들어가지 말고."

그는 조수석에 지팡이를 기대고 시동을 걸었다. 그녀는 느릿느릿 허리를 굽혀 바닥에 떨어진 차 키를 집었다. 그가 말했다.

"너도나도 탈 없이 살아남도록 머리 굴리고 있을 테니까, 넌 이틀 동안 머리 좀 비워둬라. 웬만해선 아무 생각도 하지 마."

서형우는 문을 닫고 차를 돌렸다. 그녀는 차 키를 손에 쥐고 물끄러미 그를 눈으로 좇았다. 비원의 간부를 쳐다봤던 자세와 똑 닮아 있었다. 비바람 몰아치는 허허벌판에 홀로 꿋꿋이, 버려진 말뚝처럼 박혀있던 그 모습이었다.

그때 윤서리와 비원 간부 사이의 거리는 그리 가깝지 않았다. 비가 많이 내린 데다 우두머리는 커다란 우산을 쓰고 있었다. 나쁜 시야에서 그 남자는 그녀의 얼굴을 보았을까. 기억을 할까. 그보다 더 중요한 건 그녀가 그 남자의 얼굴을 보았을까 하는 점이었다.

상사의 뒤를 캔 건 적당한 선에서 덮을 수 있다. 걸레질 몇 번으로 처리할 수 있는 문제였다. 그러나 그녀가 날린 결정타는 괘씸죄 따위가 아니었다.

그녀는 비원의·일인자와 같은 공간에 있었다. 최주상을 보았다.

그 얼굴을 정확히 보았는지는 중요하지 않았다. 최주상을 멀리서라도 목격한 이상 서형우는 그녀를 살려둘 생각이 없었다.

'너도나도 탈 없이 살아남도록.' 그 말에서 '너'는 윤서리가 아니었다. 살아남는 건 오직 서형우와 장태성일 것이다.

이틀 뒤 느지막한 시간에 두 사람은 본청 옥상에서 만났다. 뛰어내릴 기회를 주는 거냐고 윤서리가 건조하게 농담했다. 서형우는 질색했다.

"실수로라도 발 헛디디지 마라, 사정청취 받기 싫으니까."

그는 한 모금 남은 커피를 입에 털어 넣었다. 첫 번째 만남 때와는 다르게 이번엔 그녀 몫의 커피는 없었다.

"세 번째 면접 좀 보자."

그녀는 고개만 끄덕였다.

"사람 죽여본 적 있냐?"

"아직 없습니다."

아직. 소름 끼치도록 마음에 드는 답이었다.

"사람 죽이는 걸 도운 적은?"

"있습니다."

"언제 어디서 어떻게."

"1년 동안 서 팀장님과 함께 일했습니다."

허, 소리를 내며 서형우는 웃었다. 바깥에 돌릴 톱니바퀴로 써먹을 생각이었다지만 어쩌다 윤서리를 그리 쉽게 이 구역에 들였는지 그는 알 것만 같았다.

"그럼 죽이라면 죽일 수 있을 것 같아?"

"어지간히 약한 사람이 아니면 저한테 죽어줄 사람은 없을 텐데요."

"상대가 너보다 약하면 죽일 수 있단 뜻인가?"

"모르겠습니다. 죽어도 될 만한 인간이라면요. 아마도. 그런 인간이 세상에 얼마나 있을지는 모르겠지만."

"있기야 있지. 살아있는 것보다 차라리 죽는 편이 사람들한테 이로운 인간이."

서형우는 죽어야 할 사람과 죽지 말아야 할 사람을 윤서리가 자의적으로 판단했기 때문에 이 모든 일이 일어났다는 사실을 기억해내고 씁쓰름해졌다. 잘만 이용하면 윤서리만큼 편리한 도구도 없었다. 상대가 죽어도 싼 인간이라고만 인식시키면 그녀는 평소처럼 묵묵히 임무를 수행할 터였다.

"연쇄살인자야. 그리고 다른 사람들을 살인자로 만들지. 자기 것이 아닌 걸 강탈하고, 속이고, 언제든 음지를 벗어나 더 큰 혼란을 초래할 위험이 커. 이쯤 되면 죽어도 될 만해 보여?"

"그런 인간이 아직도 음지에 머무를 수 있는 게 믿기지 않네요. 국내 일입니까?"

"그래. 계속 지켜보고 있었는데, 손을 써야 할 것 같아서 사람 좀 모아 보낼 참이야."

"사살허가가 날 정도면 꽤 거물이겠군요."

"사살허가? 아니, 이건 암살 작전인데."

"경찰이 암살도 합니까?"

"이건 경찰 이름으로 하는 일이 아니야. 암살이 허용되는 공무직이 이 나라에 하나밖에 더 있냐."

윤서리는 눈을 또록또록 굴렸다.

"국정원도 암살 작전부서는 없는 거로 압니다."

"겉으로는."

"그전에, 서 팀장님은 국정원 직원이 아니라 경찰이신데요."

"이었었지."

"국정원 소속이었다고요?"

"일개 팀장이 돈에만 눈멀어서 본청 직원 다 속이고 비원을 입맛대로 주물렀겠냐. 대충 어쩌다 여기로 좌천됐다고 생각해라."

"여기가 국정원 지부인 것도 아니고 무슨 그렇게…."

"이건 경찰청이 모르는 일이니 경찰로서 하는 업무가 아니고, 내가 공식적으론 경찰 신분이니 국정원도 관련이 없어. 서류상으론 어디에도 남지 않는 작전이야. 계속 들을 거야, 말 거야?"

윤서리는 구구단을 외는 것처럼 입술을 달싹이다가 말했다.

"말씀하십시오."

"너는 오늘로 직위해제. 지난번에 멋대로 순경들 끌고 나왔던 거내가 권한남용으로 부풀릴 거야. 경찰 딱지 없이 암살팀이랑 일하고 돌아오면 나랑 있었던 모든 일에 대한 입막음으로 아쉽지 않을 만큼 통장을 채워주지. 대신 국내에 남으면 안 돼. 무조건 바깥으로 사라져. 이게 우리를 위해 세운 최상의 시나리오다. 어떻게 생각해."

"국적 변경만 도와주시면 지금 당장도 비행기 표 끊을 여유는 됩니다. 바로 나가는 편이 더 낫지 않습니까?"

"내 프로젝트를 반 이상 망쳐놓고, 넌 빼먹은 돈만 홀랑 챙겨 튀겠다고? 실책을 만회할 기회가 아니라 덮을 기회를 달라는 거냐?"

"아닙니다. 시나리오는 나쁘지 않은데 암살에는 제가 합류해봤자 도움될 것 같지 않아서요."

"힘은 다른 애들이 쓸 거야. 네 담당은 집중수색이다."

"수색에 발휘될 역량이 저한테 있을지 모르겠습니다."

"그 장소는 그나마 네가 제일 익숙할 테니 보내는 거야."

"제가요?"

"한때 거기 살았으니까. 지금은 옛날이랑 바뀐 게 많지만 그래도."

윤서리는 부엉이 같은 눈으로 서형우를 보더니 반 발짝 물러섰다.

"산성엔 사람이 없습니다."

"그래. 사람은 거기 없어."

"암살대상을 수색하기 위해 그곳에 들어갈 거라고 말씀하신 게 아닙니까?"

"그래. 그놈은 거기 있어."

윤서리는 월권행위를 들켰을 때보다 훨씬 더 당황한 것 같았다.

"질문할 건 오직 하나야. 네가 저지른 그 말도 안 되는 짓을 나한 테 사죄하고, 마지막 돈다발을 얻기 위해, 넌 그 도시에 들어가서 한 사람을 죽이는 작업을 지원할 수 있겠어?"

그녀는 그의 눈동자 속에서 답을 찾기라도 하듯 오랫동안 그를 바라보았다.

"…연쇄살인범이라고 하셨죠?"

"다른 사람도 살인자로 만들어버리는 놈이지."

"완수하고 돌아오면 본청에서 있었던 일은 정말 지워지는 겁니까?"

"정확히는 그건 이미 내가 지워버렸고. 네가 얻을 건 돈이랑 목숨 이지. 난 네가 살아남기 위해 개자식 한 명을 죽일 수 있겠냐고 묻 고 있는 거야."

그녀는 인상을 잔뜩 찌푸렸다.

"하겠습니다. 작전 세부사항은 어떻게 됩니까?"

그는 주머니에서 포스트잇 한 장을 꺼내 구겨 빈 종이컵 안에 넣 고 건넸다. 그녀는 포스트잇을 꺼내 펼쳤다. 커피 몇 방울이 살짝 스며든 메모엔 약 한 달 뒤의 날짜와 주소가 적혀있었다.

"그날 거기서 대기하고 있어. 내가 보이면 아는 체하지 말고 적정거리 유지하고 따라와. 굳이 미행하는 것처럼 각 잡을 필요는 없어. 예상시간은 9시부터 15시 사이. 눈에 안 띄게 시간 보낼 만한 거 챙겨오고. 작전지시는 이동한 곳에서 할 거야. 신변정리는 네가 먼저 하지 마. 아, 갑자기 해외로 사라졌을 때 널 찾을 만한 주변인이 몇 명이야?"

"없습니다."

그는 만족스럽게 고개를 끄덕였다. 그녀는 포스트잇을 주머니에 넣고 물었다.

"제가 만약 못 하겠다고 했다면 다른 임무를 주셨을 겁니까?"

"아니. 말로는 최상의 시나리오라고 했지만 사실 유일한 시나리오였어."

"그럼 제가 여기에 가담하지 않았다면요?"

"넌 네 발로 여길 내려가지 못했겠지." 그는 우두둑 소리를 내며 목을 돌렸다. "농담이다. 이게 다 너도 살고 나도 살려고 하는 짓이라고 그때 말했잖아."

그녀는 입술만 어색하게 끌어올려 미소 지었다.

"서 팀장님이 농담하시는 건 이번이 처음이네요."

"나도 네가 그렇게나마 웃는 걸 본 건 이번이 처음이다. 이제 와 말하기도 뭐하지만, 난 네가 움직이는 마네킹인 줄 알았어." 그는 등 돌려 걸었다. "혹시나 싶어 다시 말하는데, 도망치거나 허튼수작 부릴 생각일랑은 접어라? 널 위해 하는 말이야."

"예. 잠복 감시하고 있는 그 두 분께 전해주십시오. 도망가지 않을 테니까 식사는 편하게 해도 된다고."

"어이쿠. 이틀도 안 되는 사이 너한테 들킬 정도로 나사 빠진 놈들은 아니라고 생각했는데. 담당조를 바꿔야겠구먼. 충고 고맙다."

그는 절뚝거리며 계단을 내려갔다. 기대하는 가장 좋은 결과는 그가 다른 사람들과 함께 있을 때 그녀가 옥상에서 뛰어내리고, 소식을 들은 그가 달려가 혼란한 틈을 타 그녀의 주머니에서 포스트잇만 회수하는 것이었다. 이제 와 자살을 기도할 성싶지는 않았지만.

애당초 그녀를 암살 작전에 투입하는 것도 고립지대에서 죽게 하기 위해서였다. 깔끔하게 통제된 환경의 사형 장소는 못 되더라도 그 도시에 들어간 이상 살아서 나올 가능성은 없었다.

윤서리는 비행기 없이 손쉽게 이곳을 뜰 수 있을 것이다. 함께 투입될 이들과 함께, 그리고 어쩌면 암살에 성공할지도 모를 요원과 함께.

다 저 스스로 죽음을 자초한 결과라고 서형우는 생각했다. 시키는 대로만 일하고 가만히 있었더라면 이런 일은 일어나지 않았으리라.

여름이 남긴 마지막 기운도 사라지고 가로수의 가지가 가벼워진 거리에서, 윤서리는 정확히 4시간 30분을 기다렸다.

메모에 적힌 주소는 먹거리가 넘쳐나는 거리에서 전혀 눈에 띄지 않는 낡은 카페를 가리키고 있었다. 가게는 전방이 야외로 트여 있어서 지나가는 사람들을 관찰하기 쉬워 좋았다. 그녀는 미리 들른 서점에서 눈에 띄는 대로 집어온 책을 펼치고 읽는 시늉만 했다. 서형우가 근처를 스쳐 지나가 버릴까 봐 그녀의 신경은 가게 바깥을 향해 곤두서있었다.

하지만 서형우는 깜빡 놓쳐버렸다는 변명의 여지도 주지 않겠다는 듯 가게 안으로 성큼 들어왔다. 누가 들어도 메뉴에 전혀 관심 없어 보이는 목소리로 커피를 주문하고 그는 근처에 앉았다. 두 사람 모두 서로에게 아는 척을 하지 않았다. 음료가 나오자 그는 컵 안의 내용물을 전부 처리대에 따라버리고 절뚝거리며 가게를 나섰다. 윤서리는 그가 아슬아슬하게 인파에 섞여들기 시작할 때 책을 덮고 뒤를 따랐다.

불편한 다리로 느리게 걷는 서형우와 거리를 두기 위해 그녀는 종종 길을 헤매는 척을 해야 했다. 구(區)를 벗어나자 뒤에 붙은 미행 중 한 명이 사라졌고, 또 다른 구에 접어들자 마지막 남은 한 명마저 모습을 감췄다. 둘은 아주 오래 걸었다. 세 번째 구에 도착했을 땐 해가 졌고 인파도 없었다.

주택이 빽빽이 들어찬 골목에 들어서자 그는 눈에 띄게 걸음을 늦췄다. 그가 자리에 멈춰 다리를 주무르는 것을 보고 윤서리는 가까이 다가갔다. 그녀가 옆에 서자 그는 다시 발을 떼며 말했다.

"올 만했냐."

"예."

"길은 외웠고?"

"예."

"외웠다고? 괜한 짓을. 머리에서 지워. 쓸데없는 정보야. 다시는 여기 올 일 없을 거다."

"혹시 모르니까요."

"만에 하나 비상상황이 터져도 여기선 안 만날 거야. 한 번 장소

옮기면 예전에 쓰던 곳으론 돌아가지 않으니까 기억할 필요 없어."

"누구로부터 숨기 위한 안전가옥입니까?"

"주로 비원. 때로는 회사."

"회사요?"

"내 전 직장."

"비공식이어도 국정원을 위해 일하는데 국정원을 피해 숨는다고요?"

"거기엔 너 같은 애들이 많거든."

그는 지저분한 남색 대문 앞에 멈춰 문손잡이에 지팡이를 끼워 당겼다. 문에 손바닥 자국처럼 붙어있던 전단들이 팔랑거렸다.

그들이 들어간 1층 주택은 양옆에 바짝 붙어선 낡은 2층 주택 사이에 끼어 당장에라도 찌부러질 것 같았다. 그는 지팡이를 찍어 누르며 힘겹게 계단을 올라 신경질적으로 철문을 열었다. 그녀는 그가 당장에라도 안전가옥 위치를 옮길 듯 구는 이유가 보안을 위해서가 아니라 다섯 칸의 계단 때문일 거라고 생각했다.

안에는 넓은 탁자와 의자와 간이소파 외엔 아무런 가구도 없었다. 탁자는 방 한가운데를 차지했고 소파는 화장실과 딱 붙은 방에 짐처럼 놓여 있었다. 소파 위엔 파일과 외장 하드와 줄 끊어진 헤드폰들이 질서없이 쌓였다.

그리고 그 앞엔 한 사람이 낡은 기계처럼 웅크려 앉아 있었다.

그 사람은 서류철을 늘어놓고 맨바닥에 앉아 밥을 먹고 있었다. 까놓은 도시락이 서류 수보다 많았다. 통풍이 제대로 안 된 방에 기름 냄새, 간장 냄새, 더운밥 냄새, 매콤한 냄새 등등 온갖 음식 향이 섞였다. 그 속에서 낯선 사람은 허겁지겁 튀김 반찬을 삼키며 그들을 흘끗 쳐다보기만 했다.

대충 보아서는 성별을 짐작할 수 없는 인물이었다. 서형우는 그 정체 모를 사람에 대해 아무 설명도 하지 않고 탁자가 있는 방에 들어가더니 의자 위의 짐을 탁자로 옮기고 앉아 다리를 꼬았다.

"그 도시를 얼마나 자세히 기억하고 있지?"

어느 도시를 지칭하는지는 묻지 않아도 빤했다. 기억을 더듬느라 윤서리의 미간이 꿈틀했다.

"어디가 높고 어디가 낮고, 어디가 깨끗했고 어디가 복잡한 동네였고, 이런 식으로 단편적으로 기억합니다."

"거기 가면 대강이라도 위치를 파악할 수 있겠어?"

"아예 못 하진 않겠지만, 장담은 못 드리겠습니다. 오래 살긴 했어도 그만큼 오랫동안 가지 않았으니까요."

"폐쇄된 지 올해 들어 12년째지. 만약 도시 일부가 많이 달라졌어도, 다른 곳들이 변한 것 없이 그대로라면, 그곳에서 주변에 뭐가 있는지 기억해낼 수 있을 것 같아?"

"경우에 따라 다릅니다. 토박이도 잘 모를 만큼 구석진 곳이면 아무리 보존이 잘돼 있어도 전 모르겠지요."

서형우는 탁자 위로 사진 한 장을 날렸다.

"보고 떠오르는 게 있으면 말해봐."

윤서리는 사진을 보자마자 말했다.

"어렸을 때 랜드마크였던 곳입니다. 바로 앞에 오거리, 근처에 사거리가 있고 도로가 아닌 곳은 모두 상점가와 주택가였습니다."

다른 사진이 미끄러지듯 탁자를 건너왔다. 그녀는 이번엔 사진을 구석구석 훑고서 말했다.

"두 군데가 생각나는데, 근처에 중학교가 있으면 큰 도로를 사이에 두고 앞뒤에 높은 언덕이 있는 곳입니다. 초보자는 운전하기 어려울 정도로 가파른 지형입니다. 뒤편 언덕을 완전히 넘어가면 그 일대는 전부 유흥가였습니다. 만약 중학교가 아니라 시립도서관이 있다면 도서관 정면에 빌라단지, 걸어서 20분 거리쯤에 짧은 터널이 있는 곳입니다."

새로 던져진 사진을 보고 그녀는 고민하다 말했다.

"근처 사진이 몇 장 더 있으면 알 것 같은데 지금은 잘 모르겠습니다."

서형우는 들고 있던 뭉치를 뒤져 사진 두 장을 꺼내 건넸다. 그녀는 고개를 주억거리더니 말했다.

"공단과 가장 가까운 곳에 세워진 아파트단지입니다. 입주신청 개시일을 홍보하는 현수막을 본 기억이 납니다. 싱크홀이 생기는 바람에 그 아파트에서 살게 된 사람은 한 명도 없었겠지만요."

그는 새 사진을 주었다.

"모르겠습니다."

근방인 듯한 장소를 찍은 사진이 탁자를 가로질렀다. 그녀는 고개를 저었다.

"모르는 곳입니다."

그는 다시 새 사진을 건넸다. 번듯하지만 오랫동안 관리하지 않은 것 같은 건물이 찍혀 있었다.

"…입소문이 나서 꽤 잘 팔리던 식당이었습니다. 아버지 되는 남자가 도박으로 날린 가게를 남매가 자수성가해서 되찾은 거로 유명했습니다. 음식은 맛있고 주인도 친절해서, 추운 겨울에 특히 사람이 북적였죠."

"그런 쓸데없는 거 말고. 다른 중요한 건 안 떠올라?"

"아… 예, 보도가 복잡하게 얽혀있고 주변에 공원이 많았습니다. 인공공원은 거의 없고, 산에서 갈라져 나온 작은 산줄기를 이용한 자연공원이 대부분입니다."

서형우는 사진을 거둬 정리했다. 다른 뭉치에서 사진 한 장을 집고 그가 말했다.

"이건 지금까지 보여준 사진과 다르게, 아까 말했던 '예전과 많이 달라진' 장소야. 그걸 감안하고 봐봐."

"그럼 방금 본 사진들은 달라지지 않은 곳입니까? 12년 전에 찍은 게 아니라 최근 사진이라고요?"

그는 건성으로 고개를 끄덕이고 사진을 탁자 중앙으로 날렸다. 그녀는 멍하니 있다가 사진을 보더니 얼굴을 한껏 구겼다.

"만약 서 팀장님이 미리 말씀하지 않았다면 이곳이 그 도시라고 생각하지도 못했을 겁니다."

"어디인 것 같아?"

"글쎄요. 철거장… 공사판. 재개발구역이겠네요."

"원래는 그 도시의 어디였는지 예상할 수 있겠어?"

"감도 안 옵니다."

"이런 곳이 군데군데 있을 거야." 그는 사진을 가져가며 말했다. "특히 싱크홀 주변. 싱크홀과 가까울수록 이렇게 무너진 곳이 많고, 싱크홀이랑 멀리 떨어졌는데도 엉뚱하게 머리카락 뽑힌 것처럼 뜬금없이 이런 폐허가 나올 수 있어. 알아는 두라고 말해주지만, 아마 이런 데 근처는 갈 일 없을 거야. 예상 수색지역은 높은 곳이니까."

"높은 곳이요?"

"그래. 상하좌우, 주변을 지켜볼 수 있을 정도로 적당히 높은 곳. 지도가 그려지나?"

"높은 곳에 빌딩이나 아파트도 포함됩니까?"

"우선순위로 생각하진 마. 폐쇄되지 않은 자연 그대로의 공간으로 한정하는 게 좋아. 하지만 지나치게 개방적이지 않은 곳으로. 요약하면 적당히 장애물이 있는 고지대가 되겠지. 그런 데를 떠올릴 수 있겠어?"

"이동하기 편한 몇 군데는 떠오릅니다. 그런 요소를 가진 모든 장소를 알진 못하겠지만요."

"그 정도로 됐어." 그는 파일에서 종이 한 장을 꺼냈다. "수색 대상이자 제거 대상은 이놈이다."

같은 남자의 얼굴이 찍힌 각기 다른 증명사진 네 장이 A4 용지에 모여 인쇄돼 있었다. 따분한 얼굴이라고 그녀는 생각했다. 얌전하고, 단정하고, 경직돼 보였다. 비슷한 느낌의 사진을 기업 입사지원 이력서 정리함에서 한 뭉텅이 찾아낼 수 있을 것 같았다.

"그리고 이건 최근에 찍힌 사진."

윤서리는 사진을 얼굴 높이로 들었다. 사진 속 남자는 증명사진에 찍힌 사람과 동일인물 같지 않았다. 나이가 조금 더 들어 보이는 것만으론 설명이 안 되는 근본적인 차이가 표정에 드러났다. 남자는 연쇄살인범이 아니라 살인현장에서 도망쳐온 생존자 같았다. 과거 사진보다 좀 더 마른 모습이었지만 유약해 보이기보다는 예민해 보였다. 생기 없는 얼굴에 그녀는 본능적으로 거부감이 들었다.

"살인이 아니라 자살을 할 것 같은 사람인데요."

"괜히 감정적으로 해석하려 들지 마."

"약점은 갖고 있습니까?"

"집중력이 높아."

"강점으로 들리는데요."

"강점이자 약점이지. 너희 말고 다른 데에 죽도록 집중하고 있을 테니까. 사실 노릴 수 있는 유일한 순간이 그거야. 그놈이 엉뚱한 데 정신 팔렸을 때 최대한 가까이 다가가 처리해."

"원거리 사격부대를 쓰는 게 제일 효과적일 텐데요."

"그놈한텐 총칼이 별로 효과적이질 않아서."

"그런 인간이 있습니까?"

"자세히 생각할 필요 없어."

그녀는 고장 난 계산기를 보는 것처럼 서형우를 쳐다봤다.

"그래도 명색이 암살 작전인데 총칼은 소지하고 들어가겠죠?"

"물론. 운 좋으면 총알 한 방으로 끝낼 수 있을 테니까. 그놈한테 가까이 다가가 처리하라는 건 최후의 최후를 고려해서 한 말이야. 그놈 주변에 너 혼자밖에 없을 때 말이다. 그런 경우는 어쩔 수 없겠지. 하지만 네 주 임무는 어디까지나 수색이야. 남들이 그놈 근처에 도착할 수 있게 해주는 보조 역할."

"폐쇄된 구역이 시 전체인데, 높은 곳이라는 단서 하나로 사람을 찾으려면 며칠을 써도 모자랄 텐데요. 절 포함해 몇 명이 투입됩니까?"

"일곱 명."

"이 사람이 암살당하길 원치 않으시는 거로 들리네요."

"눈에 띄지 않아야 하는데 사람 수만 많아 봤자 어쩌려고. 시 전부를 뒤지라고는 안 했어. 도착하면 어디서 소동이 일어날 거야. 그 소동의 가시거리 내에서 높은 곳을 뒤져. 만약 소동이 일어나지 않으면 작전은 취소야. 어차피 이건 당일에 현장 요원이 알아서 챙겨주겠지만."

"거기에 싱크홀이 하나 더 생기지 않는 이상 소동이랄 게 일어날 수나 있나요."

"아까부터 말하지만, 자세히 생각하지 마. 너한텐 이번 작전에서 그게 가장 중요한 핵심이다."

"…아시겠지만 전 직위 해제돼서 총기가 없습니다. 무기는 여기서 받습니까?"

"나흘 뒤 오전 다섯 시, 소집 장소에서. 당연히 난 없을 거야."

"위치는요."

"네가 지난달에 비원 삼인자 살리려고 달려왔던 거기."

그녀는 서형우의 눈에서 뚝뚝 떨어지는 진득한 분노를 보기 싫어서 사진으로 제 눈 앞을 가렸다. 고요하게 정돈된 외모를 가진, 그러나 차가워서 쩍쩍 갈라질 듯한 표정으로 무장한 남자가 종이 안에서 윤서리를 외면하고 있었다.

왜 사진을 보고 혐오와 반발심이 생겼는지 그녀는 어렴풋이 알 것 같았다. 남자에게서 뿜어져 나오는 분위기가 지나치게 익숙했다. 그녀가 매일 아침 거울 속에서 보는 얼굴과 닮아있었다.

윤서리는 탁자에 사진을 뒤집어놓으며 말했다.

"표적 이름이 어떻게 됩니까?"

"알아야 할 정보는 아닌 것 같은데."

"그러네요. 시신은 어떻게 처리할까요."

"네가 손댈 일은 없을 거야. 다른 놈이 알아서 챙길 거니까. 네가 주의할 점은 하나다. 팀 이탈만 하지 마."

"예."

그들은 말없이 서로를 응시했다.

"더 지시하실 사항이 있습니까?"

"없어. 그만 가봐."

"나흘 뒤 임무 마치고 공항에서 뵙겠습니다."

그녀는 미련 없이 방을 나왔다. 소파 옆에서 식사하고 있던 낯선 이는 여전히 음식을 우물거리고 있었다.

그녀가 문 앞에 다다르기 직전에 철문이 열리고 누군가가 들어왔다. 그녀는 그 얼굴을 보고 저도 모르게 고개를 돌려 식사 중인 사람을 쳐다봤다. 둘은 생김새도 차림새도 비슷한 쌍둥이였다. 윤서리는 밥을 먹고 있는 사람이 여자고 방금 들어온 쪽이 남자일 거라고 어림짐작했다.

남자는 양손 가득 짐을 들고 있었다. 바닥에 푼 비닐봉지에서 나온 건 여자가 먹어치운 도시락통과 비슷한 양의 먹을거리였다.

윤서리는 그들에게 인사하지 않고 홱 나갔다. 그녀가 밖으로 나간 후 한참 뒤에 여자가 말했다.

"어차피 현장 들어가면 몇 분 못 가서 죽을 애한테 뭘 그렇게 자잘한 것까지 설명해?"

"최소한의 신뢰는 심어줘야 잠깐이나마 제대로 일할 거 아니야. 총알받이한테도 어디 서야 할지 자리 정도는 정해줘야지." 서형우가 말했다.

"뭐야, 방금 나간 여자 총알받이야? 근데 왜 여길 들였어?" 남자가 여자에게 물었다.

"한 달 전에 어떤 수사관이 비원 머리 수술 망쳐놨잖아. 그 사람이래."

"아, 걔가 걔야?"

"암살팀에 그 여자 넣을 생각한 거 너잖아. 그런데 얼굴도 몰랐어?"

"알게 뭐야. 서 팀장이 사진 한 장 안 줬어."

"차세연 말마따나 어차피 죽을 앤데, 차세욱 네가 얼굴 알아서 뭐하게." 서형우가 말했다.

"하긴 세욱이가 얼굴 알아야겠단 소리도 않긴 했지. 나도 그래서 말 한마디 안 걸었어. 재밌는 애면 좀 봐보려고 했는데 그렇지도 않더라." 차세연이라고 불린 여자가 말했다.

"암살 작전 세운 건 넌데 애정 좀 갖고 대하지그래." 차세욱이라는 남자가 말했다.

"뭐 그걸 갖고 작전이네 뭐네 거창하게 굴 것까지 있나, 그냥 몇명 모아다 보내는 게 끝인데…. 그리고 내가 세운 작전도 아니잖아. 서 팀장이 준비하라고 해서 준비해준 거지."

차세연은 선어 초밥을 입에 넣었다. 입에 든 걸 다 씹기도 전에 빵봉지를 부스럭대는 그녀를 보며 차세욱이 말했다.

"이것도 모자라서 또 사오라고 하면 진짜 죽는다."

"반년 만에 대신 사다 준 주제에 생색내면 죽는다."

"너희야말로 이번 암살팀 또 실패하면 죽을 줄 알아." 서형우가 말했다.

"우리가 왜? 못 죽이고 온 놈들이 잘못한 거지." 차세연이 말했다.

"죽일 수 있을 만한 놈들로 골라 보내야 할 거 아니야. 기억해. 올해 안엔 처리해야 한다고 말했지? 몇 달 안 남았어."

"이번 팀이 겨우 세 번째잖아. 정여준이 고작 이 정도로 살해당할 만큼 약해빠졌으면 갠 진즉 비원한테 죽고도 남았어. 인내심 좀 가져. 설마 올해 안에 못 죽이려고."

"올해 안이 아니라 이번에 끝낼 생각을 해야지." 서형우는 심드렁하게 벽에 몸을 기댔다. "이번 애들은 어때 보이냐? 표적 접근은 성공할 것 같아?"

"글쎄." 차세연은 마지막 초밥을 집었다. "적어도 아까 그 여자 시체 남모르게 처리하는 건 성공하겠지."

나흘 뒤 약속장소에서 윤서리가 만난 여섯 명은 체격도 생김새도 옷차림도 제각각이었고 본래의 직업을 유추하기 어려웠다. 인생의 산전수전이 절로 보일 정도로 양손이 굳은살로 울퉁불퉁한 사람이 있는가 하면 그녀보다 어린애 같은 손을 가진 사람도 있었다. 유일한 공통점을 말하자면 다들 애써 혼란과 두려움을 숨기고 서로에게 일절 관심을 내비치지 않았다는 점일 것이다.

아파 보일 정도로 머리카락을 틀어 올린 여자가 리더였다. 그러나 리더는 많은 걸 설명하지 않았고 아무도 리더에게 질문하지 않았다. 작전의 당사자들인데도 작전에 대해 자세히 알고 싶어 하지 않는 것처럼 보였다. 혹은 굳이 설명을 듣지 않아도 모든 걸 알고 있는 듯했다. 그들은 조용히 자동차의 덜컹거림에 몸을 맡겼다. 윤서리는 총을 받아 챙기고 예비용 단도를 허리춤에 끼웠다. 남자들은 총 대신 칼과 장갑과 구리선을 챙겼다. 그녀는 자신이 살인을 위해 이동하고 있다는 걸 뒤늦게 피부로 느꼈다.

무리는 도중에 차를 갈아탔다. 하늘에 새벽빛이 걷히고 동이 틀 때 그들은 도시의 경계선에 도착했다.

도시를 사방에서 두르는 출입통제소가 보였다. 방호벽이 붙은 통제소에서 사람이 나오자 무리는 일제히 양손을 들어 올렸다. 그녀도 덩달아 손을 올렸다.

리더는 무장한 통제원에게 "서형우."라는 말과 함께 종이 한 장을 건넸다. 암살팀보다 훨씬 더 암살요원처럼 보이는 통제원은 서류를 대충 훑어보더니 그들을 안쪽으로 들였다.

전 세계 그 어느 언론사도 12년간 이곳을 넘지 못했는데, 그들은 조금 전 서형우라는 이름 석 자만으로 통제소를 통과한 것이었다. 윤서리는 대체 그가 출입요구서에 무슨 말을 적었을지 궁금했다. '살인자를 처리하기 위한 살인자들이니 통과를 요함. 비록 구조대도 들어가지 못한 곳이지만, 암살자에게는 충분한 자격이 있음.' 서형우라면 그렇게 써놨을 법도 했다.

도시에 충분히 진입한 후 그들은 도보로 움직였다. 리더가 앞에 자리를 잡았고 그 뒤로 여섯 명이 거리를 둔 채 두 줄로 나뉘어 걸었다. 가장 먼저 찾아야 할, 혹은 기다려야 할 것은 도시 어딘가에서 벌어질 큰 소동이었다. 그들은 15분 간격으로 방향을 바꿔가며 텅 빈 도로를 가로질렀다.

도시 일부는 박제된 역사박물관처럼 보였고 어떤 건물들은 놀라울 정도로 무너져 상했다. 10년이 넘도록 사람 손을 타지 않은 간판과 표지판들은 잘못 진화한 돌연변이 식물처럼 보였다. 아무것도 불타고 있지 않은데도 타는 냄새가 간간이 코를 스쳤다. 아주 메마른 콘크리트 사막을 걷는 것 같다가도, 모퉁이 하나를 돌면 지독한 습기 때문에 기분까지 축축해지기 일쑤였다. 그들은 점점 거대한 인형의 집에서 장난감을 발로 차가며 헤매는 듯한 느낌에 빠져들었다. 청설모만 한 쥐가 발치를 기어갔을 때 그들은 징그러워하지도 않고 이곳에 자신들 외에도 살아있는 무언가가 있다는 걸 감사해 했다.

수풀과 초목 근처를 지나갈 때면 동물들이 툭툭 튀어나왔다. 다람쥐와 까치가 떼를 지어있었고 간혹 제법 큰 고라니도 지나갔다. 그들은 사람 키를 훌쩍 넘는 구렁이가 4차선 도로를 건너는 걸 숨죽이고 쳐다보다가, 막상 눈앞에서 동물이 사라지면 지독한 외로움을 느꼈다. 와서는 안 될 곳에 함부로 침입한 기분이었다. 바람 소리만 가득한 유령도시에선 발소리를 내는 것마저 불경하게 들렸다.

방향을 일곱 번 바꾸었을 때 윤서리는 공기가 울리는 걸 느꼈다. 다른 사람들 역시 알아챈 모양인지 서로 간격을 넓혔다. 지루했던 행군에 긴장감이 흘렀다. 시간이 조금 더 지나자 바람의 방향이 자주 바뀌기 시작했고 하늘 위의 새들이 십자 모양으로 날아갔다.

미세하게 땅이 진동했다. 그들은 높은 건물을 피하며 빠른 걸음으로 걸었다. 각자의 거리는 7미터 가까이 벌어졌다. 그들은 때때로 걸음을 멈춰가며 진원지로 추정되는 곳을 향해 삐뚤빼뚤 나아갔다. 땅의 울림은 비주기적이었지만 걸음을 옮길수록 진동도 착실히 세졌다. 그들은 노출된 대로변을 버리고 한 칸 안쪽의 골목으로 몸을 숨겨 이동하기로 했다.

점점 골목이 좁아지자 그들은 진열을 일렬종대로 바꿨다. 가장 뒤에 선 윤서리는 앞선 이들의 뒤통수를 보면서, 여섯 중 세 사람이 자꾸만 하늘을 신경 쓰며 걷는 걸 알아챘다. 셋 중 한 명은 리더였고 나머지 둘은 이동하는 내내 가장 말수가 적었던 사람들이었다.

리더가 위를 두리번거리며 걷고 있으니 무리는 종종 자리에 멈춰 서게 됐다. 전방과 측면을 경계할 이유는 있어도 하늘을 올려다보는 건 가끔 나타나는 맹금류를 두려워하지 않는 이상 전혀 필요 없는 행동이었지만, 그들은 분위기에 짓눌려 의문을 드러내지 못했다.

조용히 앞사람의 뒤를 따라 걷던 윤서리는 왜 리더가 그렇게나 하늘을 주시했는지 곧 알게 되었다.

거대한 것이 하늘을 가로질렀다. 아파트였다.

아파트의 형태로 진화한 조류가 아니었다. 아파트처럼 생긴 운석도 아니었다.

아래층이 박살 나고 반대편 한 면이 포탄이라도 맞은 것처럼 너덜너덜해진 '아파트'가 하늘 위를 쏜살같이 날아갔다.

잠시 후 건물이 추락했을 남서쪽에서 끔찍한 굉음이 났다. 몇 초의 간격을 넘어 진동이 다가왔다. 그들은 둘로 갈라져 뛰기 시작했다. 셋은 건물이 날아온 방향으로, 넷은 건물이 떨어진 방향으로 향했다.

그녀는 리더와 함께 4인조에 어울려 정신없이 내달렸다. 땅이 울리는 주기가 갈수록 짧아졌다. 주변에 보이는 골목과 건물들이 하나둘 줄어들고 서서히 황량하고 넓은 지대가 펼쳐졌다. 건물이나 축대 등은 이제 아주 먼 곳에 드문드문 얼룩처럼 보였다.

멀찍이서 먼지가 스모그처럼 뿌옇게 올라오고 있었다. 아파트가 추락한 곳이었다. 본래 그 자리에 있던 건물들은 부서지고 뭉개져 난장판을 만들어냈다. 그녀는 그 조잡한 모습이 어딘가 낯익다는 생각을 했다.

서형우가 안전가옥에서 건네준 사진 중 도저히 본래의 모습을 추측할 수 없었던 공사판 같은 장소. 멀리 보이는 광경은 그것과 닮아 있었다.

일행의 가장 뒤에 있던 윤서리는 달리는 속도를 높여 리더의 옆으로 붙었다. 위치를 지키라는 외침이 옆에서 터져 나왔다. 그녀는 개의치 않고 계속 달렸다.

문득 귀를 간지럽히는 당혹스러운 소리가 일었다.

사람의 고함이었다.

암살팀이 아닌 다른 누군가의 목소리가 건물이 추락한 곳 너머에서 울렸다. 12년 전부터 어떤 인간도 들어올 수 없었던 유령도시에, 목소리가 공명하여 허허벌판에 메아리치고 있었다.

좁쌀만 한 크기의 무언가가 멀찍이서 우글대며 나타났다. 목소리가 들리지 않았다면 그것이 인간일 거라곤 생각도 못 했겠지만, 그건 틀림없이 사람들이었다. 그녀와 아슬아슬한 거리로 앞을 차지해 뛰던 리더는 맞은편에 나타난 사람들을 보고 멈칫했다. 뒤에서 따라 뛰던 세 사람도 덩달아 뜀박질을 늦췄다.

아주 잠깐 이동이 멈춘 사이 윤서리가 땅을 박차고 리더에게 달려들었다. 두 사람은 거칠고 볼품없게 땅바닥에 나뒹굴었다.

"뭐야, 미쳤어?"

리더가 소리치며 그녀를 밀어냈다. 윤서리는 바깥으로 얼굴이 밀리면서도 리더의 허리를 다리로 제압해 눌렀다. 갑작스러운 상황에 당황한 팀원들은 몸을 낮춰 전방을 경계하다가 이내 그녀에게 달려들었다. 한 요원의 우악스러운 팔이 그녀의 멱살을 잡아 올린 그때, 50미터도 채 떨어지지 않은 곳에 둔중한 충돌음이 났다.

그들은 본능적으로 머리를 감싸고 엎드렸다. 잠시 후 고개를 들어 눈앞을 확인하자 또 하나의 거대한 물체가 지면에 박혀있었다. 건물 일부로 보이는 콘크리트 덩어리였다.

뛰던 방향으로 계속 달렸다면 그 말도 안 되는 우박 덩어리는 그들의 머리 위로 떨어졌을 터였다. 리더는 윤서리를 향해 가볍게 눈인사했고, 윤서리는 자기 대신 찰과상을 입어준 그녀에게 인사했다.

난데없이 떨어진 두 번째 추락물이 나쁘기만 한 것은 아니었다. 먼 곳의 정체 모를 사람들로부터 그들을 가려줄 장애물이 되어 주었다.

다른 세 팀원이 향했을 방향에서 커다란 폭발음이 났다. 네 사람은 등을 맞대 원을 이루고 사방을 경계하며 추락물 근처로 천천히 다가갔다. 거의 도달했을 때쯤, 후방을 바라보며 뒤로 걷던 요원이 말했다.

"또 온다."

그들은 하늘을 올려다보았다. 서너 개의 거대한 콘크리트 조각, 그보다는 작지만 무시할 수 없는 크기의 파편들이 수십 개, 그리고 유리 판자며 돌덩이며 철근들이 먼 곳에서 태풍처럼 날아와 하늘 위를 가로질렀다. 폭발의 잔재처럼 보이는 온갖 파편들 사이엔 부서진 나무기둥마저 보였다.

그들은 얼른 추락물 옆으로 다가가 상체를 웅크렸다. 하늘 위 파편들이 정수리로 떨어지지 않고 좀 더 멀리 날아가 주길 바라는 수밖에 없었다. 다행히 그들을 향해 추락하는 물체는 없었다. 몸을 기댄 콘크리트 덩어리가 좋은 방패가 돼준 모양이었지만 반드시 나야 할 소리가 들리지 않았다. 이제껏 났던 충격음보다 더 큰 굉음이 나야 마땅한데도 땅을 흔드는 소리가 없었다.

그들은 조심스럽게 머리를 위로 내밀었다.

앞에 펼쳐진 풍경을 보고 윤서리의 옆에 있던 남자가 리더에게 말했다.

"뭡니까, 저건?"

리더는 말이 없었다. 올 게 왔구나 싶은 표정이었다. 아무런 답도 듣지 못한 채 멍하니 앞을 바라보는 남자의 옆에서 윤서리도 그 광경을 노려보았다.

하늘을 건너와 추락했어야 할 파편들이 공중에 멈춰 있었다.

달리 어떻게 설명해야 할지 누구도 알지 못했다. 콘크리트건 유리건 돌이건 모든 것들이, 땅에 있는 사람들을 해치지 못하고 하늘에 고스란히 매달려 있었다.

"저게 서 팀장이 말했던 소동이라는 건가요?" 윤서리가 말했다.

"딱 보니까 알겠지? 느긋하게 구경할 시간은 없을 거야. 봐. 이제 온다."

물체들이 공중에 멈춘 덕에 목숨을 건진 사람들이 점점 거리를 좁히고 있었다. 새까맣게 뭉쳐있던 인파 중 일부는 뒤로 더 멀어졌고, 다른 일부는 암살팀이 있는 방향을 향해 달려왔다. 리더가 다급하게 말했다.

"알고 있겠지만, 표적은 저 상황을 대강이라도 지켜볼 수 있는 장소에 있다."

"여기서 금방 갈 수 있는 데엔 높은 곳이 없습니다." 윤서리가 말했다.

"나도 알아. 더 먼 곳까지 생각해야겠지만 최대한 가까운 곳부터 훑어야겠지. 일단 저 사람들이랑 맞닥뜨리기 전에 이동한다. 따라와."

달려나가려는 리더를 제지하려 손을 들고 그녀가 말했다.

"잠깐만요. 2동 성당 근처로 가시려는 겁니까?"

"가려는 곳이 2동이 맞긴 한데 글쎄, 성당이 있는지는 모르겠어. 그냥 머릿속에 등고선 표시된 지도가 들어있을 뿐이야. 그건 왜 묻지?"

"성당 방향 외에 고지대가 하나 더 있습니다. 거리는 둘 다 비슷해요."

"기억나는 데가 없는데."

"폐쇄된 옛 활터입니다. 12년 전에도 티 나지 않는 작은 산 같은 곳이었어요."

리더는 점점 형체를 드러내며 가까워지는 인파를 흘끗거리다가 말했다.

"둘씩 갈라진다. 수색조는 한 명씩 붙어. 만약 거기서 표적을 발견 못 하면 2동 성당 근처로 다시 돌아올 수 있나? 위치 알아?"

"네."

"좋아. 표적 외의 인물과 접촉 피하고, 만약 2동으로 왔는데 내가 보이지 않으면 자체판단으로 근처 고지대를 뒤져. 이동해."

윤서리는 남자 요원과 함께 리더를 등지고 달렸다.

몸을 숨길 장소가 멀리 떨어져 있었기에 그들은 꽤 오래 뛰어야 했다. 턱을 치고 올라오는 호흡을 견디는 것보다 더 어려운 건 옆을 돌아보지 않는 것이었다. 그곳에 사람이 있었다. 사람들이 있었다. 도시에 들어와서 본 것 중 그녀에게 가장 충격을 준 건 4차선 위의 구렁이도, 포탄처럼 날아다니는 건물도, 하늘 위에 멈춘 파편들도 아닌, 수십 명을 거뜬히 넘는 인간의 존재였다.

서형우는 분명 이 도시에 사람이 없다고 말했다. 그를 떠올리다 그녀는 다른 사실을 하나 더 깨달았다. 그는 표적이 '사람들'을 살인자로 만든다고 말했다.

목표지점에 도달해 그녀는 남자 요원과 거리를 벌려 걸었다. 이 동속도는 느려지고 걸음 폭은 넓어졌다. 한때 민둥산에 가까웠던 곳이 이젠 제법 나무가 자라서 관리받지 못한 거친 공원처럼 보였다.

산은 고요했다. 아래쪽에서 온갖 것들이 부딪치며 만들어내는 타격음은 더 과격해졌지만, 사람들의 고함은 거의 들리지 않았다. 평지에서 한참 떨어진 곳까지 들려오는 낙하 소리가 머리카락을 쭈뼛 서게 했다.

낙엽이 꽤 떨어져 있었기에 걸음을 디딜 때마다 소리가 났다. 두 사람은 결국 참지 못하고 각자 소리가 나지 않을 만한 공간을 찾았다. 그녀는 살짝 젖은 흙을 골라 밟으며 요원을 시야의 끄트머리에 두고 수색을 이어갔다.

슬슬 포기하고 그만 2동으로 건너갈까 싶어질 때쯤, 그녀는 떡갈나무로 보긴 어려운 검은 무언가를 발견하고 멈춰 섰다. 그녀는 얼른 고개를 돌려 요원을 찾았다. 그도 그녀를 찾고 있었는지 둘은 금방 눈을 마주쳤다. 그가 있는 곳에선 그것의 정체가 확실히 보였는지, 그는 윤서리에게 오케이 사인을 보냈다. 표적 확정이었다.

2동에 가 있을 리더를 호출할 수단이 없었다. 팀원이 뿔뿔이 흩어져 고립되기 딱 좋은 환경이었고, 그녀와 다른 팀원들이 가장 지적하고 싶어 했던 점이었다. 요원은 자신이 처리하겠다는 신호를 보내고 조용히 목장갑을 꼈다. 윤서리는 적어도 살인에 있어 더 나은 활약을 할 자신이 없었기에 그의 의견에 수긍했다.

그녀는 조심스럽게 표적이 더 잘 보일 곳으로 다가가 몸을 숨겼다. 그리고 요원이 표적을 깔끔하게 처리하길 기다렸다.

그는 칼과 구리선을 챙겨 심호흡하고 표적에게 달려들었다. 큰 동물의 민첩한 움직임이 수풀을 뒤흔들었다. 뒤를 보이고 서 있던 표적은 이파리 흔들리는 소리에 움찔해 고개를 돌렸다.

사진을 통해 보았던 것보다 훨씬 생기가 없는 얼굴이었다. 곧 죽을지도 모르는 남자를 바라보며 그녀는 고작 그런 값싼 감상만 들었다.

요원은 칼을 든 팔을 힘껏 휘둘렀지만, 표적의 얼굴 가까이서 손을 멈췄다. 그의 팔은 잠시 뒤 다시 앞으로 나아갔지만 오로지 팔뿐이었다.

칼은 움직이지 않고 허공에 고정돼 있었다.

움직이지 않는 칼을 쥐고 억지로 손을 내뻗느라 그의 손바닥과 손목엔 깊은 자상이 났다. 그가 오른손을 꽉 쥐며 팔을 뒤로 물리는 사이에 표적은 공중에 멈춘 칼을 잡았다. 요원은 상처에도 아랑곳하지 않고 달려들었다. 표적은 그의 거대한 덩치를 간신히 피하다가 칼을 놓치고 뒤로 넘어졌다.

요원은 그대로 달려들어 목을 조르려 했다. 그러나 칼을 경계하지 않은 것이 실수였다. 칼은 이번에도 공중에 멈췄고, 앞으로 돌진한 그의 배꼽 근처에 박혔다.

재빨리 일어선 표적은 무릎 꿇은 그에게 다가가 배에서 칼을 뽑아냈다. 고통에 젖은 욕설이 터져 나왔다. 표적은 한쪽 발로 그의 배를 밟아 움직임을 막고 칼을 치켜들었다.

그 칼이 이번에야말로 그의 경동맥을 자르리라는 건 불 보듯 뻔했다. 그녀는 표적의 팔을 향해 총을 조준했다. 짧은 떨림 끝에 냉정을 되찾고 그녀는 완벽한 자세로 발포했다.

그것이 절대 완벽하지 않았음은 그녀가 눈을 깜빡이기도 전에 분명해졌다.

공중에 멈췄던 칼처럼, 총알은 표적에게 닿지 못하고 멈춰 섰다.

표적은 공중에 떠 있는 총알을 흘끔 보고 망설임 없이 요원의 목에 칼을 박았다. 그는 피가래 끓는 소리를 내며 팔을 버둥거렸다. 그녀는 등 뒤에 흐르는 차디찬 땀을 무시하며 다시 발포했다. 표적은 아예 몸을 돌리기까지 했지만 역시나 총알은 닿지 못하고 공중에 멈췄다.

표적은 칼자루를 발로 눌러 칼날을 요원의 목 반대편으로 관통시키고 그 몸을 차 옆으로 굴렸다. 활엽수 무성한 언덕 아래로 요원이 굴러 내려갈 때 그녀는 마지막으로 한 번 더 발포하고 수풀 사이로 뛰쳐나갔다. 세 번째로 발사된 총알마저 너무나 간단하게 공중에 멈췄다. 그녀는 허리춤에 매단 칼집에서 단도를 꺼내 들고 자신이 쏜 총알들 사이로 돌진했다.

조금 전 훨씬 건장한 남자가 시도하고도 소용없었던 방법이지만, 그녀는 칼을 빼 드는 것 외의 다른 수가 떠오르지 않았다. 맨몸으로 싸울 만용을 부릴 생각은 없었다. 표적이 중상을 입은 요원을 처리하느라 등 돌리고 있는 순간이 그녀가 가진 마지막 기회였다.

그녀는 표적의 등을 향해 단도를 내질렀다. 그러나 결과는 같았다.

단도를 거머쥔 그녀의 손이 도중에 뚝 멎었다. 표적은 목에 칼이 꽂힌 요원이 아래로 굴러가는 걸 확인하고 고개를 돌려 그녀를 보았다.

무심하게 관찰하는 눈빛에 퍼뜩 정신을 차린 그녀는 온 힘을 다해 칼을 움직이려 했으나 역시 실패했다.

잠시 멎었던 소음이 아래쪽에서 다시 울렸다. 땅을 흔든 충격이 꽤 컸다. 표적의 고개가 수풀 쪽을 향했다. 거대한 건물 잔해들이 나무를 뭉개며 그들에게 날아들었다. 그녀는 칼을 놓고 웅크렸지만, 그것들은 떨어지지 않았다. 수많은 파편은 위에 멈춘 채 떠 있을 뿐이었다. 리더와 갈라서기 전, 드넓은 땅 한구석에서 훔쳐봤던 먼 곳의 풍경과 같았다.

그녀는 그때 그 건물 잔해를 머리 위에 올려놓고 앞을 향해 달렸던 정체 모를 사람들도 자신처럼 이렇게 두근거렸을지 궁금했다.

"도망 안 가?" 표적은 그녀가 놓친 칼을 들고 말했다. "도망가 줘."

공중과 측면에 떠 있던 잔해들이 다시 부서졌다. 그녀는 "도망쳐."라고 중얼거렸고 표적은 칼을 내렸다. 부서진 조각들은 역시나 일제히 멈춰 섰지만 단 하나의 파편은 예외였다. 그녀는 생각을 미처 끝내기 전에 시멘트 덩어리에 뒷머리를 맞아 기절했다.

표적은 그녀에게 다가가 칼집에 단도를 넣었다. 얼마 지나지 않아 한 남자가 다가왔다. 그는 눈앞의 상황을 확인하고 멀찍이서 기다리는 동료를 향해, "형! 여준이 여기 있는 거 맞아요!"라며 안전을 보고했다.

표적은 그에게 여자에 관해 물었지만, 그가 알 리 없었다. 먼저 간다며 등을 돌리는 그에게 표적이 말했다.

"야, 이찬."

"뭐, 또."

"네가 대신 좀 맡아줘라."

"아이씨, 나더러 죽이라고?"

"이제껏 잘만 해놓고 왜."

"비원 쪽 여자 죽이는 거랑 생판 얼굴 한 번 못 봤던 여자 죽이는 거랑 같아? 하긴 허리에 칼 매달고 너 찾아온 거 보면 비원 사람이겠다만."

"어쨌든 나 대신 맡아줘. 죽여달라는 거 아니야."

"죽이지 않으면, 뭐 착하게 앉아 '쎄쎄쎄'나 하라고?"

"…뭐 좀 물어볼 게 있어."

"생포해서 고문하는 거야 말리진 않겠는데 너랑 내가 안 죽여도 다른 사람들이 가만 안 놔둘걸?"

"그럴 리가. 네가 버티고 있는데 감히 누가 손을 대겠냐."

"말은 잘하시지, 아주. 데리고 어디로 가? 아예 퇴각해버려도 돼? 이거 내가 농땡이 피우는 게 아니라 네가 시켜서 그러는 거다?"

"그래. 이제 막바지라서 좀 있으면 끝날 것 같다며. 다른 데 다시 자리 잡아서 내가 정리할게."

"나야 고맙지. 수고해라. 아, 그런데 얘 어떡할까? 다리 부러트려 놓아?"

"…아니야. 됐어. 그냥 나랑 대흥 형 둘 다 도착하기 전에 정신 차리지만 않게 해 둬."

"오냐."

남자가 여자를 업고 자리를 벗어나자 그는 공중에 떠 있는 파편들을 바닥에 내려놓았다. 그는 서둘러 걸음을 옮겼다. 아래쪽에서 고전하고 있는 동료들이 건물 잔해에 맞아 다치지 않도록 파편을 공중에 멈춰줘야 했다. 그들의 상황을 지켜볼 수 있는 높은 곳이 필요했다.

3차 정여준 암살 작전에서 살아서 돌아온 팀원은 한 명이었다.

서형우는 회사의 도움 없이 스스로 세운 심문소에서 생존요원의 임무 보고를 받았다. 수색요원 두 명 사망, 암살요원 두 명 사망, 리더 사망, 다섯 모두 시신 확인 후 처리 완료. 작전설계 도중 급히 추가된 윤서리 전 수사관은 시신을 발견하지 못했으나 살해된 다른 한 명의 요원과 함께 있었으니 사망했을 확률이 매우 높으며, 시신은 건물 잔해에 깔렸으리라 추정된다는 내용이었다.

그 말은 서형우를 당황케 했다. 정여준이 죽지 않을 건 예감했지만, 윤서리의 경우는 뜻밖이었다. 소요의 한가운데에 도착하자마자 추락물체에 맞아 죽으리라고 생각했기 때문이다.

그러나 시간이 흐르며 그의 머릿속에서 윤서리라는 이름은 점점 지워졌다. 쉽게 투입된 인력은 현장에서 쉽게 누락되기 마련이었다. 그 누락은 죽음뿐 아니라 가끔은 정체를 알 수 없는 소실을 뜻하기도 했다. 윤 수사관은 분명 죽었다. 시신 따윈 언젠가 바람 아래 드러나 새와 쥐가 처리할 것이다. 이제 서형우는 작은 들짐승들이 대신 처리해주지 못할 과제에 매달려야 했다.

보고를 끝낸 요원은 차세욱과 함께 녹음실을 나섰다. 서형우는 맞은편 별실에서 나왔고, 요원을 향해 이제 그만 돌아가 보라는 듯 손을 내저었다.

요원은 꾸벅 인사했다. 허리를 펴 고개를 들었을 때 그는 뒷목에 닿은 딱딱한 금속의 감촉을 느꼈다. 셋 모두에게 익숙한 소음이 터져 나왔고 요원은 놀랄 틈도 없이 바닥에 흘러내렸다.

"다음엔 세연이 시켜. 더럽게 진짜." 차세욱이 총을 갈무리하며 말했다.

"어차피 시체처리는 남 불러다 시킬 거면서 뭘 그래."

시체는 지나치게 신선한 나머지 불쾌한 냄새조차 풍기지 못했다. 서형우는 생존에 실패한 생존요원을 내려다보며 안타까움에 혀를 찼다. 누구든 정여준의 도깨비짓을 목격한 이상 곱게 살려 세상에 풀어놓을 생각은 없었다. 살고 싶다면 아예 그곳에 들어가지 말거나, 영영 그 안에서 나오지 말아야 했다.

물론 미리 언질을 준 적은 없었다.

가장 기분 나쁘게 각성하는 방법은 꿈을 꾸는 것이다. 윤서리가 기억하는 꿈은 몇 년째 단 하나밖에 없었다. 깊은 어둠 속의 무력한 사투였다. 목소리조차 낼 수 없는 진득한 어둠을 헤매고 헤매다 간신히 잠에서 깨면 늘 몸 구석구석이 저릿하고 안 아픈 곳이 없었다. 그런 꿈에서 홀로 싸우다 일어난 날은 온종일 무기력증에 시달리곤 했다.

이번에도 그녀는 똑같은 꿈에서 버둥대다 눈을 떴다. 악몽에서 벗어났는데도 전혀 기쁘지 않았다. 그녀는 두통과 근육통에 신음하며 기억을 더듬었다. 표적을 눈앞에 두고 기절한 게 마지막이었다.

어깨에 닿은 바닥은 차가웠고 주위는 정돈돼 있었으나 그리 멀지 않은 곳에서 끊임없이 웅성대는 소리가 났다. 그녀는 눈살을 찌푸리고 천천히 주위를 둘러보았다. 바닥엔 먼지가 많았지만, 벽은 온통 새하얗고 천장은 높았다. 조명은 크고 많았지만 불을 밝힌 등은 두 개뿐이었다. 넓은 공간에 약한 빛이 은은하게 퍼져있었고 바닥의 재질은 매끈했다. 벽엔 띄엄띄엄 얇은 자국이 있었다. 한때 전시관으로 쓴 곳인 듯했다.

그 넓은 공간에 백 명, 혹은 그 이상 되는 사람들이 각기 무리를 지어 앉아있었다. 누군가는 단지 수다를 떠는 듯했고 누군가는 끼니를 때우고 있는 듯 보였다. 한 사람 한 사람의 표정이 자세히 보이지는 않았지만 다들 피곤에 지친 것처럼 축축 늘어져 있었다.

그리고 그녀는 손발이 묶인 채 맨바닥에 누워있었다. 낑낑거리며 상체를 위로 틀자 앞에 등을 보이고 앉아있는 사람이 눈에 들어왔다.

낯익은 옷, 뒤통수, 등. 표적이었다.

"야, 비원 년 눈 떴다!"

중년 남성으로 추정되는 목소리가 들려왔다. 오밀조밀 모여 각자할 일을 하던 사람들의 얼굴이 파도치듯 홱홱 돌아섰다. 백여 쌍의 눈알이 그녀를 향해 우르르 내리꽂혔다.

등을 돌리고 앉아있던 표적도 고개를 틀어 그녀를 보았다. 표정은 심드렁한 듯, 무언가를 포기한 듯 복잡했고 그녀의 마지막 기억보다 더 지쳐 보였다.

하지만 피로가 쌓인 것 같을 뿐, 표정은 훨씬 인간다웠다. 기절하기 전에 보았던 얼굴이나 사진 속 얼굴과는 비교도 할 수 없을 정도로 온화했다. 심지어 그녀가 아닌 다른 사람들을 쳐다볼 때는 입가가 느슨히 풀리고 뺨에 훈기마저 돌았다.

물론 첫인상보다 아주 조금 따스해 보인다고 말해줄 정도였다. 아무리 표정이 돌변했어도 그는 명랑하고 활발한 분위기를 내뿜지는 못했다. 그것이 불길할 정도로 새카만 눈동자 때문인지, 그녀만큼이나 창백한 혈색 때문인지, 차디찬 기운이 느껴지는 뒷모습 때문인지, 단순히 나쁜 첫인상 때문인지는 알 길이 없었지만 적어도 한 가지는 확실했다. 사람을 죽인 경험이 있는 인간이라면 누구나 이 정도의 눅눅함은 배어 있을 것이다.

표적은 사람들과 그녀의 접촉을 막는 문지기처럼 앉아 주변을 살폈다. 그녀를 흘끗흘끗 쳐다보는 그의 눈빛엔 자신을 죽이려 들었던 상대를 향한 분노가 그다지 없었지만 그렇다고 유쾌해 보이지도 않았다. 그녀는 그 미려하고 차분한 얼굴을 보면서 머리를 굴렸다. 도망칠 것인가, 관찰할 것인가.

갑자기 얇고 가는 무언가가 화살처럼 날아들었다. 표적의 귀 옆을 간신히 비켜나간 그 물체는 그녀의 눈동자 바로 앞에서 멈춰 섰다. 포크였다.

"이러면 안 되지." 표적이 말했다. "이건 또 뭐니. 나정이 포크인가? 하마터면 삼촌 귀에 귀고리 대신 포크 매달 뻔했잖아, 나정아."

"삼촌한테 안 맞힐 자신 있었어요. 삼촌이 멈추지만 않았어도 저 여자 눈에 바로 명중했을 거예요."

식사하고 있던 무리 가운데서 한 여자가 일어나 그에게 말했다. 고등학생, 혹은 이제 갓 성인이 됐을지도 모를 나잇대의 아이였다.

"정말? 사람 눈알 터트린 포크 씻어서 그걸로 내일 아침밥 먹을 거야?"

"알면서 무슨 그런 말을 해요. 바깥에 널린 게 숟가락이고 젓가

락인데."

"가까운 곳에 식당 없어. 혹시 모르니까 이틀 정도는 멀리 못 나가게 할 거야. 항상 그랬잖아."

나정이라고 불린 아이는 툴툴거리며 그에게 다가왔다. 윤서리의 눈앞에 멈춰 있던 포크가 바닥으로 힘없이 툭 떨어졌다. 그는 포크를 집어 아이에게 건네주었다. 포크는 손잡이 끝부분이 뜨거운 망치에 깨진 것처럼 까맣게 부서져 있었다.

나정이 자리로 돌아가자 무리 사이에서 웅성거리는 소리가 점점 커졌다. 대부분 불만스러운 말투였고 정여준의 이름을 부르는 목소리도 간혹 있었다. 이따금 윤서리를 향해 삿대질하며, "죽여! 당장 죽이라고!" 하며 외치는 이들도 있었다.

흥분한 사람들이 목소리만 높일 뿐 그녀에게 달려들지 않는 것은 그 앞을 그녀의 표적인 정여준이 가로막고 있기 때문이기도 했지만, 무리의 가장 앞쪽에 허리를 빳빳이 펴고 팔짱을 낀 채 버티고 있는 이찬 때문이기도 했다. 그는 목석처럼 앉아 가만히 정여준을 쳐다보기만 했다. 사람들은 이찬을 힐끔거리며 언제쯤 그가 목소리를 높일까 눈치만 봤다.

"이 사람한테 물어보고 싶은 게 있어서 데려왔어요." 정여준이 앉은 채 사람들에게 말했다. "내가 걱정하고 있는 답을 이 사람이 말할 가능성이 있어요. 하지만 정말 그럴 경우, 난 그걸 여러분이 모두 들어줬으면 해요. 이 사람이 나한테 편하게 말할 수 있도록 도와주겠어요?"

"무슨 답을 걱정하는 건데? 그냥 네가 말해. 저 여자가 뭐라고 얘기하든 우리한텐 네 의견이 더 중요해." 한 남자가 말했다.

"미안하지만 그걸 제 입으로 먼저 말할 용기가 없네요."

조용히 대화를 듣던 이찬이 소리 없이 씩 웃더니 말했다.

"꼴값 떤다. 답지도 않은 소리 집어치워."

이찬을 옹호하는 목소리가 하나둘 터졌다. '여자를 묻어라', '무슨 생각인지 그냥 말해라' 등의 외침이 정여준에게 쏟아졌다. 이찬은 점점 커지는 목소리를 무시하고 정여준에게 말했다.

"뭔 재미를 보겠다고 누군지도 모를 여자를 끌고 왔나 싶었더니, 뭐? 간만에 청승 좀 떨고 싶었니? 네가 먼저 말 못할 걸 그 여자가 어떻게 알고 말해주겠어. 뭐가 무서워서 그러는진 모르겠는데 네가 듣고 싶은 말 그 여자 입에서 안 나와. 내 몫으로 고기 남겨둔 거 줄 테니까 그거나 먹고 곱게 자라."

장내는 한순간에 조용해졌다. 조금 전 목소리를 높였던 사람들은 기대했던 말이 이찬의 입에서 나오지 않자 실망한 기색이었다. 정여준은 그들의 표정을 살피고 이찬에게 말했다.

"만약 내가 예상한 답이 나오지 않으면 그걸로 됐어."

"뭘 물어볼 건데."

"날 왜 죽이려 했냐고."

"그야 비원에서 왔으니까 당연히 그러고 싶었겠지."

"난 다른 걸 예상하고 있어."

"뭘."

"설명했잖아. 내가 먼저 말할 용기는 없어."

"오늘 이상하게 구네. 아까 그렇게 힘들었냐? 평소보다 큰 싸움도 아니었는데."

정여준은 대꾸 없이 윤서리에게로 고개를 돌렸다. 이찬이 움찔

놀라 그를 막았다.

"야, 하다못해 딴 데 데려다 놓고 물어보지 그러냐."

"사람들이 같이 들어줬으면 좋겠다니까."

"내가 가서 같이 들어줄게. 그 여자 비원에서 왔는데 무슨 말을 할지 어떻게 알고. 여기 어르신도 있고 애도 있는데."

"괜찮아."

"괜찮긴 쥐뿔이, 너···."

"말해봐요." 정여준이 윤서리에게 말했다. "어디서 왔나요?"

윤서리는 바로 받아쳐 말했다.

"당신들 왜 여기 있어?"

정여준은 당황해서 순간 아무 말도 못 했다. 비원에서 왔다는 대답이나 욕설이 날아올 것을 예상했던 사람들도 의외의 상황에 호기심을 빛냈다.

그러나 윤서리의 눈엔 그들이 단순히 호기심 넘치는 순진무구한 사람들로 보이지 않았다. 그녀는 요리하다 만 풀떼기가 아직도 묻어있는 식칼을, 돌덩이만큼 무거운 사기그릇을 들고 뻣뻣이 긴장한 사람들을 십수 명 보았다. 그들은 당장에라도 그녀를 향해 그것들을 던질 준비가 되어있어 보였다.

이대로 도망쳐버리고 싶은 충동이 잠시 일었지만, 그녀는 일단 세 치 혀를 놀려보기로 했다. 정체도 모르는 사람들에게서 공격을 피하려고 도망치고 싶지 않았다. 파고들고 싶었다. 정여준이 그녀를 궁금해하는 것보다 윤서리가 표적을 궁금해하는 마음이 더 절실했다. 그녀는 조금 전 했던 질문을 반복했다.

"여긴 출입금지구역이야. 이렇게 많은 사람이 어떻게 여기 있지?"

정여준은 어이없어하며 말했다.

"당신도 여기 들어왔잖아요. 그러는 당신은 여기에 왜 왔는데요?"

"사람을 찾으러 왔어."

물론 그녀는 암살 표적 앞에서 진실 그대로를 말할 순 없었다. 진심에 거짓을 섞어야 할 시간이었다.

"…정확히는 시체를 찾으러."

"누구를요."

"어쩌면 싱크홀 아래가 아닌 다른 데에 있을지도 모를 내 부모님 시체를. 지금은 뼈밖에 안 남았겠지만, 옷을 걸치고 있을 수도 있으니까."

부모를 팔아먹은 효과는 있었다. 사람들 사이에서 앓는 듯한 탄성이 터졌다. 정여준도 말을 잇지 못하고 눈을 끔뻑거렸다. 윤서리의 쏘는 듯한 시선을 느낀 그가 더듬거리며 말했다.

"부모님이…, 가족이 예전에 여기서 살았나요?"

그녀는 대답하지 않았다.

"당신은 누군가요?"

"너는 누구야?"

"내가 당신한테 물었는데요."

"나도 너한테 묻고 있어. 넌 누구야?"

"난 당신이 죽이려 했던 사람이에요. 내가 누군지도 모르고 죽이려고 했나요?"

윤서리는 하마터면 고개를 끄덕일 뻔했다. 그가 정확히 누구인지도 모르고 죽이려 했던 게 맞았다.

그러나 그녀는 사람들에게, 그리고 표적에게 죽지 않기 위해 가장 진실다운 거짓을 말해야 했다.

"네가 사람을 죽이려고 했으니까."

"…"

"칼 들고 너한테 덤볐다가 네 손에 죽은 그 남자 말이야. 설마 네 손으로 죽여놓고 다시 치료해 되살렸다고는 말 안 하겠지."

사람들이 분통을 터트리며 고함쳤다. 그녀를 향해 삿대질이 쏟아졌고 몇몇은 씩씩거리며 이찬이 앉아있는 곳을 넘어 다가가려 했다. 정여준은 손을 들어 기도하듯 모아 사람들을 말렸다.

그는 다시 그녀에게 눈을 맞추고 말했다.

"당신도 총칼을 갖고 있었잖아요."

"다른 사람한테서 뺏었어."

"누구한테요?"

"출입통제소를 지키는 군인한테서."

"…대단한 일을 했네요."

"안 그랬다면 여기 들어오지도 못했을 거잖아. 안 그래?"

정여준은 대꾸하지 못했다. 혼란스럽게 자신을 위아래로 훑는 그를 보며, 윤서리는 이렇게라도 당황해하는 표정이 사진 속의 지친 무표정보다 훨씬 보기 좋다고 생각했다.

그녀는 두려움을 떨치고 말했다.

"묻는 대로 다 말해줬어. 이제 나한테 대답해. 당신들 누구야. 이 사람들 전부 출입통제소 직원이고 여기까지 산책이라도 나왔다고 말할 거야?"

"본인 상황을 생각하세요. 날 습격해서 지금 묶여있다고요. 질문할 만한 처지가 못 될 텐데요."

"너라고 그럴 처지가 돼서 나한테 대꾸 받은 거 아니야. 설명해봐. 이렇게 많은 사람이 어떻게 여기 있는 거야. 바깥에선 이곳에 아무도 없다고 들었는데."

"바깥이요?"

대화를 듣던 사람들의 분위기가 어두워졌다.

"바깥이라면 어딜 말하는 건가요. 당신은 정말 비원에서 왔나요?"

"비원? 내가 생각하는 그 비원? 못된 짓으로 돈 벌어먹고 뇌물 처발라서 감방 안 가는 놈들 모인 그 조직 말하는 거야?"

그는 뚫린 곳 없는 미로를 쳐다보는 것처럼 그녀를 보았다. 정여준과 마찬가지로 이찬 역시 당황을 감추지 못했다.

이찬이 그녀를 턱짓하며 정여준에게 말했다.

"이게 네가 저 여자가 말할 거라고 예상했던 답이냐? 너 스스로 말하기 두려워했던?"

정여준은 대답하지 못했다. 그녀는 묶인 몸을 불편하게 틀어 이찬을 보았다. 이찬은 그녀가 자신을 보고 있는 걸 한동안 알지 못하다가 나중에서야 시선을 눈치챘다.

그녀는 이찬과 눈이 마주친 뒤에도 한참 동안 그를 노려보았다. 마치 정신을 차린 직후 표적을 뚫어지라 바라보던 눈빛이 이찬에게로 옮아 붙은 듯했다.

이찬은 혼란스러운 듯 이마를 구기고 얼마간 입을 닫은 채 침묵을 지켰다. 정여준도 이찬도 아무 말이 없자 사람들 사이엔 의미 없는 말들이 오가기 시작했다. 다른 곳에 있던 이들도 하나둘 그녀가 있는 층으로 모여들어, 백 명을 조금 넘었던 사람들은 2백 명 가까이 불어났다.

이찬은 눈 한 번 깜빡이지 않고 그녀를 보다가 고개를 돌려 사람들을 휘 둘러보았다. 거의 모든 사람이 한 장소에 모인 듯싶었다. 그는 팔짱을 풀고 훌쩍 일어났다. 멀대같이 큰 키가 뒷사람을 가리며 비죽 튀어나왔다.

그는 경계심 없이 자신을 올려다보는 정여준을 보며 말했다.

"그러니까 뭐냐, 정리하면, 비원이 정확히 어떤 덴지도 모르는 바깥 인간이, 부모님 유해 찾으려고 군인한테서 총까지 훔쳐 여기 왔는데, 여준이 네가 사람 죽이는 거 보고 그거 막으려고 했다가 들켜서 끌려온 거라 이거지."

그녀는 가만히 있는데 애꿎은 정여준이 대신 고개를 끄덕였다. 이찬은 덥수룩한 머리를 벅벅 긁으며 허탈하게 웃고 말했다.

"그 말이 진짜일까?"

그 질문이 떨어지길 기다렸던 사람들 몇몇이 목소리 높이며 아우성쳤다. 다른 몇몇은 정여준의 말을 기다렸다. 이찬은 그 모든 사람을 놀리듯 깐족거리며 말했다.

"거짓말일까? 그런데 만약 정말이면 어쩌지? 하지만 정말 거짓말이면 어쩌지?" 그는 뒤로 홱 돌아 큰 소리로 말했다. "어쩌긴 뭘 어쩌겠어, 여러분! 둘 다 소용없어! 거짓말이면 거짓말이니까 꽝이고, 진짜면 이건 뭐 꽝이라는 말로는 부족하지."

이찬은 다시 그녀를 향해 돌아서서 눈썹을 늘어트렸다.

"미안해요, 착할지도 모를 언니야. 여준이가 하는 거 봤지? 아까 공중에 포크 멈췄던 거 말이야. 아마 그보다 더 큰 것도 멈춘 걸 봤겠지만. 뭐, 그거 좀 본 거로 이러는 건 아니야. 우리가 무슨 돈 받아야 공연 보여주는 피에로도 아니고. 다만 난 말이지. 여준이를 살인자라고 생각하는 일반인이 우리를 이해할 거라고 생각하지 않아."

커다란 짐승이 억지로 뼈를 깨무는 듯한 불쾌한 소음이 들렸다. 정여준은 이찬을 보며 어정쩡하게 몸을 일으켰다. 소음이 들려온 곳에 쩍 하고 갈라지는 소리가 더해졌다. 사람이 없는 구석진 벽이었다.

순식간에 벽이 앞으로 튀어나왔다. 벽 전체가 움직인 게 아니라 벽 일부가 떨어진 것이었다. 벽이 있던 장소는 안쪽에서 바깥쪽을 향해 폭파된 것처럼 움푹 파여 있었다.

벽 조각은 윤서리가 있는 쪽을 향해 포탄처럼 날아들었다. 그녀는 자신에게 쏜살같이 다가오는 콘크리트 덩어리를 보며 몇 시간 전에 하늘을 날던 온갖 파편들을 떠올리지 않을 수 없었다.

그녀는 밧줄에 매여 꼼짝도 안 하는 팔다리를 움츠렸다. 그러나 어디로든 움직일 순간을 기다리기라도 하듯 눈을 부릅뜨고 있었다.

그녀를 뭉개버릴 듯 날아오던 벽 조각은 그녀에게 닿지 못했다. 도중에 산산조각이 나며 사방으로 흩어졌기 때문이다.

주먹만 한 돌덩이 수십 개로 변한 파편은 일제히 공중에 멈췄다.

정여준은 사람들이 파편 근처에서 몸을 떨어트린 걸 확인했다. 그러자 허공에 매인 것들이 얌전히 중력에 복종해 아래로 떨어졌다.

이찬은 사람들을 향해 뒤돌아 말했다.

"누구야?"

"뭐가?" 이찬과 가장 가까이 있는 여자가 어리둥절해 하며 말했다.

"부순 거 말이야." 이찬은 근처에 떨어진 벽 조각을 발로 찼다. "이거 공중에 멈춘 건 여준이일 거고, 부순 건 누구야?"

"너잖아. 혼자서 그런 식으로 처형하려고 하면 어떡해." 정여준이 말했다.

"아니, 맨 처음에 벽 부숴서 날려버린 건 나 맞고. 그다음에 부순 거 말이야. 더 작은 조각들로 부숴버린 거 누구야?"

사람들은 죽은 듯이 고요했다.

"아, 타박하려고 이러는 거 아니고요. 저 여자 죽이는 거에 이렇게 확실하게 행동으로 반대하는 거 보니 적어도 지금의 여준이보단 더 유익한 토론을 할 수 있을 거 같아서 그래요. 뭐라고 안 그럴게, 진짜. 누구예요? 누가 그랬어요?"

2백 명에 가까운 사람 중 아무도 입을 열지 않았다. 식사하던 이들이 질겅거리던 소리도 멈추고 흥분한 사람들의 씩씩대던 소리도 사라졌다.

이찬은 그들을 둘러보다가 천천히 뒤돌아 윤서리를 보았다. 정여준도 그의 시선에 덩달아 그녀를 쳐다봤다.

이찬은 감정을 알 수 없는 오묘한 어투로 말했다.

"너 '파쇄자'구나?"

찬물을 끼얹은 듯한 침묵은 사람들이 그의 말을 이해하기 직전까지만 유지됐다. 그가 윤서리에게 "네가 부순 거지?"라고 말하며 싱글싱글 웃자 그들을 짓누르던 침묵이 단번에 깨졌다. 이제껏 목소리 높이는 일 없이 조용히 상황을 관망하던 사람들도 마구 외쳐대기 시작했다. "내가 뭐랬어, 저 여자 비원이라고!" "죽여버려!" "뻔뻔한 자식!" "비켜봐, 찬아!" "비원에서 온 주제에 여준이더러 사람 죽였다고 훈수를 뒀어!" "비원인 게 당연한데 왜 아직 살려뒀어!" 따위의 울분 섞인 고함이 여기저기서 끊이질 않았다.

2백 명의 고함은 이찬의 등을 떠밀어 넘어뜨릴 것처럼 우렁찼다. 정여준은 그들의 외침을 고스란히 들으며 고민에 빠진 듯했다.

그러나 이찬은 그 모든 목소리가 전혀 엉뚱한 곳에서 들려오는 소음인 것처럼 무시하고 윤서리만 보며 빙글거렸다. 그는 그녀에게 가까이 다가가 쪼그려 앉았다.

웃음기 띤, 그러나 진중한 목소리로 그가 말했다.

"그런데 비원에 이런 파쇄자가 있었나?"

소음이 살짝 누그러졌다. 소란스러운 와중에도 그가 중얼거린 말은 사람들의 고막에 착실히 달라붙었다.

"내가 날린 벽을 부숴버렸잖아. 내 힘보다 더 세게 정확히 반대편에 힘을 줬단 건데, 비원에서 그 정도 하는 건 우리가 다 알고 있는 그 한 놈뿐이거든. 이거 비원 놈들이랑 머리채 잡을 때 적어도 전방에 몇 번 나타났어야 할 실력자 아닌가? 하다못해 여준이처럼 뒤에 숨는 걸 좋아했대도 그간 얼굴 본 사람이 한 명도 없을 순 없어. 어떻게 생각해?"

이찬은 이미 정여준의 답을 알고 있다는 듯 눈을 접어가며 웃었다. 정여준이 도리질하는 걸 보고 그가 소리 높여 물었다.

"비원 진영에서 이 여자 얼굴 본 사람 있어요?"

나서는 사람이 없었다. 그는 쪼그린 채 고개 숙여 윤서리에게 물었다.

"언니야, 왜 먼저 공격 안 했어?"

그녀는 황망하여 아무 말도 못 하고 눈앞의 남자를 멍하니 바라보기만 했다.

"내 힘에 대항할 수 있을 정도로 재주가 좋으면 적어도 이 안에 나랑 여준이 빼곤 언니야를 이길 수 있는 사람은 없어. 정말 비원에서 온 사람이면 그 정도는 당연히 알 거야. 그런데 왜 먼저 우릴 공격하지 않았어? 쪽수가 너무 딸려서 당해내지 못할 거라고 생각했어? 하지만 거짓말 지어내면서 시간 끌다가 우리한테 죽는 것보단 차라리 먼저 때려버리는 게 안전하지 않아? 정말로, 정말로 비원 사람이라면 말이야. 정신 차리자마자 그 밧줄 터트리고 이 건물 천장부터 부숴버렸을 텐데 왜 안 그랬어?"

"나는…."

"아, 밧줄은 못 부숴? 능력 범위 안에 없나?" 그는 그녀의 입을 막듯 재빠르게 말을 이었다. "그래서 그랬구먼. 쑥스러울 거 없어. 밧줄 같은 걸 부술 수 있는 파쇄자는 우리 쪽에도 별로 없어. 만약 내가 그 밧줄 부숴주면, 그땐 우릴 공격할 거야? 천장을 부수든 바닥을 부수든 벽을 부수든, 언니야만 안전하면 되잖아. 참고로 팁을 주자면 이 건물은 지하 2층, 지상 4층이고 여긴 2층 전시실이야."

대체 무슨 말을 하는 거냐고 묻는 다급한 목소리들이 터져 나왔다. 이찬은 아랑곳하지 않고 그녀의 팔다리를 죄고 있는 밧줄을 풀었다. 물론 푸는 방식은 평범하지 않았다. 밧줄에 손을 댄 사람은 없었다. 밧줄 안쪽에서 무언가가 치고 나온 거처럼 작은 폭발이 일어났을 뿐이다. 충격에 한 귀퉁이가 부서지듯 끊어진 밧줄은 그녀의 몸에서 힘없이 떨어졌다.

사람들은 허둥대며 서로의 이름을 불렀다. 한 무리는 그녀에게로 다가와 세 사람을 빙 둘러쌌고 또 다른 무리는 두려워하며 그들에게서 멀찍이 떨어졌다.

그녀는 꼼짝하지 않았다. 변함없이 어정쩡한 자세로 이찬을 노려보고만 있었다. 아무 움직임도 취하지 않은 건 정여준과 이찬 역시 마찬가지였다.

이찬은 보란 듯 빙긋 웃으며 말했다.

"왜 공격 안 해? 이제 도망칠 수 있잖아?"

"이건 내가…."

"여준일 죽이려고 했던 것처럼 나한테도 그렇게 해봐. 난 아마 안 죽겠지만, 언니야 정도면 부상 정도는 입힐 수 있을 거야. 해봐. 비원 사람이면 당연히 그렇게 할 거잖아?"

"난…."

"내가 이렇게까지 말을 많이 하는 동안 왜 한 번도 공격하지 않는 걸까? 날 이길 자신이 없다면 다른 사람을 죽이면 그만이야. 여준이가 잘 막아주긴 하겠지만, 그렇다고 시도도 하지 않을 정도로 비원의 인간이 이성적인가? 이제 와서 살인을 주저할 정도로 감성적인가? 구경하고 있는 여러분, 대답해봐요. 아무 짓도 안 하고 가만히 있는 이 여자 눈 똑바로 보면서. 이 여자가 정말 비원 사람 같아요?"

대부분은 입조차 열지 않았고 몇몇이 주저하며 긍정 혹은 부정의 말을 중얼거렸다. 쐐기를 박듯 그가 말했다.

"나는 밧줄을 풀어줬어요. 그리고 우리 중 아무도 다치지 않았고. 이 여자가 능력을 쓴 건 내가 날린 벽에서 자길 방어하기 위한 그때 한 번뿐이었어요. 우리가 굳이 의심을 더 해야 할까? 이 여자는 안전해요. 우리한테 아무 해코지 안 할 거라고."

면도를 하다 만 얼굴의 남자가 앞으로 나서며 말했다.

"파쇄자인데 여기 사람이 아니고 비원 사람도 아니라니, 어떻게 그럴 수 있겠어?"

"그러게요. 어떻게 그럴 수 있었을까. 뭐, 비원한테 들키지만 않았으면 어찌어찌 살 순 있었겠죠. 바깥에서 능력을 안 쓰고, 아무한테도 하소연하지 않고, 언론에도 경찰에도 자기 얘기 할 시도를 한 번도 하지 않았다면야. 만약 정말 그랬다면 대체 혼자서 어떻게 그런 생각을 했을까 싶네요."

물러나 있던 이들도 그들에게 주춤대며 다가와 큰 원을 이루었다. 이찬은 연극배우나 지을 미소를 입에 걸고 윤서리에게 물었다.

"난 언니야가 비원 사람이라곤 생각 안 해. 만약 내 생각이 가소로우면 이제라도 정체를 밝혀봐. 넌 비원 사람이야?"

"…아니."

"아까 여준이한테 말했던 게 정말 사실이야?"

"그래."

"빌딩 동강 난 게 하늘을 돌아다니는 거, 여기 와서 처음 봤구나?"

그녀는 침묵했다. 갑작스럽게 호의적으로 변한 분위기를 유지하기 위해 가능한 한 말수를 줄여야겠다는 판단이 들었다.

이찬이 감탄해 말했다.

"어디에도 소속되지 않은 생존자가 아직도 바깥에 있었을 줄이야."

무리 중의 누군가가 물었다. "너 같은 사람을 바깥에서 또 만난 적 있어?" 그에 동조해 여럿이 같은 질문을 그녀에게 퍼부었다.

이찬이 정여준에게 말했다.

"원래라면 지금 내가 한 말들 다 네가 먼저 해야 했을 텐데, 너 오늘 진짜 얌전하네. 네 말대로, 이 여자가 하는 말, 우리 모두 같이 들어야 할 가치가 있었어. 너 설마 이걸 예상했던 건 아니지? 비원이 아닌 생존자가 바깥에 있단 거."

"…그래. 아니야. 내 예상 밖이야."

"그래, 네가 뭘 예상했든, 결과가 그게 아니라면야."

이찬은 한숨을 내쉬며 머리를 긁적였다. 대화를 듣고 있던 무리 중 누군가가 말했다.

"비원이 아닌데 우리 같은 사람이면, 그럼 환영해야 하는 거 아니야?"

"비원 사람이 아니긴 하지만 그렇다고 우리 쪽 사람이란 법은 없잖아?" 다른 누군가가 말했다.

"비원이 과연 이 일을 영영 모를까?" 회색 머리카락을 바지까지 늘어트린 노인이 말했다.

그 말에 사람들은 일제히 입을 다물었다. 이찬과 정여준도 목소리의 주인공을 존중의 눈빛으로 바라보았다. 노인이 이어 말했다.

"바깥세상 휘젓고 다닌 파쇄자가 여기 있는 걸 알면, 비원이 우릴 밟을 같잖은 구실이 하나 더 생기는 거야. 안됐지만 당장 쫓아내자. 아가, 미안하다. 바깥에 돌아가면 지금까지 그랬던 것처럼 조용히 숨죽이고 살아라. 널 위해서야."

"이 여자가 여기 있든 말든 비원이 우릴 밟는 건 변하지 않아요." 옆에 서 있던 남자가 말했다. "어떻게 여기 사람들 얼굴 다 본 인간을 다시 바깥에 돌려보낸다는 거죠? 안 돼요. 또 무슨 일이 일어날 줄 알고. 여기서 처치해야 합니다. 어차피 바깥에 나가봤자 저 여자도 언젠가 비원한테 죽을 거예요."

서로 다른 의견에 동조하는 목소리, 전혀 새로운 의견을 내는 목소리, 윤서리를 동정하는 목소리, 내일의 안위를 걱정하는 목소리, 이찬과 정여준의 의견을 묻는 목소리가 한데 섞여 한동안 전시실은 정신없이 시끄러웠다. 정여준은 발음조차 구분되지 않는 그 소음 속에서 누군가의 의견을 하나라도 잡아내려는 듯 가만히 귀 기울이고 있었다.

논의가 평행선을 달려 결론을 내지 못하자 이찬이 말했다.

"여준아, 너 이 사람 여기 데려온 이유가 뭐냐? 물어보고 싶은 게 있다는 목적 말고, 이유 말이야."

정여준은 잠시 고민하다 말했다.

"내가 멈춘 파편들이 2차 폭발하는 걸 보고 나더러 도망치라고 말했어."

이찬이 빙긋 웃었다.

"우리가 딱히 발 벗고 누굴 도와줄 처지는 아니지만, 그래도 이런 사람한텐 좀 상냥하게 대해줍시다, 예?"

"찬아, 우린 우리 사람을 가장 우선해서 지켜야 해." 가장 가까이 있던 남자가 말했다.

"대홍 형 말마따나 우리를 가장 안전하게 지키는 방향으로 생각해보죠. 한 가지 먼저 지적할게요. 우린 아까까지만 해도 비원이랑 싸웠고, 다행히 오늘은 사망자가 안 나왔지만 언제 또 누가 죽을지 아무도 모르죠. 당연히 한 사람의 전력이 소중한 상황이에요. 그런데 이 여자는 꽤 수완 좋은 파쇄자고요."

이찬은 젊은 무리를 향해 눈짓했다.

"봐, 굴러들어온 이방인을 좀 더 생산적으로 써먹을 수 있겠단 생각은 안 들어? 전방에 파쇄자가 한 명 더 느는 게 얼마나 듬직한지 다들 알잖아?"

사람들은 어려운 문제를 계산하듯 입술을 움찔거렸다. 말을 아끼던 정여준이 말했다.

"우리한테 진심으로 동조하지 않는 사람을 억지로 포로처럼 전방에 세워두면, 이 분은 물론이고 다른 사람까지도 위험해질 수 있어."

"그 말은 우리한테 진심으로 동조한다면 전방에 세워도 괜찮다는 뜻이야?"

정여준은 복잡한 눈으로 윤서리를 보았다. 이찬은 자리에서 일어났다.

"제안 하나 할게. 비원 놈들 아직 바깥에 남아있지 않은 거 확인되면, 나 어차피 심부름도 있겠다 조만간 나가야 하니까, 그때 이 여자 데리고 다녀올게. 나가서 우리에 관해 설명하고, 비원에 관해서도 설명하고, 우리가 싸우는 방식과 목적에 대해서도 말해줄 거야. 그렇게 다 밝힌 다음 이 언니야가 원하는 대로 해주겠어. 우리랑 함께하고 싶다고 하면 여기로 다시 데려오고, 싸울 생각 없다고 하면 그냥 바깥에 두고 나만 돌아오면 돼. 그 경우 그걸로 끝이야. 비원 눈에 찍혀 죽든 예전처럼 평범하게 살든 그건 이 여자 능력에 달렸겠지."

"바깥에서 비원이 따라붙을 수도 있고 주변에 듣는 귀도 있을 텐데 왜 위험하게 나가서 설명해? 여기서 설득하는 게 낫지 않아?"

"둔탱아, 여기 꼴이 지금 같이 살자고 꼬실 정도로 매력 있어 보이냐. 몇 년 이러고 살다 보니 주거지 보는 눈이 낮다 못해 아주 사라지셨어요. 여기선 안 돼. 편하고 익숙한 세상에서 설득할 거야. 이 혼란스러운 곳을 벗어나 바깥에 나갔는데도 다시 여기로 돌아올 마음을 먹어야만 난 정말로 우리 편이라고 믿을 수 있겠어. 그편이 나중에 우릴 배신하고 비원 쪽으로 돌아서는 걸 막을 수도 있고."

모두가 침묵에 잠겼다. "어떻게 생각해?" 이찬이 재촉했다. 갑자기 줄줄 읊어진 제안에 사람들은 잠시 갈등하더니, 찬성하는 이가 하나둘 나오자 점차 긍정적인 반응이 다수를 이루었다. 동조하는 사람들을 뒤로하고 이찬은 정여준에게 의견을 묻듯 고개를 기울였다. 정여준은 애당초 강하게 반대할 생각이 없었는지 힘없이 웃어주었다.

윤서리는 경계를 풀지 않고 조심히 몸을 일으켜 편한 자세로 앉았다. 이찬이 허리를 굽혀 그녀에게 눈높이를 맞추고 말했다.

"방금 결정된 것처럼, 우리에 대해선 바깥에서 말해줄게. 언니야의 객관적인 판단을 위해 여기서는 많은 말을 하지 않을 거야. 우리도 여기서 너무 많은 걸 물어보진 않을게. 바깥에 나갈 때까지 일단 조용히 있어 보자. 불편한 곳이니까 뭐 적당히 불편하게 쉬어, 웅? 잘하면 내일 바로 나갈 수도 있어."

윤서리는 고개를 끄덕였다. 반항도 항변도 하지 않았다. 적어도 이 순간은 침묵이 자신을 가장 안전하게 지켜줄 최선의 방식이라고 생각했다.

나는 '파쇄자'가 아니라고 고백하는 건 정직하긴 해도 어리석은 처세일 것이다.

사람들은 의심과 낯섦 때문에 윤서리에게 가까이 다가서지 못했다. 하지만 그녀는 그들이 호기심에 못 이겨 우물쭈물하는 기색을 느낄 수 있었다. 말을 많이 나누지 말자던 이찬의 제안 때문에 차마 귀찮게 굴지 못하는 눈치였다.

마치 자신과 대화할 기회를 사전에 차단한 것처럼 보여 그녀는 이찬이 하는 양을 꺼림칙하게 여겼다. 그는 소동이 진정된 이후 한 번도 그녀에게 눈길을 주지 않았다. 하품을 쩍쩍 해대며 어슬렁거리는 게 꽤 한가해 보였지만 그가 발길을 멈추는 곳엔 늘 부상자가 있었다. 새로 난 상처를 처치하거나 옛 부상을 돌보는 이들을 찾아가 일일이 상태를 확인하는 모양이었다. 심드렁한 표정으로 나돌아 다니면서도 그는 거들 일을 끊임없이 찾았다.

어쩌면 중요한 건 그가 아닐지도 모른다. 윤서리는 이찬에게서 시선을 거두었다. 묘한 상황을 만든 건 그였지만 이곳에 있는 사람들 모두 기묘하긴 마찬가지였다. 그녀는 아무 일도 없었다는 듯 잠자리를 준비하는 사람들이 당혹스러웠다. 유령도시에 들어왔으니 유령을 본 것이라고 누군가 얘기한다면 그녀는 덥석 믿어줄 것이다.

"저 친구가 아니었으면 어쩔 생각이었어요?"

갑자기 들려온 목소리에 깜짝 놀라 그녀는 뒤를 돌아보았다. 정여준이 서 있었다. 그는 이찬이 있는 쪽을 바라보며 말했다.

"제가 찬이라고 불렀던 저 사람 말이에요. 저 친구가 당신이 파쇄자인 걸 눈치 못 챘으면 어쩔 생각이었죠? 비원 소속이 아닌 걸 입증하지 못했으면?"

그녀는 할 말이 없어서 우물대기만 했다. 그는 그것을 대화를 거부하는 것으로 오해했는지 조심히 옆으로 다가와 쪼그려 앉았다. 그는 함께 멍하니 사람들을 쳐다보다가 중얼거렸다.

"그쪽 정체가 내가 예상했던 대로였다면 찬이가 당신을 죽이게 내버려뒀을 거예요."

"……"

"그 외의 모든 경우는 제가 죽일 생각이었고요."

"그런데 왜 죽이지 않았어?"

"경우의 수에 이런 건 들어있지 않았으니까요. 나머지 생존자는 전부 비원에 있는 줄로만 알았으니까."

그녀는 마른침을 삼켰다. 그는 고개를 낮춰 그녀를 보았다. 까만 눈동자들이 마주쳤다. 그의 눈은 여전히 피로하고 지쳐 보였지만 처음으로 따스한 기운이 맴돌았다.

"미안해요."

정여준이 말했다. 윤서리는 무슨 말을 하느냐는 듯 눈을 치켜떴다.

"끝까지 그쪽을 죽일 생각만 하고 있었네요. 사과하기도 민망하죠."

"여기 있는 모든 사람이 날 죽이려고 했는데 새삼스럽게 뭘 당신만 그래."

"그래서 더 사과해야죠. 저 사람들이 뭘 어떻게 하든 일단은 내 책임이 될 테니까요."

"당신이 뭐라고 그런 책임을 져? 여긴 어느 나라도 책임지지 않는 곳이야. 그런 데서 대체 뭘 하는 거야? 버려진 도시에서 사람들 모아 땅따먹기라도 해?"

그는 어색하게 미소 지으며 위를 보았다. 한참 동안 그녀의 질문을 무시하다가 결국 그는 느릿느릿 손장난 치며 말을 돌렸다.

"지금은 어때요. 제가 사람을 죽여서 절 죽이려 한 거라고 아까 그랬잖아요. 어떻게 생각해요. 절 죽일 거예요? 여기 다른 사람들 없이 저랑 단둘이 있으면?"

"다시 만났는데 그때도 사람 죽이고 있으면, 아마도."

그녀는 그의 눈길을 피했다. 자신에게 적의를 보이지 않는 표적을 대하기 거북했다.

그는 한숨 쉬듯 가볍게 말했다.

"이름이 어떻게 돼요?"

그러더니 저 혼자 흠칫 놀라 목을 뒤로 뺐다.

"아… 아니에요. 미안합니다. 저는 물론이고 여기 있는 사람 중 당신 얼굴 본 사람은 한 사람도 없는 거예요. 그렇게 되도록 할 테니까 걱정하지 마세요. 그쪽도 여기 나가서 바깥에 가면 제 이름이고 찬이 이름이고 한 번도 들은 적 없는 겁니다. 꼭 그렇게 기억해 주세요."

전혀 그럴 생각이 없었기에 그녀는 거짓으로라도 고개를 끄덕여 주지 않았다. 그는 그녀의 머리카락에 엉겨 붙은 피와 먼지를 보더니 눈을 내리깔았다.

"머리 다치게 해서 미안해요. 거칠지 않게 기절시키는 방법을 몰라서."

이 남자 입에서 미안하다는 소리만 대체 몇 번째 듣는 건가 싶어서 그녀는 저도 모르게 받아쳤다.

"나도 아까 총 쏴서 미안하게 됐어."

그는 단호하게 고개를 저었다.

"누구한테 사과받을 자격이 못 됩니다. 사과하지 마세요."

엉뚱한 사람인지 이상한 사람인지 감이 잡히지 않아 그녀는 그에게서 엉거주춤 물러났다. 꾸물거리는 그녀를 눈치채고 이찬이 그들을 돌아봤다. 정여준이 윤서리의 곁에 있는 걸 보고 이찬은 멀리서 성큼성큼 걸어왔다.

"뭐냐?" 이찬이 정여준에게 말했다. "둘이 무슨 말 했어?"

그의 어투엔 호기심이 가득하면서도 기묘하게 집요했다. 정여준은 그를 올려다보며 싱긋 웃었다.

"내가 사과할 게 좀 많아야지."

도저히 익숙해지지 않는 그 따뜻한 미소에 그녀는 입가가 뻣뻣해졌다. 홀로 있을 때 그렇게나 메말라 보였던 인간과 눈앞의 이 인간이 동일인물이라는 게 믿기지 않았다.

이찬은 혀를 쯧쯧 차며 말했다.

"잘하는 짓이다, 아주. 명색이 대장이라는 인간이 외부인한테 잘못했다고 곡을 하고 앉았냐?"

정여준이 말없이 다시 눈을 접어가며 웃자 이찬은 윤서리에게로 시선을 옮겼다. 잔뜩 쭈그려 앉아있는 그녀를 보고 이찬이 말했다.

"거 왜 아직도 밧줄에 묶인 것처럼 앉아있어? 내가 불편하게 쉬라고 하긴 했지만 팔려온 병아리처럼 굴라고는 안 했다고. 그러고 있으면 엄청 나쁜 인간 된 기분이니까 좀 더 편한 척 연기해 주지 않을래? 안 그러면 언니야 옆에 있는 이놈이 내일 아침엔 불편하게 재워서 미안하다고 무릎 꿇을지도 몰라." 그는 키득거리더니 정여준에게 말했다. "바깥 정찰은 다 끝내고 시시덕거리는 거냐?"

"확인 끝냈어. 네가 더 망보지 않아도 될 것 같으니까 보초는 물리고 모두 쉬게 하자."

"잘 생각했어. 또 망보게 시키면 한 대 칠 생각이었는데. 안 때릴 테니까 거기서 꿈지럭대지 말고 이리와."

그의 손짓에 정여준은 사뿐히 일어나 걸어갔다. 그는 정여준을 앞서 보내 사람들 무리에 섞이게 하고 조용히 윤서리를 돌아봤다. 그는 한동안 눈싸움하듯 그녀를 쳐다보다가 침낭 하나를 가져와 툭 던졌다.

그 뒤로 이찬은 그녀에게 다가오지 않았다. 그것은 정여준도 마찬가지였다. 그녀는 자신을 주시하면서도 가까이 다가오지 않는 백

여 쌍의 눈이 하나둘 감기는 걸 뜬눈으로 지켜보다가 피곤에 지쳐
잠들었다.

"야."

정여준은 목소리가 들려온 방향을 향해 고개를 돌렸다. 자던 중
놀라 깬 기색이 전혀 없는 자연스러운 반응이었다. 이찬은 혀를 차
며 말했다.

"안 자고 뭐 하나?"

"너는 왜 잘 자다가 깼어. 다시 자."

"네가 거기서 밤새 눈 부라리고 있으니까 내 예민하신 신경이 심
기 불편하셨나 보지. 빨리 처자."

"곧 잘 거야."

이찬은 누운 채 바닥에 팔을 괴었다. 여기저기서 긁어온 솜이불
이며 침낭을 잔뜩 깔았지만 가을 새벽과 대리석 바닥이 가져다준
한기는 완벽히 막지 못했다. 그 불편하고 낯선 환경에서 윤서리조
차 깊게 잠들어 있었다. 긴장과 피로의 수마에 쓰러진 사람들은 다
시 벽이 부서지지 않는 이상 깨어나지 않을 것 같았다.

오로지 정여준만이 어둠 속에서 휴식을 취하지 못하고 벌건 눈
을 비비고 있었다. 그 시선이 종종 윤서리를 향했기에 이찬은 그가
그녀를 감시하는 건지 잠시 생각했지만, 곧 아니란 걸 깨달았다. 눈
빛에 경계심이나 무자비함이 없었기 때문이다.

"야." 이찬이 속삭였다. "너 괜찮냐?"

"왜?"

"제일 피곤할 놈이 그러고 있으니까 맘이 쓰이지 안 쓰이겠냐?"

"괜찮아. 걱정하지 마."

"나는 걱정 안 하고 싶은데 네가 그러고 주접을 떨고 있잖아요."

정여준은 어깨만 으쓱했다. 얼굴에서 피로가 뚝뚝 떨어졌다.

"거 정말…, 덕분에 잠 다 깼으니 제발 뭔 일인지 말이나 해라. 언젠 내가 안 듣고 넘어가거나, 네가 할 말 안 말하고 배겼냐? 어차피 말하게 될 거 그냥 지금 말해."

"…." 정여준은 잠든 사람들을 천천히 눈에 담았다. "찬아."

"엉."

"너 처음으로 사람 죽였을 때 기억하냐?"

"야, 이… 그딴 거 생각하니까 당연히 잠이 안 오지, 멍충아."

"기억해?"

"기억은 하는데 그게 정말 내가 죽인 건지는 글쎄다…. 다른 사람이 폭파한 건데 내가 폭파했다고 착각한 걸 수도 있고, 내가 한 게 맞을 수도 있고. 어쨌든 죽이겠단 생각은 했으니까 그때가 처음이겠지."

"쉬웠어?"

"응?"

"죽여야겠다는 생각이 쉽게 들었어?"

"그걸 쉽다고 해야 하려나. 쉽게 생각했는지는 모르겠고 빠르게 생각은 했어. 안 그럼 내가 죽잖아."

"그렇지? 자기가 죽을 것 같거나 상대방이 정말 죽여 마땅한 놈이란 생각 없이는 보통 누구 죽이려는 시도 잘 못 하지 않아? 살인 경험 없는 사람은 더더욱."

"뭐 그러겠지."

"그런데 저 사람, 나한테 총을 세 번 쐈어." 정여준은 눈짓으로 윤서리를 가리켰다. "나 때문에 쇼크에 빠져 그럴 수도 있었겠지 싶은데, 일반인이 충동적으로 한 번 쏘고 바로 다음 발 쏠 수 있나? 사람 상대로는 조준도 제대로 못 해야 보통인데."

"뭘 또 깊게 생각하고 그러냐. 태어나길 겁 없게 태어났나 보지. 아까 말 한마디 안 더듬고 또박또박 대답하던 거 생각해 봐라."

"비원 사람이 아니니까 누굴 죽인 경험 같은 건 없을 거야. 칼 들고 달리던 자세도 전형적인 초보였어. 아까도 말했지만, 살인에 익숙하지 않은 사람이 누굴 죽이려면 자기가 죽을 것 같거나 아니면…."

"…."

"네가 봐도 나 사람 죽일 때 그렇게 추해 보이냐?"

"살인할 때 성스러워 보이는 인간이 있긴 하냐?"

이찬은 힘없이 베개에 코를 박았다. 오랫동안 세탁하지 않은 천에서 퀴퀴한 땀내가 올라왔다.

"새벽에 왜 궁상떨고 앉았나 싶었더니 겨우 그런 거로 고민하고 있었냐."

"그냥. 바깥사람 만난 거 오랜만이니까."

"저 여자한테 물어보고 싶다던 게 그거였어?"

"아니, 아니… 여러 가지로."

"상관은 없는데 복잡한 생각은 지워라. 어쩌면 우리랑 같은 배 탈지도 모를 사람이잖아. 저 여자가 비원 놈들 죽이는 걸 네가 도와줄 날이 올 수도 있다고."

"정말 저 사람이 여기 들어오겠다고 할 것 같아? 바깥사람이었는데, 굳이 전쟁터로 오겠다고?"

"글쎄다. 네 말마따나 총을 세 발이나 망설임 없이 쐈으니 어지간한 인간은 아니지 않겠어? 너도 잠깐이나마 바깥에 나갔다가 여기로 다시 돌아왔잖아. 그런 사람이 한 명 더 나타나도 이상할 건 없지."

정여준은 담요를 턱까지 끌어올렸다.

하지만 그들은 결국 잠든 지 얼마 안 돼 일어나야 했다. 싸움이 끝난 다음 날 아침은 꼭 주변을 돌며 적의 잠복 여부를 알아내야 하기 때문이었다. 정여준과 이찬, 대홍이라 불렸던 남자, 그리고 장년 남성 둘이 바깥에 나갔다가 30분 뒤에 돌아왔고, 다섯 명의 남자를 더 데리고 다시 나갔다가 약 2시간 만에 건물로 돌아왔다. 돌아온 정여준이 내린 결론은 '아무도 없는 듯. 나가도 안전함.'이었다.

정찰조가 돌아오기 전과 후, 사람들의 행동 중 달라진 건 그저 바깥에 마음 놓고 나가느냐 아니냐의 차이뿐이었다. 그들은 기상하자마자 쉬지 않고 각자의 일상 직무를 수행했다. 침구를 정리해 작은 짐을 꾸리고, 수선이 필요한 물건들을 한데 모으고, 챙겨둔 가공식품과 영양제를 부족함 없이 나눠 먹고, 조달이 필요한 생활필수품 리스트를 정리해 도시 내부에서 구할 수 있는 것과 없는 것을 나누었다. 조금이라도 토론이 필요할 때는 반드시 지도를 펼쳤다. 정여준이 밖으로 나가도 좋다고 허락한 뒤엔 같은 물건이 필요한 사람들끼리 서로 모여 길을 떠났다. 그들이 찾는 건 대개 도시 안의 빈 상점이나 주택가에서 발견할 수 있을 법한 식기, 가방, 필기구, 옷가지, 봉투, 거울, 책, 작은 가전 기구 등 소비 기간이 긴 물건이었다.

윤서리는 그 모든 사소하고 바쁜 모습을 한가로이 구경했다. 죽여버리라는 험악한 말이 오갔던 어제가 허무하게 느껴질 정도로 사람들은 그녀에게 별다른 신경을 쓰지 않았다. 그녀가 비원에서 오지 않았다는 사실만으로 경계가 누그러진 듯했다. 대부분은 그녀를 바깥에 나가 다신 돌아오지 않을 사람인 양 대했고, 몇몇은 조금 뒤 자신들과 가족이 될 것처럼 굴었다.

후자에 해당하는 사람 중에 나정이 있었다. 그녀의 눈을 향해 포크를 날렸던 여자아이였다. 나정은 그녀에게 아침 식사를 가져다주고 좌불안석하며 어정거리다가 뜬금없이 말했다. "저도 파쇄자예요."

'그렇구나, 나는 아니야.'라고 대꾸할 수 없어 그녀는 어색하게 고개를 끄덕였다. 어물거리던 아이가 덧붙여 말했다.

"저는 김나정이에요."

윤서리는 아이가 자기를 소개하고 싶어 한다는 걸 눈치챘다. 자신의 이름까지 말해주고 싶은 마음은 들지 않아서 그녀는 "그래, 안녕."이라고만 인사했다. 안절부절못하던 나정의 얼굴이 한결 편해졌다.

"어젠 미안했어요. 포크요. 여준 삼촌이 막아줘서 다행이었지만 만약 삼촌이 멈춰주지 않았다면 언닌 나 때문에 다쳤겠죠. 언니가 싫어서 그랬던 게 아니에요. 비원이 싫어서 그랬어요. 언니가 비원이 아니래서 놀랐어요. 난 비원이 아닌 사람한테 한 번도 그런 식으로 힘을 쓴 적이 없어요. 언니가 비원이 아닌 줄 알았다면 절대 안 그랬을 거예요."

"괜찮아. 안 다쳤잖아. 다쳤더라도 난 아마 괜찮았을 거야."

"고마워요."

"그런데 비원이 왜 그렇게 싫어?"

아이는 곧바로 부루퉁해졌다.

"자기를 죽이려는 사람을 좋아하는 인간은 없잖아요."

"비원이 널 죽이려고 해?"

"비원은 누구든 죽이려고 해요."

"왜?"

"그러게 말이에요."

그녀는 더 이상 아이에게 비원에 관해 묻지 않았다.

이찬의 말을 의식했는지 나정은 줄곧 자신과 관련된 이야기만 늘어놓았다. 스스로 말해준 정보에 의하면 나정은 미성년자였다. 나이는 17세 전후인 듯했는데 정확하지 않았다. 12년 전 싱크홀이 발생했을 때 어린 그녀가 기억하고 있던 제 나이가 불확실했기 때문이다.

"그나저나 언니가 '파쇄자'라서 다행이에요. 강한 여자 파쇄자는 죄다 비원에 있는 것 같아요. 여기 있는 이모들은 거의 '정지자'나 '복원자'거든요. 근데 언니라고 불러도 괜찮아요? 어른들은 나더러 이모나 삼촌으로만 부르래요. 언니한테도 이모라고 불러야 돼요? 언닌 어떤 게 좋아요? 여기 다시 올 거죠? 여기서 같이 살면 언니가 시키는 대로 부를게요. 언니 같은 파쇄자가 있으면 찬이 삼촌이 못 싸우게 돼도 안심할 수 있을 텐데."

"야야, 내가 왜 못 싸우게 돼."

갑자기 나타난 이찬이 불쑥 말했다. 말을 쏟아대는 나정에게 아무 대꾸도 못 했던 윤서리는 몰래 안도했다.

이찬은 건들거리며 말했다.

"난 상처 하나 없이 건강하게 오래오래 살 거야. 여기에 파쇄자가 나만 남아도 비원 따윈 다 발라먹을 수 있으니까 걱정하지들 마셔요."

나정은 키득 웃으며 도망쳤다. 사람들에게 달려가 자연스럽게 섞이는 아이를 눈으로 좇던 그녀는 그제야 아침밥을 건드렸다.

이찬은 그녀를 지그시 내려다보다 획 돌아서서 사람들에게 말했다.

"쇼핑카트 왔습다. 물건 주문들 하십셔."

각자 메모한 종이를 쥔 사람들이 이찬의 곁으로 우르르 몰려들었다. 바깥에 다녀올 그에게 물건을 부탁하기 위해서였다. 사람들이 부탁하는 물건은 유령도시에서 구하기 어려운 것들, 혹은 10년 넘는 시간 동안 도시 구석구석을 뒤져 소비하느라 거의 바닥을 드러낸 생필품이 대부분이었다. 이찬은 손에 쥔 종이쪼가리를 하나둘 넘기다가 "아메리카노 누가 적었어? 옆 동네 백화점에 아직도 널린 게 커피믹스야!" 따위의 말을 중얼거렸다.

사람들이 흩어진 후 윤서리는 이찬에게 물었다.

"밖으로 나갈 수 있는데 왜 다들 여기 모여 사는 거야?"

그는 물품 목록에 선을 직직 그으며 말했다.

"밖에 나갈 용기가 있는 사람이 기껏해야 나 정도인 거지. 이제 껏 바깥세상 들락거린 게 나랑 여준이 포함해서 다섯 명밖에 없어."

"출입통제소를 뚫고 가는 게 힘들어서?"

"아니, 바깥에서 비원한테 잡혀 죽지 않고 도망쳐다닐 자신이 없어서." 그는 짧은 여행을 앞둔 사람처럼 채비했다. "곧 출발할 거야. 이번 외출은 나랑 그쪽 말곤 동행자 없어. 아, 참고로 나 밖에서 비원한테 쫓기면 다 버리고 혼자 도망칠 수도 있으니까, 언니 목숨은 언니가 알아서 챙겨, 응?"

그는 짓궂게 웃으며 걸어갔다. 옷을 갈아입은 정여준이 맞은편에서 그녀에게 다가왔다. 그는 이찬을 가리키며 말했다.

"비꼬려는 건 아니고, 저놈은 죽이려 하지 마세요. 나쁜 놈은 아닌데 인내심이 별로라서…. 어제처럼 팔다리만 묶는 거로 안 끝낼 수 있어요."

"분위기 보니 지금은 장 보러 가는 큰형인 것 같은데, 내가 죽일 이유가 어딨겠어."

"그래요, 혹시나 싶어서 말한 거예요. 이쪽으로 오세요. 나갈 거예요."

"나랑 저 사람만 나간다던데, 당신도 같이 나가?"

"아니요. 전 여기 머물러요. 하지만 통제소 지나갈 땐 제가 가까이 있어야 하니까요."

그녀는 대충 수긍하는 척했다. 그를 대하기 어색해서 대화를 더 늘이고 싶지 않았다.

전날 정여준은 그녀를 심문하는 내내 끝까지 존대어를 포기하지 않았다. 그것을 심문이라고 표현해야 할지도 윤서리는 알 수 없었다. 명백히 서로를 죽이려 한 첫 만남으로부터 몇 시간 지나지 않아 일어난 일인데도 말이다. 그의 깍듯한 존칭은 여전히 어제와 다를 바 없었고 그녀는 그 예의 바른 모습에 숨이 막혔다. 그녀는 표적의 첫인상이 변하길 원한 적이 없었다. 어두침침한 유령 같은 사람, 그 것이 그녀가 기대했던 표적의 모습이었다. 그러나 포로에게 조곤조곤 질문하는 그의 모습은 서형우가 묘사한 것만큼 괴물 같지는 않왔다. 행복해 보이지는 않았지만, 적어도 그는 칼을 쥐었을 때만큼 환멸에 차있지도 않았다.

그녀는 전혀 신뢰하지 않는 사람에게 건네는 호의에 대해서 생각해보았다. 아마도 나정에게 식사 거리를 더 주면서 낯선 여자에게 가보라며 등을 떠밀었을 그의 배려에 대해. 그러면서도 빼앗은 칼을 그 주인에게 돌려주지 않는 경계심에 대해.

이찬은 물건을 부탁한 사람들이 여기저기서 고맙다고 외치는 말에 호쾌하게 고개를 끄덕이며 건물을 나왔다. 하루 만에 햇빛을 본 윤서리는 자신이 끌려왔던 곳이 제법 큰 예술회관인 것을 알았다.

그녀는 저도 모르게 하늘 위를 경계하며 이찬을 따라갔지만, 하늘은 그녀의 기억을 조롱하기라도 하듯 깨끗하고 평온했다. 날아다니는 건 아파트가 아닌 참새 떼였고, 둥둥 떠 있는 건 건물 파편이 아닌 구름인, 지극히 상식적이고 아름다운 하늘이었다.

그들은 건물 뒤편에 제멋대로 주차된 검은 경차 앞에 멈춰 섰다. 차를 훔쳐갈 사람이 아무도 없었기에 문은 무방비하게 열려있었다. 근처엔 앞유리가 휑하니 깨진 낡은 트럭이 한 대 있었는데, 정여준과 이찬은 경차의 기름을 지극히 원시적으로 옮겨 임시 노즐로 트럭에 주유했다. 아직 다른 일대의 주유소를 뒤지지 않아 정유가 남아있는 곳을 못 찾아서 이렇다고 이찬이 설명했지만 사실 그녀는 거기까지 생각이 미치지도 못했다. 핵폐기장으로조차 사용하지 않는 땅에 차를 타고 들어왔다가 다시 차를 타고 나간다는 게 그저 믿기지 않을 따름이었다.

"잘 부탁해, 대장아."

이찬은 그렇게 말하며 정여준의 어깨를 툭툭 치고 검은 차에 탔다. 정여준은 "너도 조심히 다녀와."라고 말하곤 다 부서져 가는 트럭에 올라탔다.

그녀는 이찬의 옆 좌석에 앉아 차창 너머로 스쳐 지나가는 풍경을 빛바랜 필름 바라보듯 감상했다. 스카이라인이 사라진 구역을 달릴 땐 절로 한기가 돌았다. 멀찍이 싱크홀이 보인 탓이었다. 그것은 시야를 가로막은 장애물만 없다면 어느 곳에서든 윤곽을 볼 수 있을 만큼 거대했다. 12년 내내 빗물과 바람이 날라다 준 토사물로도 그 무시무시한 아가리를 메우기엔 역부족인 모양이었다.

정여준은 그들의 뒤에 붙어 비슷한 속도를 유지하며 달렸다. 싱크홀의 가시거리를 벗어나면서 윤서리는 조금씩 조바심이 났다. 그녀는 운전대를 잡은 이찬과 멀리 보이는 붉은 통제소를 번갈아 보며 말했다.

"바깥 도로와 연결된 모든 곳엔 출입통제소가 있어."

"어, 알아."

"통행증은 갖고 있는 거야?"

"이 세상에 여기 들락거릴 수 있는 통행증이 존재하기는 해? 그냥 뚫고 갈 거야."

"저기 서 있는 사람들은 경비원이 아니라 군인이야."

"어어, 안다니까. 어린 애새끼들 저딴 데에 세워놓고 고생은 또 참 착하게도 시켜요. 오래 살지도 못할 애들을."

"그 고생하는 애들이 널 쏠 수도 있다니까?"

"쏠 수도 있는 게 아니라 쏠 거야. 그게 쟤네 일인데 뭐. 그리고 나도 안다니까. 다 알잖아. 그렇게 새삼 가르칠 필요 없어."

무엇이 새삼이라는 건지 그녀는 이해하지 못했지만, 그는 이해시켜줄 생각이 없는 듯했다. 그저 능글맞게 웃으며 백미러에 비친 정여준을 보고 이렇게 말할 뿐이었다.

"차 타기 전에 내가 쟤한테 말했잖아. 잘 부탁한다고. 그게 무슨 의미겠어?"

그는 통제소가 가까워지자 속도를 높였다. 통제소에서 두 사람이 급히 나와 우측과 좌측에 한 명씩 자리를 잡았다. 군인 둘의 손에 들린 자동소총을 보고 그가 웃었다.

"쟤네도 저거 쏴봤자 우리가 안 맞을 거 알아. 한두 번 쏜 것도 아니고. 그냥 계속 쏘다 보면 언젠간 한 발 우연히 맞겠거니, 안 쏘면 위에서 귀찮게 구니까 형식상 쏘고 보는 거야. 포탄으로도 소용없는 거 빤히 아는데 진심으로 총질에 집착할 이유가 어디 있겠어?"

그는 법이 아직 그를 포기하지 않았다면 충분히 과속딱지를 받을 수 있을 속도로 통제소를 뚫고 지나갔다. 양쪽에서 총탄이 발사되는 소리가 먹먹하게 귀를 울렸다가 쏜살같이 뒤로 멀어졌다.

그도 그녀도, 심지어 약해빠진 차 유리도 상처 하나 입지 않았다. 윤서리는 차창 밖으로 고개를 내밀어 뒤를 보았다.

그녀가 탄 자동차에 닿기도 전에 멈춘 총알들이 둥그렇게 터널 모양을 이룬 채 박제되어 있었다. 멀어져가는 차를 향해 총탄 몇 발이 더 발포됐지만, 정여준은 그것들도 살뜰하게 멈췄다. 군인들이 총을 거두는 걸 확인하고 정여준은 멈춰놓은 총알을 땅에 떨어트렸다. 이찬이 밖으로 손을 내밀어 흔들었다. 그것을 정여준이 보았는지 보지 못했는지 그녀는 알 길이 없었으나 그는 자신이 할 일을 끝냈다고 여겼는지 차를 돌려 다시 도시로 들어갔다.

그녀는 출발 전에 정여준이 '내가 가까이 있어야 한다.'고 말했던 것을 기억했다. 이제 그녀는 명확히 알았다. 누군가 이런 식으로 도시를 나갈 때마다 정여준은 통제소의 총탄을 멈추며 그들을 엄호해왔을 것이다.

정여준이 탄 트럭과 통제소가 까만 점처럼 작아졌다. 싱크홀 도시와 바깥세상의 경계를 알리는 출입금지 표지판을 보고서야 그녀는 각성하듯 정신을 차렸다. 이제껏 별다른 생각 없이 지나쳤던 표지판 내용에 그녀는 뒤통수를 두들겨 맞는 듯했다.

아, 하는 탄식이 절로 나왔다. 눈치채지 못했었다. 밖으로 나올 사람이 없다면 진입금지나 접근금지 표지판을 세웠을망정 출입금지라고는 표현하지 않았으리란 것을. 누군가가 저 도시에 들어가는 것뿐만 아니라, 도시에서 누군가가 나오는 걸 두려워하는 사람들이 바깥 어딘가에 있다는 것을.

그녀는 출입금지 표지판이 아지랑이처럼 일렁이는 걸 느끼며 괴롭게 눈을 감았다. 한참을 달리며 윤서리도 이찬도 아무 말이 없었다. 그녀에겐 그 침묵이 의외로 느껴졌다. 그가 곧잘 떠들며 총알을 멈춘 정여준에 대해 이야기보따리를 풀 거라 예상했기 때문이다.

구역을 완전히 벗어나니 도로에 차가 하나둘 나타나기 시작했다. 그제야 그가 말했다.

"어디예요?"

"응?"

"어디냐고요."

"예?"

어투는 여전히 껄렁거렸지만 갑작스럽게 조신해진 그의 말투에 적응하지 못한 그녀가 몸을 뒤로 뺐다. 그는 한쪽 눈썹을 꺾으며 말했다.

"안전가옥 위치 바뀐 거 알려주려고 나 찾아온 거 아니에요? 주소 어떻게 되는데요."

"뭐…?"

"뭐야, 바뀐 거 없어요? 그럼 마지막에 내가 받은 주소로 가면 돼요? 위치 바뀐 것도 아니면 대체 뭐 땜에 오셨대."

그녀는 저도 모르게 허리춤에 손을 댔다. 당연히도 그곳엔 무기가 없었다. 이찬은 그녀가 자신을 무섭도록 노려보는 걸 뒤늦게 알아채고 고개를 갸웃했다. 몇 번 눈을 굴리더니 그는 그녀를 똑바로 바라보며 말했다.

"서 팀장이 보내서 온 거 아니었어요?"

3
싱크섹션

장식 없는 무채색의 심문실에서 세 사람은 서로를 노려보며 이를 갈았다. 정확히는 두 사람이 한 사람을 노려보고 한 사람은 입만 쩝쩝 다시는 것에 가까웠다. 이찬은 20여 분이 넘도록 제게서 눈을 떼지 않는 서형우와 차세연의 험악한 얼굴을 향해 가래침을 뱉고 싶었다.

반 시간 전, 이찬이 안전가옥을 찾아오자 서형우는 약속날짜를 제대로 맞췄구나 하는 평범한 생각밖에 들지 않았다. 그러나 뒤에 선 여자의 얼굴을 봤을 때는 달랐다. 그는 설마 자신이 죽은 이의 환영을 볼 정도로 그녀에게 웃기지도 않는 죄책감을 가진 건지 고민해야 했다.

다행히 서형우는 서형우였고, 다행이지 않게도 윤서리는 아직 이 세상 사람이었다.

그는 재빨리 청소 사인을 보냈다. 윤서리에게 보고를 듣는 사이 차세연이든 차세욱이든 그녀를 처리하게 할 생각이었다.

그러나 윤서리는 들어와서 보고하라는 말에 따르지 않고 문 앞에서 걸음을 멈췄다. 벽 너머를 꿰뚫어 보기라도 하듯 서형우의 옆을 주시하던 그녀는 이찬의 옆에 비스듬히 서서 머리를 가리고 말했다.

"아무래도 제 목숨은 여기서 끝인 것 같은데, 발악은 하게 해주십시오. 지난번에 절 들이셨던 안전가옥 정보가 내일이 되기도 전에 새나가길 원하지 않는다면 절 쉽게 버리지 않는 게 나을 겁니다."

서형우는 정적으로 그녀의 뺨을 후려치듯 매섭게 침묵하다 말했다.

"고작 너 하나 때문에 한때 썼던 안전가옥이 문제 될 정도로 난 얼간이가 아니야."

"저도 얼간이로 보지 마셨어야죠. 그날 옥상에서 헤어진 후 저한테 시간을 주지 말아야 했습니다. 제가 정말 아무 짓도 안 하고 가만히 있었을까요? 아니면, 서 팀장님 부하들 눈에만 그렇게 보였던 걸까요? 전 모르겠네요. 그날 카페에서 서 팀장님을 기다리던 건 정말 저뿐이었을까요? 제 옆에 앉은 서 팀장님 얼굴을 본 게 저밖에 없었을까요? 미행을 심은 건 서 팀장님뿐일까요, 아닐까요? 저는 잘 모르겠네요. 안전가옥의 주인이 바뀐 걸 아는 사람이 부동산 업자 말고 아무도 없을까요? 이전 주인이 갖고 있는 다른 안전가옥, 새로 점찍은 안전가옥, 물색하는 안전가옥을 모니터링하는 사람이 정말 아무도 없을까요? 제가 죽으면 확실하게 퍼지게 될 정보는 이 중 무엇일까요?"

"…설령 그 정보가 다 까져도 내가 조금이라도 곤란할 것 같으면 이러고 가만히 있을 것 같아? 고작 그런 게 누구 손에 들어간들 무슨 문제겠어."

"글쎄요, 누구 손에 들어갈까요. 검경, 비원, 아니면 팀장님이 반쯤 등진 그 회사라는 곳일 수도 있죠. 마음껏 고르십시오. 어쩌면 고를 형편이 못 되실 수도 있겠지만, 전 잘 모르겠네요. 제가 알 바 아닌지라."

서형우는 머리 굴리는 티를 내지 않으려 애쓰며 고민에 빠졌지만, 곧바로 아무렇지도 않은 척 말했다.

"안됐네. 난 하룻강아지한테 협박당할 정도로 순수한 인간이 아니야."

"안됐네요. 그럼 전 여기서 끝이군요."

전혀 죽음을 각오한 얼굴이 아닌 그녀를 두고 그는 한참을 망설이다 차세연과 차세욱을 불러냈다. 그는 감시역인 차세욱과 함께 윤서리를 지하에 격리했다. 암살 작전 이후 그들에게 일어난 일을 이찬에게서 듣고 서형우는 조개처럼 입을 닫았다. 이찬은 질려 죽겠다는 표정을 가감 없이 드러내며 다리를 꼬았다.

서형우는 오랜 침묵을 깨고 이찬에게 말했다.

"죽으라고 보낸 놈을 뭐하러 곱게 살려서 여기까지 데려와."

"아, 거 그럼 진즉 말해줄 것이지. 죽어야 할 애라고 얼굴에 쓰여 있는 것도 아닌데 내가 무슨 수로 알겠어요?"

"우리가 언제 그런 방식으로 거기에 사람 보낸 적 있어?"

"아니 그런 식으로 안 보낼 거라고도 얘기 안 하셨잖아."

"뭐 때문에 보호할 생각을 했어. 딱 보면 알잖아, 버리는 패인 거. 암살부대로 안 보였냐?"

"그래요. 나도 암살부대일 줄은 알았는데, 정여준이랑 한창 대화하다가 나랑 눈이 딱 맞았는데 이게 날 심상찮게 노려보잖아요. 곧 뒈질 인간이 눈빛 한번 매섭다 싶어서 쳐다봤는데 눈 깜빡이는 게 요상한 걸 어쩌나. 귀찮지만 살려놔야죠."

"대체 눈을 무슨 수로 깜빡여야 그런 생각이 드냐."

"모스부호로 NIS, 국정원이라고 치던데요. 예전에 차세연 씨도 나한테 그 방법 써먹었잖아요. 이걸 달리 어떻게 생각하나. 당연히 서 팀장님이 보낸 사람인 줄 알았죠."

"걔는 네가 첩자인 거 알긴커녕 정여준 이름 석 자도 모르고 갔어."

"아, 그건 너무했네요. 거 사람을 아무리 물로 봐도 너무 호구 취급하는 거 아뇨? 근데 그러면 그 여자 어떻게 나한테 그런 신호 보낼 생각을 했지?"

"얼마나 첩자 짓을 의식하고 살았으면 남이 평범하게 눈 깜빡이는 것조차 모스신호로 착각했겠어."

"착각이라니 너무하시네. 이 짓 하루 이틀 하는 것도 아니고 설마 여기랑 저기 구분도 못 했겠어요?"

도넛에 아이스크림을 발라 먹으며 둘의 대화를 듣던 차세연이 말했다.

"그러니까 뭐야, 암살만 돕고 치고 빠져야 하는 애가 살아 돌아왔는데 아직은 죽이기 껄끄러운 거잖아. 정여준이랑 최주상 목격한 애를 세상에 풀어놓기도 싫고."

"그리고 거기 인간들 능력도 목격했겠지. 됐어, 그냥 죽이고 뒤처리는 어떻게든 해보면 돼."

"뭐하러 그래? 회사가 언제 우릴 끊을지 어떻게 알고."

"그럼 어쩌겠어. 윤서리 저게 이 프로젝트를 끊어내는 것보단 백 배 나아."

"싫어." 차세연은 한입 가득 아이스크림을 퍼 넣고 우물거렸다. "당신이 제일 잘하는 일이잖아?"

서형우는 어이없다는 듯 입을 뒤틀었다.

"걜 심으라고? 친한 친구도 첩자로 보낼 땐 의심부터 하고 보는데, 상사 속이고 단독행동하고 이젠 나한테 협박까지 하는 놈을 그 중요한 곳에 심으라고?"

"당신도 협박해, 그럼. 어차피 두더지 심는 거야 회유 아니면 협박인데. 옆에 이찬도 붙어있겠다 수상한 행동 보이면 바로 없앨 수 있는데 뭐가 문제야? 낯선 괴물들이랑 어울려 적응하는 데에만 뼈가 빠질 텐데 뭐 달리 일 벌일 정신이나 있겠어? 어차피 비원이랑 싸울 때 앞에 세우기만 하면 그때야말로 정말 죽을걸."

"잠깐, 그럼 내가 그 여자까지 감시해야 돼요?" 이찬이 불만스럽게 소리쳤다.

"그 여자 살리려고 네가 거짓말하느라 반쯤은 이미 산성 사람들한테 인정받은 거나 다를 거 없잖아." 차세연이 말했다. "이왕 심어진 김에 활용하지그래. 상대가 반격하지 않으면 첩보전은 머릿수로도 이길 수 있다는 게 당신 지론 아니었어?"

"하긴 그러네요. 틀린 말은 아니죠. 꼭 믿는 사람을 첩자로 보낼 필요는 없잖아요." 이찬은 싱글싱글 웃었다. "서 팀장님이 어디 날 신뢰해서 첩자로 만들었겠어요?"

서형우는 탁자에 시선을 박고 보이지 않는 판을 읽어내려는 듯 눈을 부라렸다. 그는 결국 얼마 지나지 않아 지하에 있는 윤서리와 차세욱을 불러냈다.

윤서리는 서형우와 적당한 거리를 두고 탁자에 마주 보고 앉았다. 차세욱과 이찬이 그녀에게서 비스듬히 떨어진 곳에 앉았고, 차세연은 차세욱의 옆에서 여전히 도넛과 아이스크림을 먹었다.

"…도시에 진입하고 일반상식과 부합하지 않는 광경을 분명 봤겠지." 서형우가 윤서리에게 말했다.

"예, 그럼요. 아파트 날아다니는 게 아주 예쁘장하더군요. 국정원이 투자한 증강현실 기술은 어마어마하더라고요."

"그런 귀여운 거면 차라리 좋겠지."

"분명 그 도시에 사람이 없다고 말씀하지 않으셨습니까?"

"그랬지. 사람은 거기 없다고."

"폐교된 학교를 열댓 개쯤 살려낼 수 있을 정도로 사람이 우글거리던데요."

"넌 그게 사람으로 보여? 건물 날리고 부수고 공중에 멈추는 놈들이?"

"…." 윤서리는 경직된 표정으로 이찬을 흘끔거렸다. "12년이나 버려진 도시에 전기도 수도도 멀쩡히 돌아가더군요."

도넛을 공들여 반으로 가르던 차세연이 고개를 들고 말했다.

"이쁜아, 그 정도 관리도 안 해주면 다른 지역까지 난리나. 땅 위에서 가스 터지고 불나는 건 거기 변종들이 알아서 진정시키겠지만, 그 외엔 한계가 있을 거 아니야?"

"거기서 그 광경을 보고 오래 살아남은 사람은 없어." 서형우가 말했다. "앞으로 얼마나 더 살 수 있을진 너한테 달렸어. 돌려 말하지 않을 거야. 난 거기에 널 꽂을 생각이다. 여기 있어 봤자 어차피 아까 네가 한 협박이 효력 다하면 나한테 죽을 테니 차라리 멀리서 내 눈 역할 하는 게 안전하겠지. 만약 첩보에 도움되면, 나랑은 뭐 끝까지 사이 안 좋겠지만, 회사한테 공로는 인정받을 거야. 수락할 생각 드나? 솔직히 말해 이제 너한테 선택지는 없지만."

"자세히 설명해주십시오. 그 도시 대체 어떻게 된 겁니까."

서형우는 윤서리에게서 임무에 대한 각오에 비견할 수 없는 강한 집착을 읽었다. 그녀는 마치 도시의 진상을 알기 위해 살아 돌아온 것처럼 보였다.

암살미션을 내릴 때는 막무가내로 등을 떠밀었지만, 두더지로 심을 땐 정보 없이 보낼 수 없었다. 그는 꽁꽁 쥔 채 절대 풀지 않았던 이야기를 내보일 각오를 다졌다. 불쾌하고 자존심 상했다.

"…어떤 발명에 대해 먼저 들을 필요가 있어."

"아니야! 그건 발견이야." 차세연이 항의했다. "정체를 모르는 걸 어떻게 발명할 수 있겠어."

서형우는 개의치 않겠다는 듯 턱짓했다. 차세연은 깨끗이 비운 도넛 봉투를 구겨 던지고 롤케이크 포장을 뜯기 시작했다. 그리고 빵을 우물거리며 느릿느릿 말했다.

"15년 전에 떨어진 컨딩 운석 기억하지?"

윤서리는 고개를 저었다.

"너무 오래전 일입니다."

"고작 15년인데 뭘 그렇게 옛날 취급해. 그때면 충분히 교복 입었을 나이잖아. 세상에서 가장 유명한 운석이었는데, 한 번쯤은 들어봤을걸? 타이완 남동부 컨딩에 떨어졌어. 운석은 특별할 게 없었지만, 표면에 붙은 미지의 물질 때문에 말들이 많았으니까. 불타지 않는 암흑물질이라고 떠들어댄 놈들도 있었어. 그게 마법의 보따리라도 되어줄 줄 알고 헛된 희망을 품은 사람도 많았고. 정말 기억 안 나?

하긴, 야단법석이 그리 오래 가진 않았지. 그건 너무 안정적인 물질이었어. 지나치게. 정말 지나치게 안정적이었지. 외부자극에 아무 반응이 없었으니까. 처음엔 절대 손상되지 않는 무적의 재료가 탄생했다며 환호를 받았지만, 그것도 얼마 안 갔어. 그 물질은 접착력마저 없었거든. 원자 하나로 이뤄진 분자끼리 일정 거리 이상 가까워지지 않아서 결합을 못 했어. 결합은커녕 접촉도 안 됐어. 그건 운석에 붙어있던 게 아니었어. 육안으론 차이가 안 보이지만 운석 위에 아슬아슬하게 떠 있었던 거야. 아니면 운석이 그 물질 옆에 떠 있었다고 해야 하려나.

흥미롭지만 매력은 없는 소식이었지. 단일 분자 상태로만 존재할 수 있는 물질이라니. 책에만 기술되고 현실 세계에선 이용할 수 없는 물질에 누가 열광하겠어. 변덕스러운 신이 실험실에서만 갖고 놀 수 있는 장난감을 던져준 것 같았지.

결국, 등장만 요란했던 그 물질은 금방 화제성을 잃었어. 호들갑 떨면서 컨딩 운석을 홍보했던 타이완 정부의 애물단지로 전락했지. 그대로 박물관으로 직행하려나 싶었는데 북미의 어떤 연구소가 뜻밖에 천문학적인 값을 치르고 사 갔어. 즉, 세욱이와 내가 몸담았던 팀이 받아온 거야.

우리 연구과제는 인공중력이었는데, 소장이 그 물질에 눈독을 들였거든. 물질의 치명적인 단점에 홀렸던 거지. 절대 결합하지 못하는 성질 말이야. 그 물질을 둘러싼 보이지 않는 물질이 있는 게 아닌 이상, 물질이 자기 주변 공간에 영향을 주고 있다고 소장은 생각했어. 어쩌면 거대질량, 고중력이 아니더라도 공간을 휘게 할 수 있을지도 모른다고 말이야.

우린 그 가설을 진지하게 받아들이지 않았지만 동참했어. 어차피 금방 접게 될 거로 생각했으니까. 그리고 실제로 그렇게 됐어. 이론 없이 가설만 가지고 보이지 않는 세상에 뛰어들어선 안 됐던 거야.

미시세계의 시공간을 관찰하는 데에 더는 시간을 버리고 싶지 않았어. 우린 첫 단계로 돌아가서 한계치까지 분자 간 거리를 좁혔어. 도무지 그게 왜 뭉치지 않는지 이해가 안 갔어. 물질을 쪼개거나 압축하려면야 큰 에너지가 들겠지만 우린 딱히 그걸 압축하려 한 게 아니었거든. 붙여서 한데 더하려고 했을 뿐이야. 그런데 접촉하는 게 뭐 그리 어려운지 기를 쓰고 서로 떨어져 있더라고.

결국, 다들 흥미를 잃는 데는 오랜 시간이 걸리지 않았어. 활용례를 알 수 없는 신물질은 투자자들에게 환영받지 못할 테고 중력을 연구하는 데에 도움될 것 같지도 않았지. 더는 그걸 모시고 있을 필요가 없었지만, 그렇다고 비싼 돈 주고 사 온 걸 휴지로 싸서 버릴 수도 없는 노릇이었어. 남은 예산을 놀게 놔둘 수도 없었고 뭐라도 해야 했어. 다시 스포트라이트를 받는 건 무리여도, 적어도 어떤 팀이 어느 목적으로든 이걸 소유하고 있단 걸 보여줘야 했지.

결국, 팀은 이전에 맡았던 연구로 돌아가기로 했어. 분자를 접촉시키는 실험은 용역에 맡겨 계속 진행하게 했지. 실험장으로 한국이 선택됐어. 당시 한국에 있던 우리 언니가 세욱이와 나한테서 정보를 일찍 얻었거든. 게다가 실험결과를 일정 기간 독점 공유한다는 계약으로 국정원이 보안을 보장했어. 단물 다 빠진 신물질에 한국 정부는 뒤늦게 미련한 기대를 버리지 못했던 모양이야.

우리 셋은 실험에 성과가 있을 리 없다고 생각했지만, 오랜만에 셋이 다 함께 지낼 수도 있겠다 싶어 제안을 수락했지. 세욱이랑 내가 한국을 떠난 지도 오래였으니까. 그리고 언니가 용역을 받은 연구소로 자리를 옮겼어. 협력의 표식이라 해야 하려나. 언니가 우리한테 먼저 실험결과를 누설할까 봐 국정원이 걱정하는 낌새여서, 아예 서로 눈 닿는 데에 머물기로 한 거지.

연구실을 그 산성 근처에 지은 데에 특별한 이유가 있던 것도 아니야. 서울이랑 너무 멀지 않으면서 특정 시간대에만 인적이 있는 장소를 고르다 보니 어쩌다 최종후보로 낙점됐을 뿐이야. 사람이 없는 지역을 물색할 생각은 없었어. 너무 튀어서 보안에 방해되기만 할 테고. 이 실험이 위험할 거라곤 아무도 생각하지 않았으니까.

그도 그럴 게 그 물질은 세상에서 가장 안정적이고 조용한 물질이었는걸."

덤덤히 이야기하는 차세연은 내내 빵을 입에 욱여넣고 있었다. 차세욱은 더는 관심 없는 옛날이야기에 지친 듯 졸린 눈을 끔뻑이며 게으르게 의자에 늘어졌다.

"다들 열심히 일하기도 했지만, 아마 시간문제였을 거야. 딱 그만큼의 시간이 더 필요했던 걸지도 몰라. 용역에 맡기지 않고 계속 매달렸다면 본래의 팀에서 성공했겠지. 물질은 결국 붙었어. 그랬을 거라고 생각해. 그것보다 뚜렷한 용의자는 없으니까. 난 당시 그 자리에 없어서 확신은 못 하지만, 분자결합은 아니었을 테고 기껏해야 접촉이었을 거야." 차세연은 엄지로 차세욱을 가리켰다. "얘는 그게 아주 작은 규모의 중력 붕괴였다고 믿어. 산은 가라앉은 게 아니라 빨려든 거라고. 나는 별로 동의하지 않지만."

윤서리의 눈에 어렸던 그늘이 점점 얼굴을 뒤덮었다. "사람이 아주 많이 죽었습니다." 그녀가 말했다.

차세연은 짐짓 놀란 표정을 지으며 말했다. "왜 그런 눈으로 보니? 그건 사고였어. 아무도 그 낯가림 심한 물질이 그 정도로 발광하길 원하진 않았다고."

다시 입을 열려는 윤서리를 막으며 서형우가 말했다.

"알다시피 싱크홀 발생 후 안전을 위해 도시는 폐쇄됐어. 매장된 사람들은 생존 가능성이 없으니 구조대가 들어가지 않았지만, 발표된 것처럼 정말 단 한 사람도 거기에 들어가지 않은 건 아니야. 2개 사단이 자릴 지키고 회사의 주요직 몇 명도 들락거렸지. 싱크홀의 원인을 짐작하는 건 회사의 극소수였으니 당연히 다른 사람들은 자연재해와 만약의 경우만 염두에 두고 도시를 경계했어."

이찬이 갑자기 탁자 위에 아무렇게나 굴러다니는 펜을 집어 한 손으로 마구 돌리기 시작했다. 자세히 보니 펜과 손이 따로 놀고 있었다. 펜의 한쪽 끝이 가루처럼 부서져 내리며 타들어 갔다.

"…싱크홀의 밑바닥을 한 번쯤은 상상해 본 적 있겠지." 서형우는 이찬의 신경질적인 손 놀이를 무시하고 말했다. "세상의 끝과 연결된 것 같은 구멍이라고, 그때 거기 있었던 대원이 그랬었지. 밑바닥까지 도착하려면 얼마나 걸릴까? 수평선이니 지평선이니 하는 말이 이놈의 싱크홀에 어울리게 될 줄은 몰랐어. 한쪽 끝에 서면 반대쪽 끝이 보이질 않았지. 사람 홀리게 한다는 게 이런 건가 싶었다. 보고 있기만 해도 죽을 것 같다고 징징대는 것들이 한둘이 아니었어.

그걸 두고 전쟁준비의 증거라고 떠들던 놈들은 그 도시에 들어오지 않아봐서 그래. 한 번이라도 그걸 맨눈으로 보면 그런 소리는 감히 못 나와. 그건 인간이 어찌할 수 있는 수준이 아니야. 그때 그 도시에서 돌아다녔던 놈들은 전부 철수 명령만 기다리고 있었어. 할 수 있는 일이 아무것도 없었으니까.

그런데 사흘째에 싱크홀 부근에서 자꾸 소음이 들렸지. 처음엔 무시했어. 크기가 하도 커서 그 안에서 바람 휘몰아치는 소리가 항상 요란했으니까. 하지만 소음이 계속 커졌고, 범위도 넓어졌고, 진동을 느끼는 사람들이 하나둘 늘어나서 바깥은 패닉이었어. 명령은 자리를 지키라는 거였는데, 싱크홀 근처에서 진동이 울리니 다들 당연히 두 번째 싱크홀이 생겨날 거라고 생각했지. 결국 회사의 요원들이랑 부대 애들을 붙여서 서로서로 발을 묶어놨어. 웃기는 조합이지. 사단장은 국정원 차장보 말을 들을 리 없고 차장보는 사단장 말을 들을 리 없는데. 그래도 말싸움에 시간을 버리느라, 다 같이 한순간에 도망가는 일은 일어나지 않았어. 그러는 사이 싱크홀의 소음은 점점 위로 올라왔지. 부서지는 소리, 찢어지는 소리가.

진동보다 사람들을 더 무섭게 만든 게 어떤 소린 줄 알아? 우는 소리였어."

방 안의 다섯 명은 침묵 속에서 각자 서로 다른 종류의 환청을 들었다.

"울면서 고함지르는 소리가 선명해졌지. 다가가야 할까? 멀리서 경계해야 할까? 과연 누가 결단을 내릴 수 있었겠어?" 서형우는 잠시 말을 멈춘 뒤 입을 열었다. "그 아래에서 사람들이 기어 올라오는 걸 보고, 대체 누가 자기 눈을 믿었겠어?"

딸기 파이 포장지를 뜯는 소리가 짧은 정적을 깨트렸다. 그는 차세연이 부스럭대며 간식을 먹는 소리를 무시하고 말했다.

"그래, 아무리 봐도 인간 같이 보이는 것들이 싱크홀에서 올라온 거야. 흙덩이, 나무기둥, 쇳조각, 심지어 시체를 밟고. 온갖 재료들이 나선 형태의 계단으로 공중에 둥둥 떠 있었지. 지면 높이까지 쭉 이어진 징검계단을 밟고, 흙이며 피에 젖은 놈들이 꾸역꾸역 올라오는데, 그걸 본 사람이 무슨 생각을 했겠어. 귀신이나 괴물을 떠올리는 건 그나마 얌전한 거지.

책임자 몇 명이 하나같이 발포를 명령했고, 다들 떨면서 공격했는데, 무기들이 전부 부서졌어. 발포된 총탄은 공중에 멈춰버리고. 넌 이미 비슷한 풍경을 봤겠지."

윤서리는 대답하지 않았다. 서형우는 낡은 사진 두 장을 손가락 끝으로 튕겼다. 남자와 여자의 사진이 그녀의 앞에 멈췄다.

"남자는 최주상. 그때 가장 앞서서 무기를 부수고, 필요할 경우 다른 것들도 폭파하면서 사람들을 도시 밖으로 이끌었어. 여자는 이경선. 공격물을 모두 멈춰서 부대를 무력화한 데에 일조한 또 하나의 주역이야. 그놈들은 사물은 부수거나 멈출 수 있었지만 사람은 그러질 못해서, 결국 부대와 육탄전을 벌이게 됐는데 그것도 얼마 안 갔어. 최주상이 부순 건물에 부대 절반이 압사하는 바람에. 최주상이랑 이경선만 그랬다면 상황이 나았겠지. 하지만 싱크홀에서 올라온 나머지도 각자 괴팍한 요술을 부려댔어. 가장 화려하게 활약한 게 최주상과 이경선이었을 뿐이야.

이 세상 것이 아닌 듯한 구멍에서 올라온 괴물들이, 이 세상 것 아닌 마술을 부려대니 어느 누가 현실감각을 유지했겠어. 부대는 전멸했고 싱크홀 귀환자들은 도시 난민 사이에 섞여 바깥으로 나갔는데, 그때 빠져나온 수는 어림짐작해 6백 명 내외로 추산돼. 지금은 그보다 줄었으니 당시 머릿수는 의미가 없지만. 그 6백 명을 보호하기 위해 최주상과 이경선이 힘을 합쳤었지.

적어도 그땐 그 둘 사이에 공통된 의견이 있었어. 당장 자신들의 생존 사실과 정체 모를 초능력을 알리기엔 시기상조라는 생각을 공유한 거지. 상대의 노출이 곧 자신의 노출로 이어질 테니까 집단의 누구도 예외가 아니어야 했고."

"그것만큼은 현명했다고 생각해." 차세연이 말했다. "그때 최주상이랑 이경선이 사람들 죄 데리고 잠수하지 않았으면, 그 사람들 다 죽었을 거잖아?"

"…초능력 생긴 괴짜가 생겨났다고 굳이 찾아내 죽일 필요가 있었겠습니까?" 윤서리가 말했다.

"넌 건물 부수고 총알 멈추는 유령이 너랑 같은 땅에서 활개 치고 다니는 걸 가만 놔둘 수 있겠어?" 서형우가 말했다. "그것들은 살상 능력을 갖추고 땅에서 기어 나온 좀비야. 그 이상도 이하도 아니지."

"…붕괴하기 전엔 그렇게나 안정적이었다는 물질이 왜 뜬금없이 좀비를 만들어낸답니까?"

"아, 그거 때문에 세욱이랑 엄청 싸웠는데." 차세연이 말했다. "사실 아직도 그 얘기 나오면 다퉈. 난 그 물질의 의지가 사람한테 옮아갔다고 생각해. 절대 결합하지 않으려 했던 건 사실 그 물질의 성질이 아니라 의지였던 거야. 서로 밀어내고, 돌아가고, 정지하도록 만드는 에너지가 그것 안에 있었던 거지."

"헛소리지." 차세욱이 코웃음 쳤다. "원소가 지능을 가질 수 있다고 주장하는 꼴이야."

"바이러스도 지능은 없지만, 특정 조건에서 단체의 의지를 따라 행동하는 것처럼 보이는 경우가 있는 걸 생각해보라니까? 아니면 애당초 그 물질의 정체는 원소 같은 게 아닐 수도 있지. 누가 알겠어. 그러니까 일단은, 의지에 따라 제한된 공간을 통제할 수 있는 에너지의 존재를 상상해봐. 그게 열이든 마찰이든 속도든 탄성이든 상관없어. 에너지를 가두던 물질이 붕괴했으니 다른 숙주가 필요했겠지. 마치 바이러스처럼. 그런데 자유의지를 가진 그릇이 때마침 싱크홀 안에 잔뜩 있었잖아? 그 사람들이 에너지를 나눠 가졌던 거야. 에너지는 어디로든 '돌아가서' '정지하려는' 의지를 따랐고, 변종들이 그 힘을 자기 의지에 따라 쓸 수 있게 된 거지."

"넌 싱크홀을 빠져나온 변종들의 극적인 변화에 지나치게 사로잡힌 나머지 그 원인도 극적이길 바라는 거야. 차라리 예전에 소장이 말했던 가정이 훨씬 이성적이야. 그 물질은 어떻게든 고중력이 아닌 채로 공간을 휘게 하는 힘을 가졌던 거지. 변종들의 능력 역시 시공간에 영향을 주는 식으로 발현하는 거야. 그게 우리 눈에는 부서지고 되돌아가고 멈추는 것처럼 보일 뿐이고, 시공간을 한정된 조건 하에서 변화시키는 데에 지나지 않아."

"너야말로 소장이 했던 말에 갇히는 바람에 더 넓은 데까지 생각이 뻗어 나가질 못하는 거야. 왜 물질의 힘이 그 사람들의 힘으로 전이된 건데? 시공간이 그걸 설명할 수 있어?"

"됐다. 10년이 넘도록 답 안 나오기는 매한가진데. 어떤 생각이든 결국 사고실험에 지나지 않아. 관찰로 증명된 사실은 하나밖에 없어. 그 변종들은 무언가를 멈추거나, 돌려보내거나, 터트리는 힘을 가지고 있단 것." 차세욱은 처음으로 윤서리와 눈을 마주쳤다.

"다행히 이 셋 중 둘 이상 중복으로 가능한 변종은 없어."

"그래, 다들 셋 중 하나의 능력만 가졌지." 차세연은 먹던 초콜릿을 삼등분해 탁자에 올려놓았다. "그중에서도 멈추는 힘을 가진 사람들을 자기네끼리 편의상 '정지자'라고 부르는 모양이야. 그놈들은 움직이는 걸 멈출 순 있지만 대신 뭔가가 이동하지 않으면 힘을 못써. 예를 들면 아까 말한 이경선 같은 사람."

"그리고 제 암살 표적 같은 경우요."

"그래. 걔도 정지자야." 차세연은 늘어놓은 세 초콜릿 중 하나를 집어먹었다. "그리고 터트리거나 부수는 사람들을 '파쇄자'라고 불러서 구분하고 있어. 최주상 같은 부류야. 네 옆에 있는 이찬도 그렇고."

이찬은 윤서리의 눈길을 무시하고 방 안 구석진 곳을 응시하고 있었다.

"난 파쇄자가 인간 폭탄이라고 생각하지는 않아. 아마 원하는 곳에 원하는 방향으로 힘을 가할 수 있는 것뿐이겠지. 그걸로 건물 하나를 통째로 날려버릴 수 있는 파쇄자는 일단 지금은 최주상밖에 없어. 겉보기엔 염력처럼 보일 수도 있을 거야. 뭔가 폭발하고 깨지면 파쇄자 짓이겠거니 생각하면 얼추 맞아."

차세연은 두 번째 초콜릿을 집어 먹었다.

"그리고 마지막 남은 부류가 '복원자', 즉 되돌리는 사람들이야. 한 방향으로 움직인 걸 이전 방향으로 끌어오는 힘을 갖고 있어. 나중에 이찬이 뭘 날려 보냈는데 그대로 돌아와도 별로 놀라지 마. 복원자가 한 짓이니까."

차세연은 마지막 남은 초콜릿을 집어 먹고 주섬주섬 젤리를 꺼냈다.

"이상하지만 힘은 균등하게 나뉘지 않은 모양이야. 파쇄자나 정지자, 복원자끼리라도 수준 차는 있어. 각자 다룰 수 있는 게 있고 없는 게 있어 뵈더라. 이찬의 경우는 못 부수는 게…."

"만져지지 않는 거요."

이찬이 말했다. 그들이 설명을 시작한 이후 내내 아무와도 눈을 마주치지 않던 그가 윤서리에게로 고개를 돌렸다.

"불이나 냄새 같은 걸 퍼트리진 못해요. 만져지더라도 손으로 명확히 붙잡지 못하는 건 못 건드려요. 물을 가른다거나, 뭐 그런 거. 아마 최주상은 할 수 있을 거예요. 최주상이 못 부수는 게 대체 뭔지 아직도 모르겠지만. 아, 모든 생존자가 그런 것처럼 아무리 최주상이라도 살아있는 건 못 부숴요."

"그 최주상이 파쇄자 집단의 명백한 최고 실력자다." 서형우가 탐탁찮은 듯 말했다. "그리고 당시 이경선은 정지자 집단의 최고였어. 살아있는 것 빼고 최주상이 부수지 못하는 게 있긴 한가 싶은 것처럼, 이경선이 멈출 수 없는 걸 못 찾을 정도로 비등비등한 실력의 리더였지.

초기에 최주상과 이경선이 변종들을 한데 모아 조용한 생존을 꾀했던 건 맞지만, 둘의 의견이 궁극적으로 일치한 건 아니었어. 이경선은 자기들이 지금은 숨어 살더라도 언젠간 외부에 드러나야 하고, 그 순간은 필수불가결하게 찾아올 거로 생각했어. 그때를 위해 안전과 독립을 보장받을 준비를 해야 한다고 주장했지. 최주상의 경우는 달랐다고 해. 존재가 외부에 드러나는 순간 집단 전체가 몰살당할 거로 생각했어. 능력의 실체를 주장하면 처음엔 미친놈 취급을 받을 거고, 능력을 증명하면 위험분자로 몰릴 거고, 아주 빠르고 효과적으로 사냥당할 거라고."

"…서 팀장님은 어느 쪽으로 생각하십니까?"

"나? 나한테 묻는 거야?" 그는 히죽 웃었다. "당연히 최주상이 옳지. 최주상이 두려워한 사냥꾼 중 하나가 난데."

그는 탁자 위로 몸을 기울였다.

"고작 빌딩 몇 개 무너지고 총알 막고, 이런 것만 생각하는 건 아니겠지? 그 좀비들이 빨아먹은 것의 정체가 무엇이든, 잠재력이 얼마나 되는지는 오직 결과로만 알 수 있을 거야. 최주상이 폭파할 수 있는 범위의 한계를 시험하려 드는 놈들이 생기겠지. 가장 많은 무기를 효과적으로 무력화하는 정지자를 영입하기 위해 쟁탈전이 일어나겠지. 발사된 핵을 발사국에 도로 내리꽂을 수 있는 복원자를 찾으려 들겠지. 그놈들이 도시를 돌아다니는 것만이 문제가 아니야. 그놈들 중 한 명이라도 한국을 벗어나는 순간을 상상해봐. 최고의 무기가, 이 땅을 벗어나 남의 땅에 가고 또 다른 땅으로 옮겨 다닐 거라고. 세상이 그 꼬락서니가 되는 걸 내버려둬야 쓰겠어? 누군가가 막지 않으면 언젠간 아무도 막지 못하게 되겠지. 아직 3차 대전이 일어나지 않은 건 날 포함한 몇 안 되는 사냥꾼들 덕이야."

"…"

"최주상도 정확히 그렇게 생각했던 거지. 아니면 그렇게 행동했을 리가 없어. 나랑 최주상의 다른 점은, 난 그 좀비들이 사라져야 한다고 생각하고, 최주상은 제 집단이 살아남길 원한다는 거야. 그 남자는 누구도 제 눈을 벗어나는 걸 허락하지 않았어. 그건 옆 사람 목을 들고 동반 자살하려는 거나 다름없는 짓이라고 여긴 거지.

가족에게 생존 사실을 알리려 했던 놈이나, 제 존재를 언제까지나 꽁꽁 싸맬 순 없다며 언론에 접촉하려 했던 놈은 전부 최주상한테 제거당했어.

그때부터 최주상과 이경선이 갈라서기 시작했지. 최주상에게 동조하고 최주상의 힘에 보호받으려는 변종들과, 이경선에게 동조하는 변종끼리 파가 나뉘었어. 결국 이경선 측이 최주상 측과 완전히 궤를 달리하겠다고 반발했을 때, 최주상은 허락했어. 바깥세상에 나가겠다는 놈을 전부 죽이는 거로 말이야."

차세욱이 휘파람을 불었다. 서형우는 말을 이었다.

"그게 최주상 측과 이경선 측이 대치한 첫 싸움이야. 양측 모두 타격을 입었지만 결과적으로 내몰린 건 이경선 측이었지. 우세한 깃발을 잡은 건 최주상이었고, 살기 위해 최주상에게로 돌아선 이경선 측 변종들도 적지 않았어. 한바탕 싸움이 끝나고 이경선 측은 최주상을 피해 바깥으로 도망쳤는데, 생각해 봐. 그거야말로 최주상이 걱정한 최악의 레퍼토리잖아. 변종들이 제 눈을 벗어나 바깥을 싸돌아다니는 거. 그대로 둘 수 없으니 최주상 측은 떨어져 나간 놈들 꼬리를 마지막의 마지막까지 물고 다녔어. 한 명이라도 남으면 다른 놈들을 죽인 의미가 없어지니까. 이경선 측은 아무리 숨어다녀도 자꾸만 표적이 되니, 쫓기다 쫓기다 결국 한 장소에 몸을 숨겼어. 그곳만큼은 최주상이 건드리지 않았거든."

"…그곳." 윤서리가 중얼거렸다.

"그래, 그곳. 싱크홀이 발생하고 아무도 다가가지 않는 그 도시. 자기들이 군인과 싸워가면서 도망쳐 나왔던 곳으로 다시 들어간 거지." 그는 손사래 쳤다. "그렇게 정리되기 전에 외부에 들키면 어쩌나 하고 내가 얼마나 긴장을 탔는지 참. 내가 그 자식들 경호원도 아니고…. 하여튼 최주상은 남은 무리를 데리고 밝은 데로 나갈 수도 없는 노릇이니 자연스럽게 범죄조직을 결성했어. 하긴, 공포정치로 시작된 조직인 이상 얌전 안 떠는 일로 돈 버는 편이 몸집 유지하기 좋았겠지. 조직원들 밑바닥은 윗선들의 초능력을 모르는 일반인이 대부분이야. 아랫것들은 단순히 나쁜 짓으로 돈 벌려는 치들인 거지. 그 조직이 바로 비원, 네가 1년 동안 뒤를 봐주며 감시했던 그놈들이다. 최주상은 그 비원의 명실상부한 우두머리야."

그는 사진을 골라 윤서리에게 보냈다. 왜소하지만 카리스마가 풍기는 중년의 여자가 찍혀있었다.

"김현이. 비원의 이인자로 생각하면 된다. 정지자야."

남자 사진이 한 장 더 날아왔다.

"우주 라땅. 최주상 손에 처리될 수도 있었지만 네 덕에 아직도 비원 삼인자지. 복원자다. 인도네시아 출신인데 최주상한테 가장 충직한 그림자야.

비원이 위장조직을 차린 걸 회사가 알았을 때, 최주상도 이미 누군가 자신들을 건드릴 거라고 확신하고 있었어. 그게 국정원이 됐든 뭐가 됐든. 만약 처음부터 진압작전이 가동됐다면 비원은 이경선 측 꼴이 났을지도 모르지. 그러지 않도록 최주상은 미리 거래를 텄어. 물론 우리 쪽 모두가 비원의 정체를 알고 있는 건 아니야. 싱크홀의 원인을 알고 있던 소수의 간부만 비원을 저울질하고 있었으니까.

회사는 비원 프로젝트를 나한테 일임했어. 그때 난 좌천되어 경찰로 위장 중이었으니까, 내가 비원을 맡으면 회사랑 비원의 관계를 얼버무리기 편할 거라고 판단했겠지. 최주상은 나한테 이렇게

요구했어. '비원을 건드리지 마라. 대신 비원을 나가려 하거나 정보를 흘리려는 놈은 내 선에서 처리하겠다. 이경선 측도 비원에서 관리하겠다. 그놈들이 그 도시에서 나오지 못하게 하고, 만약 바깥으로 나오는 놈이 있으면 청소하겠다. 우리를 처리하는 건 우리여야 한다. 먼저 건드리지만 않으면 난 세상이 우리 존재를 끝까지 모르게 할 자신이 있다. 괜한 소동 일으키지 말고 조용히 끝내자.' 이렇게 말이야."

그는 눈앞에 최주상이 있는 것처럼 고개를 끄덕였다.

"나쁠 것 없었지. 이경선 측을 알아서 관리해주겠다니 더 좋았어. 어차피 이경선 측은 최주상 측에서 떨어져 나간 암 덩어리야. 언젠가 최주상 손으로 끝을 낼 찌꺼기나 다를 거 없어. 우리가 처리하기보단 그쪽이 알아서 배설물을 소각하게 두는 편이 낫지. 난 최주상의 요구를 받아들였다. 비원은 적당히 유령집단 행세를 했고, 우린 이 섹션에서 두더지를 모아 비원을 감시했어.

이경선 측은 지도자의 이름과 지역명을 합쳐서 그 도시를 '경선산성'이라고 불렀지. 비원의 목적은 경선산성을 완전히 밟는 한이 있더라도 살아남는 것. 경선산성의 목적은 비원에서 자유로워지고 바깥에 나가는 것. 그 대립은 아직도 유효해. 자 그러면, 우리 섹션에서 일할 네 목적은 뭐가 될까."

서형우는 윤서리의 대답을 기대하지도 않는다는 듯 곧바로 말했다.

"비원과 경선산성이 자기들 싸움에 공멸하게 하는 것. 한쪽이 한쪽을 밟으면서 제 몸집을 깎도록 소모전을 지속시키는 것. 마지막에 비원이 이기든 경선산성이 이기든 그건 상관없어. 비원 혹은 산성이 쉽게 처치될 정도로 약해진 채 홀로 남는 게 중요한 거야.

도시 안에서 서로 계속 싸우게 만들어. 내 두더지들은 틈을 알려 주고, 우리는 더 큰 틈을 만든다. 두 집단이 자주 충돌하면 충돌할수록 좋아. 나중에 처리할 머릿수가 하나라도 더 줄게 해. 그게 내 요원들이 하는 일이고, 윤서리, 네가 하게 될 일이다."

그는 윤서리의 눈에 떠오른 각오의 종류를 읽어내기 위해 그녀를 훑어보았다. 그녀는 늘 그렇듯 뻣뻣하고 올곧게 그를 쳐다보고 있었다. 노려본다는 게 더 그럴듯했다.

떠올려보니 그녀는 언제나 이런 차갑고 날이 선 눈으로 그를 노려보고 있었다. 만약 서형우가 부하의 시선에 민감한 상사였다면 절대 간과하지 못했을 무례한 눈빛이었다. 그러나 그의 기억을 지배한 건 그녀의 무례한 시선이 아닌 무례한 배신이었다. 그는 그녀가 경선산성에 투입된 후 또 배신할 경우를 계산해 보았다. 그렇게 된다면 경선산성은 내부에 첩자가 있음을 알게 된다.

그게 끝이다. 이왕이면 두더지의 존재는 들키지 않는 게 좋지만 섹션도 프로젝트도 별다른 타격은 받지 않을 것이다. 그녀는 그들에게 있어 결국은 낯선 외부인일 뿐이다. 분노한 산성 사람들은 그녀를 처형할 것이고, 잠시 내부의 동료를 의심하겠지만, 주된 적은 어디까지나 비원으로 둘 게 뻔했다. 언제 터질까 조마조마해 하며 감시해야 하는 비원과는 다르게 경선산성은 도시에 갇힌 편리한 작업표본이다. 섹션의 존재를 알더라도 산성 사람들이 취할 돌발행동엔 제약이 있다.

결론은 빠르게 나왔다. 윤 전 수사관의 배신 여부는 더 이상 걸림돌이 되지 못하리라고.

서형우는 윤서리에게 물었다.

"도시에서 표적을 봤지? 기억하나?"

"예."

"정여준. 현재 경선산성의 수장이야. 비원과의 싸움에서 이경선이 사망하고 정여준이 이경선 대신 4년째 사람들을 이끌고 있어. 그렇다고 산성 사람들이 그곳을 여준산성이라고 부르지는 않아. 정여준은 어디까지나 이경선의 유지를 이어받은 지도자니까. 정여준도 이경선과 마찬가지로 정지자다. 이경선이 없는 지금 정여준은 정지자 중의 제일 가는 위험분자고." 그는 이찬을 눈짓했다. "산성의 이인자는 네 옆에 있어."

이찬이 윤서리의 눈앞에 손을 팔랑거렸다.

"이찬. 최주상 다음가는 파쇄자야." 서형우가 말했다. "산성 사람 중 일부는 정여준보다 이찬을 더 따를 수도 있어. 이경선이 수장이던 시절부터 곁에 있었으니까. 하지만 둘 사이에 알력이 있는 건 아니니 크게 신경 쓸 건 없어. 대충 분위기 파악하는 데에만 참고해."

"…원래 경선산성 사람이었고, 지금은 여기의 두더지인 건가요?"

"옙." 이찬이 말했다.

"어쩌다 첩자가 된 거죠?"

"그쪽이랑 똑같아요. 생존이랑 돈을 위해."

이찬은 별것 아니라는 듯 어깨를 으쓱였다. 잔뜩 지친 얼굴을 보고 그녀는 이찬과 서형우 사이의 지리멸렬한 시간을 느낄 수 있었다.

"아까 들어보니 이찬이 산성 사람들한테 널 파쇄자라고 속였다던데." 서형우가 말했다.

"미안하게 됐어요. 그거 말곤 그쪽이 살해당하지 않을 방법이 생각 안 났네요." 이찬이 윤서리에게 말했다. "그래도 내 덕에 살아서 나온 거나 마찬가지니까 좋게좋게 생각하십시다. 그쪽이 나한테 눈으로 모스를 치는 줄 알았거든요. 눈치챘겠지만 그때 벽 부숴서 날린 것도 나고 그쪽한테 닿기 전에 다시 부순 것도 나예요. 두 번째 폭발 일으킨 게 내가 아니라 그쪽이 한 것처럼 연기했던 거죠. 파쇄자 짓인 줄은 알아도 정확히 누가 했는지 이름표가 붙어 다니는 건 아니니까."

"윤서리 넌 그대로 파쇄자로 가장한다."

"거짓말하느라 고생스럽겠지만 내가 더 고생스러울 테니 이해 좀 하십시다? 내가 한 일을 그쪽이 한 것처럼 끼 떨 테니까, 적당히 말 맞추면서 눈치 잘 보면 돼요. 만약 내가 없는데 누가 그쪽더러 뭘 부숴달라고 하면… 그러게요. 어쩌지? 그럴 일이 없길 바라야겠네."

"…바깥에서 감추고 살던 게 습관 돼서, 꼭 필요할 때 아니면 능력 쓰는 걸 꺼린다고 대충 둘러대면 되겠죠."

"오, 그래. 그래요 그럼. 생각보단 잘 버티실 것 같네."

"너희 둘 임무가 겹칠 거야. 어쨌든 보고는 따로 받을 테니 보는 대로 관찰하고 내 앞에서 그대로 말하면 돼." 서형우가 말했다. "주로 주거장소가 어디로 옮겨졌는지 보고하게 될 거다. 최주상이 산성 사람들 거주지를 파괴하면 그때마다 거점을 옮기니까. 정보 새 나가는 거 의심받지 않게 너희가 바깥에 들락거리는 순서는 알아서 적당히 조절하고."

서형우는 의심이 가시지 않은 눈으로 윤서리를 보았다. 한때 이찬에게 일렀던 말을 상기하며 그는 그녀에게도 그 말을 그대로 전했다.

"네가 뛰어든 작전은 일방적인 임무가 될 거다. 경선산성이랑 첩보 경쟁할 필요가 없어. 상대가 방첩작전을 벌이지 않으니까. 의심하고 경계하되 조바심은 내지 마. 어차피 한정적인 시간 싸움이야. 장기판에서 제짝끼리 싸우다 마지막 패가 판에 덜렁 남는 거만 지켜보면 돼. 경선산성의 일원으로서 비원이랑 싸워 비원을 갉아먹되, 산성을 지나치게 보호하지는 마. 우리에게 최악의 상황은 비원과 산성 중 한쪽이 비대해지는 것, 최고의 상황은 양측 모두 비슷한 속도로 쇠락하는 거야. 그리고 너에게 있어 최고의 상황은 살아남는 것, 최악의 상황은 배신하는 거다. 무슨 뜻인지 알 거라고 믿는다. 살아서 첫 번째 보고를 하러 오길 기대하지."

윤서리는 대답하지도 고개를 끄덕이지도 않았다. 그는 그 반응에 이젠 새삼스럽지도 않다는 양 굴었고 차세연과 차세욱은 요것 좀 보라는 듯 싱글거렸다.

윤서리는 이찬을 남겨두고 먼저 자리를 떠야 했다. 차세연은 오렌지 껍질을 깎으며 그녀를 졸졸 따라갔다. 건물을 나와서도 차세연은 계속 뒤에 서 있었다. 이찬이 나올 때까지 감시할 요량인 듯했다.

그때 아무런 전조도 경고도 없이 윤서리의 뒤통수에 칼이 날아들었다. 왼쪽으로 잽싸게 비껴선 그녀의 코끝에 상쾌한 과일 향이 맴돌았다. 오렌지를 깎는 데에 쓰인 작은 과도는 표적을 맞히지 못하고 허공을 긋다가 땡그랑 소리를 내며 떨어졌다.

윤서리는 침착하게 차세연을 돌아봤다. 차세연은 말끔하게 깎인 오렌지를 씹어 먹으며 말했다.

"뒤통수에 눈이 달린 모양이네."

"…문제가 되나요?"

"아니. 뒤에 눈 달린 것 정도야 뭐. 그럴 수도 있지."

"만약 뒤에 눈이 없었으면 방금 눈 대신 칼이 달릴 수도 있었는데요. 무슨 생각이시죠."

"장난으로 그런 거 아니니까 너무 빳빳하게 굴지 마. 네가 저쪽에서 보낸 두더지인지 보려던 거야." 어느새 오렌지를 다 삼킨 차세연은 손가락까지 쪽쪽 빨았다. "변종인지 아닌지 확인도 안 하다니 역시 서 팀장은 이제 한물갔어. 자기가 모든 걸 꿰고 있다고 생각하니까 신중할 필요를 못 느끼는 거겠지."

"같이 일하는 동료한테 평가가 박하시네요."

"다 본인이 자초한 일인걸. 예외를 상정하지 않고 확신하는 사람치고 끝까지 살아남는 놈 못 봤어. 그런 사람한테 잡히다니, 너도 앞날이 창창했을 텐데 참 안됐다. 무슨 일이라도 생기면 그땐 잘 부탁해. 서로 적당히 이용해먹자고. 사람 일 어떻게 될지 모르잖아?"

윤서리는 차세연의 말을 흘려들으며 바닥에 떨어진 과도를 흘겨보았다.

"저걸 던진 게 시험의 전부인가요? 차라리 서 팀장님께 받았던 면접이 이보단 덜 조잡한 것 같은데요."

"이찬 뒤통수에 던졌으면 걔가 너처럼 몸 움직여서 피했을 것 같아? 초능력을 10년 넘게 쓰고 지냈으니 그 애들한텐 이제 자기 능력이 신체 일부와 같아. 걔들은 무조건 반사적으로 초능력으로 반응해."

"예외를 상정하지 않고 확신하는 사람치고 끝까지 살아남는 놈 못 봤다고 방금 누가 말했더랬죠."

차세연은 눈을 가늘게 좁히고 한껏 불만스럽게 윤서리를 노려봤다. 어색한 눈 맞춤이 오래 가기 전에 이찬이 나타났다. 차세연은 지금 당장 무엇이든 먹고 싶어 견딜 수 없다는 듯 입을 쩝쩝 다시며 안으로 들어갔다. 윤서리와 이찬에겐 인사는커녕 손짓 하나 없었다.

건물과 멀리 떨어진 곳에 주차한 차를 향해 걸어가며 이찬은 쉴 새 없이 주변을 흘끔거렸다. 차 안에 들어오고 나서야 그는 눈을 평범하게 깜빡일 수 있었다.

그가 키득거리며 말했다.

"거짓말이었죠?"

"네?"

"아까, 안전가옥 보안으로 서 팀장 협박한 거요. 그거 거짓말이죠? 사실 가진 카드는 쥐뿔도 없는데 입만 놀렸던 거 아니에요?"

윤서리가 반박하려 하자 이찬은 고개를 설레설레 저었다.

"솔직히 티 났어요. 반쯤 포기하고 있던 게. 만약 그쪽 얼굴을 차세연이나 차세욱이 정면에서 보고 있었으면 그 인간들 분명 눈치챘을 걸요. 서 팀장이 그걸 모르던 게 오히려 의외던데요. 어지간히도 회사에 자기 움직임 읽힐까 봐 걱정됐나 보죠. 그쪽 거짓말도 알아채지 못할 정도로 머리 굴리던 거 보면. 뭐 나야 아무래도 좋았어요. 그 인간 당황하는 것도 처음 구경했겠다, 그 값으로 입 다물고 있었다고 생각해줘요."

"고마워요. 여러 번 도움 받네요."

"나 말고 누가 돕겠어요? 정해진 도피 루트도 없지, 안전가옥 위치는 수시로 바뀌지, 그런 주제에 변경사항을 알려주는 방식도 제멋대로지, 주어진 코드 네임도 없지, 예비 연락책도 안 붙여주지, 접선 루트를 놔 주지도 않지, 그냥 막무가내로 현장공작원으로 꽂아버린 게 다같아요. 이거 어디 가서 첩자 짓 한다고 말할 수나 있겠어요? 솔직히 서 팀장한테 티는 안 냈지만 당황 많이 했죠?"

"난 내가 원해서 이 일에 자진한 게 아니에요. 반쯤은 내가 자초한 결과긴 하지만, 거의 떠밀린 거나 다름없어요. 섹션이 잘 백업해주든 대놓고 방치하든 내 자세는 아마 달라지지 않을 거예요. 내가 나가고 서 팀장이 뭐라고 하던가요? 이탈할 조짐이 보이면 죽이라고 했나요?"

"어어어…, 네."

"의심되면 날 죽일 건가요?"

"걱정 마요." 그는 긴장이 풀린 얼굴로 미소 지었다. "그땐 별 고통 없을 거예요. 죽는지도 모르게 해줄 수 있어요."

농담인지 아닌지 분간할 수 없어 그녀는 메마른 미소로만 답했다.

자동차는 섹션과 비원 모두에게서 도망치는 듯 급히 내달렸다. 고속도로에 진입할 낌새가 보이지 않자 윤서리가 말했다.

"산성으로 돌아가는 거 아니었어요?"

"아, 잊었어요? 식구들한테 받은 리스트가 남았잖아요. 심부름하러 가야죠. 밖에 나와 놓고 빈손으로 들어가면 비원한테 졌을 때보다 더 야유받아요. 그쪽도 서 팀장한테 보고하러 나올 때 한두 사람한테라도 심부름 목록 받아두는 게 좋을 거예요."

그는 마켓 근처에 주차했다. 당황을 애써 숨기려는 그녀를 보고 그는 다시 웃었다.

"나랑 같이 있는 거 비원한테 안 들키길 기도나 하세요. 산성에서 내가 한 말 기억해요? 밖에서 비원한테 쫓기면 나 그쪽 버리고 혼자 도망칠 거니까 알아서 목숨 챙기라고 했던 거. 그거 진심이니까 너무 나만 믿지 마세요? 산성 안에서라면 모를까, 여기선 아무리 나라도 내 코가 석자예요."

"알아요. 나도 그 정도로 염치없진 않아요. 대신 나도 비원한테 쫓기면 나 혼자 이거 운전해서 도망칠 거니까 너무 원망하진 마요."

"아…, 알았어요. 나와요. 아니, 나오시래도. 심부름 같이해요. 쇼핑 끝나기 전까진 차 탈 생각 요만큼도 말아요."

1시간도 안 되는 새에 비원과 마주치는 불행한 일은 일어나지 않았다. 이찬은 콧노래를 부르며 경선산성으로 향했다. 더는 아무도 다가오지 않는 빈 도로에 진입하고 서서히 출입통제소가 가까워지자 윤서리는 정여준이 곁에 없어도 괜찮냐고 물었다.

"상관없어요. 저놈들이 신나게 발포할 때는 안에서 바깥으로 나갈 때뿐이에요. 통제소는 평범한 사람이 못 들어가게 막고, 우리를 못 나가게 막는 곳이니까. 저기 갇혀 살아야 하는 놈이 제 발로 들어가겠다는데 굳이 시끄럽게 막을 필요는 없잖아요. 그냥 이 차에 타고 있는 게 우리라는 것만 알려주면 알아서 보내줘요."

그는 통제소 바깥에 세워진 길쭉한 저지대를 부쉈다. 노란색 저지대는 산산이 흩어져 민들레 꽃잎처럼 바닥에 떨어졌다. 그는 낄낄대며 경계선을 넘었다. 그의 말대로 통제원은 모습을 드러내지 않았다.

"저놈의 누런 막대기 내가 허구한 날 부숴 먹어서 자꾸 새 걸로 교체하는 바람에 아주 그냥 항상 반짝반짝 빛이 납니다."

먼 곳에 싱크홀이 보이기 시작하자 그는 목소리를 낮추고 말했다.

"아, 그리고 산성 안에서는 좀 가볍게 대할 테니까 그쪽도 나한테 어제처럼 막 대해 줘요. 식구들 눈에만 안 거슬리게 하면 뭐든 괜찮아요. 어차피 그쪽이 이방인인 거 다들 아니까 며칠 정도는 어색하게 행동해도 이상한 티는 안 날 거예요."

그는 말한 그대로 실천했다. 거점에 무사히 도착한 그는 사람들 앞에서 그녀에게 어깨동무하며 말했다. "어제 여러분이 죽이려고 했던 그 언니야. 우리랑 여기서 함께하기로 했어요! 다들 죄책감을 갖고 잘들 지내봅시다?"

사람들은 처음엔 그녀가 다시 돌아왔다는 사실을 믿지 못하다가, 그녀가 "비원이 무슨 짓을 하고 있는지 알게 된 이상 저도 바깥에서 예전처럼 자유롭게 살 수 있을 거라곤 생각할 수 없었습니다. 저는 이경선 님을 모르지만, 그분의 생각에 공감합니다. 여기서 저 자신과 여러분을 위해 함께 싸우겠습니다."라고 말하자 이내 새 얼굴을 반기기 시작했다.

그녀는 2백 명에 가까운 사람들의 인사를 받아주며 묘한 기운을 느꼈다. 반가워하는 모습은 진심 같았지만 그들에겐 한마디로 설명할 수 없는 조바심이 있었다. 그녀는 낯을 가리며 어색하게 눈인사하는 사람들까지 다 만난 후에야 그 조바심의 정체를 알 수 있었다. 그건 '이 사람이 너무 빨리 죽지 말았으면 좋겠는데.'라고 바라는 마음이었다. 오랜 시간 생존만을 최우선 목적으로 살아온 사람들에게서 풍겨오는 특유의 분위기이기도 했다.

정여준은 묵묵히 손을 내밀었다. 그녀는 맞잡은 손에서 긴장을 들키진 않을까 두려워하며 악수했다. 그는 산성에 돌아온 그녀의 선택에 반색하지 않았다. 외려 당혹스러운 듯했다.

정여준을 밀쳐내며 나정이 살갑게 다가와 인사했다.

"난 언니가 다시 여기로 돌아올 줄 알고 있었어요."

그랬다. 이유는 전혀 달랐지만, 서형우도 그녀가 그럴 것임을 알고 있었을 것이다.

보고녹취/윤서리-폐기001

틈도 없이 비원과 긴장 상태를 유지하는 조직이라고 보기에 경선산성의 주력 전투원 비중은 조금 기형적으로 보입니다. 정여준이나 이찬이 전투원 취급을 해주는 몇 무리를 제외한 대부분은 제 눈에 실질적으로 도움이 될 만해 보이지 않습니다. 물론 저보다야 낫겠지만요.

폐쇄된 곳에서 10년이 넘도록 함께 지내서인지 서로를 전우로 여기기보다는 일상생활의 동반자로 여기는 경향이 큽니다. 사람들은 필요할 때 자신의 능력으로 비원 조직원을 죽여야 한다는 걸 알고 있지만, 그보다는 초능력을 활용해 빨래하거나 다림질하거나 놀이를 즐기는 데에 더 골몰합니다.

산성을 나가면 살해당할 테니 안에 숨어있는 거겠지만, 만약 비원이 오랫동안 산성에 들어오지도 공격하지도 않는다면 이 사람들은 언제까지 기다렸다가 바깥으로 나갈 생각을 하게 될지 모르겠습니다.

예? 정여준이요? 별일 없었습니다. 조용하고, 사색적이고, 애써 튀려는 기색이 없습니다. 있는 듯 없는 듯 녹아드는 유형의 리더인 것 같습니다.

제가 일원이 된 직후 말인가요? 그때도 딱히 요란한 행동은 안 했습니다. 그냥 악수하면서 적당히 몇 마디 해준 게 답니다.

집단의 책임자가 예의 차려 할 법한 그럴싸한 인사였는데….

"저는 산성 사람들을 지키는 방패입니다. 윤서리 씨가 여기 들어온 이상 제 책임은 윤서리 씨를 죽지 않게 보호하는 것입니다. 윤서리 씨의 책임은 제 팔 안쪽에서 죽지 않는 것입니다. 부디 저보다 먼저 죽지 말아주세요."

이러던데요.

4
비원

   최주상이라는 이름이 비원의 법 그 자체이기 때문에 가능했던 수많은 효율적인 일 처리는 말로 다 할 수 없다. 그러나 그는 자신의 이름이 모든 조직원에게 완벽한 울타리가 되지 못하리라는 것 정도는 알고 있었다. 물론 아는 것과는 별개로, 그 증거를 실제로 눈앞에서 보는 건 유쾌한 일이 못 됐다.

   그는 의자에 앉았다. 의자는 아직 살아있었다. 폐가 난도질당한 의자는 피를 덩어리째로 뱉으며 몸을 떨었다. 최주상의 의자가 되기 전의 남자는 탁월하진 못해도 그럭저럭 재주 있는 복원자였다. 숨이 끊어진 채 주변에 널려있는 다섯 명의 옛 의자 중 세 명도 복원자였고 나머지 둘은 정지자였다. 파쇄자 한 명을 몰아붙이기 나쁘지 않은 조합이었을 것이다.

   다만 그 한 명의 파쇄자가 하필이면 최주상이었다는 게 가장 큰 장벽이었다. 복원자를 아무리 긁어모아 온다 해도 최주상이 터트려 공격하는 폭발잔해를 되돌리기엔 역부족이었다. 지난 12년간 비원의 반동자들과 경선산성이 몸소 증명한 사실이었다.

최주상은 느리게 눈을 깜빡이며 다리를 꼬았다. 살아있는 의자는 쏠린 무게가 흉부를 짓누르는 고통에 못 이겨 피가래와 울음을 토했다.

최주상은 허리를 기울여 의자의 얼굴을 보았다.

"너 그 뭐냐, 이름이 뭐였더라…."

의자는 목소리를 내지 못했다.

최주상은 나긋나긋 말했다.

"왜 멋대로 나한테 이름 잊히고 그래. 응? 섭섭하잖아. 뭐, 이름 잊어버리게 한 것 정도야 괜찮아. 이름은 기억 못 해도 같이 살 수는 있잖아. 너 말이지, 나랑 12년이나 살았잖아? 그럼 앞으로 12년은 더 살 수 있지 않나? 왜 더 안 살고 그래? 섭섭하잖아. 너 12년 더 살게 하려고 12년 전에 죽은 애들은 뭐가 되는데. 걔들 알아? 걔들 이름은 기억해 주고 12년 산 거야? 너는 이름이 뭐였더라? 얘들 네 이름 알아야 하는데. 너희들 얘 이름 아니? 얘 이름 알아야지. 얘 죽은 덕에 우리가 12년 더 살 텐데. 아, 너 아직 안 죽었지. 미안. 그러니까 왜 아직도 안 죽고 그래, 응?"

의자는 최주상의 다정한 목소리와 따뜻한 시선을 받아내며 공포에 질려 몸을 떨었다. 앞에 늘어선 수백 명의 사람들은 경쟁하듯 미동도 없었다. 조직원들은 주름이 자글자글한 노인부터 혈기왕성한 젊은이까지 남녀노소 고루 섞여 있었지만, 그중 누구 하나 감히 제 능력은커녕 숨소리조차 내보이지 못했다.

최주상의 의자가 된 시신들은 오랜만에 나온 탈주자들이었다. 비원을 벗어나려는 도망자들은 비원을 잡아먹으려는 하극상보다 더 엄격하고 잔인하게 처형당했다. 대부분은 최주상이 직접 사형집행을 맡았고, 비원 사람들은 마지막 사형수의 숨이 끊기기 전까지 자리를 뜰 수 없었다.

제 손으로 일원을 잘라낼 때의 최주상은 평소보다 더 부드럽고 온화했다. 우아하게 행동할수록 대개 최주상의 능력은 더 날카로워졌다. 간혹 도주와 하극상이 동시에 일어날 때도 있었는데 그 끝은 언제나 실패였다. 그때마다 최주상은 매우 슬퍼하며 이렇게 말하곤 했다. "이경선을 뛰어넘을 생각이 없으면 시도하지 마. 너희는 그 도시에 다시 돌아갈 용기조차 없잖아."

최주상은 정면의 조직원들을 향해 얼굴을 빳빳이 들고 의자를 보며 말했다.

"12년이야, 12년이라고…. 12년이나 이렇게 살았어. 10년 넘도록 경찰에 비비면서 사니까 비굴해 보여? 우리가 너무 약해 보여서 불안했지? 불면 꺼질까 봐? 왜, 이경선을 이긴 사람이 경찰을 못 이겨서 굽실대는 것 같았어? 그래, 그렇게 보여야지. 그놈들이 그렇게 착각하도록 10년을 바쳤는데 당연히 그래야지. 그래도 말이야…, 바깥의 멋모르는 놈들은 그렇게 착각해도 너희가 그래야겠어? 우리가 이용당하는 건지 이용하는 건지, 그게 그렇게 구별이 안 돼?"

의자가 온 호흡을 쥐어짜 내며 격렬하게 기침했다. 최주상은 머리카락을 쓸어 올리고 말했다.

"지금이야 서로 겉으론 점잔빼지만, 그래, 나중엔 그놈들도 비원을 버리겠지. 설마 그걸 모르겠냐고. 응? 말해봐. 설마 그걸 모르겠

어? 그것도 모르고 경선산성을 눌러버렸겠어? 언젠간 우리도 버려
질 테니까, 그때가 오기 전에 누가 건드릴 수 없을 정도로 강해져야
할 거 아니야. 이런…, 이런 식의, 팔다리 안 맞는 오합지졸들 말고
말이야. 응? 적어도 그전까진 머리 숙이고, 없는 사람처럼 약한 척
살아야 할 거 아니야? 이보다 더 확실하게 살아남을 방법이 있어?
그럴 방법이 있어서 여길 나가려고 했던 거 아니야? 살 자신이 있으
니까 너희끼리 움직인 거 아니냐고. 그런데 왜 이러고 있어? 살려고
했으면 살아야 할 거 아냐, 그런데 왜 나 같은 거한테 잡혀서 이러
고 있어, 응? 이래놓고 바깥에서 살 수 있을 것 같았어?"

최주상은 의자에서 일어났다. 의자는 몸을 둥그렇게 말고 머리
를 바닥에 비볐다. 최주상은 긴 다리를 곧게 펴고 허리를 바짝 숙여
의자에게 입을 가까이 가져다 댔다.

"비원이 아슬아슬해서 아슬아슬하게 살고 있는 것 같아? 아니,
아슬아슬해야만 살 수 있는 거야. 살려면 아슬아슬해 보여야 하니
까 아슬아슬하게 살아남고 있는 거라고, 호섭아. 이 아슬아슬하지
도 못한 놈아."

조용히 속삭인 목소리는 넓은 공간에 흘러들어 수백의 귓바퀴에
생생히 들어왔다. 그는 남자의 폐 이곳저곳에 바늘처럼 꽂아 넣었던
유리 조각을 터트렸다. 폐포가 바스러지는 고통에 몸부림치던 남자
는 결국 마지막 호흡을 들이쉬지 못하고 숨을 멈췄다.

침묵이 너무나 거대하여, 핏방울에 땀방울이 섞여드는 소리마저
들을 수 있을 것만 같았다.

최주상은 핏물로 손을 소독하는 것처럼 손바닥을 비벼댔다.

"우주야."

부름에 반응해서 한 남자가 앞으로 나왔다.

"먹이 줄 날짜 얼마나 남았니?"

"다음 주 중에 해결하시면 됩니다." 우주 라땅이 말했다.

최주상은 정기적으로 비원의 살을 일부 떼어 경찰에게 먹이로 주었다. 싱크섹션과 약속한 암묵적 규칙이었다. 그건 서형우에게 바치는 뇌물이자, 섹션과 비원의 연결고리를 투명하고 애매하게 만들어주는 장치의 일부였다.

더불어 제거하고 싶은 골칫거리를 내부에 불신감 키울 일 없이 처리하는 좋은 방법이기도 했다. 수뇌부 손에 피 묻히지 않고 남의 손을 빌려 집안 청소를 하는 셈이니 최주상은 그 일을 퍽 기꺼워했다. 물론 그런 식으로 가벼이 던져버리는 먹이는 어디까지나 밑바닥 잔챙이였다. 싱크홀을 함께 벗어난 생존자들은 그 안에 속할 일이 없었다.

"저번에 잘라낼 곳 있다고 누가 그랬는데, 어디였어?"

떨어져 서 있는 여자 둘이 서로 다른 것을 말했다.

"포에스 빌딩 때 빠져나온 애들입니다.""…호섭이…쪽…애들입니다."

"…포에스 빌딩 애들 던져줘라."

라땅은 알겠다고 대답하고 자리를 떴다.

그늘진 곳에서 관망만 하던 김현이가 최주상에게 다가왔다. 전동휠체어 바퀴가 매끈한 바닥 위를 깨끗하게 굴렀다. 다리를 덮은 담요는 명치 높이까지 겹겹이 쌓여있었다. 그녀는 처형당한 시신들을 보며 말했다.

"어차피 경찰에 먹이 주면 그쪽에서 조만간 미끼 줄 텐데, 지금

바로 죽이지 말고 산성에 투입해서 한 번 더 써먹어도 괜찮지 않았어? 자네 뭐든 깔끔하게 처리하는 건 좋긴 한데 득 볼 일도 칼 같이 쳐내서 걱정이야."

"멀쩡한 몸뚱어리에 종양 매달아 보내는 게 득은 무슨 득이야."

"그쪽에서 이번에 또 새 장소 알려주면, 이번에도 갈 건가?"

"산성에? 왜? 내가 가면 안 될 이유라도 있어?"

"서형우가 꽂은 애들 청소한 지 얼마 지나지도 않았는데 시키는 대로 계속 산성만 왔다 갔다 하면 속없어 보이잖아. 보는 눈도 많은데."

"그 눈 어차피 전부 내 눈이나 마찬가지야." 최주상은 손을 저어 사람들을 내보냈다. "비원이 산성에 가는 건 가야 해서 가는 거지 서형우가 의도해서가 아니야. 당신도 알잖아."

"애들만 보내. 예전엔 그랬잖아. 몇 년째 계속 애들 뒤에 달고 자네가 직접 나서니까 하는 말이지."

"정여준만 아니었어도 나도 그런 귀찮은 짓은 안 했어."

"정여준이 이경선이랑 다를 게 뭐야. 그나마 이경선은 항상 최전방이라도 지켰지, 그 남자는 선두에 서지도 않는 겁쟁인데."

"그 겁쟁이 하나 못 잡아서 쩔쩔매는 사람이 할 말은 아닌 것 같은데. 남은 파쇄자들 싹 다 데려가도 나만큼 해낼 수 있겠어?"

"그거야 모르지. 자네가 한 번도 기회를 안 줬잖아."

최주상은 눈을 내리깔아 김현이를 보더니 말했다.

"그래, 서형우 그 자식한테서 정보 받으면 파쇄자고 복원자고 할 것 없이 데려가서 털고 와봐. 오늘 우리 쪽에서 여섯 명 죽었으니까, 거기서도 여섯 명 정도 지워주고 오면 되겠네. 그래야 균형이 맞지."

"자네가 먼저 이쪽 애들 죽여 놓고 산성에서 목숨 덜어 저울 맞추려는 버릇 좀 고쳐."

"이게 내 버릇이라고? 누구 때문에 배운 건데."

"남한테 책임 전가하는 버릇도 고치고."

최주상은 입술을 비스듬히 올려 웃고 철문을 열었다. 김현이는 휠체어를 돌려 승강기로 향했다. 찌그러진 폐가 내뿜은 핏물이 바퀴에 묻어나 자국을 냈다. 죽은 이의 피는 두 줄의 기다란 평행선을 그리며 휠체어를 쫓아갔다.

5
경선산성

보고녹취/윤서리-폐기004

생활용품을 종류별로 정리하고 있습니다. 낮에 쓰는 물건과 밤에 쓰는 물건으로요.

짐을 옮기려는 모양인데 당장 주거지를 바꿀 예정은 없습니다. 생활은 여전히 같은 곳에서 하고 있습니다.

✳

끊어진 지하철역의 빈 공간이 대리석건물보다 따뜻해졌다. 비가 내린 날은 확연히 더욱 그랬다. 가을이 깊어지고 있었고 바람은 제법 겨울 흉내를 내기 시작했다.

경선산성의 사람들은 겨울나기를 위해 침구며 옷가지를 지하로 옮겼다. 따뜻하고 쾌적한 지하 굴엔 야생고양이가 판을 쳤다. 들짐승이 똬리를 틀지 않은 곳은 물곰팡이 냄새가 진동하고 토끼만 한 쥐가 우글거렸다. 겨우내 머리를 누이고 잠잘 수 있는 지하 공간은 그리 많지 않았다.

하지만 그건 12년 전부터 존재했던 건축물로만 한정할 경우였다. 도시의 지하에는 서너 명이 만든 아늑한 지하 공간이 얼기설기 얽혀있었다. 파쇄자들이 뚫어놓은 땅굴이었다. 그것까지 합하면 산성 식구들이 겨울을 날 공간은 충분했다. 몇 년에 걸쳐 부지런히 땅굴 수를 늘려놓은 결과이기도 했고, 인구가 줄었다는 증거이기도 했다. 사람들은 이제 겨울을 함께 날 수 없는 친구들을 저마다의 방식으로 애도하며 짐을 날랐다.

유령도시를 먹거리 풍족한 휴양지로 묘사하면 거짓이겠지만, 그렇다고 배고파 굶주릴 정도는 아니었다. 싱크홀에서 멀리 떨어진 곳엔 사람 여럿을 먹일 수 있을 만한 큰 동물도 돌아다녔고 채소도 여기저기 잘 났다. 한겨울에도 그들은 마냥 아끼며 살지 않았다. 얼마든지 차를 타고 나가 식재료를 잔뜩 사 올 수 있었기 때문이다. 윤서리는 대체 매년 겨울 2백 명 넘는 사람을 먹일 돈이 어디서 나오느냐고 물었다. 사람들은 하나같이 정여준을 가리켰다.

"다 함께 몇 년 버틸 만한 현금이 있으니 걱정하지 말라는 말을 한 적이 있는데, 그래도 이 정도일 줄은 우리도 그땐 몰랐지."

경선산성 복원자들 중 가장 출중하며 마음의 기둥 노릇을 하는 조대홍은 그렇게 말했다.

조대홍은 열 살도 채 안 된 나이에 탈북해 수도권 곳곳을 전전했다고 했다. 이질감을 느낄 구석이 없었기에 그가 말을 꺼내기 전에 먼저 눈치챈 사람이 없었다. 조대홍은 국경에서 친부모를 잃고, 싱크홀에서 양부모를 잃었다. 꼬맹이 달음박질로 탈북한 이야기는 덤덤히 말해도 싱크홀에 관해 조대홍은 입도 벙긋하지 않았다.

비단 조대홍뿐만이 아니었다. 산성의 그 누구도 자진해 싱크홀과 관련된 화제를 꺼내려 들지 않았다. 생필품을 찾아 도시를 뒤질 때도 수색지역은 늘 싱크홀과 멀리 떨어진 곳이 되었다.

사람들은 윤서리 몫의 일거리를 줄여주는 데에 열심이었는데, 그녀가 이찬보다도 자주 바깥심부름을 다녀오기 때문이었다. 아직 비원 무서운 줄을 몰라서 저렇게 간 큰 짓을 할 수 있는 거라며 혀를 차면서도 그들은 싱글벙글했다. 그 웃음꽃 핀 얼굴이 주는 죄책감의 무게가 버거워서 그녀는 더 자주 바깥을 들락거렸다. 섹션에 보고를 하러 가는 날보다 순수하게 심부름을 위해 가는 날이 더 많아지기 시작했다.

그 외의 시간을 하릴없이 보내던 윤서리가 무료함을 못 참고 자진해 어울린 무리는 사냥 팀이었다.

"서리 언니, 혹시 살아있는 거 부술 수 있어요?"

사냥에 나서며 나정이 물었다. 윤서리는 고개를 내저었다. 나정은 당연한 답을 들었다는 듯 굴었다.

"하긴 우리도 그래요. 살아있는 걸 조종할 수 있는 사람은 산성에도 비원에도 없더라고요. 비원 쪽 파쇄자가 언니 팔다리 터트릴까 걱정할 필요는 없을 거예요. 주위에 아무것도 없고 맨몸으로 서 있는 게 가장 안전한 환경일 걸요. 아, 대신 뿌리 뽑힌 나무나 죽은 동물은 조종할 수도 있으니까 그건 조심해요. 어쨌든 아깝네요. 언니가 엄청난 예외라서 살아있는 것도 건들 수 있었으면 사냥할 때 더 편했을 텐데."

"그럼 어떤 방식으로 사냥하는데? 평범하게 덫 놔서 잡을 거면 굳이 파쇄자를 데려갈 필요가 있어?"

"아, 언니는 아직 자기 능력 이용해서 뭐 죽여본 적이 없겠구나. 특별할 거 없어요. 비원하고 싸울 때랑 똑같아요. 대신 악의는 없이."

악의를 담지 않고 살생하는 모습을 이찬은 아주 간단히 보여줬다. 나뭇가지에 앉은 새를 향해 작은 자갈을 날린 것이다. 물론 파쇄자의 힘으로 날린 자갈은 어린애의 돌팔매 같지 않았다. 그가 날린 자갈은 돌의 모습을 뒤집어쓴 총알이 되어 새를 꿰뚫었다.

그는 보란 듯 당당히 어깨를 폈고, 반찬거리도 못 될 작은 새를 쓸모없이 죽였다며 나정과 정여준에게 갖은 비난을 받았다.

동물을 죽이는 건 파쇄자들의 몫이었다. 이찬은 자신이 짐승을 잡을 때마다 세 번에 한 번꼴로 윤서리가 잡은 것이라고 거짓말했다. 짐의 무게를 줄이기 위해 그들은 그 자리서 고기를 손질했다. 파쇄자들이 털과 가죽을 잘게 찢어 날려버리고, 과한 힘에 고기까지 산산조각이 나지 않도록 정지자들이 힘을 덧댔다.

그중엔 윤서리가 처음 경선산성 측에 끌려왔을 때 보았던 노인도 있었다. 비원의 김현이와 대등한 실력으로 추앙받는 홍정윤의 가장 큰 즐거움은 다름 아닌 고기 해체였다. 홍정윤은 그 이유에 대해 이렇게 말했다.

"비원 파쇄자가 밀어붙이는 힘이랑은 느낌이 달라. 얘들이 짐승 가죽 터트릴 때 쓰는 힘에선 그 뭐냐… 맛있겠다, 빨리 먹고 싶다, 그런 두근거림이 느껴진단 말이지. 그런 힘을 막을 때는 나도 기분이 좋아. 살의를 담은 힘을 막을 때랑은 다르게."

해체를 끝낸 후 이찬은 날고기를 손으로 직접 옮기지 않고 능력으로 날려버리려 한 탓에 또 한 번 핀잔을 들었다. 그리고 이 모든 풍경은 그들이 사냥을 떠날 때마다 변함없이 반복됐다.

12년 전의 그 날에 멈춘 듯 보이는 도시에도 여지없이 시간은 흘렀다. 윤서리와 이찬은 날짜를 달리하며 때때로 서형우에게 들렀고, 차세연과 차세욱의 의례적인 질문에 답했고, 산성에 돌아와 일상적인 노동에 힘을 보탰다.

흘러간 나날을 보여주듯 윤서리의 앞머리가 길어져 속눈썹 아래까지 내려왔다. 산성 사람들은 기쁘게 자신들의 미용사를 소개했다. 키가 작고 볼살이 통통한 여자가 자랑스럽게 윤서리의 앞에 섰다. 경선산성의 공인 미용사는 전용 가위를 갖고 있지 않았다. 여자는 날붙이 하나 없이 윤서리의 앞머리를 툭 끊어냈다.

미용사는 웃으며 말했다.

"다른 건 몰라도 털은 죽은 세포니까요. 면도날로 면도하는 사람 여기서 못 봤죠? 체모 건드릴 수 있는 파쇄자가 알아서 깎아주니까 그런 거예요." 그녀는 윤서리에게 투박한 거울을 들려줬다. "맘에 안 들면 눈치 보지 말고 얼마든지 말해요. 복원자들이 원래대로 되돌려 놓을 거니까. 그러면 몇 번이고 다시 자르면 되고."

윤서리는 단순히 그 광경을 구경하고 싶어서 정중히 부탁했다. 뒤에 서 있던 조대홍이 바닥에 떨어진 머리카락을 능력으로 들어 올렸다. 머리카락이 잘리기 직전의 위치로 되돌아갔고 그녀의 이마는 다시 앞머리로 덮였다.

윤서리는 저도 모르게 웃었다. 무뚝뚝한 새 가족이 웃는 모습을 보고 즐거워진 미용사는 대담하게 그녀의 머리카락을 단발로 잘랐다. 가위로 쳐낸 것처럼 깔끔하게 끊어진 머리카락은 다시 공중으로 솟아 제자리에 붙었다. 조대홍이 본래대로 돌려놓은 것이다.

미용사와 조대홍의 대결이 이어졌다. 윤서리는 제 머리카락이 표현 가능한 거의 모든 모양새로 변신하는 것을 기꺼이 구경했다. 사람들은 이미 익숙한, 그러나 볼 때마다 즐거운 공연을 관람하는 것처럼 시선을 모았다.

"진짜 재밌는 건 이런 거 말고 따로 있지." 조대홍이 말했다. "정윤 할매, 이리 좀 와 보소. 오랜만에 씨름 좀 합시다."

홍정윤은 귀찮은 척하며 바닥에 엉덩이를 질질 끌고 앞으로 나섰다. 그녀는 웃으며 윤서리에게 말했다.

"아가. 만약 잘린 머리카락을 대홍이는 되돌리고, 동시에 나는 멈추려고 하면 어떻게 될 것 같나? 머리카락이 원래대로 붙을 것 같나, 그대로 멈춰 있을 것 같나?"

"그러게요. 둘 중 능력이 더 강한 사람의 의지대로?"

"보자, 대홍이 야랑 나랑 누가 더 강한지 거기서 봐봐라."

그들은 눈짓에 따라 동시에 머리카락에 힘을 가했다. 머리카락은 중력에 거슬러 올라가 절단면에 완벽히 붙었다. 그러나 바닥엔 잘린 머리카락이 여전히 그대로 남아있었다.

윤서리는 신기해하는 표정을 감추지 못하고 말했다.

"뭐예요, 머리카락이 분열이라도 한 건가요?"

"그러게요. 분열일까요, 복제일까요?"

정여준이 말했다. 사람들 사이에 섞여 조용히 구경하다가 처음으로 꺼낸 말이었다.

"지금까지 여러 번 봤는데 확실한 답을 못 내리겠어요. 잘리기 직전의 위치로 돌아가려는 머리카락과 그 자리에 그대로 멈춰 있으려는 머리카락이 둘 다 존재하는 것 같기도 해요."

"저게 2대 두목 정여준의 의견이고," 이찬이 말했다. "이경선 님의 의견은 이거였어. 우리 능력이 생명력을 갖고 있다고."

"어쩌다 그렇게까지 비약했는데?" 윤서리가 말했다.

"생명은 스스로를 복제하는 시스템이라고들 하니까." 이찬은 마술 트릭을 설명하는 것처럼 손을 펼쳤다. "이경선 님은 우리가 조종할 수 있는 종류가 각자 다르긴 해도 살아있는 것만큼은 아무도 조종할 수 없는 이유가 거기 있지 않을까 하셨어. 생명이 사물을 조종할 순 있어도 생명이 생명을 조종할 순 없다 이거지."

윤서리는 앞머리 끝을 매만지며 땅에 떨어진 머리카락을 주시했다.

"그러고 보니 어쩌면 윤서리 씨도 미용사 노릇을 할 수도 있겠네요."

정여준이 말했다. 윤서리는 자연스러움을 연기하며 잔뜩 경계했다. 그는 그녀가 저를 어떻게 보고 있는지도 모른 채 잔잔히 웃으며 말했다.

"어때요, 시도해 볼래요? 솜씨 좋잖아요. 저도 머리 다듬을 때가 됐는데, 제 머리카락 좀 잘라주지 않을래요?"

여기저기서 부추기는 소리가 터져 나왔다. 정여준은 장난감을 기대하는 소년처럼 순진하게 눈을 반짝였다. 그 한 치의 의심 없는 순수한 기대가 그녀를 숨 막히게 했다.

"미안. 대장님 이발은 그냥 미용사님한테 맡겨야겠네. 내 능력은 아무래도 머리카락은 못 부수나 봐."

정여준은 그 대답을 전혀 이상하게 생각하지 않고 납득했다. 윤서리 혼자 끝까지 그를 살피며 정말 제 능력을 의심하지 않는지 불안해할 뿐이었다.

미용사는 복제된 것처럼 보이는 윤서리의 머리카락을 바닥에서 쓸었다. 그것을 보고 있던 이찬이 고개를 갸웃하더니 말했다.

"그러고 보니 능력 옮겨가는 걸 생각하면 이경선 님 의견이 설득력 있지 않냐? 생존본능이라도 갖고 있는 것 같잖아, 다른 사람 찾아가는 게."

"능력이 옮겨간다고?" 윤서리가 말했다.

이찬은 그녀의 얼빠진 얼굴을 보고, 섹션에서 아무도 그에 대해 얘기해주지 않은 걸 뒤늦게 떠올렸다. 서형우가 얼마나 윤서리의 생존을 바라지 않는지 그는 절절히 느꼈다.

"머리카락은 원래 제 능력으로 다룰 수 있는 범위 안에 없었어요." 미용사가 말했다. "처음엔 합금만 부술 수 있었죠. 체모를 조종할 수 있는 파쇄자의 능력이 나중에 옮겨와서 지금은 이렇게 된 거고."

윤서리의 눈이 사람들 사이사이를 헤매다 정여준이 있는 곳에서 멈췄다. 정여준이 말했다.

"파쇄자가 죽으면 가장 가까이 있는 파쇄자에게, 정지자는 정지자에게, 복원자는 복원자에게 능력이 옮겨가요. 만약 시야 닿는 곳에 아무도 없으면 전이되지 않지만요. 예를 들어 지금 여기서 찬이가 죽으면, 아마 나정이가 찬이 능력을 갖게 되겠죠. 가장 가까운 곳에 앉아있으니까."

당황해 주변을 둘러보는 윤서리를 향해 정여준은 씁쓸히 웃었다.

"처음부터 특출했던 이경선 님이나 최주상 같은 사람도 있지만, 대부분은 남의 능력을 이어받아 유능해진 사람이 많죠. 조종 가능한 사물이 많다는 건, 즉 그 사람 근처에서 죽은 동질 능력자가 그만큼 많았다는 걸 뜻하기도 해요. 이제 와서 숨길 게 뭐 있겠어요. 산성과 비원이 10년 넘도록 싸우는 근본적인 이유는 각자 생각하는 자유의 형태가 다르기 때문이지만, 과연 정말 그것 때문에 비원이 동족을 그렇게까지 집요하게 살해할까요. 난 그렇겐 생각 못 하겠어요. 아마 우리 능력을 먹고 더 강해지려는 거겠죠. 어쩌면 이경선 님이나 최주상 같은 사람이 없었더라도 우리는 어떤 식으로든 갈라져서 서로 죽이지 못해 안달일 수도 있었겠다 싶어요."

그는 침울했지만 목소리만큼은 맑았다. 애통을 삭이는 데에 익숙해진 사람이 보일 수 있는 차분함이었다.

이찬이 나정에게 어깨동무하며 윤서리에게 말했다.

"말인즉슨 언니야는 비원이랑 싸울 때 가능한 한 파쇄자를 죽이고, 웬만해선 파쇄자한테는 죽지 않는 편이 좋다 이거지."

'물론 넌 파쇄자가 아니니 내 빈말을 귀담아들을 필요가 없지만.' 윤서리는 이찬의 얼굴에서 그 말을 읽어낼 수 있을 것만 같았다.

보고녹취/윤서리─폐기011

예. 그날 이찬은 거주지 바깥에 있습니다. 예. 기름 남은 주유소를 찾으러요. 새벽에 나가 늦은 시간까지 안 돌아올 수도 있다고 미리 말해두더군요.

그런데 그걸 알고 계신 거면 이찬이 이미 팀장님께 말씀드린 거 아닙니까? 제가 다시 확인해드려도 더 유용한 정보가 될 것 같진 않은데요.

아, 네. 아닙니다.

저보단 이찬이 훨씬 신뢰받고 있다고 생각했는데, 이제 보니 딱히 그렇지도 않은 모양이군요. 이찬이 문제입니까 서 팀장님께 문제가 있는 겁니까?

아닙니다.

실언이었습니다.

✳

가을이 마지막 문턱을 넘기고 겨울에 노크할 때쯤 이변이 찾아왔다. 그러나 그것은 윤서리에게만 이변이었을 뿐, 그녀를 제외한 산성 사람들에겐 단지 귀찮고 부담스러운 일상이었다. 비원의 급습은 그들에게 있어 언제 내려도 이상하지 않은 소나기 같은 존재였다.

우르릉거리는 진동과 함께 그녀는 이유 없는 메스꺼움을 느꼈다. 곧바로 하늘이 무너지는 소리가 났다. 그녀는 깜짝 놀라 일어섰다. 그것은 하늘이 아니라 건물이 무너지는 소리였다. 천장에 무지막지한 구멍을 내며 고철 덩어리가 비집고 들어왔다.

순간 거대한 연필처럼 보였던 그것은 굴착기였다.

"최주상!"

굴착기를 날렸으리라 추정되는 사람의 이름이 여기저기서 터져 나왔다. 무자비한 힘으로 내던져진 굴착기는 건물을 꼭대기서부터 사선으로 짓뭉개고 한 층 한 층 통과해 사람들의 머리 위까지 다다랐다. 기둥이 무너져 지진이라도 난 것처럼 땅이 흔들렸고 2백 명쯤은 가뿐하게 묻어버릴 건물 잔해가 폭포처럼 쏟아졌다.

구석에서 한가로이 마늘을 다듬고 있던 정여준은 고개를 슬쩍 들어 상황을 살폈다. 거칠게 조각난 시멘트 알갱이가 그의 콧잔등에 닿기 전에 사뿐히 멈췄다. 추락하던 굴착기도 반 이상 내려앉은 건물도, 그의 시선에 복종해 일제히 멈춰 섰다.

구멍 뚫린 텐트 안에 거대한 벌레가 잔뜩 꼬인 듯한 풍경이었다. 정여준은 부서진 건물에 맞아 다친 이가 없는지 확인하려 주위를 둘러보았다. 다행히 사람의 머리로 떨어지기 전에 모든 낙하물이 멈춰 있었다.

사람들은 재빨리 일어나 서로 간격을 벌렸다. 상대방의 시야를 가리지 않기 위해서였다. 조대홍은 정여준이 멈춰놓은 굴착기에 힘을 가했다. 복원자의 의지에 반응해 굴착기는 날아왔던 방향을 거꾸로 돌아가 멀리 사라졌다.

갑자기 정여준의 등 뒤로 빛이 비쳐들었다. 건물 내벽에 금이 가며 벽 전체가 불꽃 터지듯 바스러졌다. 측면을 뚫고 날아든 것은 바깥에 세워둔 자동차였다. 남색 승용차는 정여준을 향해 달려들었다가 그의 등 뒤에 깔끔하게 정지했다. 그는 자신이 멈춘 승용차를 향해 뒤돌았다. 승용차 뒤로 또 다른 승용차가 날아들었다. 뒤로 날아든 자동차가 차 뒤를 박고, 또 날아든 차가 그 뒤를 박기를 반복했다. 그는 계속해서 맨 앞에 있는 자동차에 지렛대처럼 힘을 더했다. 죽 늘어선 채 멈춰 있던 자동차들은 그가 힘을 풀자 건물 바깥으로 미끄러져 내려갔다.

"최주상이 아니야." 정여준이 말했다. "고작 굴착기 하나에 세 사람 힘이 덕지덕지 매달렸어."

시멘트와 철골을 노련하게 다루는 복원자들이 주위를 달리며 부서진 건물을 돌보았다. 공중에 멈춰 있던 건물조각이 천장 위로 되돌아가고 외벽에 달라붙었다. 구멍 난 건물을 비추던 햇빛이 점점 가늘어졌다.

정여준이 소리쳤다.

"최주상이 없거나 개입하지 않고 있습니다! 선방에 파쇄자, 비원 수색은 정지자가 도와주십시오! 이번에 복원자들은 파쇄자가 아니라 정지자 주변에 붙습니다. 이 장소는 버립니다! 교전이 끝난 후엔 예전에 정한 집합장소에 모입니다!"

건물 측면이 재차 부서졌다. 그는 햇빛을 가리듯 손을 쳐들었다. 건물 잔해는 깨끗하게 멈췄다.

"정윤 어르신!"

홍정윤이 손을 들었다.

"싸울 수 없는 사람은 어르신께 맡깁니다! 여러분, 정윤 어르신 곁에서 떨어지지 마시고 여차할 땐 도와주세요! 어르신, 다 끝나기 전엔 약속장소에 가지 마세요. 정지자 한 명 붙여드릴까요?"

"날 도와줄 정지자라면, 뭐, 여준이 네가 와야 할 텐데?" 홍정윤이 빙긋 웃었다.

정여준은 불안한 표정으로 노인을 보냈다. 한 무리가 홍정윤을 따라 건물을 빠져나가는 걸 보고 정여준이 말했다.

"나정이 너도 따라 나가."

"왜요, 파쇄자는 선방이라면서요."

"내가 언제 성인도 안 된 사람을 선방에 세웠어? 얼른 정윤 어르신 따라가."

"찬이 삼촌이 없잖아요."

정여준은 입술에 바늘을 찔린 듯 말을 멈췄다.

"찬이 삼촌이 언제 돌아올 줄 알고 파쇄자 한 명을 지워요? 가뜩이나 몇 명 있지도 않은 파쇄자 됐다가 아껴서 공격은 어떻게 하려고요. 여준 삼촌이랑 대홍이 삼촌이 사람들을 지켜줄 순 있겠지만, 비원을 산성 밖으로 쫓아내는 건 결국 파쇄자들 일이잖아요."

설득할 말을 잃은 입술이 허무하게 열리는 사이 천장이 다시 무너졌다. 정여준은 얼굴을 찡그리며 낙하를 멈추고 나정에게 말했다.

"그러면 선방에 서지 말고 후방 어른들 사이에 끼어있어. 가장자리에도 나가지 마. 내가 다 보고 있는 거 알지? 어른들보다 앞으로 가면 사냥도 안 보내 줄 거야, 진짜로."

"예예, 그럼요, 그럼요."

"정말로!"

"알았어요, 삼촌이야말로 당황하지 말고 잘해요. 난 알아서 내 몫할 테니까. 가요, 언니."

나정이 윤서리의 팔을 붙잡았다. 윤서리는 당황해 바로 대답하지 못했다. 선방에 서는 거야 문제 되지 않지만, 아이 앞에서 파쇄자의 능력을 보여줄 수가 없었다. 남의 눈을 속일 이찬이 곁에 없었기 때문이다.

아무것도 못 하게 될 텐데 들키지 않을까 염려됐다. 서로의 모습을 충분히 가려줄 만큼 현장의 시야가 혼란스러울지 그녀는 짐작할 수 없었다.

"윤서리 씨는 거기 안 서. 어른들 따라가, 나정아."

정여준이 말했다. 나정은 좋아하는 물건을 빼앗긴 것처럼 그를 향해 눈으로 호소했다. 정여준이 윤서리를 향해 손짓했다.

"절 따라오세요. 찬이가 있는 쪽으로 안내할게요. 비원이 금방 나간다면야 좋겠지만, 장기전으로 들어가면 찬이가 있어야 해요. 윤서리 씨는 찬이한테 여기 상황 전해주세요."

나정은 바로 납득하고 그들에게 손을 흔들며 출입문으로 달려갔다. 위층에 있던 문이 천장 아래로 떨어지며 출입문을 막았다. 아이는 앞을 막아선 잔해를 산산조각내고 건물을 나갔다.

"저랑 대홍 형이 마지막에 나갑니다! 나가세요, 여길 버립니다! 식량은 챙기지 마세요! 다치지 말고 죽지 마세요! 전 평소처럼 뒤에서 엄호합니다! 급하게 절 찾을 일이 생기면 땅에 신호를 새겨주세요!"

천둥 같은 소리가 점점 세졌고 사람들이 하나둘 빠져나갔다. 건물은 더 빠르게 무너졌고 정여준은 빈틈없이 파편 하나하나를 공중에 붙잡아 멈췄다. 건물은 조대홍이 본래의 모습으로 돌려놓는 족족 우르르 무너졌고 정여준이 다시 잡아 멈추길 끝없이 반복했다.

남은 이들이 모두 탈출하고 안에 사람이 없는 걸 확인하자 정여준은 더는 건물을 붙잡아두지 않았다. 10년이고 20년이고 보금자리 역할을 충분히 해낼 것만 같았던 견고한 건물은 공사판의 재처럼 폭삭 주저앉았다.

조대홍이 정여준의 어깨를 도닥이며 말했다.

"조심해라. 다녀올게."

"조심하세요. 잘 부탁드릴게요."

조대홍은 건물의 앞쪽이었던 내리막길로 달려갔고 윤서리와 정여준은 뒤편 언덕으로 향했다. 잡동사니가 조대홍을 향해 날아들었다가 사방으로 튕겨 나갔다.

조대홍이 합류하자 사람들은 세 갈래로 나뉘어 반은 몸을 숨기고 반은 정면의 공격물에 대응했다. 낯선 얼굴이 하나둘 튀어나왔다. 비원이었다. 삭인 감정이 꾸덕꾸덕하게 묻어난 고함이 산성 사람들에게서 터져 나왔다.

열차 지나가는 듯한 함성이 휑한 공터를 휩쓸고 이내 주변의 모든 것들이 망가지기 시작했다. 뿌리박힌 식물과 곤충과 새를 제외한 땅 위의 온갖 것들이 거친 지휘자의 명령대로 움직였다. 한쪽에서 부순 것을 다른 한쪽이 멈추고, 이쪽에서 멈춘 것을 저쪽에서 날려버리고, 저편에서 이편으로 되돌려 보낸 것을 맞은편으로 다시 부숴 보내버리는 모습이 반복됐다.

파쇄자를 이기는 복원자, 복원자를 이기는 정지자, 정지자를 이기는 파쇄자가 한데 굴러 난장을 이루며 끝이 보이지 않는 힘겨루기가 팽팽히 이어졌다. 어떤 기계의 도움도 없이 건물이 부서지고, 보이지 않는 힘이 들어 올린 도시의 잔해가 공중을 포탄처럼 날다가 우뚝 서는 광경이 쉴 새 없이 분초를 다투며 펼쳐졌다.

10년 넘게 이어진 이 교전은 어느 한쪽이 무릎 꿇을 때까지 멈추지 않겠노라고 외치는 것처럼 패기가 넘쳤지만, 정작 그 소리 높은 각오를 들어주며 결과를 기대하는 눈망울이 없었다. 걱정해주는 입이 없었다. 도움을 주려는 손도 없었다. 공격하는 자는 있으나 중재하는 자가 없고, 응전하는 자는 있으나 응원하는 자가 없었다. 그것은 전투라기엔 불필요하게 화려했고 전쟁이라기엔 지나치게 고독했다.

그 목숨을 건 연극을 뒤로하고 윤서리와 정여준은 계속 달렸다.

"멈추세요."

원한다면 무엇이든 멈출 수 있는 정지자가 굳이 입을 사용해 정지를 명했다. 윤서리에게 하는 말이었기 때문이다. 그녀는 자리에 굳어 섰다. 깨진 유리가 귓볼 바로 아래쪽 목을 향한 채 공중에 멈춰 있었다.

사방에서 유리가 날아들었다. 무너진 건물에서 날아온 유리 조각은 파도치듯 다가왔다가 급속냉동이라도 당한 것처럼 굳었다.

그들이 향하던 언덕에서 두 사람이 나타나 달려왔다. 정여준은 가까이 있는 유리 파편을 잡고 몸을 숙여 유리 밭을 빠져나갔다.

"최주상도 이런 식으로 대놓고 내 정면에 나타나진 않아."

정여준은 눈앞의 남자가 들고 있는 둔기를 허공에 고정시키고 유리 끝으로 남자의 목을 그었다. 다른 이는 정여준을 지나쳐 윤서리를 향해 달렸다. 그녀는 공중에 멈춘 유리를 집으려 했지만, 유리는 움직이지 않았다. 그녀가 둔기를 뺏기 위해 자세를 잡는 사이 정여준이 피 묻은 유리를 던져 남자의 등에 창처럼 박았다. 남자가 잠시 비틀거리는 사이 그는 두 번째 유리를 던지고 가까이 다가와 결국 숨통을 완전히 끊었다.

"미안해요."

그건 죽은 남자가 아닌 윤서리에게 한 말이었다. 그녀는 대답 없이 그를 따라 달렸다. 아래에서 산성 사람들을 뚫고 정여준을 쫓아오는 대담한 비원 조직원은 없었다.

숲을 지나 언덕을 또 한 번 오르자 아래의 움직임이 한눈에 들어왔다. 정여준은 수비가 밀리고 있는 왼쪽을 주시하며 정지자들을 도왔다. 그는 더 나은 시야를 확보하기 위해 뒷걸음질 쳤다. 옆에서 함께 움직이던 윤서리가 주저하다 말했다.

"난 이찬 찾으러 가면 되는 거지?"

그새 언덕 아래의 상황에 정신을 빼앗겼던 정여준이 깜짝 놀라 고개를 돌렸다. 윤서리의 존재를 잠시 잊은 모양이었다. 그녀는 엄지로 뒤편을 가리켰다.

"이찬이 필요하잖아. 그 사람이 주유소 찾아 떠나기 전에 지도에 표시해둔 곳들 기억하고 있어. 가장 가까운 데부터 찾아가면 돼? 짐작 가는 곳 있으면 말해줘. 거기부터 가볼게."

"찬이를 찾아달라고 여기로 부른 게 아니에요."

그녀는 긴장하여 그를 보았다. 그는 더 높은 곳으로 이동하며 수시로 아래를 살폈다. 안개처럼 부풀어 오른 흙먼지가 사람들을 가리고 있었다.

"윤서리 씨, 이 전투에선 빠지세요."

두더지인 걸 들킨 건가 싶어 그녀는 맞받아칠 거짓말을 궁리했다. "왜?"

"윤서리 씨는 아직 비원에 얼굴 안 알려졌잖아요."

각오한 말이 아니었던지라 그녀는 그를 멍하니 보았다. 그는 시야를 조정하기 위해 허리를 굽혀 어정쩡하게 섰다.

"우리랑 같이 싸우는 모습 들키면 바깥에서 비원한테서 도망치고 살기 쉽지 않아요."

"난 바깥이 아니라 여기서 살고 있는데?"

"하지만 바깥에서 다시 살 기회가 있잖아요." 그는 그녀를 돌아보왔다. "우린 그럴 수 없어요. 윤서리 씨만 그럴 수 있죠. 윤서리 씨는 찬이 말을 듣고 여기 돌아왔어요. 비원이랑 우리가 싸우는 걸 실제로 보고 결정한 게 아니고요. 지난번에 보니 파쇄자한테 죽으면 능력까지 뺏기는 것조차 제대로 몰랐던 것 같던데, 미안해요. 찬이 그놈이 좋은 애긴 한데 가끔 행동이 가벼워서 그럴 뿐이에요. 절대 나쁜 의도로 설득하진 않았을 거예요. 아마 비원이 아닌 파쇄자를 발견해서 기분이 좋았나 봐요. 찬이한테 무슨 말을 듣고 설득당했는진 모르겠지만 전 윤서리 씨가 좀 더 신중하게 생각했으면 좋겠어요."

땅이 흔들렸다. 산성 쪽 파쇄자의 공격 때문에 생긴 진동이었다. 비원 진영에 쏟아지는 돌덩이를 마주 보고 조직원들이 줄지어 섰다. 라땅을 위시한 복원자들이 돌려보낸 돌 세례가 산성 측에 활처럼 날아들었다. 정여준은 눈을 가늘게 뜨고 그것들을 거대한 핀셋으로 하나하나 붙잡듯 멈춰 세웠다. 그가 땅에 내려놓은 돌덩이들 위로 다시 너저분한 공격이 오갔다.

"윤서리 씨 여기로 돌아왔을 때, 자기 자신과 우리를 위해 싸우겠다고 말했었죠. 저도 그렇긴 하지만 정확히는 아니에요. 사람들한테 말은 못하지만 전 경선산성의 독립을 위해서가 아니라 한 사람이라도 더 자유로워지길 바라서 싸우고 있어요. 저한테 잡혀 오기 전의 윤서리 씨 같은 사람을 만들어내는 게 제 목적인 거예요. 그런 주제에 윤서리 씨를 제 쪽에 끌어들이는 건 앞뒤가 안 맞죠. 혼자서 예전처럼 얼마든지 지낼 수 있는데 우리처럼 살 필요는 없어요. 같은 생존자라는 이유로 이 짐을 떠넘기고 싶지 않아요. 제가 싸우는 걸 직접 보고 다시 결정하세요. 부담스럽거나 무서워지면 이 틈에 몰래 도망가게 도와줄게요."

"왜?"

"방금 말했잖아요. 멀쩡하게 살던 사람을 우리 좋자고 여기 묶어 놓으면 이러고 싸우는 의미가…."

"아니, 왜 다른 사람들 몰래 이렇게까지 하느냐고. 결정은 네가 해도 의견은 언제나 다 같이 나누지 않았어? 이거 네 독단이지? 이유야 알겠는데 그래도 이건 네 사람들을 속이는 거 아니야?"

정여준은 숨을 삼켰다.

"내 생각해주는 건 고마운데, 오랫동안 같이 살았던 사람들한테 거짓말해도 괜찮겠어?"

"…내가 속인 걸 알면 슬퍼하겠죠. 배신자라고 화내면서 용서하지 않을 수도 있어요. 하지만 한 번 거짓말할 때마다 한 사람이 더 살 수 있다면 난 매일 거짓말을 하며 살아도 괜찮아요."

그는 그녀의 무장하지 않은 허리춤을 흘끔거렸다. 그가 던진 유리에 맞아 죽은 남자의 피가 튀어있었다.

"이건 그때 윤서리 씨를 기절시켜서 우리 쪽으로 끌고 온 데 대한 최소한의 사과이자 도리예요. 원한다면 여기서 도망가게 해주고 싶어요."

"…내가 산성의 일원이 돼주길 바라는 마음은 없어? 비원에 맞서면서 자부심 정도는 갖고 있을 거 아니야."

"네. 하지만 그건 제 자부심이지 남한테 권하고 싶은 자부심은 아니에요. 우리는 방어전을 할 뿐이고, 비원이 미움받을 짓을 하는 건 맞지만…, 그렇다고 우리가 사람을 죽이며 살고 있다는 사실이 지워지진 않아요. 그걸 잊을 정도로 눈멀지는 않았어요."

전혀 다른 이의 눈빛을 보는 것만 같아서 그녀는 당황스러웠다.

서형우가 건넨 사진 속 정여준에게 결핍되어 있던 모든 인간다운 것들이 지금은 선명하게 보였다. 산성에 들어오고 나서도 보지 못했던 반짝임이 얼굴을 빛내고 있었다.

깨지고 갈라지는 소리가 아래에서 올라왔다. 신경을 불쾌하게 긁는 고음이 그치고 묵직한 폭발음이 났다. 빛무리가 생기고 어두운 연기가 솟았다. 한쪽으로 불길이 번지고 여기저기 불똥이 튀었다.

불꽃이 나무를 집어삼키고 작은 산불이 일었다. 정여준은 발치로 다가오는 불길을 멈추었다. 공중에 이리저리 튀던 불꽃이 나방 모양을 이룬 채 팔락임을 멈췄다. 수풀을 태우려던 불은 눈꽃처럼 나뭇가지 위에 얌전하게 올라타 있었고 바닥을 내달리며 일렁이던 불길은 서툰 조각품처럼 투박하게 굳었다.

"보세요. 이게 여기 사는 사람들에게 일어나는 일이에요."

그는 타오름을 멈춘 불 사이를 스치며 걸었다.

"만약 여기서 비원 사람을 마주치면, 난 내가 멈춘 불을 집어다 그 사람 입속에 넣고 능력을 풀 거예요. 다시 움직이기 시작한 불길은 그 사람 목과 폐를 태우겠죠. 여기는 그런 사람이 지휘하는 곳이에요. 눈으로 봤으니, 직접 생각해서 결정하세요. 이런 데에서 도망치는 데에 죄책감 가질 필요 없어요."

윤서리는 정지한 불 안에 들어가 섰다.

"난 네 옆에 있어도 괜찮아. 너 같은 사람이 돼도 괜찮아."

"애써 거짓말하지 않아도 돼요."

"그래. 거짓말이야. 앞으로도 계속 거짓말하면서 여기 있을게."

속뜻을 알 리 없는 정여준은 걱정스러운 마음만으로 눈썹을 구겼다.

"한 번 거짓말할 때마다 한 명이 더 살 수 있으면 매일이라도 거짓말하면서 살겠다고 아까 그랬었지? 너만 그런 거 아니야. 나도 그래."

비록 이 거짓말은 서형우가 시작한 위선이었지만, 그녀는 그것을 입에 담지 않았다.

"죽고 싶어서 여기 온 거 아니야. 나도 누가 됐든 살려보려고 왔어. 사람 살리는 데에 내가 방해되면 그때 내쫓아."

그는 대꾸하지 못하고 그저 윤서리를 하염없이 보기만 했다. 그녀는 정여준에게서 등을 돌렸다.

"이찬 데려올게. 금방 찾을 자신 있어. 신경 쓰지 말고 저쪽에 집중해."

그녀는 대답을 기다리지 않고 달렸다. 이찬이 있을 만한 곳 중 가장 가까운 장소는 도보로 최소 1시간 반 거리였다. 비원과 마주치지 않도록 우회하는 경로가 그녀의 머릿속에 그려졌다.

정여준과 마찬가지로 접전장소와 떨어진 곳에 자리 잡아 상황을 지켜보던 김현이는 뜬금없는 장소로 달려가는 그림자를 발견하고 미간을 좁혔다. 이제껏 산성에서 보지 못했던 여자의 모습이었다. 김현이는 고개를 갸웃하고 주위를 둘러보았다. 가까운 곳엔 사람이 없었다. 라땅은 격전지의 한가운데에 서 있었고 다른 비원 조직원들도 그녀에게서 멀리 떨어져 있었다. 김현이는 눈을 비비고 휠체어를 옮겼다. 여자는 금방 시야에서 사라졌다.

땅을 긁으며 날아오는 나무토막을 공중에 멈추고 김현이는 여자가 등졌던 방향을 살폈다. 나무와 송신탑 때문에 다른 것들이 보이지 않았다. 김현이는 저 어딘가에 정여준이 숨어있음을 알았지만,

섣불리 누군가를 보낼 수 없었다. 보내봤자 살해당하거나 꼬리를 말고 도망치게 될 터였다. 정여준이 이미 다른 장소로 이동했을 가능성도 컸다.

싸움은 팽팽했지만 최주상 없이 장기전을 이겨낼 수 있을 것 같지 않았다. 김현이는 파쇄자 셋을 불러 자리를 떴다. 적어도 섹션에서 받아먹은 정보는 활용하고 퇴각해야 최주상의 얼굴을 당당하게 쳐다볼 수 있을 것이다.

윤서리는 정여준을 뒤로하고, 그리고 자각은 못 했지만 김현이의 시선을 뒤로하고 이찬을 찾아 도시를 가로질렀다. 발을 타고 울리는 진동이 약해지고 사람들의 고함은 차단됐다. 그녀는 도시에 홀로 남은 듯한 기분이 들었다. 비원과 경선산성의 움직임은 커다랗고 묵직했지만, 본래 수십만 명이 살던 도시 한쪽에서 고작 수백 명이 일으킨 전투는 거대한 고요 속에 쉽게 묻혔다.

더는 아무 소리도 들리지 않아 대체 비원이 이겼는지 산성이 이겼는지, 싸움이 끝나긴 한 건지, 여전히 싸우고 있는지 감도 잡지 못할 때쯤 그녀는 홀로 느긋하게 움직이는 한 남자를 발견했다.

이찬이 바닷속 해초처럼 팔다리를 흐느적거리며 작은 주유소 마당을 배회하고 있었다.

다급히 뛰어오는 그녀를 발견하고 이찬은 손을 흔들며 방긋거렸다.

"아니 무슨 산책을 그렇게 격렬하게 하셔. 밥은 먹었어? 트레이닝이라도 하는 거야?"

그녀는 헐떡이며 말했다.

"나랑, 빨리 돌아가."

"뭐야."

그는 메마른 화단에 엉덩이를 걸쳤다.

"너 없는…, 사이에 비원이… 들어와서, 지금 대치 중이야."

앞에선 아무 소리도 들려오지 않았다. 그녀는 호흡을 가다듬고 머리를 들었다. 그는 애매한 자세로 앉은 채 꼼짝도 하지 않았다. 시선이 그녀를 향하고 있었다.

그는 낯설고 이상한 것을 보는 것처럼 그녀를 황당하게 쳐다봤다. 윤서리는 억지로 눌러놨던 현실감각이 손끝에서부터 살아 돌아오는 걸 느꼈다.

이찬은 눈을 양옆으로 굴리더니 속삭였다.

"알아요."

정여준이 멈췄던 불덩어리가 배 속으로 들어오는 것 같은 기분이었다. 그녀는 얼굴을 일그러트리지 않기 위해 이를 악물었다.

그렇다. 당연히 알고 있을 터였다. 산성 사람들이 머무는 장소를 비원에 알려주기 위해 섹션에 정보를 흘린 게 다름 아닌 그들이었으니.

그녀는 그가 두더지라는 사실을 망각했던 자신에게 코웃음 쳤다. 상황은 처음부터 이찬이 빠졌을 때 전투가 일어나 경선산성의 태세를 불리하게 만들도록 짜여있었다. 그녀는 무엇을 바라고 그를 찾아 뛰었던 건지 자문하기조차 두려웠다.

어쩌면 이 순간만 그의 정체를 잊었던 게 아니라 도시에 있는 내내 그가 산성 측 사람이라고 착각한 건지도 몰랐다. 그만큼 그의 연기는 완벽했다. 사람들과 정여준의 앞에서 보인 다정함과 친근함이 완벽한 만큼 배신도 완벽했다. 그녀는 그 이중적인 행동에 불쾌함을 느끼기 이전에, 과연 제 행동이 한순간이라도 완벽한 적이 있었는가 되돌아보았다.

자신이 없었다. 헐레벌떡 뛰어온 저를 보는 그의 시선을 받아내기가 버거웠다. '왜 그래, 왜 경선산성 편인 것처럼 굴어요?' 그렇게 말하는 목소리가 그의 눈빛을 통해 들리는 것만 같았다.

'이런 데에서 도망치는 데에 죄책감 가질 필요 없어요.' 정여준의 말이 혓바늘처럼 아프게 입안에 고였다. 도망치지 않아도 죄책감은 이미 그녀를 짓누르고 있었다. 이곳에 이런 모습으로 뻔뻔하게 머무르고 있는 것만으로도 그녀는 정여준의 앞에서 고개를 들 수 없었다.

보고녹취/윤서리-녹취중

예전에 실언했던 건 일단 실언이긴 하지만, 신뢰라는 말이 나와서 말인데 제가 정여준과 최주상의 신뢰도에 대해 보고한 적이 있었나요? 없었을 겁니다. 아직 말하지 않은 거로 기억합니다. 여기 온 김에 다 말씀드리려고요.

경선산성 사람들이 정여준에게 주는 신뢰는 반반입니다. 머리로는 정여준을 따르고, 마음으로는 여전히 이경선을 추억하는 사람이 적지 않아요. 말씀하신 것처럼 정여준보다 이찬을 더 믿고 따르는 사람들도 있고요.

경선산성 사람들을 대하는 정여준의 신뢰는 전적입니다. 하지만 이게 보면 볼수록 듬직한 신뢰와는 거리가 멀어 보여서 말이죠…,

따지자면 신뢰가 아니라 의존처럼 보일 때도 있습니다. 산성 사람들이 믿을 만해서 믿는 게 아니라 믿고 싶어서 믿는 것처럼 느껴지거든요. 객관적으로 보자면 산성에서 가장 믿음직한 건 아무리 생각해도 정여준인데, 정작 정여준은 자기 자신을 믿기 싫어서 대신 산성 사람들을 믿는 것 같다는 인상이 지워지지가 않아요.

비원의 경우 양상이 반대입니다. 조직원들은 최주상을 전적으로 신뢰하죠. 비원에서 이 사람보다 강하고 카리스마 있는 사람은 없다는 확고한 믿음이 10년 넘도록 깨지질 않거든요. 그렇게나 폐쇄적이고 비민주적인 조직에서 최주상이 실각하지 않는 건 절대 얕보이지 않았다는 증거겠죠.

하지만 최주상은 다릅니다. 그 누구도 믿지 않아요. 비원을 존속시킨 최주상의 12년 인생에 과연 신뢰라는 가치가 조금이라도 있었을까요. 적어도 싱크홀이 생기기 전의 최주상은 평범한 인간이었을지라도, 비원의 중심에 앉은 최주상은 자기 자신을 제외하곤 한 명밖에 신뢰하지 않았습니다. 그 한 사람을 제외하곤 오른팔인 김현이도 왼팔인 우주 라땅도 진심으로 믿지 않았어요.

예, 경선산성은 그렇다 쳐도 갑자기 최주상에 대해 줄줄 말하니 당황스러우시겠죠. 하지만 들으실 가치가 있을 겁니다. 아무리 서 팀장님이 비원을 오랫동안 지켜보셨다곤 해도 비원과 함께하지는 않았지 않습니까.

서 팀장님이 생각하시는 것 이상으로 저는 최주상에 대해 아주 많은 걸 알고 있습니다. 예, 웃으십시오. 웃으시든 우시든 저야 상관없습니다. 대신, 들어주셔야 해요. 아주 긴 보고가 되겠지만 서 팀장님은 거기 앉아서 계속 제 얘길 들어주셔야 해요.

절 믿으세요. 시간은 아주 많습니다. 서 팀장님이 모르고 제가 알고 있는 최주상에 관한 이야기도 아주 많다는 걸 믿어주셔야 할 겁니다. 기억하세요. 적어도 이 순간만큼은 서 팀장님이 절 신뢰하셔야 할 차례입니다.

아니요. 아니요, 정여준에 대해선 묻지 마세요. 이제껏 저한테도 이찬한테도 정여준 소식은 질리도록 듣지 않으셨습니까. 저도 정여준 얘기야 다시 하게 되겠지만, 적어도 지금은 아닙니다. 아직은 정여준이 등장할 순간이 아니에요. 믿고 들어보세요.

최주상입니다. 최주상 이야기를 해야 해요.

지금 저와 서 팀장님 사이에 최주상보다 중요한 이야기가 없다니까요.

최주상 인생에서 가장 행복하고 끔찍했던 순간으로 돌아갑시다. 딸아이 자의퇴원각서에 사인을 하던 그때요.

최주상의 딸은 완치가 어려운 병을 앓고 있었어요. 치료가 불가능한 병은 아니었지만 계속 침대에 눕혀 둘 수가 없었죠. 현대 의학은 애를 구할 수 있었지만, 최주상의 통장은 그럴 수 없었거든요. 자살하더라도 사망보험금이 아이 치료비를 끝까지 책임지지 못할 거란 걸 깨닫고 최주상은 결국 딸을 퇴원시켰어요.

아니요, 제발 그냥 가만히 들어보세요. 그게 서 팀장님이 지금 하실 수 있는 유일한 일입니다. 최주상한테 딸이 있었던 건 금시초문이시겠지만, 금시초문이니까 들어야 하지 않겠어요? 이미 알고 계신 이야기면 저도 얘기하지 않겠죠.

어쨌든 딸을 데리고 병원을 나오는데, 말 그대로 천국이자 지옥이었죠. 애가 얼마 못 버티고 세상 뜰 건 불 보듯 뻔했지만 애 몸에서 환자복 벗기고 밖에 데리고 나간 게 너무 오랜만이었거든요. 아니, 그 애 인생에 처음이었죠. 애는 그때 열세 살이었고…, 열세 살짜리 여자애한테 입원실, 화장실, 접수실, 주사실, 검사실이 세상의 전부였어요.

아이가 죽기 전에 예쁜 거 맛있는 거라도 잔뜩 경험하게 해주고 싶었대요, 그때는. 하지만 그러질 못했죠. 최주상은 그때 정말 바닥까지 다 털린 상거지였고, 돈이 좀 있었어도 아마 별다른 걸 해주진 못했을 거예요. 예쁜 것, 좋은 것, 맛있는 것을 주고 싶어도 어떻게 주겠어요. 뭐가 예쁘고 뭐가 좋은질 모르는데. 좋은 델 데려가고 싶어도 어디가 좋은질 몰라서 도무지 멀리 가질 못했어요. 아이 손을 잡고 신난 마음에 무작정 길을 떠났는데, 아는 데가 없으니까 어떻게 걸어도 애 입원했던 병원 있는 길목으로 돌아오는 거예요. 병원 간판 보고 너무 충격을 받아서, 애는 잠깐 의료기구 가게에 밀어 넣어놓고 한참 동안 골목에 주저앉아 울었죠.

결국, 최주상은 월세방 근처에 붙은 산을 타기 시작했어요. 교통비 들지 않는 데론 거기가 유일했겠죠. 애는 등산을 못 하니 열세 살짜리를 업고 정상까지 올라가 평평한 산성을 걸었어요. 혼이 쏙 빠지게 힘들었지만 아이 눈엔 그 산이 환상처럼 예뻤을 테니까, 그 예쁘다 예쁘다 하는 소릴 들으려고 매일같이 산을 타고 산성을 돌았죠.

그 산성이 어딘지 당연히 짐작하실 거예요. 네, 그곳이에요. 문제의 그 날도 최주상은 애를 업고 산성을 걸었어요. 최주상도 설마 자기 딸을 죽이는 사형대가 병마가 아닌 싱크홀일 줄은 상상도 못 했겠죠. 하지만 어쩌겠어요. 달리 최주상뿐이겠나요. 그 싱크홀에 빠져 죽은 수만 명, 싱크홀 주변에서 건물에 깔려 죽은 수만 명도 그런 마지막을 상상하지 못하기론 똑같았겠죠.

생각해보세요, 애 업다 숨차 죽어도 좋다고 생각했던 아빠가 딸애를 업은 채로 산이랑 같이 통째로 땅속에 꺼지는 거예요. 상상력은 빈곤하고 공감력도 바닥이시겠지만 열심히 떠올려보세요, 그 풍경을. 어떨 것 같나요?

어떨 것 같긴요. 전혀 아무렇지도 않아요. 어떻다고 묘사할 수도 없어요. 그냥 어둡고, 밑도 끝도 없는 허공에, 무슨 상황인지 알 수도 없고, 아무것도 보이지 않지만 소음은 또 어마어마해서 고막이며 골이 터져버릴 것 같죠. 팔다리를 허우적대도 닿는 데 없을 때의 근원적인 공포와, 시간이 지나도 어둠과 추락이 끝나지 않고 갈수록 사방에서 비명이, 2만 명의 비명이… 2만 명의 비명 들어봤어요? 그냥 비명 말고, 한 장소에 갇혀 동일한 죽음의 공포를 겪고 있는 2만, 3만의 생의 마지막 비명이요. 중력 때문에 추락하는 것 같지가 않아요. 그 비명에 끌어당겨 져서 추락하는 기분이 들죠.

빨리 기절하거나 죽고 싶은데 추락이 끝나지 않는 거예요. 최주상도 처음엔 그랬어요. 본능을 덮친 공포가 너무 크니까 당장 죽고 싶다는 것 말곤 아무 생각도 안 들었는데, 이게 몇 초 지나도 계속 살아있으니까 머리가 좀 더 정상적인 방향의 본능을 찾아가더란 거죠. 딸 말이에요. 애를 업고 있었는데 등에 애가 없으니까, 아이를 찾아서 고함에 고함을 지르고 발버둥 쳤죠.

찾을 방도가 있나요. 그 고함은 2만, 3만의 비명 중 하나일 뿐이었고 최주상의 허우적거리는 팔다리는 거대한 싱크홀의 일부조차 할퀴지 못했을 텐데.

싱크홀의 밑바닥에 착지했을 때, 그래요, 착지라고 느낄 만큼 안전하고 자연스럽게 추락을 멈췄을 때, 비명을 지르는 사람은 없었어요. 죽었거나, 최주상처럼 숨을 죽인 채 어둠 속에서 헤매고 있었으니까.

최주상은 암흑을 더듬으면서 애 이름을 부르며 헤맸어요. 자기가 밟고 다니는 질척질척한 게 단순한 진흙이 아니란 건 나중에 깨달았죠. 그 높은 곳에서 추락했으니 어땠겠어요. 살덩이 곤죽 된 걸, 뼈 마디마디 산산조각이 난 걸, 내장이 다 퍼진 걸, 동물이고 사람이고 할 것 없이 액체로 변한 것들이 흙에 뒤엉켜서 꼴이 말이 아니었지만 다행인 건 그 지옥 같았을 풍경이 어둠에 가려져서 안 보였다는 거죠.

적어도 그때는.

그런 식으로 죽지 않고 최주상처럼 살아남은 사람들은, 그래요, 당신들이 말하는 이른바 '변종'들이에요. 아마 바닥에 닿기 전에 자기 능력이 본능적으로 숙주를 지켰겠죠. 근처 지형이나 물건, 하다못해 공기를 사용해서라도 그 극단적인 충돌을 상쇄하는 힘을 쥐어짜 냈을 거예요.

기억하세요. 싱크홀에서 올라온 생존자가 고작 6백 명 언저리였다는 걸. 그리고 그 말도 안 되게 엄청났던 면적도 함께 기억하세요.

평탄치도 않은 넓은 바닥에서 어둠을 더듬으며 겨우 몇백의 생존자를 찾아다녔던 거예요. 고독과 공포를 못 참고 혀를 깨문 사람이 없었다면 생존자가 더 늘어나지 않았을까 싶어요. 어쨌든 최주상은 이겨냈죠.

최주상이 강해서였을까요. 그럴 수도 있겠지만, 딸을 찾아야 했거든요. 애를 아직 못 찾았으니까. 애를 다시 못 업었는데 어떻게 혀를 물어요.

최주상이 처음으로 만난 생존자는 딸애보다 몇 살 더 많은 여자애였어요. 어린 여자애 우는 목소리가 들리니까 무조건 자기 딸인 줄 알고 아우성치며 달려갔는데, 그 바람에 그 애는 경기하다시피 무서워했죠. 알고 보니 자기 딸은 아니었지만 그래도 최주상은 그 애 손을 놓지 않고 걸었어요. 그러지 않고 어떻게 버티겠어요. 피 냄새에 후각은 마비될 것 같고 하늘은 먼지만 한 크기로도 안 보이는데.

여자애 이름은 신가영이었어요. 최주상은 가영이한테 끊임없이 자기 딸애 얘길 하면서 걸었는데, 아마 자기 나름대로 미치지 않기 위한 방어책이었겠죠.

아주 오래 헤매고 목소리 따라, 발소리 따라 하나둘 생존자가 모여 서로 손을 더듬게 됐어요. 그 사이의 긴긴 시간들, 아무것도 보이지 않는 그 긴 시간들, 최주상에게 있어선 아직도 애를 못 찾았다는 걸 알려줄 뿐인 무익한 시간들…, 그 누구에게든 지옥이 아니었겠나요. 생존자를 만나고 또 한 명 만나고, 처음엔 기뻤지만 갈수록 지치기만 하고 별로 반갑지도 않았어요. 산 사람이 더 있어 봤자 희망이 안 보이니까요.

즉사한 사람들을 부러워하는 이가 늘었죠. 지금 잠깐 살아봤자 피고름 냄새로 절은 지하에서 서서히 죽어갈 테니까.

그렇게 최주상이 만난 생존자 중에 이경선이 있었어요. 당시엔 서로가 최주상이고 이경선이고 하는 문제는 전혀 중요하지 않았지만요. 중요한 건 따로 있었죠. 최주상이 불을 만들어냈거든요. 애를 찾으려면 빛이 필요하니까 필사적으로 빛을 갈구하다가 처음으로 자기 의지로 능력을 쓴 거죠. 폭발과 마찰열을 이용해서 공중에 불꽃을 만들어냈는데, 그땐 본인이 그런 건 줄 모르고, 그냥 내부에서 어떤 작용이 일어났다고 생각했죠. 최주상 외의 다른 사람들도요.

문제는 빛을 통해 본 싱크홀 내부가 너무 끔찍했다는 거예요.

자기들이 밟고 있는 것들이 끔찍했고, 그걸 밟고 있는 자기들이 끔찍했고. 얼마나 희망 없고 잔인한 무덤에 생매장당했는지 자각이 오니까 하나둘 정신을 놓았죠. 최주상은 성급히 불을 더 만들지 않았고 계속 딸을 찾는 목소리만 높였어요. 가영이 손을 목숨처럼 붙들고서요.

6백여 명으로 줄어들기 전에, 온전히 처음에 싱크홀 밑바닥에 생존해 있었던 사람은 과연 몇 명이었을까요. 자살하지 않고, 미쳐서 죽지 않고, 미친 사람들한테 살해당하지 않고, 독한 공기에 질식하지 않고, 탈수해 죽지 않았다면 얼마나 더 많이 살아 돌아올 수 있었을까요.

정신을 놓은 사람들끼리 짐승같이 싸운 그 순간이 지옥의 새 입구인 동시에 탈출의 첫 희망을 만들어냈어요. 사람들이 하나둘 자기 능력을 사용하기 시작했거든요. 물론 아무도 그게 본인 혹은 옆 사람이 특수한 능력을 발휘한 거로 생각하진 않았지만, 눈앞에 일어난 현상은 분명 똑똑히 관찰되고 있었어요. 많은 사람이 동시에 목격했고요. 조금이라도 이성을 유지하고 있는 사람들은 싱크홀만큼이나 기이한 무언가가 자신들을 덮쳤다는 걸 느끼기 시작했죠.

조종 가능한 게 많을수록 그 옆에서 죽은 동질 능력자가 많다는 뜻이다…, 이거요. 서 팀장님이 저한테 알려주지 않았던 그 사실 말이에요. 산성 사람들은 이경선이나 최주상이 처음부터 탁월했을 뿐인 운 좋은 엘리트라고 생각하는데, 글쎄요. 전 아마 싱크홀 밑바닥에서부터 두 사람이 다른 사람들 능력을 빨아먹었기 때문에 그런 월등한 능력을 가졌다고 생각해요. 물론 어느 정도는 운이었겠죠. 그 둘은 누굴 죽일 생각도 없었고, 그냥 주변에서 난투극이 벌어졌는데 그 난장에서 살아남았을 뿐이니까.

그 지옥에서 최주상과 이경선이 깨달은 건 이거예요. 자신들 능력이 생각보다 더 굉장하고 무섭다는 것. 강제로 멈추지 않으면 사람들은 공포에 질려 끝없이 죽고 죽일 거라는 것. 그리고 이 싱크홀에서 탈출할 수 있을지도 모르겠다는 것. 물론 거기서 탈출하기 전엔 그곳의 정체가 싱크홀인지도 몰랐지만요.

싸움을 멈추게 하는 데엔 이경선의 능력이 유용했고 싸움이 다시 일어나지 않게 막는 데엔 최주상의 능력이 잘 먹혀들었어요. 두 사람이 주축이 되어 다른 생존자도 한곳에 모으기 시작했죠. 최주상이 높은 곳에 불을 만들고, 이경선은 그곳에 불을 고정해 놨어요. 공중에 떠 있는 전구처럼요. 그걸 성공하자 탈출할 아이디어가 굳혀졌죠. 최주상이 무엇을 이용해서든 공중에 폭발 파편을 띄운다. 그리고 그걸 이경선이 멈춘다. 그것들을 나선 모양의 계단으로 만들어서 점점 더 위로, 땅 위에 닿을 때까지 계속 쌓아 올린다.

땅 위가 존재하긴 하나 싶었지만 그것 말곤 희망이 없었어요. 두 사람은 망설이지 않았고 다른 파쇄자와 정지자, 그러니까 그땐 아직 그런 용어가 없었지만 대충 자신들과 비슷한 능력을 가진 사람들을 설득하기 시작했어요. 결과적으로 나선계단을 만드는 데 가장 큰 공헌을 한 건 최주상과 이경선이지만, 다른 사람들의 도움도 격하돼선 안 되겠죠.

불빛을 보고 생존자들이 더 찾아왔고, 최주상은 틈틈이 딸을 찾아다녔어요. 이경선은 미처 찾지 못했을지도 모를 생존자에 집착해서 곳곳에 불을 멈춰놓았고요.

그, 밑바닥만큼이나 지옥 같았던 싱크홀 깊이를… 그 깊이를 이겨내고 계단을 올리고 멈추고 올리고 멈췄던 그 사람들은, 그때만큼은 인간이 아니었어요. 잔인하지 않은 의미로요. 계단을 만들다 체력이 고갈돼서 올라가지도 못하고 죽을지도 모른다고 진심으로 생각하기도 했죠. 하지만 기어코 하늘이 보이기 시작하는데 못하겠다고 주저앉는 사람은 그리 많지 않았어요. 하늘 면적이 조금씩 넓어지는 걸 보며 어서 이 바닥 없는 우물에서 벗어나고 싶어 했죠.

최주상은 나선계단을 3분의 2 정도 쌓아 올렸을 때 딸을 찾는 걸 포기했어요. 자기가 던져 올린 나무통의 나뭇가지에 딸애 운동화를 신은 발목이 꽂혀있었거든요. 아까 말했던 2만 명이 지르는 비명 있죠. 그 소리가 최주상 한 명한테서 나왔어요.

안타깝지만 사람들은 그것 때문에 계단을 쌓아 올리는 일에 지장이 갈 것을 제일 두려워했어요. 하지만 다행히 최주상은 정신을 놓지 않았죠. 가영이 손을 잡고 있었거든요.

정확히 언제부터였는지는 최주상 자신도 모르겠지만, 아마 딸을 찾지 못할지도 모른다는 불안감이 들기 시작했을 때부터 최주상은 신가영을 딸 대역으로 생각했을 거예요. 만약 그때의 최주상에게 신가영조차 없었다면, 대체 뭘 생존의 이유로 삼았을까 싶어요. 사다리 같은 나선계단을 완성해가며 위로 올라갈 때도, 분명 살아남아야겠다는 마음보단 가영이를 살리겠다는 집념이 훨씬 더 컸을 거예요.

그때 최주상 손을 잡고 있던 건 가영이었고 등엔 여자가 한 명 업혀있었어요. 다리를 쓰지 못해서 계단을 밟고 올라갈 수 없었거든요. 그래요, 지금의 김현이에요. 차후 본인 조직의 이인자가 될 여자를 업고 올라가면서도 최주상은 몇 번이나 그 사람이 자기 등에 있는 걸 잊었어요.

최주상이랑 이경선 뒤를 따라 올라오는 사람들은 다들 탈진 직전이었어요. 실제로 올라오던 도중에 숨이 끊어진 사람들도 있었고요. 그 경우엔 뒤에 따라오던 사람이 시신을 아래로 떨어뜨려야 했어요. 시체를 밟고 올라가고 싶지 않다면요. 물론 어쩔 수 없이 시체를 밟고 가야 할 때도 있었죠. 최주상이 올려다 놓은 물건에 시체가 섞여 있을 경우요.

눈물로 올라갔죠. 울고 소리 지르면서 시신을 밟고 갔어요. 지금 흘리는 눈물 한 방울 때문에 탈진해서 죽을지도 모른다고 이경선이 나무랐지만 결국 사람들 눈물을 완전히 멈추는 데 성공하진 못했죠. 세상에서 가장 깊은 무덤에서 올라가고 있는데, 어떻게 곡을 하지 않고 기어갈 수 있겠어요.

가끔 하늘에 계신 신을 부르짖는 사람들도 있었어요. 그 상황에서 찾기 알맞은 신 같긴 했죠. 그쪽 신한텐 죽은 이들을 다시 살리는 힘이 있는 것 같으니까요.

하지만 그 약하고 어린 신도가 간과한 건, 2천 년 전 예수가 무덤 밖으로 나올 땐 아무도 없었지만…, 그 사람들이 나갈 땐 총 든 인간들이 열을 지어 대기하고 있었다는 거죠.

햇빛에 적응하기도 전에 사람들은 총알과 싸워야 했어요. 싱크홀 바닥이나 위나 크게 다를 게 없었죠.

그리고 최주상이 가장 먼저 날려버린 건물은 딸애가 입원했던 병원이었어요.

✳

윤서리와 이찬이 대치장소로 돌아왔을 때 이미 비원은 도시를 벗어난 후였다. 도시는 고요에 잠겨 있었다. 흙먼지 사이로 탄내가 섞여들었다. 버려진 공간에 머물 이유가 없어 그들은 집합장소로 이동했다. 약속장소였던 임시정류소엔 사람이 그리 많지 않았다. 대부분은 다른 주거지로 옮겨가 상처를 치료하고 휴식을 취하고 있다고 했다.

정류소에서 그들을 기다리고 있던 나정이 새 장소를 안내했다. 그곳에선 정여준이 사람들을 한데 모아 명부를 정리하고 있었다. 실종자는 없었지만, 그의 시야가 닿지 않은 곳에서 싸우다 사망한 열일곱 명의 시신이 담요 아래에 있었다.

새벽에 시신을 묻고 사람들은 정류소로 오지 않은 홍정윤을 찾으러 나갔다. 홍정윤을 따라간 50명 남짓한 사람들도 돌아오지 않았다. 있을 만한 곳은 한 군데밖에 없었다. 정여준은 홍정윤이 사람들과 겨울나기용 지하대피소에 몸을 숨겼다가 전투가 끝난 줄도 모르고 아직도 나오지 않은 거라 생각했다.

그의 예상은 반은 맞고 반은 틀렸다. 그들이 땅굴 속으로 숨은 건 사실이지만 바깥상황을 몰라서 나오지 않은 건 아니었다.

사람들은 무너져 내려 푹 꺼진 땅굴을 보며 입을 열지 못했다.

주변에 낙석은 없었다. 땅굴을 부숴버린 파쇄자의 손길이 생생히 그려졌다. 상황을 인지하기 시작한 사람들은 울분 섞인 분노를 터트리며 비원을 저주했다.

이찬이 앞으로 나섰다. 무너진 땅 곳곳을 부수자 지하 공간을 뭉
갠 토사물에 출구가 생겨났다. 사람들의 머리가 비죽비죽 보였다.
흙을 다룰 수 있는 이들은 좁은 공간에 몸을 구긴 채 살아있었지만,
나머지는 이미 사망한 뒤였다.

생존자를 거두고 이찬은 다시금 땅에 힘을 가했다. 폭파된 흙덩
이가 시체 위로 우르르 무너져 내렸다. 따뜻한 겨울을 바라며 만들
었던 땅굴은 이제 서른 명 넘는 식구를 묻은 공동무덤이 되었다.

조대홍은 홍정윤의 머리를 감싸 안았다. 홍정윤은 자신이 이끈
곳에 들어왔다가 파묻혀 죽은 이들의 이름을 부르며 몸을 떨었다.

윤서리는 땅굴의 위치를 서형우에게 보고하지 않았다. 그리고 그
녀가 산성에 돌아온 이후 바깥으로 나갔다 돌아온 사람은 이찬밖에
없었다. 윤서리는 이찬을 보았다. 그는 무덤으로 변한 땅굴 앞에서
고개를 숙이고 있었다. 그것이 죄책감과 싸우는 묵념인지 안심을 가
리려는 연기인지 그녀는 알 수 없었다.

정여준은 홍정윤의 흐느낌이 들리지 않을 만큼 멀찍이 떨어져
있었다. 마음 상한 고독을 존중해주기 위해 아무도 그를 부르지 않
았다.

윤서리는 한참 후 그가 자신을 쳐다보는 걸 알고서야 조심히 다
가갔다.

정여준이 마른세수를 하며 말했다.

"찬이 찾으러 가는 척하고 도시 밖으로 나갔어도 아무도 윤서리
씨를 원망 안 했을 거예요. 비원한테 죽은 줄 알고 다들 시신을 찾
아다녔겠죠…"

"내가 여기 있는 게 그렇게 맘에 안 들어?"

그녀는 애써 농담조로 말했다.

"윤서리 씨가 저 사람들처럼 죽을까 봐 무서운 거예요."

"그 시간에 다른 사람들 걱정이나 해. 난 웬만해선 안 죽을 거야."

그는 한숨을 쉬었다.

"어떻게 그렇게 바로 결정할 수 있어요?"

"뭐가?"

"비원이 지척에 있고 내가 도망갈 기회까지 줬는데 어떻게 망설이지도 않고 당연하게 여길 선택할 수가 있어요? 의리 때문이에요? 박애심인가요? 파쇄자라는 자존심 때문에? 뭐가 됐든 이해할 수가 없어요. 한 인간으로서 존경해요. 저는 절대 그럴 수 없었을 거예요."

"나는… 네가 생각하는 그런 대단한 사람이 아니야."

서형우가 다리를 절뚝이며 다가오는 모습이 환영처럼 보이고 차세연이 쩝쩝대며 음식을 씹는 소리가 환청처럼 들렸다. 그녀는 정여준의 시선에 눈 마주치지 못하고 고개를 돌렸다.

"면목이 없어요. 산성을 지키는 방패 어쩌고 하면서 인사한 지 얼마 되지도 않았는데 식구들 죽어 나가는 모습만 보여주게 됐네요."

"네가 없었으면 더 많은 사람이 죽었을 거야."

그는 희미하게 웃었다.

"고마워요. 찬이랑 똑같은 말로 위로해 주네요."

무슨 말을 들어도 마음이 더 무거워지기만 해서 그녀는 화제를 돌렸다.

"그만 말 놔도 돼. 그쪽만 계속 예의 차리니까 나도 괜히 미안해지잖아."

"정 불편하면 그렇게 할게요. 하지만 전 이게 편해요. 그냥, 이렇게 말곤 달리 누굴 어떻게 존중할지 잘 몰라서 그래요. 전 아직도 산성 사람들을 어떻게 대해야 하는지 감을 못 잡나 봐요."

그녀 역시 그랬다. 몇 주 동안 함께 식사하고 같은 곳에 웅크려 잠들었던 이들의 무덤 앞에서 어떻게 행동해야 할지 감이 오지 않았다. 그녀는 홍정윤처럼 눈물을 흘리지도, 이찬처럼 고개를 숙이지도, 정여준처럼 자책하지도 않은 채 불순물처럼 주변을 떠돌고 있었다.

그러나 비록 그들의 죽음에 책임이 있는 두더지라 한들 잠깐 정도는 애통해해도 괜찮을 거라고 그녀는 생각했다. 죽은 이들은 모두 그녀와 한 번은 얼굴을 마주치며 웃었던 사람들이었다.

비석 없는 무덤 앞에 꽃 한 송이나마 바치려고 주위를 살폈지만, 그녀는 꽃봉오리를 찾을 수 없었다. 가을의 끄트머리는 저 멀리 사라져있었고 싱싱한 꽃잎은 내년을 기약한 채 모습을 감춘 뒤였다. 색 바래고 부스러진 낙엽만 바람 따라 굴러다닐 뿐, 죽은 이를 위로할 흰 들꽃은 어디에도 없었다.

생명이 발아를 거부하는 계절이 시작되었다.

＊

김현이는 싱크홀에 떨어져서 하반신 마비가 온 게 아니에요. 그 전부터 하체를 움직일 수 없었죠. 엄마 때리는 아빠를 막아서다가 맞아 넘어졌는데, 그때 잘못 다친 게 원인이 됐어요.

부모가 간신히 이혼하고, 직장을 잃은 김현이를 대신해 어머니가 매일같이 일했죠. 어느 날 평소처럼 평범하게 식사하고 있는데 엄마가 일에서 돌아오더니 다 큰 딸 밥 먹는 모습을 보고 우두커니 서서 뚝뚝 울더라는 거예요.

'현이야, 엄마가 이담에 하루 일 뺄게. 그때 같이 밖에 놀러 갈래?' 김현이는 엄마가 그렇게 말하는 걸 듣고 그제야 알았다고 해요. 3년 가까이 자기가 현관문 밖에 나가 햇볕을 쬔 적이 없다는 걸요. 마찬가지로 3년 가까이 단 하루도, 엄마가 일을 쉰 날이 없다는 것도요.

둘은 장애인 콜택시를 불러서 산성 근처 도로까지 올라갔고, 북문 위로 평탄한 길을 천천히 지났어요. 몇 년 전부터 바깥의 도로도 자동차도 산도 나무도 저절로 사라진 줄 알았는데, 그대로 있는 걸 보고 김현이는 굉장히 놀랐죠.

그리고 산이 주저앉았고요.

나중에 김현이는 최주상과 신가영 앞에서 이렇게 말했어요.

'추락할 때 난 너무 무서워서 소리도 지르지 못했어. 이 나이에 울면서 엄마를 부를 용기조차 내지 못했지. 현이야, 하고 소리치는 엄마 목소리가 들렸던 것도 같은데, 글쎄, 그게 엄마 목소리가 무너졌던 소린지 산이 무너졌던 소린지 아직도 잘 모르겠다.

왜 하필 그날이었을까. 평소처럼 일하러 나갔으면 적어도 엄마는 죽지 않았을 거야. 왜, 고작 나한테 햇볕을 쬐게 해주고 싶었던 그 하루가 엄마한텐 영원한 어둠이 돼야 했을까. 구덩이에 묻혀 죽어야 할 사람은 엄마가 아니야. 차라리 그 새끼가 생매장당해 죽어야지. 그리고 아마, 거기서 살아 올라와야 할 사람도 내가 아니야. 내가 아니어야 했어.'

김현이가 사상적으로 최주상과 가장 가까운 사람인 건 당혹스러우면서도 그럴법했죠. 그 사람한텐 선의를 믿을 기회가 별로 없었다고 해야 하나요. 어쩌다 받는 호의에도 반드시 대가를 치르기 마련이란 걸, 짧지 않은 삶을 통해 배웠으니까요. 김현이는 자기한테 생긴 특이한 능력이 날개가 되어줄 거라고 생각하지 않았어요. 그저 두 번째 휠체어가 될 뿐이란 걸 알았죠.

최주상과 김현이만 두고 보자면 꼭 이렇게 기구하게 산 사람들만 안 좋은 일을 당하나 싶죠. 하지만 싱크홀 밖으로 나온 사람은 6백 명이 좀 넘거든요. 전체 사망자 수에 비하면 말도 안 되게 적지만 6백은 결코 적은 머릿수가 아니에요. 최주상이랑 김현이 같은 사람도 있고, 이경선처럼 단단하고 강인한 사람도 있고, 다른 사람들의 고생에 빌붙어 살아나온 사람도 있고, 왜 하필 저런 사람이 살아왔나 싶은 생각이 들도록 비열한 놈들도 있고, 이렇다 할 특징 없는 보통사람도 있고. 각양각색이죠.

최주상은 절대 그걸 잊지 않았어요. 제각기 다른 모습을 가진 수백의 사람들을요. 그 사람은 왜 생존자들이 안전하게 살 수 없다고 생각했을까요. 정말 최주상이 서 팀장님이랑 사고회로가 비슷해서? 그러느니 전 차라리 최주상이랑 정여준이 비슷하다고 말하겠어요.

최주상이 죽는 한이 있더라도 잊지 않은 건 싱크홀 밑바닥이에요. 뭐 하나 제대로 보이지 않는 어둠 속에서, 사람들은 제 앞에 있는 게 누구인지 신경 쓰지도 않고 자기 초능력에 벌벌 떨며 살인을 해댔어요. 최주상은 차후 비원의 조직원이 될 자기 사람들에게 몇 번이고 이 말을 반복했죠. '바뀐 건 장소일 뿐 사람이 아니다. 싱크홀 밑바닥에서 위로 올라왔지만, 그 아래 있던 사람들과 여기 있는 사람들은 동일한 인간들이다. 만약 우리에게 다시 어둠이 찾아오고

우리 능력을 감당하기 어려운 순간이 온다면 우리는 반드시 그 지옥을 재현할 것이다.'

최주상은 이 믿음에 흔들림이 없었어요. 이경선은 완전히 반대였죠. '우리는 그 모든 일에도 불구하고 지옥에서 성공적으로 빠져나온 사람들이다. 그것도 혼자서 살고자 하는 욕구를 누르고 다른 이를 도와 함께 살아 돌아왔다.'라고요.

싱크홀을 기억하려는 사람과 싱크홀을 이겨냈다고 생각하려는 사람의 차이죠.

이 둘의 비극은 두 사람의 생각이 달랐다는 데에 있지 않아요. 거기서 그쳤다면 어느 누가 다른 한쪽을 척지는 일은 일어나지 않았겠죠. 비극의 원인은 두 사람이 절대 포기하지 않았던 어떤 공통된 생각 하나 때문이에요.

'세상 사람들도 나처럼 생각할 것이다.'

이경선과 최주상뿐 아니더라도 많은 비극이 이 생각 때문에 일어나죠. 안 그런가요, 서 팀장님.

최주상의 생각대로라면 세상은 생존자들을 폭력성 내재도가 한없이 높은 예비범죄자 취급을 할 거예요. 이경선의 생각대로라면 사회는 생존자들을 역경을 이겨낸 영웅으로 맞아들이겠죠.

과연 어느 쪽이 옳을까요? 둘 중 한쪽의 손만 들어주고 싶지 않은 사람들이 우후죽순 생겨났어요. 그 경우 선택지는 하나죠. 최주상에게서도 이경선에게서도 빠져나오면 돼요. 하지만 그 시도가 어떻게 끝났는지 서 팀장님은 알고 계시죠. 정체가 드러나는 건 곧 공동체의 죽음이라고 생각한 최주상이 그 사람들을 전부 쓸어버린 거예요.

최주상 혹은 이경선 둘 중 하나에 붙지 않으면 생존할 수 없는 환경이 만들어졌고, 그게 지금의 비원과 경선산성을 낳았습니다. 비원이 섹션에 자발적으로 이용당하고 있는 건 어디까지나 전략 중 하나일 뿐이에요. 그런 식으로 아슬아슬하게라도 살아남는 편이 낫다고 생각하기 때문이죠. 어디에 붙더라도 언젠간 버려질 거라는 걸 최주상은 은연중에 알고 있었어요. 그래서 버려질 때를 대비해 힘을 기르고, 그때까진 머리 숙이고 최대한 조용히 살아야 한다고 생각하는 거겠죠. 산성 사람들한테서 능력을 빼앗아서라도 더 강해져야겠다는 생각을 아마 비원 결성 초기에는 하지 않았을 거예요.

그리고 이 모든 일들, 모든 소음과 난장에서 유리된 채 대체 최주상이 무슨 생각으로 비원을 만들었는지, 이경선이란 사람이 어쩌다 생존자들을 이끌고 그 도시로 다시 들어갔는지, 비원과 경찰, 국정원, 경선산성 사이에 어떤 도형이 만들어지고 있는지, 비원의 암적 행동도 경선산성의 존재도 전혀 모르는 생존자가 한 명 있었어요.

최주상이 죽은 딸 대신 붙잡고 올라온 그 신가영이라는 아이죠.

*

앞뒤 양옆 벽에서 쉴 새 없이 시멘트 가루가 떨어졌다. 방 한가운데 앉은 최주상은 마치 모래시계에 갇힌 장식물 같았다. 벽에 글자와 문양들이 빼곡히 새겨졌다가 표면이 떨어져 나가면서 깨끗한 도화지처럼 변하고, 다시 정체 모를 문양들이 뱀처럼 새겨졌다. 깊은 생각에 잠길 때 나타나는 그의 버릇이었다. 조각 끌로 파내는 것처럼 섬세하고 얇게 벽을 부수면서, 감각을 가장 예민한 상태로 유지하는 것이었다.

그는 김현이가 전한 말을 생각하고 있었다. 한 가지를 제외하곤 예상에서 크게 벗어나지 않은 보고였다. 비원과 산성의 피해가 평형상태에 다다랐을 때 싸움은 멈췄다. 그들은 비원의 사망자 수가 무익한 지점에 이르기 전에 철수를 마쳤다.

늘 반복해온 패턴이었다. 몇 명 죽는 것 정도는 크게 거슬리지 않았다. 산성 측에 능력을 뺏긴 것만 아니라면 한 조직원의 죽음은 다른 이를 더 강하게 만들어 줄 것이다. 전투 중의 희생에 그는 노여워하지 않았다.

다만 생각지도 못했던 어떤 말 때문에 그는 어미 닭 잃은 병아리처럼 건물 여기저기를 쏘다녔다. 밤을 꼬박 새운 그는 제풀에 지쳐 방 안에 틀어박혀 제 머릿속으로 파고들었다. 사방의 벽이 사각사각 긁히는 소리가 문밖까지 흘러나왔다. 춤추듯 조각되는 벽엔 괴상한 문양들이 끊임없이 나타났다.

"내 눈으로 확인하러 갈 거야."

최주상이 혼잣말했다. 대답을 바라고 한 말이 아니었지만, 그의 곁에 숨죽이고 서 있던 라땅은 몇 시간 만에 들은 그의 목소리에 기뻐하며 말했다.

"함께 가겠습니다. 언제까지 준비해 놓을까요."

"당장."

라땅은 당황했다.

"파쇄자들이 건물을 완전히 부쉈는데요. 이번에도 당연히 거점을 옮기지 않았을까요?"

"그랬겠지, 쥐새끼 같은 놈들."

"바뀐 위치가 어딘지 아직 듣지 못했는데 바로 가시겠다고요?"

"서형우 그 자식 연락이 언제 올 줄 알고. 그딴 정보 기다릴 필요 없어. 가서 싹 뒤지면 돼."

"…밑에 얘기 넣어두겠습니다."

"아냐, 됐어. 아무한테도 말하지 마. 너랑 김 이사 말곤 안 데려갈 거야. 아니, 너도 그냥 오지 마. 나 혼자 다녀오겠어."

"예?"

라땅은 되지도 않는 소릴 들었다는 기색을 숨기지 않으며 그의 앞으로 나와 섰다.

"입구까지만 갔다가 돌아오는 것도 아니고 어떻게 혼자서 산성을 뒤지고 오신다는 겁니까?"

"하면 하는 거지. 입단속 잘해라. 괜히 서형우 귀에 들어가지 않게."

"왜 그러시는지는 알겠는데 아무리 그래도 저는 데려가세요. 복원자 한 명 없이 갔다가 무슨 일을 당하시려고요."

"너는 그럼 파쇄자 한 명만 믿고 거길 들어갔다가 무슨 꼴을 당할지 어떻게 알고."

"최 사장님 믿어서 안 좋은 일 당한 적 없습니다. 김 이사님도 분명 따라가겠다고 하실 거고요. 아시겠지만 전 그분 말릴 자신 없습니다."

"그 인간은 다리만 안 불편했어도 본인이 먼저 산성 뒤지고 왔을 거야."

그는 능력을 멈추고 자리에서 일어났다. 벽은 미완성된 문양을 남기고 마지막 시멘트 가루를 토해냈다.

라땅은 최주상을 따라 방을 나왔다. 문밖엔 김현이가 커피를 홀짝이며 휠체어에 앉아있었다.

가영이가 다니던 학교는 싱크홀 범위 안쪽에 있었어요. 자연히 학교째로 추락했죠. 신가영은 이경선과 최주상이 본 지옥을 그대로 겪고, 생존자들이 듣고 만지고 밟은 것들을 모두 함께 경험했어요.

멀쩡하게 수업을 듣다가 싱크홀에 떨어졌으니 신가영은 당시 교복을 입고 있었어요. 탈출 후에 최주상이 가영이를 보고 무슨 생각을 했을지, 떠올리기만 해도 막막해지죠. 그러잖아도 죽은 딸내미 대신이다 하고 끌어올린 여자앤데 피 뒤집어쓴 교복을 입고 있었으니까요. 최주상 딸애가 열세 살이었으니, 몸 건강하고 죽지 않았다면 바로 다음 해에 교복을 입을 수 있었겠죠.

신가영은 최주상에게 나쁜 의미로는 격리, 좋은 의미로는 완벽한 보호를 받았어요. 도시를 빠져나올 땐 다들 오물을 뒤집어쓴 빈사 직전의 인간들이라 서로 얼굴 쳐다볼 틈도 없었고, 밖에서 모여 살 땐 이미 그 애를 최주상이 따로 숨긴 뒤여서 아무도 신가영의 얼굴을 몰랐죠. 가장 가까웠던 전우인 이경선을 지독하게 뿌리 뽑아 쫓아낸 사람인데 얼마나 철저했겠습니까. 세상 사람들한테서 숨어 지내는 사람들에게조차 신가영을 숨기고 산 거예요.

목적은 오직 하납니다. 싱크홀 생존자조차 모르는 생존자라면 아무도 그 존재를 모르거든요. 완벽히 없는 사람으로 만들어버린 거죠. 서류상으로는 당연히 사망자고요. 가뜩이나 생존자들은 사회적 유령인데, 신가영은 기록으로도 존재하지 않는 사람이고 비원에서도 경선산성에서도 아는 이가 없죠.

그럼 신가영은 관념적으로 어디에 속할까요. 민간인일까요? 초능력자일까요?

둘 다 아닐 수도 있겠죠. 최주상이 원한 게 그거였어요. 시간이 흘러 상황에 따라, 민간인으로 살아야 한다면 민간인이라고 우기고, 만약 초능력자로 사는 게 편한 시대가 온다면 초능력자라고 우길 수 있는 신분을 만들어주고 싶었던 거죠.

믿고 싶지 않겠지만 받아들이셔야 할 겁니다. 비원은 최주상이 오로지 신가영을 안전하게 지키기 위해 유지한 조직이라고 해도 과언이 아니에요.

대체 그걸 뭐라고 불러야 할까요, 가족애라고 하기엔 번민이 너무 컸고, 동지애라고 하기엔 헌신이 지나쳤습니다.

죽은 딸을 가슴에 묻고 들인 양녀라고 보는 게 그나마 가까운데, 정상적인 유사부모는 아이를 그렇게 벌벌 떨며 대하지 않죠. 최주상은 아마 신가영 앞에서 숨 한 번 편하게 쉬지 못했을 겁니다. 금이야 옥이야 손 안의 깃털처럼 대했지만 그렇다고 감히 제멋대로 조종하려는 생각도 못 했어요. 만약 신가영이 거칠고 모나게 굴었다면 아마 최주상도 어쩌지 못했을 거예요.

최주상에게 다행인 건지 신가영에게 다행인 건지, 가영이는 몇 년간 심술이나 짜증은커녕 먹고픈 음식조차 맘 편히 표현하지 못했어요. 최주상이 조심히 내려놓은 곳에 얌전히 있기만 하고요. 최주상으로선 죽을 맛이었겠죠. 어떻게 봐도 싱크홀의 후유증이었으니까요. 신가영이 무슨 식으로 행동하든 최주상 눈엔 후유증으로만 보였겠지만.

결국, 한계를 느꼈는지 최주상은 신가영에게 보호자를 더 붙여줬습니다. 입도 행동도 무겁고 절대 비원을 배신하지 않을 수족을요. 처음엔 김현이였죠. 김현이는 신가영의 존재가 최주상의 얼마 안 남은 제정신을 붙들고 있는 마지막 보루라는 걸 이해한 듯했어요. 아마 그때부터 최주상을 더 냉정한 눈으로 보게 되었겠죠. 김현이는 최주상을 위해서가 아니라 비원을 지키기 위해 신가영을 보호했다고 봐야 해요.

그다음으로 투입된 사람은 김현이와는 반대였어요. 비원보다는 최주상에게 충성하는 부류였죠. 지금은 어엿이 삼인자 취급을 받는 바로 그 사람이에요. 최주상을 제외하곤 비원 사람들은 늘 그를 본명으로 불렀어요. '라땅'은 어머니 이름을 물려받은 성이었죠. 모국 인도네시아에서 가져온 몇 안 되는 그 사람만의 소유물이었어요.

라땅은 비원을 택한 걸 후회한 적은 없지만, 한국에 온 건 자주 후회했어요. 악덕업주 밑에서 노예처럼 일하고 살다가 싱크홀에 떨어졌거든요. 좋은 기억이라곤 찾아볼 구석이 없었죠. 이경선의 설득에 잠시도 마음이 흔들리지 않은 건 라땅밖에 없지 않을까요. 사람들과 이야기를 나누고 상황을 이해시킨다니, 대체 누가 자기 이야기를 들어주고 자기를 이해해 준다는 말인지요.

최주상의 리더십은 최소한 그를 충분히 보호해주는 것처럼 보였어요. 뜻에 거스르지만 않으면 폭행하지도 학대하지도 않았으니까요. 거스르지만 않으면, 거스르지만 않으면 놀랍게도…, 최주상은 라땅이 한국에 와서 만난 상사 중 가장 신사적이고 교양 있어 보이는 인간이었던 거죠. 충직하다는 이유로 중간관리자로서 편하게 일할 수 있었고, 신가영의 존재를 아는 심복 자리에 올라가기까지 했고요. '최주상의 사람'이라는 명패는 그가 낯선 땅에 와서 얻은 것 중 가장 귀하고 만족스러운 것이었어요. 분명 그런 걸 바라고 길을 떠나온 게 아니었을 텐데, 처음엔 더 크고 빛나는 걸 꿈꾸었을 텐데도.

초기에 라땅은 신가영이 최주상의 친딸이라고 착각했지만, 김현이 덕에 차츰 상황을 이해했어요. 나중엔 그 둘이 비원의 수뇌부이기 때문에 신가영의 존재를 알고 있는 건지, 신가영의 존재를 알기 때문에 수뇌부인 건지 본인들도 헷갈리기 시작했죠. 그만큼 최주상이 신가영에게 유난인 걸 아니까요.

신가영을 대하는 최주상의 자세를 김현이는 '소심한 광신도의 섬김'이라고 표현했고 라땅은 '한'이라고 표현했어요. 최측근답게 잘 관찰한 거죠. 최주상의 신가영 보살핌은 한 맺힌 섬김 그 외엔 아무것도 아니었어요. 자기 딸이라고 생각하고는 싶은데 죽은 진짜 딸한테 죄책감이 크니까 차마 그렇게는 못 하고, 하지만 볼 때마다 딸애가 생각나니까 딸 외의 다른 관계로는 상상하지도 않는 거죠.

유리 상자에 갇혀 살았어도 신가영은 별다른 문제 없이 자랐어요. 김현이와 라땅의 노력이 컸죠. 성인이 되고도 가영이가 비원의 구석진 곳에 격리돼 사는 건 달라지지 않았고요.

하지만 성장한 신가영을 보고 안심한 건지, 아니면 최주상 본인이 성장한 건지, 어느 날 최주상이 신가영에게 굉장히 조심스럽게 일을 제안했어요. 당시 경찰이 비원에 전단 뿌리듯 첩자를 꽂던 때였는데, 누구도 비원 소속인지 모르는 가영이를 경찰에 첩자로 보내고 싶다고 말했죠. 검은 경찰이 돼서, 비원에 숨어들어온 첩자를 골라내 달라고요. 만약 위험해지거나 도움이 필요하면 얼마든지 비원으로 돌아오라고 두 번 세 번 당부해가면서.

신가영은 대부 같은 사람이 부탁한 일이니 웬만해선 들어주고 싶다는 생각에 수락했어요. 냉철히 생각해보면 정말 어이없는 일이죠. 그 최주상이, 신가영 손톱 하나 비뚤게 부서져도 전전긍긍해 신경이 곤두서는 그 인간이, 아무리 일을 맡기기에 적임자인 사람이 신가영이라도 그런 일을 시킬 리가 없으니까요.

최주상의 의중을 파악한 건 김현이밖에 없었어요. 최주상은 비원이 더는 가영이를 완벽하게 보호할 가림막이 돼줄 수 없다고 판단한 거죠. 그걸 알았는데도 김현이가 최주상에게 비원의 미래에 대해 따지지 않은 건 비원이 끝까지 최주상의 손에만 있어야 한다고 생각하지 않았기 때문이에요. 김현이가 최주상을 따르는 건 아직은 최주상만큼 비원을 공고히 지켜줄 사람이 달리 없다고 판단해서거든요. 만약 더는 그럴 능력이 없어 보이면 자기가 최주상의 자리를 차지할 생각이었죠. 그걸 최주상한테 숨기지도 않았어요. 김현이의 그 솔직한 공포를 최주상은 맘에 들어 했죠. 우두머리가 몰락하는 건 개의치 않아도 비원이 무너지는 건 두려워하는 그 신경질적인 공포를요.

어쨌든, 김현이의 생각이 맞았어요. 최주상이 신가영을 검은 경찰로 만들려고 한 건 단순히 이용하기 위해서가 아니라, 비원에 계속 남으면 위험하겠다고 판단했기 때문이에요. 신가영이 비원이나 일반인의 삶 둘 중 하나를 택할 수 있어야 한다는 신념을 현실화할 준비를 하기 시작한 거죠. 비원이 안전할 땐 언제든 비원으로 돌아올 수 있도록, 그러나 비원이 위험해지면 비원을 버리고 원래부터 경찰이었던 척 살 수 있도록. 경찰직을 버리고 평범한 민간인으로 지낼 기회와 환경을 마련해줄 생각이었던 거예요.

모순되고 이기적인 꿈이었죠. 평범하게 살고 싶어서 비원을 나가려 했던 생존자는 전부 공개 처형하면서, 딸처럼 보살핀 애 하나만 그렇게 쏙 빼줄 생각을 하다니.

하지만 당시의 신가영은 그런 내막은 전혀 모른 채 경찰이 될 준비를 했어요. 잠입 이후 비원과 관련된 자료를 빼낼 공부도 해 놓고요.

그렇게 신가영은 윤서리라는 이름으로 신분을 바꿔 경찰청에 입사했습니다.

예, 듣는 도중 감을 잡으셨을 텐데 지금까지 잘 참으셨어요. 이대로 계속 얌전히 앉아계셨으면 해요. 제 뒤에 있는 차세욱 씨한테 사인을 보내지도 말았으면 좋겠고요. 얘기가 여기서 끊겨봤자 누구한테 이득이겠습니까.

쏴봤자 소용도 없고요.

6
당신이 감내한 이야기

그때 윤서리는 나정과 함께 말린 채소 씨를 고르고 있었고, 이찬은 정여준과 함께 도시를 돌며 거점으로 삼을 만한 건물을 찾고 있었다. 죽을 뻔했다는 공포를 잊고 이미 떠나간 이들을 뒤로하는 데엔 일상의 노동만큼 좋은 것이 없었다.

학교와 병원들은 이미 몇 년 전에 한 번씩 거점으로 삼았다가 모두 비원에 공격받아 남아있는 곳이 없었다. 둘로 갈라진 사람들은 옛 시청과 바로 옆의 5층 건물에 짐을 옮기고 모자란 필수품을 구하기 위해 주변을 돌았다.

임시거처가 맘에 든 이는 아무도 없었다. 근처에 싱크홀이 있기 때문이었다. 하늘을 향해 입을 쩍 벌린 검은 지옥을 쳐다보기 싫어서 사람들은 누가 명령하지 않았는데도 하나같이 고개를 한쪽으로만 돌리고 있었다.

겨울의 낮은 해가 꼭대기에 다다랐을 때, 별안간 하늘이 아닌 땅에서 시작된 바람이 불어왔다.

"어디서 북소리 나는 거 같지 않아요?"

이상을 처음으로 느낀 건 나정이었다. 넓적한 것으로 두꺼운 무언가를 치는 소리가 모깃소리처럼 작게 울렸다. 여기저기 흩어져 있던 사람들은 일부만 그 소리를 인지했다. 소리 울리는 주기가 점점 짧아지기 시작했다.

"찬이가 사냥이라도 하나?"

조대홍이 말했다. 많은 사람이 조대홍처럼 생각했다. 사냥에 열중한 이찬은 가끔 이와 비슷한 폭발음을 내며 돌아다녔기 때문이다.

그들이 머릿속에서 이찬의 이름을 지우고 비원을 떠올린 건 멀리 가느다랗게 피어오른 연기를 본 순간이었다.

"에이 설마. 어제 왔는데 오늘 또 왔겠어요? 지금까지 쟤네가 이틀 연속으로 쳐들어온 적 한 번도 없어요, 언니."

눈망울에 불안이 대롱대롱 매달려있는데도 나정은 윤서리에게 어깨를 쭉 펴 보이며 말했다. 소리는 점점 커지고 익숙한 진동이 도시를 울렸다.

순간 사람들의 시선이 자석에 이끌리듯 한곳에 모였다.

손가락 크기로 보이는 고층빌딩 두 채가 저 멀리 공중에 떠 있었다.

잠시 떠 있던 빌딩이 서서히, 그리고 갑자기 가속해 밑으로 떨어지는 걸 보고 사람들은 그 빌딩이 바닥에서부터 폭발해 위로 치솟아 올랐단 사실을 깨달았다. 또 다른 당연한 사실 하나는 덤이었다. 이찬이 빌딩을 폭발해 동물을 사냥하는 일 따윈 없었다.

우왕좌왕하는 몸짓이 여기저기서 서로를 치댔다. 멀리 있는 동료에게 비상사태를 알리는 고함이 다급하게 터졌다. 사람을 한데 모으기 위해 복원자들이 능력으로 주변 물건을 흔들어댔다.

하늘 위로 떠올랐다가 아래로 떨어지는 건물이 늘어났다. 도시 변두리에서 싱크홀 중앙을 향해 다가오는 누군가가 건물을 집어 공기놀이를 하는 것처럼 보였다. 그 무식할 정도로 압도적인 파괴를 보고 기함한 복원자가 턱을 벌리고 말했다.

"미친 거 아니야? 도시 전체를 다 뒤집을 생각인가?"

어쩌면 정말 그럴지도 모른다고 윤서리는 생각했다. 그녀는 나정을 데리고 사람이 가장 많이 모여 있는 곳으로 뛰었다. 홍정윤이 사람들을 열두 명씩 짝지어주고 있었다.

"정지자랑 파쇄자랑 복원자 각각 최소 두 명씩 포함돼 있어야 해."

"할머님." 윤서리는 홍정윤에게 나정을 떠넘겼다. "저거 최주상이죠." 몇 개째인지 모를 건물이 튀어 오르는 모습을 가리키며 그녀가 말했다.

생애 마지막으로 기이한 풍경을 구경하듯 넋 놓고 있던 한 파쇄자가 말했다.

"최주상 아니면 저런 괴물 같은 짓 하고 싶어도 못 하지."

윤서리는 발을 구르며 말했다.

"빌딩 떨어진 곳으로 가요."

그들은 무슨 말을 하느냐는 듯한 얼굴로 그녀를 돌아보았다.

"무리 지어서 임기응변으로 방어하면서 시간 끌 생각이시잖아요. 여기는 안 되니까 장소부터 옮기실 거고요. 그러지 말고 최주상이 빌딩 부숴놓은 곳으로 가요."

"멀리서 보니까 실감이 안 나나 본데, 그 빌딩들 아래로 떨어질 때 근처에 있었으면 여기 있는 사람들 볼 것도 없이 전부 죽었어."

"아까 이미 떨어졌잖아요. 지금 거기는 이미 폐허예요. 공격이 계속 이동하고 있으니까 이 근처로 금방 올 거예요. 한 번 공격한 곳에 다시 돌아갈 생각은 웬만해선 안 하겠죠. 폭파할 건물 찾아 계속 움직이는 모양이니까. 멀리 빙 돌아서 거기로 향해보세요. 막상 도착하면 눈에 잘 띄어서 위험할지도 모르지만 그래도 도망가는 도중엔 쉽게 안 걸릴 거예요. 이 근처에 어정쩡하게 흩어져 있다가 하나씩 잡아먹히는 것보다는 나아요."

홍정윤과 조대홍은 남아있는 사람들의 수를 가늠하며 갈등했다. 솟아오르는 건물들이 점점 크게 보이자 홍정윤은 계산을 멈추었다. 그녀는 윤서리의 팔을 끌어당기며 말했다.

"아가, 넌 이쪽에 붙어라. 다른 팀이 안 보여도 되돌아오지 말고 계속 뛰어. 정지자들 사이에 숨어서 이동하고."

"다들 먼저 가세요. 저는 정여준 불러올게요."

"무슨 소리예요, 언니." 나정이 말했다.

"정여준이랑 이찬이 어딨는지 알아." 거짓말이었다. "여기 걔들이 있었으면 급하게 도망갈 것 없이 비원이랑 싸웠잖아. 얼른 가서 방향 잡아줄게."

"그 애들 있는 장소만 대홍이한테 알려주고 넌 빨리 사람들이랑 같이 도망가." 홍정윤이 말했다. "그리고 굳이 누가 가지 않아도 여준인 이미 상황 알아채고 적당한 데로 자리 옮겼을 거야."

"조대홍 씨는 복원자잖아요. 최주상을 감당하긴 어렵겠지만 지금 저 공격이 가까이 다가왔을 때 조금이라도 막아낼 수 있는 건 정지자랑 복원자지 제가 아니에요. 전 잠깐 여기서 이탈해도 구멍이 안 느껴질 거예요. 어서 먼저 가세요. 걱정하지 마세요. 제 쪽으로는 사람들 보내지 마시고요. 눈에 띄어서 좋을 거 없잖아요."

윤서리는 홍정윤이 말리기 전에 얼른 뒤돌아 뛰었다. 소리 높여 그녀를 부르는 나정의 목소리가 사람들의 움직임 속에 묻혔다. 그들은 각자 다른 방향으로 이동했다. 그 분주함을 눈치채기라도 했는지 땅을 울리는 진동이 거칠어져만 갔다.

그녀는 싱크홀을 오른쪽 사선에 두고 전혀 엉뚱한 방향으로 달렸다. 산성 사람들과도 멀어져야 했고 정여준이나 이찬과도 만나지 말아야 했다.

적어도 경선산성에서 처음으로 최주상과 마주칠 때만큼은 곁에 아무도 없어야만 했다.

최주상이 자신을 윤서리가 아닌 신가영으로 대하는 모습을 누군가에게 들킬까 두려웠다.

✳

고작 비원이 감히 누구한테 첩자 심을 생각을 하겠냐고, 심어봤자 얼마 안 가 들킬 거라고 하셨죠. 그래요, 아예 근거 없는 허세는 아니더군요. 제가 서 팀장님을 인간 취급하지는 않지만 멍청하다고는 얘기하지 않을 거예요.

국정원에서 허송세월하진 않으셨나 봐요. 제가 지금 시도하고 있는 일 다음으로 서 팀장님 속이는 게 제일 힘들었어요.

최주상이 조작해준 신분은 그럴듯했지만 그건 어디까지나 비원의 힘으로 만든 가짜신분이었어요. 뒷세계만 간신히 나돌아다니면서 세상 구석에 박혀 지내는 사람들끼리 힘 써봤자 얼마나 대단하겠어요. 윤서리의 신분은 평범한 공무원 눈을 속일 정도는 됐지만, 서형우 눈을 속일 정도로 완벽하진 않았다는 거죠.

제가 경찰청에서 잠깐이라도 버텼던 건 서 팀장님이 저한테 관심이 없었기 때문이에요. 솔직히 그러지 않았다면 무슨 수로 거기에 발붙일 수 있었겠어요.

저는 첩자라는 자각도 별로 없는 초년생이었고, 비원도 최주상도 첩보전 따위엔 경험이 없는 시궁창 출신의 초능력자죠. 전 평범한 업무에 적당히 대응하면서 최주상이 부탁한 일을 해결하려고 최선을 다했어요. 그러면 안 되는데 말이죠. 눈에 띄지 말고 인내심을 가져야 한다는 절대조건이 제 머릿속엔 없었어요.

튀는 신입한테 서 팀장님이 관심 가지기까지 대충 1년 걸리더군요. 제가 손대는 정보가 심상찮았던 걸 눈치챈 건지도 모르죠. 가뜩이나 젊은 수사관이 하는 짓도 수상한데, 까보니 싱크홀 발생도시에서 살았던 전적까지 나왔으니 오죽했겠어요. 최주상이 만들어준 위장신분엔 그런 정보가 없었는데 말이에요.

제가 비원이 보낸 두더지인 걸 알고 서 팀장님이 얼마나 길길이 뛰었는지 서 팀장님 본인도 모르시겠죠.

감히 이러리라곤 생각도 못 했던 벌레 같은 놈들이 주제도 모르고 자길 속여먹으려 든 데에 견딜 수 없어 했어요.

서 팀장님이 최주상을 상대로 자신감 넘쳤던 건 이해할 수 있지만, 왜 비원을 그 정도로 먼지 취급했는지는 아직도 잘 모르겠네요. 첩보에 성공할 순 없어도 시도는 할 수 있는 거 아닌가요? 먼저 첩보전을 시작한 건 비원이 아니에요. 비원과 산성 사이에 섹션이 간섭하길 바랐던 것도 최주상이 아니고요. 비원을 두둔하고 싶진 않지만, 이것만은 비원의 손을 들어줄래요. 언제 죽을지 모르는 공포에 떨면 쥐도 한 번쯤은 고양이한테 덤빌 법도 하지 않나요. 물론 쥐가 들러붙으면 기분이야 더럽겠죠. 하지만 아무리 그래도 그렇지 쥐한테 물렸다고 그렇게까지 화내는 고양이가 어딨어요?

제 본래 소속을 알아내고 당신은 서형우 팀장이 아니라 싱크섹션의 지휘자로서 날 데려갔어요. 전 윤서리가 아니라 비원의 두더지로서 끌려갔고요. 사실 끌려가는지도 몰랐어요. 전 제가 서 팀장님한테 정체를 들킨 줄도 몰랐으니까요. 서 팀장님이 같은 본청에서 근무하고 있는지도 몰랐고.

섹션의 부지에서 서 팀장님 얼굴을 보고서야 이번 작전은 무조건 실패했다고 확신했죠.

전 그래도 이마에 총알 한 방 맞거나, 운 좋으면 송치될 거라고 생각했어요. 최주상이랑 섹션이 비원 사람을 외부에 드러내길 원치 않았던 근본적인 이유를 그땐 몰랐으니까요.

그리고 저는 서 팀장님이 고작 절 갖고 최주상에 대해 캐물을 거라고도 생각 못 했죠. 그래요, 인정해요. 그때의 전 순진했어요. 두더지로 일하다가 잡히면 곱게는 못 죽을 거란 각오를 해야 했는데, 설마 최주상이 저한테 그런 일을 시키지는 않았을 거라고 확신했나 봐요.

어쨌든 서 팀장님은 막 다뤄도 될 비원의 미아를 손에 넣었으니 절 신나게 털어댔죠. 최주상이 흘려주지 않는 비원의 내부정보부터 시작해서, 경선산성에 품은 의심도 비원에 돌렸어요. 물론 저는 서 팀장님이 묻는 말의 반도 채 알아듣지 못했어요. 최주상이 그간 저한테 알려준 게 도통 있어야 말이죠. 목숨이 위험한 상황인 건 알겠는데 이 인간이 대체 나한테 뭐라고 지껄이는 건가 일단 들어보기나 하자 싶어서 악을 쓰고 참았는데.

이야.

당신 정말 잔인하던데요.

그때만큼은 옆에 있던 차세연도 뭘 못 먹었을 정도였다니까요. 전 다리가 갈려서 무릎뼈로 기어야 했을 때 이제 그냥 도망치자고 맘먹었어요. 정보 때문에 버티는 건 미련한 짓이란 걸 깨달았죠. 더 있다간 양쪽 팔도 뜯겨나가고 배 속에 부지깽이가 들어올 것 같았으니까요.

왜 그런 눈으로 봐요?

아, 물론 지금은 팔다리 멀쩡하죠. 하지만 한 번 다리가 뜯겨나갔다고 영영 다리 없이 살라는 법은 없잖아요.

어차피 그 일이 이번 생에 일어난 일도 아닌데.

머리가 안 돌아가요? 미친 것처럼 들리려나? 이거 왜 이래요. 정여준이랑 최주상 능력엔 의심도 하지 않으면서 제 말은 헛소리로 들려요?

아니, 가장 본질적인 이야기로 돌아갑시다. 사실 최주상 얘기부터 시작해서 계속 주절댔던 건 이 한마디를 하고 싶어서 그런 거예요. 꼭 말하고 싶었어요. 혼자서만 속에 담아두려니 화에 질식할 것 같아서.

내가 지금껏 당신한테 몇 번이나 죽었는지 알아?

　정여준이 이상을 감지한 건 나정보다 느렸고 조대홍보다는 조금 빨랐다. 묘하게 신경을 긁는 낮은 소리의 정체를 찾아 이찬이 주변을 두리번거릴 때 정여준은 찌푸린 얼굴로 하늘을 보고 있었다.

　"야, 괜히 찜찜한데 그냥 돌아갈까?"

　"찬아, 너 여기 살면서 헬리콥터 얼마나 봤어?"

　"자주는 아니어도 가끔 날아가긴 하지. 왜?"

　"그럼 헬기가 여기서 저공 비행하는 것도 봤냐?"

　이찬은 그가 보고 있는 건너편 하늘을 부리나케 쳐다봤다. 고층 빌딩 높이에 뜬 헬기가 고도를 유지한 채 넓은 원을 그리며 이동하고 있었다.

　"여긴 엔진 망가진 비행기도 함부로 추락하면 안 되는 곳이잖아, 아니야?"

　이찬은 그 말에 답하지 않고 신발 끈을 고쳐 묶었다. 꺾어 신은 운동화 뒤축을 정리하는 사이 기분 나쁜 광경이 펼쳐졌다. 토스터에서 식빵이 튀어 오르듯 건물이 솟아올랐다. 중력의 노예가 되어 땅으로 돌아가는 빌딩을 멍하니 쳐다보는 이찬의 등을 두드리며 정여준이 말했다.

　"가자. 빨리 돌아가자."

　그들이 허겁지겁 임시거점으로 달려갈 때, 헬기 조종석에 앉은 라땅은 연신 뒤를 흘끗거리며 최주상을 살폈다. 최주상은 헬기 문을 열어젖히고 두 다리를 바깥에 내민 채 입구에 주저앉아 있었다. 그가 문가를 잡고 바깥으로 허리를 크게 숙일 때마다 라땅은 오금이 저려 다리를 떨었다.

뒷자리에 앉은 김현이가 말했다.

"라땅. 내 얼굴 때리는 바람 좀 바깥으로 돌려보내 줄래? 저기 계속 문 열고 앉아있는 사장 놈 때문에 죽겠어."

"제가 바람은 못 건드리는 거 아시잖습니까. 그나저나 사장님, 정말 위험해 보이는데 이제 그만 안쪽으로 들어오지 그러세요. 문 닫고도 충분히 능력은 쓰시잖아요."

"나 대신 산성 놈들 찾아줄 거 아니면 입 다물어."

라땅은 김현이에게로 말을 돌렸다.

"이사님 앞에 있는 바람만이라도 멈추는 건 어떠세요."

"못해. 내가 할 수 있으면 부탁할 필요도 없이 알아서 멈춰버렸지."

"정여준은 멈출 수 있으려나요."

"그럴걸. 걘 분명 인간이 아니야."

최주상이 힘을 줘 쳐올린 빌딩이 튀어 올랐다. 헬기와 평행한 높이로 솟아오른 건물 옥상을 보며 그녀가 말했다.

"자네도 아마 인간이 아니고."

"내가 인간 같았으면 당신이 거기 얌전히 앉아있겠어?" 최주상이 말했다.

건물 셋을 차례로 더 뒤집었지만, 바깥으로 나오거나 다른 곳으로 도망치는 사람은 보이지 않았다. 혀를 차는 그에게 라땅이 말했다.

"무너트리신 건물 중 하나에 모여 있던 거 아닙니까? 그럼 전부 깔려 죽었을 것 같은데요."

"전부 한 장소에 있었으면 거기 있는 정여준이 그걸 가만히 뒀을 리가 없지."

최주상은 충혈된 눈을 부릅뜨며 아래를 살폈다. 여전히 주변 건물만 망가지고 사람의 움직임은 보이지 않았다. 김현이가 망설이다 말했다.

"몇 번이고 말했지만, 가영이랑 비슷해 보이는 여자를 봤다는 거지 가영이를 봤다는 게 아니야. 그게 정말 가영이가 아니었으면 자네 지금 헛짓하고 있다는 건 알지?"

"헛짓은 아니지. 산성 인구는 줄여주고 가는 거잖아. 그리고 가영이가 아니라고 확신했으면 당신이 나한테 보고를 했겠어?"

"아니다 싶으면 바로 철수한다고 약속해. 걱정돼서 따라오긴 했지만, 아직 정여준이 살아있는데 고작 이 셋이서 일을 벌일 생각은 없어."

"가영이가 여기 없는 것만 확인하면 나도 이딴 데 오래 머무를 생각 없어."

목을 잔뜩 숙이고 아래만 내려다보며 말하던 최주상이 한쪽 눈썹을 들어 올렸다. 가까이 있는 3층 건물에 비스듬한 방향으로 충격을 주자 폭발음과 함께 건물이 날아갔다. 위로 솟아오르지 않고 갑자기 앞으로 지나가는 건물에 부딪히지 않기 위해 라땅의 손이 바빠졌다.

건물은 요란한 소리를 내며 싱크홀 근처에 떨어졌다.

"저기다."

헬기는 그가 가리킨 곳을 향해 날아갔다.

내던져진 건물을 피하지도 멈추지도 못했던 사람들은 비명도 지르지 못하고 숨을 거뒀다. 즉사한 일곱 명은 평온을 맞았지만, 하체만 깔린 아홉 명은 복원자를 찾으며 울부짖었다. 근처를 지나던 복원자들이 달려와 건물 잔해를 들어 올렸지만 고통을 멈춰주진 못했다. 그것만큼은 정여준조차도 할 수 없는 무언가였다. 부상자들은 망가진 반신을 보고 눈을 가리며 자신을 편히 죽여줄 파쇄자를 찾았다.

프로펠러 소리가 들려오자 아직 멀리 도망치지 못한 몇몇 무리는 저도 모르게 걸음을 멈추고 하늘을 올려다봤다. 멀쩡히 날던 헬기가 갑자기 아래로 곤두박질치기 시작했다. 나정은 그 헬기도 건물과 마찬가지로 최주상이 날린 도구 중 하나일 거라 생각했다.

그러나 바닥을 향해 추락하던 헬기는 땅에 닿기 직전에 우뚝 멈췄다. 지면 위에 바짝 떠 있는 헬기를 보고 사람들은 근처에 정여준이 와 있다고 생각했으나 곧 생각을 고쳐야 했다. 나정은 유리창 너머로 김현이의 얼굴을 보고 다리가 굳었다. 공중에 헬기를 주차해놓은 장본인은 이 상황이 피곤하고 언짢아 보이기만 했다.

열린 문에 기대선 최주상을 보고 사람들은 사색이 되어 뛰었다. 더러는 공격을 대비해 경계하며 뒷걸음질했다. 최주상은 주변을 둘러보며 걸었고 다른 두 명도 헬기를 버리고 밖으로 나왔다.

가영이 보이지 않았다. 최주상은 주머니에 손을 찔러 넣고 원을 그리며 한 바퀴 돌았다. 도주방향을 가늠하려 했을 뿐인 그 행위는 안타깝게도 최전선에서 정여준과 대항하던 자세와 너무나 닮아있었다. 그가 공격할 거라고 착각한 파쇄자들이 먼저 선수를 치며 건물 잔해를 그에게로 날렸다. 산성 사람을 깔아뭉갠 시멘트 덩어리와 철골이 최주상을 향해 날아들었으나 라땅은 가볍게 그것들을 반대방향으로 돌려보냈다.

가영을 찾으려 눈에 불을 켠 최주상은 그 잔해들을 무심하게 조각내 부숴 사방으로 날려버렸다. 수류탄처럼 터진 파편이 사람들의 몸속을 파고들었다. 정지자와 복원자 몇몇만이 간신히 제 몸 앞의 파편을 멈춰 안전할 수 있었다.

나정은 아직 정여준이 이곳을 보지 못하고 있음을 온몸으로 느꼈다. 뼈와 근육에 총탄처럼 박힌 파편을 어찌하지 못하고 나정은 몸을 웅크리며 땅을 기었다. 무사히 공격을 막아낸 사람들이 부상자 곁으로 다가왔다. 가까이 있던 복원자가 다급히 나정을 둘러업었다. 아이는 자신도, 자신을 업은 사람도 도망가지 못하고 곧 최주상에게 죽을 거라고 생각했다.

그러나 호흡은 계속 이어졌다. 정지자의 방어에 기대어 사람들은 부상자를 업고 악을 쓰며 도망쳤다. 나정은 삐걱거리는 목을 돌려 최주상을 보았다. 그는 자기가 반시체로 만든 이들에겐 관심이 없어 보였다. 사람들은 최주상과 다른 두 명이 엉뚱한 곳을 쳐다보고 있는 사이에 자리를 벗어날 수 있었다.

최주상은 뿔뿔이 흩어지는 산성 사람들을 뒤로하고 징글징글한 풍경을 바라보았다. 그의 눈앞엔 곧바로 욕지기가 날 것 같은 거대한 싱크홀이 있었다.

사람들과 그리 멀리 떨어진 곳에 있지는 않으리라 예상하고 착륙하긴 했지만, 가영이 도망간 방향에 형광 발자국이 찍혀있는 것도 아니었다. 그는 마음을 가라앉히고 싱크홀의 가장자리를 둘러보았다. 첫 순간의 기억이 흐릿하면서도 손끝에 만져질 듯 선명했다.

그는 싱크홀에서 올라온 가영이 그의 손을 이끌고 가장 먼저 달려갔던 방향으로 몸을 돌렸다.

폭발의 힘에 기대 이동하며 그는 오래 지나지 않아 익숙한 뒷모습을 발견했다. 그녀가 도망치며 본능적으로 택한 경로는 12년 전

도시를 탈출할 때 향했던 길과 똑같았다. 그는 아이의 사고회로를 읽은 게 뿌듯하면서도, 이 빌어먹을 길을 신가영도 심지어 자신도 기억하고 있다는 사실이 한없이 비참했다.

최주상이 윤서리를 앞지르자 마자 그녀는 숨을 삼키며 멈춰 섰다. 그녀의 눈은 한계치까지 커져 있었다. 그것은 그 역시 마찬가지였다.

"가영아."

그의 목소리가 떨려 나왔다. 그 이루 말할 수 없는 조심스러운 목소리를 듣자 그녀는 저도 모르게 안심하고 자기혐오에 빠졌다. 그가 자신을 함부로 대하지 못할 걸 다시금 확인하고 심정적 우위에 서버린 것이다.

그는 무릎을 반쯤 굽히고 말했다.

"네가 여기 왜 있어."

그녀는 답 없이 한쪽 발을 뒤로 물렸다. 당신과 말하고 싶지 않다는 의사 표현으로는 충분했지만 이대로 등 돌려 도망친다 해서 그가 순순히 작별인사를 받아줄 리 없다는 걸 그녀는 잘 알고 있었다.

그는 자신을 쳐다보는 그녀의 눈에서 지나치게 많은 것을 읽어낼 수 있어 괴로웠다. 진실을 숨긴 폭군을 향한 실망과 분노를 마주하자 그는 온몸이 쪼그라드는 것만 같았다. 그러나 억울함도 컸다. 십수 년을 쏟아부은 잔인한 노력의 대가는 신가영의 안전으로 보답받아야만 했다. 그는 그녀를 세상에서 가장 황량하고 위험한 곳에서 살게 하려고 비원에서 떠나보낸 게 아니었다.

"돌아가자, 차라리 나랑 다시…."

그는 벌벌 떨리는 손을 뻗으며 그녀에게 주춤주춤 다가섰다.

공간이 쪼개지는 울림이 일었다.

갑작스럽게 날아든 철골이 그녀에게 닿기 전에 멈췄고 최주상에게 다가드는 파편만 멈추지 않았다. 최주상은 가장 경계하던 남자가 드디어 가까이 왔음을 알았다. 그는 철골 덩어리 중 단 하나도 윤서리에게 부딪치지 않은 걸 확인하고 그녀에게서 멀찍이 떨어졌다.

그는 공격물이 쏟아지는 반대방향으로 힘을 가했다. 파편은 그에게 박혀 들기 전에 간신히 바깥쪽으로 부서지며 안개처럼 퍼졌다. 라땅이 필요했다.

그러나 라땅이 그를 찾아오기 전에 정여준과 이찬이 뛰어들어 두 사람 사이에 섰다.

정여준이 뒤를 흘끔거리며 말했다.

"괜찮아요? 괜찮아 보이네요. 늦어서 미안해요. 걸을 수 있으면 뒤로 물러나요. 왜 혼자예요? 다른 사람들은 어딨어요?"

윤서리는 터질 듯 두근거리는 심장을 원망하며 심호흡했다. 고동이 진정되지 않았다. 최주상이 한 말을 그가 정말 듣지 못했는지 확신이 서지 않았다. 정여준이 진실을 알았는지 확인하고 싶었다.

그러나 그녀가 그를 떠보기도 전에, 그들의 모습을 멀찍이서 목격한 사람들이 걸음을 돌려 달려오기 시작했다. 부상자를 업지 않아 자유로운 이들이 도망을 멈추고 가세했다. 정여준이 곁에 있으니 승산이 있다고 판단한 것이다. 어찌 된 영문인지 세 명밖에 오지 않은 비원 수뇌부를 운 좋게 처치할 수 있을지도 몰랐다.

주변을 두르고 있는 건물들이 지붕부터 머릿돌까지 해체되었다. 최주상에게 쏟아지는 공격이 거세졌다. 최주상이 홀로 해낼 수 있는 방어는 자신에게 공격물이 다가오기 전에 모든 걸 가능한 한 잘

게 부숴버리는 것이었다. 정신없이 제 몸을 지키면서도 산성 사람들을 공격하는 그를 보며 정여준은 혀를 빼물었다.

사방에 파편이 날아다니고 멈춰지길 반복했다. 정여준은 산성 사람들에게 날아드는 물체를 멈추며 경계 깊게 최주상을 살폈다. 그러나 최주상이 결코 윤서리를 공격하지 않는 걸 그는 끝내 눈치채지 못했다.

*

싱크홀 위로 올라가는 사람들을 이끄는 선두에 이경선이, 이경선 앞에 최주상이, 최주상 등엔 김현이가, 그 앞엔 신가영이 있었어요. 정지자도 파쇄자도 아니라서 나선계단을 만드는 데에 별 도움 될 것도 없었던 여자애가 가장 앞에서 계단을 올라갔죠. 이유는 단 하나, 그 애가 1초라도 더 빨리 바깥 공기를 마시길 최주상이 원했으니까.

바람대로 그렇게 됐어요. 나는 그곳을 가장 먼저 탈출한 생존잡니다.

그리고 너한테 가장 먼저 죽은 희생자예요.

내 무엇을 보고 그렇게 두려웠어요? 피 묻은 교복을 입은 여자애가 땅 위로 돌아왔을 뿐인데 뭐가 그렇게 무서워서 조준사격을 할 정도로 냉정해져야 했냐고요.

솔직하게 말해봐. 내가 만만해 보였던 거잖아.

이미 죽은 거나 다름없으니까 다시 죽여도 괜찮은 사람으로 보였던 거지?

싱크홀 크기의 거대한 괴물이라도 나타났다면 부대 뒤에 숨어 지시만 내렸겠지만, 허기에 질린 어린 여자애 정도는 쉽게 이길 수 있다고 확신했으니까 그랬던 거 아니야.

지옥 바닥에서 기어 올라온 좀비 같은 모습에 놀라서 그랬다고 변명하지 마. 넌 내가 두려워서 죽인 게 아니라 날 두려워하지 않았기 때문에 죽인 거야.

명령을 받아서 어쩔 수 없이 그랬다고도 감히 말하지 마. 넌 명령을 받았을 뿐 아니라 거기 있던 사람들에게 똑같은 것을 명령했으니까.

그런 짓을 한 적 없다고 억울해할 필요도 없어. 지금의 네 머리통엔 그런 기억이 없어도 내 머릿속엔 생생하게 있거든. 네가 열 번이고 백 번이고 날 조준했던 그 무덤덤한 얼굴이.

최주상이었다면 총을 부숴버렸을 테고 이경선이었다면 공중에 총알을 멈췄겠지만, 난 파쇄자도 정지자도 아니니까 그러지 못했어. 그렇다고 내가 그 총알을 맞고 얌전히 죽어줘야 했을까?

싱크홀의 생존자는 모두 이전과 달라졌어. 거기에 예외는 없어. 이미 알고 있잖아. 각자 조종할 수 있는 대상은 가지각색이어도 반드시 파쇄자나 정지자나 복원자 셋 중 하나엔 속할 수밖에 없다고.

관대해져 봐. 이렇게나 다양한 것들을 되돌리는 복원자가 존재하는데, 시간을 다루는 복원자 정도는 존재해도 이상할 것 없잖아? 생물을 제외한 모든 것은 우리에게 조종될 가능성이 있다고.

우리가 바깥세상에 노출되면 결코 안전하지 못할 거라는 최주상의 생각, 그거 적어도 나한테는 맞는 말일 거야. 제멋대로 시간을 돌릴 수 있는 사람을 누가 가만히 놔두겠어.

자기 손바닥도 안 보이는 어두운 싱크홀 밑바닥에서 광기에 찬 살육이 몇 시간 내내 이어졌는데도 최주상이 멀쩡히 살아남은 게 정말 우연일까? 최주상 옆에 있는 어린애를 끌어안고 어떻게든 주위 공격에서 지켜주려 했던 이경선이 끝까지 죽지 않았던 것도 우연일까? 아니, 두 사람이 내 옆에 있었던 건 우연이겠지만, 그 둘이 죽을 때마다 시간을 돌려서 안전한 장소로 유도했던 신가영이 없었다면, 당신이 그렇게나 증오하는 비원도 경선산성도 아마 존재하지 않았어.

싱크홀에서 나오자마자 당신한테 처음으로 죽었을 때, 그러니까 숨이 끊어지기 직전에, 내가 시간을 돌려버린 건 총탄이 코에 닿았던 그 순간이었을 거야. 살았는지 죽었는지도 모른 채 떨면서 소리를 지르는데 누가 나한테 허겁지겁 달려오더라.

어둠 속의 최주상이었어. 밑바닥으로 다시 돌아온 거지. 최주상의 입장에선 싱크홀에서 헤매다가 날 처음으로 발견한 거지만, 나는 그 지옥 같은 사흘을 다 겪고도 다시 똑같이 반복해야 했다고.

계단을 쌓아 올리다가 딸아이 발목 부서진 조각을 발견하고 울부짖는 최주상 목소리를 또 들으면서 내가 대체 무슨 일을 해야 했을까. 이대로 올라가 봤자 난 같은 꼴을 당할 텐데. 최주상은 지옥에서 건져 올린 두 번째 딸을 눈앞에서 잃을 거고, 어쩌면 본인도 날 따라 죽게 될 거야.

나뿐만 아니라 이경선과 최주상 뒤를 따라 올라오던 수백 명의 목숨도 달려있었어. 그때 처음으로 최주상한테 내 능력에 관해 얘기했지. 내가 시간을 돌리기 전에 보았던 바깥풍경들, 내가 겪은 일들.

최주상이 불같이 분노한 건 나 때문이었고, 이성을 잃지 않은 것도 나 때문이었어.

이경선조차 최주상에게서 내 능력에 대해 듣지 못했어. 능력은 고사하고 내 이름과 얼굴조차 숨겼지. 최주상은 나보다 먼저 밖으로 고개를 내밀었고, 당신이 날린 총탄, 당신과 당신 위의 누군가가 내린 명령을 받고 발포된 모든 공격에 맞서 싸웠어.

사실 그때 최주상을 제외하면 투지에 불탔던 사람은 한 사람도 없었다고 봐야 맞겠지. 너 나 할 것 없이 탈진 상태였는데 어떻게 무장한 사람들과 정면으로 붙겠어.

일단 나는 죽지 않았어. 최주상과 이경선도 각자의 몫을 다해 살아남았지. 하지만 빠져나오자마자 공격받아 그대로 싱크홀에 다시 떨어지는 사람들이 훨씬 많았어.

말도 안 돼. 그 어떤 사람도 지옥에 두 번이나 떨어지기 위해 태어나지 않았어.

않아야 했는데.

그때마다 기도하듯 시간을 돌렸어. 의식적으로 능력을 썼으니 처음으로 돌아갈 필요도 없었지. 싱크홀을 빠져나오기 직전의 순간으로 가서, 한 사람이라도 살아 나가려면 어떻게 공격해야 하고 어떤 동선으로 움직여야 하는지 최주상에게 전했어.

한 사람이 더 살고, 다시 돌아가 또 시도하고, 다섯 사람이 더 살고, 돌아가고, 열 사람이 더 살고, 스무 명이 살고, 또 돌아가고, 오십이 더 살고, 다시 가고, 백여 명이 더 살고, 2백, 3백.

최종적으로 모든 생존자가 도시를 빠져나갔어. 바깥에 올라올 때까지 버티지 못하고 도중에 숨진 사람들을 제외하고.

그렇게 성공하기까지 걸린 시간이 최소 나흘, 최대 일주일이야.

무슨 뜻인지 알겠어?

내 시간 속에서 당신은 최소 나흘 내내 사람을 죽였다고.

최주상이 뱉은 가래침만도 못한 새끼야.

✳

깜빡깜빡 점멸하는 정신을 붙들며 나정은 멀리 보이는 믿음직스
러운 풍경에 웃음을 머금었다. 윤서리를 막아선 두 사람의 곁에 친
구들이 모여들었다. 어쩌면 그들이 오랫동안 바라 마지않았던 일이
오늘 일어날지도 모르겠다고 나정은 생각했다.

비원에 쫓기지 않고, 도시에 갇히지 않고, 언제 싸우고 어떻게 죽
일까를 궁리하지 않고, 매번 거처를 옮겨 다니는 생활에서 벗어난
삶이란 어떤 것인지 상상이 되지 않았다. 그러나 상상하려 애쓰는
것은 즐거웠다. 그녀는 자신들을 도시에 가둬놓은 것이 비단 비원
만의 의지가 아니라는 걸 몰랐지만, 그랬기에 더욱 비원의 붕괴를
누구보다도 희망차게 바랐다.

잠들기 전에 마지막으로 식구들을 보기 위해 애써 뜬 그녀의 눈
꺼풀이 깜빡임을 멈췄다. 아픔에 겨워 헛것을 보고 있나 싶은 광경
이 건너편에 펼쳐졌다. 정말 헛것이라면 좋으련만 그녀의 직감은 그
것이 선명한 현실이란 걸 알려주었다.

이찬의 뒤로 라땅이 다가서고 있었다. 아무도 눈치채지 못한 듯
했다. 다들 최주상에게 정신이 팔려있었다.

"내려주세…."

온몸을 비틀며 버둥대는 나정을 놓쳐 바닥에 떨어트린 이가 다시
그녀를 안아 들어 업으려 했다. 그녀는 손길을 거부하며 앞으로 기
었다. 라땅은 이제 이찬의 지척에 있었다. 능력을 쓰지 않고도 맨손
으로 목을 꺾을 수 있는 거리에 가까워지고 있었다.

도망치는 어른들의 입을 빌려 소리를 전하기엔 늦었다.

그 손이 이찬에게 닿기 전에 움직임을 막으려면. 저 상황을 눈치채게 하려면. 눈 깜짝할 사이에 이 정보를 전달하려면.

죽어가는 그녀가 생각해낼 수 있었던 건 하나뿐이었다. 그 어떤 수단보다도 효과적이고 폭력적인.

그녀는 자신의 몸 곳곳에 박힌 파편들에 능력을 더했다. 뼈와 근육과 장기에 숨어있던 조각들이 한쪽 방향으로 터져나갔다. 살가죽을 뚫고 나온 파편도 있었지만 뼈에 단단히 박힌 물질은 그녀의 안에서 요동치며 앞으로 날아갔다. 그것들은 그녀의 몸을 그대로 안고 공중을 가로질렀다. 그녀는 자신이 허공 여기저기에 멈춰 있는 물질을 몸으로 긁으며 지나가는 줄도 몰랐다.

부서진 건물 잔해가 빼곡히 오가는 곳에 그녀가 갑자기 날아든 걸 알아챈 사람은 거의 없었다. 그녀가 이찬을 넘어 라땅에게로 떨어지려 할 때 그 두 사람만이 깜짝 놀라 멈칫했을 뿐이었다. 이찬은 그녀를 돌아보다 라땅을 발견하고 재차 놀랐다.

그 순간 라땅이 한 행동은 본능이자 습관이었다. 10년이 넘는 세월 동안 그가 최주상의 곁에서 한 일은 자신을 향해 날아오는 모든 것을 본래의 방향으로 날려버려 원래대로 되돌려놓는 것이었다.

그는 미처 침착하게 살피기도 전에 나정을 반대방향으로 날렸다. 정확히는 그녀의 몸속에 있던 파편을 날아오기 전의 위치로 되돌린 것이었다.

하지만 나정이 이찬을 위기에서 구한 것 이외에도 달라진 게 있었다. 그녀가 날아드는 동안에도 공중엔 수없이 많은 파편이 위치를 바꿔가며 멈추고 부서지고 박제되고 터졌다는 사실이었다.

동일한 속도로 뒤로 날려진 그녀의 몸은 처음 날아들었던 경로에 없었던 장애물에 부딪혀 몇 번이고 방향을 바꿨다. 결국 최주상과 경선산성의 대치점에서 벗어나서야 그녀는 한 지점을 향해 곧게 날아가게 됐다. 여기저기에 가로막혀 운동방향이 바뀐 신체는 첫 출발지로 돌아가지 못했다. 상처 입은 몸은 수백 미터의 거리를 훌쩍 날아가 한 장소에 떨어졌다.

싱크홀 안이었다.

라땅은 입을 막고 앞으로 뛰어나갔다. 나정이 눈 깜짝할 사이에 공중을 날아가는 걸 황망하게 쳐다보던 몇몇이 경악하여 조각상처럼 굳었다. 충격 때문에 멈춘 사고가 서서히 제 기능을 다 하기 시작하자 목격자들이 비명을 지르기 시작했다. 정여준은 뒤늦게 깜짝 놀라 주위를 둘러봤다가 상황을 전해 듣고 얼이 빠졌다.

한동안 아무도 움직이지 않았다. 최주상조차 공격을 멈추고 싱크홀을 바라봤지만, 누구도 무방비하게 서 있는 그에게 달려들 생각을 하지 못했다.

"…저기에 다시 빠졌어."

누군가가 속삭인 말에, 그 자리에 선 모든 이의 머릿속에 인생 최악의 순간이 재생됐다.

비원의 아이든 산성의 아이든 중요하지 않았다. '그날' 함께 지옥에서 올라왔던 아이가 다시 그 끔찍한 곳으로 떨어졌다.

몇몇은 팔다리를 떨며 헛구역질했고 몇몇은 주저앉아 일어서지 못했다. 나머지는 각자가 지키고 서 있던 장소를 벗어나 달려나가며 싱크홀을 향해 소리 질렀다.

"나정아, 올라와!"

"빨리 올라와, 나정아!"

비원과 산성이 상대편의 생명을 노리며 독하게 싸우면서도 절대 하지 않았던 것이 둘 있었다. 하나는 상대를 싱크홀로 유도해서 그 안에 빠트리는 것, 또 하나는 새로운 싱크홀을 만드는 것이었다. 그것만큼은 누가 먼저 말을 꺼내 금지하지 않았음에도 모두가 암묵적으로 자제해온 일이었다.

정여준의 방해만 없다면 도시 전체를 까뒤집을 수 있는 최주상이라 할지라도 땅을 무너트려 싱크홀을 만들지는 않았다. 어떤 파쇄자도 전투 중에 상대의 발아래를 폭파하는 방식으로 공격하지 않았다. 그것이 생존자들이 공통 트라우마에 대처하는 최소한의 인류이었다.

그 눈가림 막이 처음으로 벗겨진 지금, 산성 사람들은 허탈과 공포와 상실이 섞인 기묘한 감정에 휩싸여 팔을 떨구었다. 슬픔이 분노를 대신하고 분노가 슬픔을 대신했다. 시선이 하나둘 최주상을 향하고, 라땅을 향하고, 멀리 있는 김현이를 향했다.

최주상은 굳어버린 몸을 어색하게 움직여 윤서리를 보았다. 자신을 보는 그녀의 눈을 보고 그는 어쩔 줄 몰라 연신 입술만 핥았다. 목이 마르다 못해 갈라지는 것 같았다. 그는 최선을 다해 도망쳐 산성을 나가야 한다는 결론을 받아들였다. 설령 도망가지 않는다 해도 윤서리는, 가영은 이제 자신을 따라오지 않을 것이다.

비원으로 복귀하기로 그가 결정한 것과 산성의 파쇄자들이 그에게 공격을 퍼부은 것은 거의 동시였다. 라땅은 아직도 진정되지 못한 눈동자를 애써 최주상에게 맞춘 채 기계적으로 공격을 되받아쳤다.

도망치며 그와 라땅이 날려 보낸 파편이 홍정윤에게로 달려들었다. 홍정윤은 그것을 바라보지 않았다. 멈출 수 있는 물질이었지만 멈출 생각이 없어 보였다. 넋 놓고 싱크홀을 바라볼 뿐이었다. 그녀가 그곳의 밑바닥에서부터 업고 올라온 아이가 그녀를 부르는 것 같았다.

"할머님!"

윤서리는 홍정윤에게 달려들어 함께 바닥에 고꾸라졌다. 그들을 맞추지 못한 파편은 그 뒤에 있던 이찬에게로 날아들었다. 홍정윤이 공격물을 멈출 거라고 생각해 아무 조치도 취하지 않던 이찬은 욕설을 뱉으며 급히 몸을 숙이고 파편을 부쳤다.

윤서리는 홍정윤을 일으켰다.

"할머님, 정신 차리세요!"

그것은 홍정윤이 다쳤기 때문에 한 말이 아니었다. 홍정윤의 정신이 싱크홀 밑으로 떨어졌기에 한 말이었다. 윤서리는 허리를 틀어 소리쳤다. "정여준!" 그 역시 마찬가지로 나정의 보이지 않는 모습만 좇고 있었다. 정여준보다는 홍정윤을 각성시키는 게 쉬울 거라고 판단한 윤서리는 홍정윤의 어깨를 잡아 흔들었다.

"할머님! 할머님 도와주세요."

윤서리의 울먹이는 목소리를 듣고 홍정윤은 화들짝 놀라 그녀의 어깨너머를 보았다. 길을 트기 위해 최주상이 날려 보내는 공격이 속수무책으로 산성 사람들에게 쏟아지고 있었다.

홍정윤은 급히 공격을 막으며 다른 정지자를 찾았다. 사람들은 싱크홀을 향해 달려가거나 몸을 피했다. 그중 소수는 공격에 대응하며 최주상과 라땅에게 달려들려 했다.

이찬은 아래로 내려가 김현이를 찾아냈다. 김현이는 도주 경로에서 대기한 채 아직 최주상과 합류하지 못한 상황이었다. 제게 달려오는 이찬을 보며 김현이는 그가 주변에 널린 사물을 날릴 거라 예상하고 그것들을 멈출 준비를 했지만, 이찬은 김현이의 휠체어만을 부수었다. 폭발에서 휠체어를 절반만 보존한 김현이는 한쪽으로 기울어 나동그라졌다.

능력을 이용해 죽이려 들면 능력에 의해 제지당한다. 가장 확실하게 숨통을 끊는 방법은 도구와 능력에 의지하지 않고 원시적으로 살인하는 것이었다. 12년 동안 비원과 경선산성이 서로에게 가르쳐준 기본적인 교훈이었다. 이찬은 날카롭게 부서진 휠체어 기둥을 들어 찌르려는 어리석은 행동을 하지 않았다. 김현이는 정여준만은 못해도 만만찮은 정지자였다. 휠체어 기둥 따위는 손쉽게 공중에 멈출 수 있을 것이었다.

도구로 사람을 찌르는 대신 사람으로 도구를 찌르는 것이 산성 안에서의 상식이었다. 이찬은 버둥대는 김현이를 손으로 들어 올려 부서진 휠체어 기둥에 내리꽂았다. 칼날처럼 벼려진 기둥이 김현이의 명치를 뚫었다. 이찬은 확인사살을 위해 목을 조르려다 김현이의 눈이 뒤집힌 걸 보고 손을 거두었다.

이찬은 위를 올려다보았다. 최주상의 공격은 착실히 사람들에게 돌아가고 있었다. 이유를 쉬이 알 수 있었다. 등 뒤에서 공격을 받아 넘어진 홍정윤이 보였다. 긴 머리카락의 끄트머리가 피에 젖어 있었다. 뒤늦게 정신을 차린 정여준이 비틀거리며 일어나 주변을 수습하기 시작했다.

김현이의 시신을 거두길 포기하고 산성을 벗어나는 최주상과 라땅을 보며 이찬은 괴롭게 고개 숙였다. 눈을 들어 싱크홀을 볼 용기가 나지 않았다.

죽은 이는 땅을 뜬 지 오래고 다친 이는 삶을 견디지 못해 앞선 자를 뒤따랐다. 살아남은 자는 유령처럼 걸었고 그렇게나 부정했던 검은 구덩이에 빠진 어린 가족은 위로 올라올 기미를 보이지 않았다.

원하지 않았지만, 이것이 그가 연출할 수 있는 가장 폐허에 근접한 광경이었다.

＊

시간을 돌려도 내 기억은 온전한 게 가장 다행이지. 정보가 축적되니까. 당신한테 정체를 들킬 때마다, 이번엔 뭐 때문에 걸렸는지, 위조 신분의 어느 부분이 문제인지, 무슨 짓을 하면 위험해지는지 하나씩 알게 되거든.

그 도시에서 살았던 사실을 숨기지 않는 편이 낫겠단 것도 그런 식으로 알게 됐어. 차라리 난민생활을 했다고 속이는 게 당신한텐 먹혀들더라.

하지만 비원 출신인 걸 완벽히 속였을 때 당신이 나더러 일을 같이하자고 제안할 줄은 맹세코 예상 못 했어. 비원과 관련된 일을 맡겨서 난 사실 당신한테 들킨 줄 알았지. 다시 과거로 돌아가기 전에 당신이 뭐 때문에 눈치챘는지 알아야 해서 일단은 버텼는데, 아무래도 당신은 모른 채 날 쓴 것 같더라고.

당신한테 죽을 때보다 더 기분 더럽더라. 아무리 시간을 돌리고 무슨 수를 써봐도 당신한테 들키거나 당신이랑 일하는 상황 둘 중 하나를 피할 수 없었어. 내가 경찰청에 들어가는 이상 당신이랑 만나는 건 고정불변한 것처럼.

그래도 최주상이 부탁한 일을 해내기엔 그보다 좋은 환경이 없었지. 비원을 조종하는 경찰이라곤 본청에 당신밖에 없었고, 정보 줄도 전부 당신이 쥐고 있었으니까.

난 어디까지나 당신이 꽂은 첩자가 누구인지 최주상에게 알려주기 위해 잠입한 거야. 그 명단만 알아내면 됐어. 내 도움으로 최주상은 당신이 보낸 인사를 전부 숙청했겠지. 그래, 당신이 언젠가 나한테 말했던 대로, 그리고 내가 인정했던 대로, 난 그렇게 사람을 죽이는 걸 도왔어.

손대는 정보가 깊어질 때마다 난 당신한테 걸렸어. 내가 할 소린 아니지만 진짜 끈질기더라. 물론 난 그때마다 시간을 돌려서 상황을 모면했고.

당신한테 꼬박꼬박 존댓말 하며 정중하게 대하는 것보다 더 힘든 건 당신 얼굴을 쳐다보는 거였어. 침 뱉고 싶은 걸 참는 게 그렇게 고역일 줄은 몰랐지.

그리고 그다음으로 힘들었던 건 비원의 민낯을 쳐다본 거야.

내가 비원을 위해 잠입요원의 목숨까지 희생시켰던 이유는 하나야. 비원에 최주상과 김현이와 라땅이 있었으니까. 지켜주고 지킴받았던 가족들의 거처를 공권력의 폭력으로부터 막아주겠다는 정의감에 취해있었지.

하지만 바깥에서 지켜본 비원이 정말 그만한 가치가 있어 보였는지는,

그래.

내가 지키려 했던 비원이 결코 바른 이상을 가지고 서로를 지켜

주는 집단이 아니라는 걸 깨달았을 때, 내가 생각했던 것만큼 최주상이 따뜻하고 깨끗한 사람이 아니라는 걸 처음 알았을 때, 난 내 안의 규칙을 깨고 시간을 돌렸어. 그 전까진 정말 필요할 때가 아니면 과거로 돌아가지 않았거든. 한 번 되돌리면 내가 쌓아 올린 행동들도 주변 사람들의 기억도 전부 무용지물이 되니까. 하지만 그걸 감수할 만큼 최주상에 대한 배신감이 컸어.

대체 무엇을 위한 생존이었냐고 따졌지.

그때 최주상은 날 찾아와 경찰청 잠입을 부탁하려고 막 입을 떼기 직전이었어. 최주상 입장에선 날 경찰로 만들지도 않았는데, 이미 경찰이 되어 볼 꼴 못 볼 꼴 다 보고 돌아온 내가 비난을 퍼붓는 걸 듣게 됐던 거야. 어제까지만 해도 얌전하고 세상 물정 몰랐던 신가영이, 한순간에 최주상과 비원에 실망한 윤서리로 바뀌어 있는 거지.

최주상은 변명하지도 용서를 구하지도 않았어. 난 머리에서 열이 빠져나간 후에야 그 이유를 알았어. 그 사람은 처음부터 내가 저를 용서하지 못하게 만들도록 경찰에 보낸 거야. 자기에게 실망해서 비원을 버려 완전히 떠나게 하려고.

대체 이 세상에 나만 곱게 남겨두려고 어디까지 작정한 건지 감도 못 잡겠더라.

오기가 들었어. 오기 부리는 것만큼은 자신 있었지. 나는 골백번 시간을 돌려가면서 생존자를 한 명도 포기하지 않고 도시 밖으로 끄집어낸 복원자야. 적어도 거기엔 자부심이 있다고. 신물 토해내는 고통을 감수하면서 살린 그 사람들을 내 손으로 밟아 뭉갤 순 없었어. 비원이 나쁜 방향으로 길을 돌린 건 맞아. 하지만 언제까지고 그 길에 있으란 법은 없어. 그렇게 끝을 맞이할 이유도 없고.

심판은 죽은 사람이 아니라 산 사람한테 받는 거야. 난 최주상만 올려다보며 살고 있는 그 사람들이 자기도 모르게 최주상과 동반 자살하는 꼴을 두고 볼 수 없었어.

결국, 비원의 실상을 알고도 경찰청에 다시 들어갔어. 비원을 바꿀 수 있다고 생각했어. 당장은 아니더라도 조금씩은. 비원 사람들은 자신들을 점점 좋은 쪽으로 이끌려고 바깥세상에서 노력하는 윤서리라는 존재를 눈치채지도 못하겠지. 계속 그런 식으로 가면 돼. 어차피 최주상은 날 건들지 않을 테니까. 내가 위험에 처하지 않는 이상 그 사람은 내가 하는 일에 제동을 걸지 않을 거야. 비록 이 믿음도 최주상의 약점을 이용한 내 아집이긴 했지만.

비원이 적어도 어린애를 죽이진 않았으면 했어. 비원의 우두머리를 미치게 한 원인이 바로 아이의 죽음이었으니까. 그리고 비원과 전혀 상관없는 민간인을 건들지 않았으면 했어. 바라는 것들이 점점 늘어나기 시작했지. 여자를 건들지 말았으면 했고, 빈민층을, 지체장애인을, 부모 잘못 만난 이유로 인생 망친 사람들을, 팔려온 사람들을, 아픈 사람들을, 간절한 사람들을, 이성적으로 생각하지 못하는 사람들을 이용해 피골을 빨아먹지 않았으면 했어. 이런 짓만은 하지 말았으면 좋겠다는 메시지를 대놓고 보내면서 비원의 손발을 하나둘 조종하기 시작했지. 아마 최주상은 그 모든 작업에서 내 손길을 느꼈을 거야. 안 그랬으면 그렇게 고분고분 따라줬을 리가 없지.

그리고 결국 당신한테 들켰어. 웬일인지 바로 죽이지 않더라. 다시 고문당해서 과거로 돌아갈 각오까지 했는데도. 사실 당신이 나한테 한 번 더 기회를 줬을 때 난 시간을 돌려야 할지 말아야 할지 많이 고민했어. 하지만 과거로 가서 비원을 조종하는 동시에 당신한테 한 건도 안 들킬 자신이 없었지.

일단 그대로 본래의 시간을 따르기로 했어. 경찰직에 있을 땐 웬만해선 과거로 돌아가지 않았어. 신변에 심각한 위협이 가해지거나 더는 경찰청에 머무를 수 없을 정도로 의심받게 되면 그때 시간을 돌려 조심히 행동할 생각이었지. 이러나저러나 잡음은 많아도 당신 옆에 계속 남아있던 건 공기관의 그늘에서 조금 더 비원을 지켜보고 싶었기 때문이야.

하지만 당신이 라땅을 실각시킬 준비를 하고 있다는 걸 알았을 땐 더 이상 그늘에 숨을 수가 없었어.

최주상의 목적은 날 비원에서 쥐도 새도 모르게 탈출시키는 거였겠지만 난 아니야. 비원을 바꾸고 싶기도 했지만, 첫 목적은 어디까지나 첩자들의 홍수에서 비원을 지키는 거였어. 그런데 내가 최주상에게 명단을 넘긴 그 첩자들이, 실은 그저 라땅의 입지를 흔드는 데에 이용된 제물일 뿐이란 걸… 내가 아니어도 어차피 당신이 떠민 대로 라땅과 운명을 같이하게 될 걸 알았을 땐 정말이지….

그래. 나도 그 사람들도 여전히 싱크홀에 살고 있었던 거야.

공권력과 비원의 힘겨루기 싸움 따원 아무 데도 없는 허상이고, 결국은 죽는 경찰과 죽는 조직원만 남는다는 걸 그때 알았어. 내가 비원과 최주상을 위해 해온 일이 결국 라땅의 목을 죄고, 최주상의 목이 떨어져야만 끝날 걸 깨달았다고.

최주상이 바랐던 것처럼 비원을 버려야 했을까?

서형우 당신 옆에 남아, 나 홀로 일반인인 척 자신을 속이면서?

아니. 다시 그때로 돌아간다 해도, 물론 실제로도 그랬지만, 난 몇 번이라도 최주상의 차를 뒤따라가 라땅을 살릴 거야.

차에서 내렸을 때 우산을 쳐들고 날 한없이 보던 최주상의 눈빛을 기억하고 있어. 제발 속지 말고 이대로 돌아가라고, 당신이 의심하고 있는 그 삼인자는 옛날이고 지금이고 당신과 나를 곁에서 지키는 충복이라고 고래고래 소리 지르고 싶었지.

최주상은 영민한 사람이야. 나에 대해선 특히나. 내 표정에서 그 고함을 읽어내지도 못하는 사람이었으면 날 경찰청에 보내지도 않았어.

라땅을 죽이지 않고 비원으로 돌아가는 최주상과 김현이를, 그 억수 같은 비를 뚫고 나한테 달려오는 당신의 도깨비 같은 몸짓을, 포에스 빌딩 운운하는 내 교활한 목소리를 난 정말이지 너무나 선명하게 기억해.

당신이 날 암살부대에 끼워 넣었을 때 시간을 돌리지 않고 현실에 순응했던 건 바로 그 기억에서 자유로워지고 싶어서였던 걸지도 몰라. 일종의 자학적인 놀이였어. 임무에 성공하고 돌아와도 당신이 날 정말 해외로 보내줄 거라곤 털끝만큼도 안 믿었어. 그 도시에 순순히 들어간 건 당신이 나한테 들려준 독배의 정체가 대체 뭔지 구경이나 하자는 심산이었어. 죽을 것 같으면 과거로 도망치면 되니까. 어느 시점의 과거로 돌아가서 어떻게 행동해야 할지 모르는 게 문제였지만.

아마 그래서 더더욱 당신 말대로 행동했는지도 몰라. 머릿속이 하얬으니까. 목적 없이 과거로 돌아가 봤자 지루한 산책길을 맴도는 거랑 다를 게 뭐야.

그래도 괜찮아. 다행인지 불행인지 그 도시에서 목적이 생겼으니까.

그곳의 정체를 알아야 했어. 정여준, 이찬, 김나정, 그리고 2백 명 가까이 되는 사람들이 대체 거기서 왜 그러고 있는지 들어야 했어. 이찬을 따라 다시 당신을 찾아가고, 당신 뒤에 대기하고 있던 차세연한테 공격받아서 또 시간을 되돌리면서까지, 대체 최주상이 나한테 뭘 숨기고 있던 건지 다 알고 싶었어.

나중에 아주 많이 생각했지. 그걸 알게 돼서 다행인 걸까, 차라리 모르는 게 낫지 않았을까.

당신한테 실상을 듣고 어영부영 경선산성에 투입되면서도, 내가 비원 출신인 걸 들키는 순간 섹션에서든 산성에서든 처절하게 밟힐 거란 걸 알고 있으면서도, 한 가지 생각밖엔 들지 않았어.

이 싱크홀에선 대체 어떻게 올라가야 하나 하고.

＊

깊고 깊은 어둠 속에서 홀로 헤매고 싸우다 깨어나는 악몽은 몇 번을 반복해 꿔도 언제나 똑같았다. 윤서리가 기억하는 유일한 꿈이었다. 기다리면 최주상이 자신을 찾을 것이고, 6백 명이 넘는 사람들과 함께 바깥으로 올라갈 줄을 알고 있지만 두려움에서 벗어나지 못하는 기분 나쁜 꿈.

그녀는 12년 만에 그 꿈이 아닌 다른 꿈을 꾸었다. 반복되는 악몽 대신 본 것은 나정의 얼굴이었다. 구더기가 들끓는 시쳇더미 위에 떨어진 상처투성이 여자아이가 비명을 질러댔다. 필사적으로 허우적대는 손을 잡아주는 이는 아무도 없었다.

울부짖는 아이의 목소리에 고통스러워하다가 윤서리는 몸서리 치며 깨어났다.

잠든 곳은 길바닥이었다.

그녀는 몸을 으슬으슬 떨며 일어났다. 구겨진 채 잠든 걸 탓하듯 근육이 비명을 질렀다. 숨을 내쉬자 입김이 포슬포슬 올라왔다.

새벽이었다. 도시 전체가 암흑에 뒤덮여 마치 무덤 속에서 잠들었다 깨어난 것만 같았다. 올려다본 밤하늘은 12년 전보다 더 깊었고 별이 밝았다.

한 치 앞도 안 보여야 하는 유령도시의 밤인데도 그녀는 주변에 침낭을 끌어안고 웅크려 잠든 사람들을 볼 수 있었다. 달이 밝은 덕이 아니었다. 정여준이 띄워놓은 불꽃 때문이었다.

지평선 너머로 해가 넘어갔을 때, 불을 조종하지 못하는 이찬을 대신해 다른 파쇄자가 싱크홀 근처로 불을 날렸다. 정여준은 끄트머리를 빙 둘러 불꽃을 멈춰 원형 활주로처럼 만들어 놓았다. 밤이 되어도 싱크홀 가장자리는 그가 매달아 놓은 등불로 어슴푸레 빛났다. 그건 여전히 흔들림 없이 제자리에서 빛나고 있었다.

부상당한 사람 중 살아남은 이는 얼마 없었다. 최주상과 라땅이 산성을 나간 후 사람들은 시신을 묻고 몸을 씻었다. 이틀을 내리 무덤만 판 사람들의 얼굴엔 혈기가 없었다. 윤서리가 산성에 들어올 때 2백 가까이 되었던 인구는 97명으로 줄었다. 머릿수를 세려는 사람이 없었기에 그녀가 직접 세어야 했다.

차가운 공기에 기침하며 그녀는 정여준이 있는 곳으로 걸어갔다. 바로 앞에 깎아지른 절벽이 있었다. 정여준은 불안할 정도로 싱크홀에 가까이 앉아 구멍 안쪽을 바라보고 있었다. 그의 무릎을 베고 이찬이 잠들어 있었다.

정여준은 사람들이 자리를 정비할 때부터 지금까지 내내 먹지도 눈을 붙이지도 않았다. 수행하듯 한곳에 앉아 아래만 내려다볼 뿐이었다.

37시간째였다. 나정은 올라오지 않았다.

이찬은 처음에 싱크홀 밑으로 가려는 정여준을 막느라 기진맥진했다. 기어이 다이빙이라도 할 것 같은 기세에 이찬은 결국 능력까지 동원해 그의 발을 멈추려 했지만, 정여준은 가볍게 막아냈다. 사람들은 처음으로 서로에게 능력을 쓴 두 사람에게 놀라 펄쩍 뛰었다.

다들 그에게 쉽사리 다가가지 못했지만, 이찬은 예외였다. 머리 끝까지 화가 치민 그는 정여준에게 기어이 주먹을 날렸다.

"미련한 자식아, 나정이 구하려고 너 내려가고 너 구하려고 나 내려가고 나 구하려고 대홍 형이 내려가는 꼴을 봐야 정신 차리겠냐?"

주먹에도 아랑곳하지 않던 정여준의 고집은 그 말을 듣고서야 한풀 꺾였다.

그는 기다리다 보면 언젠간 나정이 위로 올라올 거라 생각하기라도 하는 것처럼 싱크홀에 붙들려 있었다. 같은 걸 바라지 않는 이는 물론 없었다. 그러나 정말로 그럴 수 있을 거라고 확신하는 사람 역시 없었다. 정여준도 아이의 생환을 마음 깊이 믿지는 않을 터였다. 믿었다면 종이배를 떠나보낸 강물 보듯 싱크홀을 바라보지는 않을 것이었다.

노숙 쪽잠이나마 취하긴 했지만, 윤서리도 정여준처럼 내내 음식을 입에 대지 않았다. 잠기운을 떨쳐내고 그에게 다가서는 다리가 후들거렸다.

그녀가 등 뒤에 선 것을 알아챈 정여준이 말했다.

"싱크홀에 떨어지기 전에 이미 죽었겠죠? 차라리 그래야 하는데."

긍정도 부정도 하기 어려운 질문이었다. 윤서리는 어렵게 말을 돌렸다.

"내일은 여기 뜨자. 이찬이랑 같이 새 거점을 정해줘. 싱크홀이 보이지 않는 곳으로 멀리 이동해버리자."

"애 한 명 건져내지도 못하는데 제가 무슨 낯으로 여기서 어른 행세를 하겠어요."

자괴감에 찌든 얼굴이 손바닥 아래로 숨었다. 정여준은 "미안해요. 우울한 말을 하려던 게 아니었는데." 하고 바로 사과했지만, 그는 해가 뜰 때까지 얼굴에서 손을 떼지 못했다.

그는 동튼 후 잠에서 깨어난 사람들을 한 명 한 명 지켜보았다. 함께 바깥에서 새우잠을 잤던 사람들, 무너지지 않은 건물에 들어가 쪽잠을 자고 나온 사람들, 밤새 싱크홀 주변을 맴돌다 돌아온 사람들을 올려다보며 정여준은 말없이 앉아있었다. 잠에서 깨어난 이찬은 그를 보고 얼굴을 찌푸리며 윤서리를 찾았다. 엄지를 뒤로 젖혀 정여준을 가리키며 '얘 뭐야?'라고 입 모양으로만 말하는 이찬에게 그녀는 고개만 가로저었다.

정여준은 여느 때처럼 차분히 말했다.

"이젠 몸을 돌리지 않아도 어렵지 않게 여러분 모두 한눈에 들어오네요."

살아남은 사람들은 서로를 바라보았다. 말소리가 잦아들고 너도나도 정여준의 앞에 모여들어 우두커니 섰다. 무리 중엔 이제껏 가장 어렸던 사람이 없고, 가장 나이 들었던 사람도 없고, 아주 조금 약했을 뿐인 사람들과 아주 조금 민첩하지 못했던 사람들도 더는 없었다. 절반으로 줄어든 친구들을 올려다보며 정여준이 조곤조곤 말했다.

"제가 이경선 님의 뒤를 이을 때… 비원에 이길 수 있게 해주겠다고 약속하지는 않았어요. 생각해보니 지도자로서 전 아무것도 약속하질 않았네요. 오히려 여러분한테 요구하기만 했지요. 여기서 포기하지 말아달라고요. 여러분을 여기까지 버티게 해준 건 비원을 향한 복수심이겠죠. 제가 있기 때문이 아니라, 이경선 님을 잃었기 때문에 여러분은 비원을 눈앞에 두고도 도망치지 않았어요…. 서운하거나 원망하는 건 아니에요. 그건 그냥 있는 그대로의 사실이니까요. 솔직히 제가 아닌 찬이가 여러분을 이끌었다면 더 좋았을 거라고 생각해요. 그때 찬이가 좀 더 마음을 굳게 먹었다면… 아마 여러분은 비원에 못지않은 좋은 파쇄자 수장을 가질 수 있었겠죠."

그 좋은 파쇄자는 지금 서형우의 허수아비 두더지라는 말이 혀뿌리까지 치고 올라왔지만, 윤서리는 그 말을 목 너머로 삼켰다.

"여러분은 비원의 괴멸을 원했어요. 비원도 아마 우리의 괴멸을 바랐을 거예요. 하지만 전 어떻게 하면 비원에 이길 수 있는지를 고민하지 않았어요. 죄송해요. 최선을 다해 여러분을 지키려고 했지만, 비원을 완전히 부숴버리길 원한 적은 없어요. 그게 문제였는지도 모르죠. 그래서 제가 지금 이렇게 힘 빠진 모습으로 여기 앉아있는 건지도 몰라요. 전 우리가 비원에서 자유로워지길 원하긴 했지만, 딱 그만큼… 비원 역시 스스로를 속박하는 그 두려움에서 자유로워지길 바랐어요.

지금은 숨고 있지만 영원히 숨어야 하나요? 많은 거짓말을 했다면 끝까지 진실에서 눈을 돌려야 하나요? 싸우고 복수하고 증오했지만 비원과 우리가 정말 마지막의 마지막까지 싸움으로 끝을 맺어야 하나요? 저는 그러지 않을 수도 있다고 믿었어요. 만약 싱크홀 안에서 사람들이 끝까지 싸우기만 했다면 아무도 바깥으로 올라오지 못했을 거예요. 6백 명이나마 살아 돌아올 수 있었던 건 그 사람들이 함께 같은 계단을 딛고 올라왔기 때문이에요. 지금 이곳도 마찬가지라고 생각했어요. 한때는 싸웠어도, 비원이든 우리든 바깥에서 떳떳하고 자유롭게 살려면 언젠가 싸움을 멈추고… 함께 딛고 올라갈 수 있는 계단을 만들어야 한다고 생각했어요. 아마 여러분보다 비원이 더 저한테 배신감을 느낄지도 몰라요. 이런 생각을 하는 주제에 표정 하나 안 바꾸고 비원 사람들을 죽이고 다녔으니까요."

정여준은 비난을 기다리듯 잠시 말을 멈추었다. 입을 여는 사람은 없었다. 무거운 눈빛과 침묵을 깊게 들이쉬고 그가 다시 말했다.

"죽지 말고 죽게 하지 말아야 한다는 생각을 했어요. 하지만 비원에 당장 이기지 않으면 끝장이라는 생각은 하지 않았어요. 그리고 지금, 산성 식구의 반 이상을 잃고 이렇게 남은 여러분을 바라보면서… 저는 이제야 뒤늦게 비원에 어떻게든 이겨야겠다는 생각을 하고 있는데, 그 생각을 하는 저는 처음부터 지금까지 이렇게나 모자라고 배은망덕한 사람이고… 여러분은… 강하고 현명하고, 믿음직스럽지만, 너무나 적네요…."

그는 감정을 거둔 얼굴에 입술만 끌어당겨 웃었다.

"이길 수 있을까요?"

사람들이 모두 증발해 이제야말로 완벽히 유령도시가 된 것처럼 외롭고 청량한 침묵만 맴돌았다. 그는 사람들을 쳐다봤고 사람들은 그를 쳐다봤지만 아무도 자신 있게 시선을 교환하지 못했다.

"나도 12년 전에 비슷한 질문을 한 적 있어."

윤서리가 말했다. 수십 쌍의 눈과 귀가 절로 몰렸다.

"살 수 있을까요? 그렇게 물었어. 싱크홀 안에서, 내 옆에 있던 어떤 남자한테." 그 남자가 최주상이라고는 말할 수 없었다. "어떻게 됐을 거 같아? 12년 전의 그 질문에 넌 뭐라고 대답할 거야?"

그녀는 살아있음을 과시하듯 턱을 치켜들었다.

"이길 수 있겠냐고? 좋은 질문이야. 일단 열심히 이겨보고, 12년 뒤에 대답해보자."

윤서리의 뒤에 서 있던 여자가 울음을 터트렸다. 여자를 달래며 조대홍이 말했다.

"포기하지 말라고 먼저 말했던 건 여준이 너였잖아. 포기할 기회는 경선 누님을 잃었던 그때가 마지막이었어. 여준이 너도 예외가 아니야. 먼저 포기하지 마."

"부탁해. 우릴 두고 떠나지 말아줘." 끄트머리에 서 있던 남자가 울먹이며 말했다.

"저는…, 떠나지 않아요. 여기에 이렇게 있잖아요."

"이미 다른 데로 떠난 것 같은 표정이잖아. 제발 우릴 놓지 마. 우린 네가 필요해."

정여준은 나정이 싱크홀로 떨어진 걸 알았을 때만큼이나 멍한 표정으로 턱을 벌렸다. 그는 말하는 법을 잊은 사람처럼 입술을 벙긋거리다가 더듬대며 말했다.

"고마워요. 저도…, 여러분이 필요해요."

이찬은 허리를 구부정하게 굽히고 하품을 하며 걸어 나왔다. 그는 정여준을 발로 툭툭 치며 말했다.

"난 대홍 형이랑 남쪽 돌면서 괜찮은 건물 찾을게. 넌 일단 좀 자라. 강제로 잠들기 싫으면."

✳

'지렁이'라는 은어가 있어.

최주상이 자주 썼던 말이야. 당신이 비원에 꽂은 첩자들 있지, 그 두더지들을 그렇게 불렀어.

두더지는 그래도 동물 취급받는 짐승이거든. 앞도 못 보고 맹목적으로 땅만 파고 아래로 아래로 숨어들긴 하지만, 그래도 팔다리 붙어있고 털 달린 생물이야. 하지만 지렁이는 그러질 못하잖아. 분명 땅에 숨통 틔워주고 길도 만들어주는 도움 되는 존재긴 한데, 꿈틀대며 추하게 기어 다니다가 비 오는 날 바깥에 나오면 가차 없이 구둣발에 밟혀 죽지. 당신이 보낸 요원들이 그 꼴이었어. 시키는 대로 비원에 들어와 벌레처럼 구멍 뚫고 살다가, 정체가 드러나면 지렁이처럼 뭉개져 죽었어.

나보다는 역시 최주상이 당신을 더 잘 파악하고 있었던 거지. 당신이 당신네 첩자를 소모품 취급하는 걸 알았던 거야.

첩자가 위험해져도 도와주지 않는 것까진 이해해. 공작원은 으레 그렇다니까. 하지만 적진에 보낸 요원들이 들켜서 죽으면 다음 요원들은 신중하게 교육해 보내든가, 수를 줄이든가, 새로 조처하는 게 정상이야. 하지만 당신은 전혀 안 그랬어. 열 명이 죽으면 열 명을 새로 보냈고 세 명이 들킬 것 같으면 다른 세 명을 시켜서 그 사람들을 죽이게 했지. 가판대에 상품이 사라지면 물건을 채워 넣는 것처럼 기계적으로.

당신 눈에 그 사람들, 인간으로 보이지 않았던 거지, 안 그래?

최주상은 그 사람들을 조롱과 연민의 마음을 담아 지렁이라고 불렀어. '너, 지금 인간 아닌데, 왜 인간인 것처럼 여기 기어 다니고 있어?' 이러면서.

그땐 최주상도 몰랐겠지. 나도 당신의 지렁이가 될 거라곤.

그래, 알아. 처음부터 알았어. 내가 도중에 뒤통수를 치지 않았더라도 당신은 내가 없어지든 말든 전혀 아까워하지 않았겠지. 대체 왜 사지에 집어넣어도 죽지 않고 돌아오는지 답답하게 생각했을 거야. 지렁이는 보통 이쯤 되면 죽는데 왜 이렇게 끈질길까, 내 손으로 직접 눌러 죽이기는 징그럽고 더러운데. 아마 대충 이 정도 감정이지 않았을까?

난 어차피 스페어였겠지. 있으면 좋지만 없어도 그만인 예비 나사로 경선산성에 투입됐어. 내가 없어도 충분히 이찬한테 상황을 보고받을 수 있을 테니까. 나는 단지 만약의 경우를 대비한 이찬의 대체재지.

이찬도 분명 당신한텐 지렁이일 거야. 가끔 생각해. 만약 이찬이 스페어라면, 누굴 대체하기 위한 스페어일까 하고.

설마 차세연과 차세욱 그 인간들, 자기들은 지렁이가 아닐 거라고 착각하는 건 아니겠지?

＊

겨울나기 준비를 복구하는 데에 한 달 가까이 걸렸다. 이르게 찾아온 추위 때문에 첫눈도 급하게 경선산성을 찾아왔다. 진눈깨비와 강풍이 도시를 한바탕 휩쓸고 지나가자 시체 냄새가 조금은 덜해졌다.

비원이 공격하지 않아도 사람들은 일주일 단위로 거점을 옮겼다. 예비 거점이 열 개 이상 마련되자 그들은 한결 시름을 놓았다. 일상은 이전보다 덜 소란스러워 외로움이 들어찰 공간이 넓어졌지만 결국은 나름의 평온이 자리를 잡았다.

보고를 위해 윤서리는 이찬과 함께 도시를 나왔다. 산성 밖에서 마주치는 게 껄끄러워 늘 교대로 다녀오곤 했지만, 이번엔 같은 차를 타고 이동했다. 그녀는 혹 그가 자신의 정체를 눈치챘을까 의심했고, 그는 그녀가 최근의 제 행동을 서형우에게 너무 자세히 말할까 경계했기 때문이다.

"연기 잘하시던데요." 도시를 벗어나 달리며 그가 말했다. "싱크홀 안에서, 옆에 있는 남자한테 살 수 있겠냐고 물었다고…. 뭐 결과적으론 여준이 그놈 기운 돋워주는 말이었으니까 상관은 없다고 생각하는데, 진짜로는 어때요? 싱크홀 안이 어땠을 거라고 상상해서 그렇게 말했던 거예요?"

그는 싱글거리며 물었지만, 그녀는 그 눈 안에 일렁이는 분노 섞인 질시를 볼 수 있었다. 그곳에 떨어지지도 않은 네가 그 안을 조금이라도 알기나 하고 입을 놀렸냐는 비아냥이 목소리에 묻어났다.

"칭찬 고마워요." 그녀가 말했다. "어색하게 들리지 않았다니 다행이네요."

'나는 그곳을 모른다, 나는 그곳을 모른다.' 그녀는 스스로 주문을 걸듯 그렇게 되뇌었다.

섹션에 도착하자 이찬은 비원을 대하는 것처럼 날이 섰다. 자리에 앉자마자 그는 대뜸 말했다.

"그 자식들 대체 왜 온 겁니까?"

서형우는 무슨 말을 하냐는 듯 눈썹을 삐죽 올렸다.

"그 세 명만 떨렁 관광하듯 우리 쪽에 온 적 이제껏 없었잖아요. 대체 왜 보내셨어? 그날 올 거라고 말해주지도 않았으면서."

"난들 알겠냐."

서형우는 손톱 거스러미를 뜯으며 말했다. 이찬은 이를 갈았다.

"야, 이거 열심히 일하다 온 사람 놀려먹지 좀 맙시다. 여기서 뺄는 게 있으면 그쪽도 알아서 뺄어줘야지."

"뺄기나 제대로 뺄고 말하지그래? 조대홍 자연스럽게 지워버리라고 지시한 지가 언젠데 아직도 살아있고, 엉뚱하게 팔순 노인 홍정윤만 죽었더라?"

"그 사람들 죽이는 게 비원 맘이지 내 맘입니까? 내 멋대로 죽일 수 있을 거면 뭐, 진즉에 나더러 정여준 죽여버리라고 난리 치셨겠지."

"어쨌든 진짜 몰라. 이러나저러나 비원 소식 전해주는 건 내 연락책들인데 이번에 움직인 건 수뇌부 세 명이라며. 확실하게 말하는데 그 셋 중엔 내 두더지 없다. 걔들이 무슨 생각으로 자기들끼리 거기에 갔는지 어떻게 알아. 내가 보낸 거 아니야."

"아니 그럼 이유는 됐고, 그 자식들 오고 있다고 언질이라도 주시든가. 고작 그것도 알려주지 못할 거면 뭐하러 산성에 그렇게 두더질 꽂아놨어요? 첩자가 망할 내 양말보다도 많으면서!"

"내가 그걸 왜 알려줘야 하는데?"

이찬은 입을 벌리고 서형우를 노려봤다. 눈에 실핏줄이 돋았다.

"비원이 언제쯤 쳐들어갈 거라고 알려주는 건 이쪽 호의야. 내가 언제 반드시 그러겠다고 너랑 계약이라도 했었나, 아닐 텐데? 어차피 네가 거기서 할 일은 적당히 싸움판 키우고 꼬박꼬박 보고하는 거야. 뭘 알려주든 안 알려주든 그놈들이랑 싸우는 건 다를 거 없는데 뭐가 그렇게 불만이야?"

"현장에 내가 없는 건 상관없지만, 정여준까지 멀리 떨어져 있었다고요. 이번에 죽은 사람 수가 지난 4년 동안 죽은 수보다 많은 거 알아요?"

"그래? 알겠어. 그게 왜."

이찬의 말문이 다시 막혔다.

"그게 뭐. 네가 항상 하는 일이잖아. 걔들 죽게 내버려두고 넌 살아남는 거. 너 안 죽었으면 그걸로 됐지. 안 그래도 정여준 때문에 4년 내내 산성 쪽 머릿수 조절하기 어려워서 짜증 났는데 잘됐네. 아, 혹시 이번에 죽을 뻔했냐? 그래서 그래? 그건 미안하게 됐다."

탁자에 가려진 이찬의 주먹이 달달 떨렸다. 윤서리는 이것이 서형우가 이찬을 길들여온 방식일 것이라 짐작했다.

차세연은 군고구마를 껍질도 까지 않고 베어 먹고 있었다. 그녀는 고구마를 잔뜩 입에 물고 우물거리며 이찬에게 말했다.

"정여준 걔는 어때? 최주상 때문에 산성 몸뚱이 반 토막 났는데. 이제 좀 전투적으로 변했어?"

"회까닥해서 산성 뛰쳐나가는 줄 알았네요. 만약 그때 최주상이 다시 왔으면 정말 전멸했을 겁니다."

"흥, 그래? 약해빠졌긴."

"지금은 괜찮아요. 평소랑 비슷하고."

"뭐 고맙긴 고맙네. 덕분에 산성이 흩어지진 않았으니까."

"그러게 말입니다. 난 또 나도 모르는 사이에 서 팀장님이 윤서리 씨한테 여준이 정신 차리게 하라고 지령이라도 넣은 줄 알았죠."

"왜요? 그게 어때서요?"

가만히 듣고 있던 윤서리는 팔짱을 풀고 말했다.

"그놈 4년 내내 노예처럼 부려 먹였거든요. 사람들이 악의를 가지고 여준일 이용한 건 아니고 여준이도 뭐… 딴엔 자발적으로 일한 거긴 하지만 이제껏 내내 최주상을 혼자서 막은 거나 다름없어요. 걔 눈이 안 미치는 곳만 가끔 정윤 할머니가 커버했던 정도고. 만약 그때 그냥 여준이가 포기해버렸으면 개도 편하고 최주상도 큰 싸움 없이 경선산성 먹었을 거고, 차라리 그게 좋았을 걸요. 저항 없이 산성이 비원에 흡수될 수도 있었을 거예요."

"저항 없이 흡수요? 정여준이 계속 산성에서 싸우다 죽을 위험 없이 말인가요? 정여준 죽는 게 그렇게 마음에 안 들면 아예 처음부터 여기 섹션부터 처리하지 그러셨어요. 딴 사람도 아니고 내가 바로 서 팀장님 명령받고 정여준 죽이러 갔던 사람인데. 그리고 맘에도 없는 소리 말아요. 산성이 비원에 먹히는 거 바라지도 않잖아요. 정말 그걸 원했으면 그때 김현이는 왜 죽였어요? 이인자 뺏긴 최주상이 뭐가 좋다고 산성 사람들 곱게 데려가서 조직원으로 부릴 것 같아요?"

윤서리는 김현이의 죽음에 동요하는 것처럼 보이지 않기 위해 허벅지를 꼬집었다. 서형우가 부채질한 이찬의 분노가 그녀에게로 옮겨갔다.

"김현이를 왜 죽였냐고요? 나정이가 거기 떨어진 거 보고도 그런 말이 나와요?"

"눈 가리고 아웅 하는 데에 소질 있으시네요. 나정일 죽인 건 비원이지만 그 자리 깔아준 건 나랑 이찬 씨예요. 비원한테 분노할 자격 있는 사람 리스트에 적어도 두더지는 없을 텐데요."

"누가 그걸 몰라요? 그래서 적어도 두더지로서 해야 할 일은 했잖아요. 비원 인간들 죽이려고 거기 들어가 있는 건데 김현이를 죽인 게 문제가 돼요? 비원 놈들은 열심히 죽이고 산성 사람들 죽는 건 막지 않는 게 우리 일이에요. 그래 말 나온 김에 물어보죠. 그때 정윤 할머니 죽을 뻔했을 때 왜 방해했어요? 할머니 뒤에 나 서 있던 거 다 보였죠? 그 공격 할머니가 안 맞으면 내가 위험한 거 알고 있지 않았어요? 윤서리 씨 산성 사람들 지키러 거기 간 거 아니지 않아요? 누가 위험하든 건드리지 말아야 하는 거 아니냐고요. 내가 위험할 때 도와주는 거야 있을 수 있는 일이라지만 이건 좀 심하지 않아요?"

"그때 최주상이 도망가려고 미친 듯이 공격했던 건 안 보였어요? 다 같이 살려면 그 공격 막아야 했잖아요. 당연히 홍정윤이 필요하죠."

"정지자는 어차피 여준이가 있잖아요. 걔만 있어도 그 공격 다 막아요."

"나정이 잃은 정여준이 그때 제정신으로 보였어요? 정말로? 정윤 할머니 아니었으면 그때 전부 죽었어요, 나도 이찬 씨도. 왜, 나정이 죽은 건 화나는 일이고 정여준은 친구니까 웬만해선 안 죽었으면 좋겠고, 홍정윤 죽는 건 괜찮아요? 산성에 있을 땐 정여준 대하는 거나 정윤 할머니 대하는 거나 그게 그거 같아 보이던데 사실은 아니었나 봐요? 연기 잘하는 건 내가 아니라 이찬 씨 같은데."

"뺕으면 다 말인 줄 아냐?" 이찬은 그녀의 멱살을 잡았다가 놀라 손을 떼고 주먹을 움켜쥐었다. "거 자기 살려고 남 속이는 건 피차 일반인데 적당히 좀 하지? 내가 산성 속이는 게 맘에 안 들면 거기서 같이 자폭하시든가. 본인이 첩자인 건 들키기 무섭고 내가 첩자 짓 하는 건 꼴 보기 싫냐?"

"배신할 거면 예외 없이 깨끗하게 배신하든가. 산성을 배신하든 섹션을 배신하든 둘 중 하나만 해. 다른 사람들 다 죽어도 마지막에 정여준은 안 죽었으면 하는 거 티 나는 거 알긴 알아? 최주상이 만약 한 사람만 지키려고 나머지 비원 사람들 이용했다고 하면 참 보기 좋겠다, 그렇지? 정여준은 본인이 방패인 줄 아는데 사실은 네가 산성 사람들로 방패막이 만들어서 정여준 감싸고 있는 거 알면 어지간히도 고마워하겠다?"

"여준이는 방패 없이도 알아서 혼자 살 수 있는 놈이야. 산성을 배신하든 섹션을 배신하든 하나만 하라니 그거 네가 할 말이냐? 넌 그래 아예 섹션을 배신하기로 작정한 거 같은데? 두더지 맞긴 하냐? 너 산성 사람들한테만 유리한 쪽으로 머리 굴리면서 싸도는 거 알아? 알고 그러는 거지? 서 팀장이 언제 너한테 경선산성 지키라고 했어, 관찰하라고 했지. 여기 최종목표는 산성이고 비원이고 나발이고 죄다 완전괴멸 아니야? 산성 사람 살리는 대신 비원 쪽이 많이 죽으면 또 몰라, 그것도 아니잖아. 아까 들었죠, 서 팀장님? 난 내 본래 임무 시도하다가 오히려 얘 때문에 죽을 뻔했다고요."

"왜냐면 네 말대로 난 섹션 배신한 거 맞으니까. 잊었어? 내가 여기 앉아있는 이유가 서 팀장 배신해서 그런 거잖아. 난 섹션도 배신했고 산성도 배신했는데, 둘 다 왔다 갔다 하는 박쥐를 뭐하러 보호하겠어? 나 때문에 죽을 뻔했다니 유감이지만 어쩔 수 없네."

"적당히들 하지?" 서형우가 말했다. "비원이랑 한판 붙은 거론 부족했어? 첩자끼리 싸워서 뭐 어쩌려고."

윤서리와 이찬은 불쾌한 기색을 꾹꾹 눌러 서로를 노려보다가 고개를 돌렸다. 이 불쾌함은 상대방으로 인한 게 아니라 자신에게 느낀 혐오라는 걸 잘 알았기 때문이다. 그들은 두더지 명찰을 달고 앉아있는 스스로에게 깊은 실망과 권태를 느꼈다. 그녀는 당장 자리를 뜨거나 서형우의 이빨을 털어버리고 싶었다. 그의 목소리를 듣기 싫었다.

서형우는 잠시 펜을 돌리더니 이찬에게 말했다.

"돌아가서, 너희 거점 한 군데로 특정 당하지 않게 좀 흩어져서 숨어 있어."

"…가뜩이나 머릿수도 줄어서 더 뭉쳐 있으려고 할 텐데요."

"그러니까 너한테 말하는 거잖아. 네가 말하면 정여준도 별 의심 없이 동의할 거고 다른 놈들도 생각 없이 알아서 따라가겠지."

"흩어져 있는 상태에서 비원이 들어오면 반격하기 어려워서 위험하잖아요."

"비원이 공격하는 일 없을 거야. 공격당하지 않게 하려고 이러는 거다. 너희 지금 사람 너무 부족해. 비원이랑 머릿수 비등해질 때까지 시간 두고 지켜봐야겠어. 한쪽으로 저울 너무 기운 게 맘에 안 들어. 당분간 비원한테 너희 위치정보 안 줄 거야. 정보 없이 또 멋대로 산성 쳐들어갔는데 한곳에 옹기종기 모여 있으면 말짱 꽝이니까, 가서 서로 멀찍이 떨어져 있게 잘 좀 조정하라고. 재배치 끝내면 나한테 위치 보고하고. 그곳으로 비원 놈들 눈 향하지 않게 막아줄 테니까."

이찬은 다리를 꼬고 탐탁잖게 고개를 끄덕였다.

"비원 머릿수 너희만큼 줄인 다음엔 다시 공격하게 계속 보낼 거니까 그땐 거점 하나로 통일시키고. 전투는 알아서 잘해라. 조대홍 빨리 죽게 내버려둬서 정여준 백업 줄이는 거 잊지 말고."

두 사람이 심문소를 나간 후 서형우는 콧노래를 불렀다. 차세연이 늘어놓은 군고구마 포장지를 짜증스럽게 구기던 차세욱은 심드렁하게 물었다.

"이번엔 웬일로 경선산성한테 친절하네? 정말 비원한테서 공격 막아줄 거야? 무슨 수로?"

"당연히 아니지. 드디어 기다리던 대청소다. 징글징글한 것들…, 이제야 하게 되네."

"정말? 이제 끝이야?" 차세연이 말했다.

"쥐새끼들 숨어 있는 장소 하나하나 다 가르쳐줄 거야. 몇 명 남지도 않았는데 이 정도면 바보가 아니고서야 몰살할 수 있겠지. 정여준 죽으면 최주상이랑 비원도 쓸어버리자. 지금의 산성을 더 놔둬 봤자 비원한테 흠집도 못 낼 것 같은데 유지해둘 이유가 없지. 12년이나 보존해줬으니 할 만큼 했어. 걔들도 그동안 비원 몸뚱이 줄여줄 만큼 줄여줬고."

서형우는 기분 좋은 두통을 즐기며 고개를 뒤로 젖혔다.

"정여준이랑 최주상 둘 중 하나는 꼭 뒈져야 할 텐데."

＊

그러니까 최주상은 그거잖아? 말이야 집단의 생존을 위해 단 한 명의 개인도 방류하지 않겠다고 꽁꽁 싸매지만, 결국은 우리가 감시받지 않고 살 수 있는 날은 절대 오지 않을 거로 생각하는 거잖아. 지금 자신들이 살아있는 건 서형우 당신이, 아니 당신 위에 있는 누군가가, 그리고 그 누군가의 위에 있는 무언가가 연명을 허락하고 있기 때문이라고 생각하는 거라고. 그것들을 이기기 위해 경선산성 골수를 빨아먹고 있는 거겠지만 사실 최주상의 믿음대로라면 비원에 희망은 없어. 당장 사회가 작정하고 누르면 비원의 생명은 끝날 거야. 그렇게 결론 내렸기 때문에 날 어떻게든 일반인으로 만들려고 그런 무리수를 뒀겠지.

이상하지? 무슨 수를 써도 살아남을 수 없다고 생각하는 사람이 어떻게 그렇게 조직을 완벽하게 결속시켰을까? 당신이 시키는 대로 꼬박꼬박 경선산성을 공격하면서 말이야. 보통 그렇게까지 자기 조직을 희망 없이 바라보는 사람이 꼭대기에 있으면 그 집단은 무너지잖아.

그래. 이제 알겠지만 전부 나 때문이야. 최주상 머릿속에서 싱크홀 생존자들은 이미 희망이 없는데, 나 때문에라도 어떻게든 희망을 연장시켜야 했어.

최주상이 얼마나 절박하게 절망했는지는 김현이만 알겠지. 절박과 절망은 함께할 수 없는 개념같이 보이겠지만, 신가영을 품에 안은 최주상한테 그런 건 문제 되지 않거든.

당신 헛짓했어. 비원 무너트리려고 땀 흘릴 필요도 없었어. 내가 완벽히 일반인이 되어 안전해진 걸 확인하면 최주상은 알아서 비원과 함께 붕괴했을 거야. 나만 없으면 최주상은 더는 절박할 필요가 없거든. 맘 편히 절망만 할 수 있으니까.

하지만 정말 그래야 할까.

최주상 말고, 다른 사람들도 절망해야 할까?

생존자들의 미래는 정말 최주상이 예견한 대로 끝날까? 이경선이 꿈꿨던 미래는 현실성 없는 백일몽일까? 최주상이 본 인간이 인간의 전부일까? 경선산성은 정말 비원과 세상의 탄압에서 자유로워질 수 없을까?

최주상을 잊어보자. 난 늘 최주상과 신가영을 잊고 싶었어.

대신 정여준을 기억해보자고. 당신이 연쇄살인마라고 했던, 연쇄살인마가 될 수밖에 없었던 경선산성 우두머리의 머릿속을 더 오래 들여다봐 봐.

정여준의 말대로 비원은, 자신을 가둔 두려움에서 벗어날 수 있을까?

벗어난다면, 그다음엔? 비원과 산성이 서로를 해하지 않고 세상 밖으로 모습을 드러내면, 다시 원만한 삶으로 돌아갈 수 있을까?

어쩌면 최주상의 예상이 맞을 수도 있겠지. 밖으로 나가더라도 소용없을 수 있겠지. 우리의 진실 따위 아무도 궁금해하지 않을지도 몰라. 알더라도 자기들이랑 아무 상관 없다는 말만 할지도 몰라. 진실을 밝혀서 자유로워지긴커녕 조롱받고 의심받고 배척받을지도 몰라. 산성 밖으로 나가면 당신보다 더한 인간들이 수두룩할지도 몰라. 최주상 말처럼 그냥 안전한 곳에 갇혀 가만히 있는 게 가장 나은 선택일 수도 있을 거야.

하지만 만약 그렇지 않다면?

시간은 걸리더라도 어떻게든 좋은 결말을 낼 가능성이 조금이라도 있다면?

정여준은 거기에 집착하고 있는 거야. 시간을 되돌릴 수 없는 사람도 그 가능성을 포기하지 않는데, 시간을 돌리는 복원자가 그 희망을 놓아서야 되겠어? 잘못되면 다시 시도하면 되잖아.

더 나은 방법을 찾아 길을 돌아가면 된다고.

✳

윤서리는 진통제와 항생제를 사 들고 산성으로 돌아갔다. 바깥으로 나올 때는 두 사람이 함께였지만, 이찬은 섹션을 나와 다른 차를 구했다. 구한 방식은 절도였지만 훔친 차가 서형우의 차였기에 그녀는 별다른 말을 하지 않았다.

냉랭한 기운이 가시지 않은 채 둘은 서로 인사도 없이 헤어져 따로 움직였다. 다시 만나면 아무 일 없었던 것처럼 허물없이 대해야 할 것을 생각하니 그녀는 배 속이 더부룩해졌다. 그의 능청맞은 연기에 기대는 것 외엔 다른 방법이 떠오르지 않았다.

이찬은 그녀보다 4시간이나 늦게 산성에 도착했다. 도중에 비원에 쫓겨 조금 너덜너덜해져 돌아온 그를 맞이한 건 윤서리와의 어색한 대화가 아니라 찌르는 듯 긴장된 분위기였다.

시발점은 그들이 없는 사이 누군가가 생각 없이 던진 한 질문이었다.

"대체 어떻게 비원은 매번 우리가 사는 건물을 찾아내서 공격하는 거지? 몇 주 전의 그 땅굴 위치는 어떻게 알고 무너트린 거야? 원래 있었던 공간도 아니고 우리가 직접 만든 곳인데 어떻게 거기에 사람들이 숨을 줄 알았던 거지?"

심심풀이로 그 주제에 대해 말을 나누던 사람들은 점점 추리에

재미를 붙였다. 지나가다 이야기를 듣고 심각한 고민에 빠진 사람은 조대홍이었다.

"비원이랑 연락 나누는 사람이 있는 거면 어떡하지?"

당연히 그럴 리 없다며 농담 취급하는 사람들과 의심의 싹을 틔우는 사람들이 나뉘었다. 12년이나 함께한 식구를 의심해서 어쩌겠냐는 의견이 강했지만, 만약 한 명이라도 배신자가 있으면 비원과의 싸움이 무용지물이 될 거라는 두려움이 슬금슬금 사람들을 지배하기 시작했다.

바깥으로 자주 나가는 이들의 명단이 그들의 입에 오르내렸다. 비원에 쫓길 위험을 각오하고 심부름을 도맡아 하던 친구들을 의심한다는 죄책감이 양심을 따끔거리게 했지만, 공포가 그 감정마저 쓸어버렸다. 다섯 명의 리스트가 완성됐다. 그런 도중 윤서리가 산성에 도착해 여섯 번째 명단의 주인공이 될 뻔했지만, 그녀가 산성의 일원이 되기 전에도 비원은 줄곧 거점을 찾아냈다는 지적을 받고 의심을 면했다.

동료의 절반을 잃고 예민해진 사람들은 리스트에 올린 다섯 명을 추궁했다. 정말 그중에 첩자가 있을 거라고 확신해 몰아붙인 이는 없었지만, 몇 년째 섹션의 협박을 받아가며 두더지로 활동한 한 명이 결국 긴장을 이기지 못하고 두 손을 들었다.

정말로 첩자를 색출해낼 거라곤 꿈에도 생각지 못했던 그들은 자신들이 먼저 추궁했는데도 그의 고백을 처음엔 부정했다.

문제는 그가 울고불고 용서를 구하며 한 말이었다.

"내가 원해서 그랬던 게 아니야. 어쩔 수 없었어…. 나쁘게 생각하지 말아줘, 찬이한테 물어보면 알아. 찬이는 이해해줄 거야…."

산성은 발칵 뒤집혔다. 사람들은 뒤늦게 도착한 이찬을 보며 어쩔 줄 몰라 했다. 가장 듬직한 파쇄자이자 유쾌한 친구인 이인자를 첩자로 의심해야 한다는 생각이 그들을 슬프고 두렵게 했다. 정여준과 윤서리를 제외한 모든 이들이 이찬을 보고 뒤로 주춤주춤 물러섰다.

'바보 자식.'

이찬은 포커페이스를 유지하며 두더지를 쳐다봤다. 섹션에서 딱 한 번 마주친 적 있는 친구였다. 가벼운 추궁에 줄줄 자백할 정도로 물러 보이지는 않았건만 이제 와서 돌이킬 순 없었다. 그는 안타까워하는 표정을 지으며 말했다.

"그래, 이런 식으로 물고 늘어져서 날 제거하면 비원한테 크리스마스 선물을 주는 셈이겠네. 내가 저번에 비원 이인자를 죽였으니까, 산성의 이인자도 죽어야 한다 이거지? 형이 대체 왜 비원한테 넘어갔는지는 모르겠지만, 형… 난 진심으로 형이랑 바깥에 나가서 살게 될 날을 기대했었어."

버림받았다는 충격에 눈이 돌아간 두더지가 벌컥 소리쳤다.

"너는 그러면 안 되지! 나도 나지만 너는 정말 그러면 안 되지! 경선 누님이랑 사람들이 널 얼마나 믿었는데! 다들 들어봐, 싸워야 할 건 비원이 아니야! 나랑 찬이를 간첩으로 부려먹은 건 비원이 아니라 경…."

떠올릴 수 있는 모든 욕설을 마음속으로 외치면서 이찬은 천장 일부를 부숴 두더지에게 날렸다. 콩알만 한 크기의 시멘트 조각이 그의 능력에 힘입어 두더지의 머리를 관통했다. 정수리를 뚫린 두더지는 말을 잇지 못하고 피를 뿜으며 쓰러졌다. 사람들은 비명과 고함을 내지르며 이찬에게서 거리를 벌렸다. 복원자들은 정신을 가다듬으며 긴장했다. 그가 동료를 죽일 거라곤 상상도 하지 않았던 정여준은 자신이 그의 살생을 막지 못했다는 사실에 충격을 받은 듯 보였다.

이찬은 털썩 무릎을 꿇고 양팔을 벌렸다.

"처치하십시오. 12년 내내 사람 죽이고 산 주제에 자살할 용기는 없는 못난 놈이라 미안합니다. 나도 식구들 손에 내 피 묻히게 하고 갈 줄은 몰랐는데."

"뭐해, 찬아. 장난하지 말고 일어나. 빨리 아니라고 설명해." 조대홍이 말했다.

"예, 아니에요. 당연하죠. 미쳤다고 비원 놈들이랑 붙어먹어요? 하지만 솔직히 말해봐요. 의심 가잖아요. 두 명이나 비원이랑 나돌았다고 생각하면 얼마나 무섭겠어요? 이런 상태로 나중에 비원이 다시 공격할 때 어떻게 싸울 수 있겠어요. 어떻게 나한테 등을 맡기고 날 따라 나란히 뛰겠어요. 분명 못 하겠죠. 형은 내가 먼저 보냈으니까 아무 파쇄자나 날 처리해줘요. 짐을 지워서 미안합니다. 절대 맞서서 공격하지 않을 테니까 안심하고 죽이세요. 비원한테 다 같이 죽는 것보단 차라리 그게 나아요."

이찬은 팔을 올린 채 그대로 고개를 숙였다. 사람들이 술렁이기 시작했다. 의심과 믿음 사이에서 갈팡질팡하는 목소리를 들으며 그는 머리를 비웠다.

윤서리는 이대로 그를 버릴까 잠시 생각했다가 천천히 앞으로 나왔다. 윤서리를 파쇄자라고 믿는 산성 사람들은 그녀가 이찬을 처치하려는 줄 알고 놀라 허둥댔다. 몇몇이 소리 높여 그녀를 말리기 시작했다.

그녀는 검지와 엄지를 펴 총을 쏘는 듯한 손짓을 취했다. 검지를 이찬의 이마에 갖다 대고 그녀가 말했다.

"의혹을 제기하지 않은 사람이 죽여야 하지 않겠어? 이인자 능력을 탐낸 파쇄자가 널 첩자로 몰아 죽여서 능력을 먹어버리려는 걸 수도 있잖아."

"헤헤. 여기 온 지 얼마 안 돼서 모르나 본데, 그런 사람은 여기 없어."

"그럼 다행이고. 어쨌든 네 힘은 내가 가져갈게."

그녀는 표정 하나 바꾸지 않고 그의 이마를 꾹 눌렀다. 이찬은 일단 그녀의 도발에 손발을 맞춰보기로 했다.

"여준이 잘 부탁해. 내년 봄에 꽃 피면 나 대신 나정이한테 흰 꽃 좀 바쳐주고."

이찬은 천장에 가볍게 금을 냈다. 그리고 정통으로 맞지 않도록 비스듬한 방향으로 천장조각을 날렸다.

파편은 얼마 이동하지 못하고 도중에 멈췄다. 정여준이었다.

"목숨 걸 가치 없는 데에 목숨 바치지 마."

정여준은 중앙으로 나와 그녀의 손가락을 감아쥐어 밑으로 내렸다. 그는 이찬의 머리 위에 손을 올려두고 말했다.

"전 필요하다면 여러분을 위해 죽을 거예요. 하지만 절대 여러분과 함께 죽지는 않을 거예요. 여러분은 내 목을 비원에 바치는 한이 있더라도 살아야 해요. 그게 내가 이곳의 머리인 이유예요. 하지만 그렇다고 여러분이 나 말고 다른 사람 목을 날리는 것도 쉽게 생각하진 말았으면 좋겠어요." 그는 조대홍에게 눈을 맞췄다. "12년 동안 같이 산 친구를 버리고 싶지는 않을 거 아니에요?"

조대홍은 얼른 뛰어나와 이찬을 일으켰다. 웅성대는 인파가 이찬의 머리와 두더지의 시신을 덮었다. 윤서리는 그 무리에 섞여들어 자연스럽게 뒤로 빠졌다가 밖으로 나갔다.

한참 뒤 이찬도 그녀를 따라 건물을 나왔다. 그는 주변에 아무도 없는 걸 확인하고 작게 말했다.

"여준이가 말릴 줄 알고 그렇게 연기한 거지?"

"그 사람은 그런 성격이니까."

"왜 나섰어? 나 없으면 파쇄자인 척 흉내 낼 수 없으니까 살려 준 거야?"

"나중에 비슷한 일이 일어날 때 내가 의심받지 않도록 도와줬을 뿐이야. 설마 같은 편끼리 죽이려고 했다고 생각하진 않을 테니까."

이찬은 입술을 쭉 내밀었다.

"그래, 인정하긴 싫지만 처음 만났을 때 널 파쇄자로 만들어준 보람은 있네."

"빚을 갚았다고 생각하지는 않을 거야. 어차피 너도 그때 자비심 때문에 날 도운 건 아닐 거고."

"예예, 어련하시겠습니까."

그는 뒷목을 벅벅 긁으며 건물 안으로 들어갔다. 그녀는 그의 모습이 완전히 사라지자 자리에 주저앉았다. 사람들 앞에서 이찬에게 정체를 폭로 당하지 않은 게 실감 나지 않았다.

만약 자신이 첩자라고 의심받았다면 과연 누가 변호해줬을까 싶었다. 그녀는 자신이 한때 경찰이었다가 산성에 잠입한 요원이란 걸 들키면 그때는 정말 죽을 거라고 생각했다. 죽기 직전에 시간을 돌려 과거로 도망가기야 하겠지만, 그들은 그녀를 처치하는 데에 망설임이 없을 것 같았다. 정직하게 고백해 자신은 원래 경찰이 아니라 경찰에 잠입했던 최주상 수족이라고 말하더라도 정여준이 용서해줄 성싶지도 않았다. 그와 나눈 우정이 모두 거짓이라고 오해받을망정.

그러고 싶진 않았다. 바깥세상에 진실을 밝히기 위해 싸우는 사람들에게 자신의 진실을 숨기는 이유는 그것으로 충분했다.

그녀는 밖을 서성이며 오랫동안 안으로 들어가지 않았다. 저 멀리 땅 위에 별이 촘촘히 떠 있었다. 싱크홀의 테두리를 두르고 있는 불꽃이었다. 정여준은 아직도 그 불덩어리를 공중에서 내리지 않았다.

그녀를 떠나 산성 사람들에게로 돌아간 이찬은 보이지 않는 단단한 가면을 쓰고 말했다.

"우리 한동안 뭉쳐서 지내지 말고 서로 떨어져서 살아보지 그래요. 거점을 분산시켜요. 만약 저번처럼 비원이 중구난방으로 들쑤시면서 사람들 위치 찾고 있는데 우리가 또 한곳에 몰려있으면…."

✳

싱크홀에서 사람들을 꺼낸 건 이경선과 최주상이야. 둘 중 한 명이라도 없었다면 나선계단은 완성되지 못했어.

하지만 이제 이경선은 없어. 이 새로운 싱크홀에서 사람들을 끌어올릴 의지가 최주상에겐 없어. 오히려 최주상은 새 싱크홀을 만들어낸 장본인 중 하나로 전락했지.

이제 대체 누가 두 번째 나선계단을 만들 수 있을까. 누가 남은 사람들을 햇볕 드는 세상으로 등 떠밀 수 있을까.

난 그 희망이 한 사람에게서밖에 보이지 않아.

이번 싱크홀에서 우리를 구할 사람이 있다면, 그건 아마 정여준이야.

＊

최주상은 지도를 펼쳐두고 열 손가락으로 책상을 통통 두드렸다. 2시간 내내 두드림은 멈추지 않았다.

지도엔 산성 사람들이 몸을 숨기고 있는 거점들이 적나라하게 구체적으로 표시돼 있었다. 이찬이 서형우에게 보고하고 서형우가 그에게 전해준 정보였다. 백 명이 채 안 되는 인원이 열여덟 곳에 분산돼 생활하고 있었다. 탄식이 나올 정도로 멍청한 배치였다. 정여준이 공중부양을 해서 도시 전체를 지켜볼 수 있는 신이 아닌 이상, 이만큼 흩어져 있으면 비원은 언제든 산성을 쓸어버릴 수 있었다.

물론 정확한 위치를 알고 있을 경우의 얘기였다. 경선산성의 첩자가 순진하지 않고 싱크섹션이 교활하지 않았다면 그의 손에 이런 기회가 들어오진 않았을 것이다.

정여준의 위치를 모르는 게 유일한 장애물이었다. 산성의 첩자는 정여준의 거점을 공개하지 않았다. 단순히 서형우에게 보고하지 않기로 고집부린 것인지 그의 위치를 매일매일 바꾸기로 해서 그런 것인지는 알 수 없었다.

알고 있는 것은 정여준을 향한 최주상 자신의 선명한 적의뿐이었다. '자유롭고 안전하게 살게 하려고 온갖 짓을 다 했는데 겨우 너 같은 것 옆에서 그러고 살고 있다니.' 산성에서 윤서리와 정여준을 보았을 때 그가 가진 감상은 그것이었다. 비원도 아닌 경선산성을 위해 그녀가 생을 접는 모습을 그는 절대 지켜볼 수 없었다.

김현이를 잃은 건 치명타였지만 산성이 입은 상처만은 못했다. 이번이 마지막 전투라고 못 박으면 비원의 사기는 반드시 올라갈 것이다. 판을 엎을 기회는 지금이었다. 이번에 이기는 쪽이 바깥에서의 삶의 방식을 결정할 주역이 될 것이다.

물론 마지막까지 살아남는 최후의 승자는 신가영이어야 했다.

*

어쩌다 이렇게 되었을까 싶지? 분해서 미칠 것 같잖아. 나 따위한테 속아서 그러고 무력하게 앉아 내 얘기나 듣고 있는 게. 설마 시간까지 되돌릴 수 있는 복원자가 있을 줄은 몰랐을 테니 사기라도 당한 기분이겠지.

언제나 당신이 가장 위에 있을 거라는 믿음…, 자기보다 상황을 잘 파악하고 있는 사람은 없다는 그 확고한 믿음. 섹션의 프로젝트가 망하게 된 건 당신의 그 믿음 때문이야.

조직을, 그들의 현재를, 미래를, 전부 당신이 원하는 대로 만들어가고 있다고 생각했겠지. 당신한텐 그들의 행동을 멈추고, 부숴버리고, 바람직한 상황으로 되돌려놓는 능력이 있다고 말이야.

틀렸어. 아니야. 당신은 정지자가 아니야. 파쇄자도 아니고 복원자도 아니야. 당신이 이 허무한 게임에서 질 수밖에 없는 이유는 당신이 그 지옥 같은 거대한 구멍에서 기어 올라온 사람이 아니기 때문이야. 생존자가 아니기 때문이고 당신 눈앞에 있는 생존자를 알아보지 못했기 때문이야. 초능력자들조차 조종하지 못하는 인간의 의지를, 당신은 얼마든지 조종할 수 있다고 착각했기 때문이야.

도구로 사람을 찌르거나 사람으로 도구를 찌른다. 이게 벌을 각오하고 죄를 짊어지는 살인이야.

당신은 사람으로 사람을 찌르려고 했잖아.

＊

최주상이 비원의 모든 수족을 거느리고 경선산성으로 온 날은 탐스러운 눈송이가 내리는 포근한 날이었다.

눈 쌓이는 소박한 풍경을 거친 소리로 처음 뒤흔든 건 조대홍과 함께 있던 파쇄자였다.

봉화였다. 정여준이 만약을 위해 사람들과 정해둔 신호였다. 비원의 공격을 받았거나, 비원이 아니더라도 위험한 일이 생기면 파쇄자는 폭발 가능한 물건을 가능한 한 높이 쏴 올리고 정지자는 폭발물을 공중에 붙잡아놓기로 한 약속이었다.

그 꺼지지 않는 봉화가 오른 곳은 비원에 네 번째로 공격당한 거점이었다. 앞선 세 군데의 거점은 봉화를 올리기도 전에 급습을 받고 전멸했다.

서로 다른 장소에서, 정여준은 봉화를 발견했고 이찬은 자신을 공격하려는 비원 조직원을 먼저 발견했다.

이찬은 급습에 누구보다도 놀랐다. 그는 자신이 관성적으로 서형우의 지령을 의심 없이 믿다가 드디어 속았다는 걸 깨달았다. 싱크홀에 떨어지는 나정을 보았을 때와 같은 분노가 그를 덮쳤다. 그는 눈앞의 파쇄자가 날린 물체를 폭파하고 다섯 조각으로 쪼갠 식칼을 능력으로 내던져 남자의 갈빗대를 으깼다.

이찬은 정여준에게로 가려다가 멈칫했다. 12년간 본 적도 없었던 얼굴이 이곳저곳에서 비원과 섞여 있었다.

최주상이 싱크홀 생존자가 아닌 조직원을 산성에 끌고 오는 일은 이때껏 단 한 번도 없었다. 그는 조심스럽게 몸을 숨기며 비원과 역방향으로 움직였다. 낯선 얼굴들이 점점 늘어났다.

갑작스럽게 어떤 생각이 그의 머릿속을 벼락같이 가로질렀다. 그는 산성 사람들을 등지고 도시 외곽을 향해 달렸다. 뒤편으로 봉화가 하나둘 늘어났다. 눈 앞에 펼쳐진 그림이 좋지 않은 예감을 불러냈다. 분산된 경선산성을 처치하기 위해 비원의 인원도 분산돼 있었다.

싸움이 한창인 곳에서 간신히 멀리 떨어진 그는 도시 바깥에서 안으로 들어오는 이동물체를 보고 다급히 숨었다. 12년 전에나 봤던 무장집단이 산성에 진입하고 있었다.

쥐를 잡기 위해 여기저기 흩어진 비원이라는 고양이를 사냥할 최후의 덫이었다.

"서형우…."

이 순간만 목 빠지도록 고대했을 인간의 이름을 중얼거리며 이찬은 손을 떨었다. 경선산성이 학살당하고 비원의 머릿수가 줄었을 때, 정여준이나 최주상 둘 중 하나가 사망해 있다면 섹션이 보낸 저 사람들은 이곳을 진정으로 완벽한 유령도시로 만들 것이다.

마지막이다. 언젠가 도달하리라 여겼던 마지막이 기어이 오고야 말았다. 그는 눈치채지 않을 수 없었다. 서형우는 지금 이찬까지 여기서 처리하려 하고 있었다.

이찬의 눈에 불꽃이 튀었다. 그는 숨기기 편한 작은 이동수단을 향해 전력으로 달렸다.

그때 윤서리는 낡은 빌라 3층에서 라땅과 마주쳐 당황하고 있었다. 그가 그녀에게 "가영아, 최 사장님이 나한테…." 하고 말하는 도중 그녀는 시간을 1시간 전으로 돌렸다.

정여준을 찾아야 했다. 사람을 모아야 했고 그 사람들을 그가 한 눈에 볼 수 있어야 했다. 그녀는 시간을 좀 더 돌릴까 계산하다 그만 두었다. 그 전 시간대의 정여준의 동선을 도무지 추측할 수 없었다.

한참을 달리던 그녀는 오른쪽 가슴을 뚫은 철근에 컥 소리를 내 며 고꾸라졌다. 비원의 파쇄자가 그녀에게로 다가왔다. 그녀를 꿰 뚫은 철근은 몸 안에 박힌 상태에서 다시 부서졌다. 최주상이 자주 쓰던 살상법이었다.

폐와 근육이 갈기갈기 찢어지는 고통에 몸부림치며 그녀는 5분 전으로 돌아갔다. 아직 철근에 뚫리지 않은 가슴을 붙잡고 그녀는 잔상처럼 남은 통증에 괴로워하며 느리게 쇼크에서 벗어났다. 그리 고 철근을 내던진 파쇄자를 만나기 전에 다른 장소를 향해 급히 도 망쳤다.

비슷한 일이 반복되고 그녀는 그만큼의 죽음을 회피하며 시간을 돌리고 다시 돌렸다. 비원과 마주치지 않을 길로 요리조리 도망치 며 그녀는 끊임없이 정여준을 찾았다.

괴로움은 결국 성과를 냈다. 멀리서 언덕을 오르는 정여준이 보 였다.

그러나 언제나 그랬듯 좋은 일은 나쁜 일과 함께 찾아왔다. 그녀 보다 최주상이 먼저 그를 발견한 것이다. 그녀는 그를 향해 성큼성 큼 다가가는 최주상과, 그런 최주상을 눈치채지 못하고 여전히 등 을 돌린 그를 보고 숨을 삼켰다.

순식간에 최주상 주변의 모든 것이 산산이 부서졌다. 그것들은 날개를 뻗은 괴물처럼 정여준에게로 날아들었다.

그는 폭발음을 듣고 고개를 돌렸다.

늦는다.

그녀는 10분 전으로 돌아갔다. 세밀하게 시간을 계산해 이동한
건 아니었다. 단순히 본능적으로 되돌린 10분이었다. 과거로 돌아
오자마자 그녀는 온 힘을 다해 뛰었다. 아직 시야엔 최주상도 정여
준도 없었다. 그러나 이대로 가면 그들이 나타날 것을 그녀는 알고
있었다. 달려서 가기만 하면 이전보다 더 일찍 도착할 것도 알았다.

적어도 최주상이 그를 공격하기 전에. 그것이 지금 그녀가 바라
보는 유일한 목표였다.

멀리 그들이 보였다. 그녀는 정여준보다 최주상에게 다다르는
게 더 빠르겠다고 판단해 방향을 틀었다. 정여준의 뒷모습에 정신
이 팔린 최주상은 옆에서 달려오는 그녀를 발견하지 못하고 폭발물
을 날렸다.

그녀의 머리가 바쁘게 굴러갔다. 비등한 실력의 두 사람일 경우
정지자는 절대 파쇄자를 제압할 수 없다.

"도망쳐!"

정지자인 그가 살려면 그 방법밖엔 없었다. 라땅이 최주상을 제압
하려는 괴상한 현상이 일어나지 않는 이상 정여준에겐 승산이 없다.

그녀는 그들 사이로 뛰어들었다. 최주상의 얼굴이 종말을 본 것처
럼 일그러졌다. 그는 자신이 날린 파편이 그녀에게 닿지 않도록 능력
을 비틀었다. 그러나 최주상은 정지자가 아니었고, 큰 파편을 더 잘
게 부수는 게 그가 할 수 있는 최선이었다.

폭발 잔해는 그녀의 코끝까지 도착해 있었다. 그녀는 이제 15분
전, 아니 최소한 20분 전으로 돌아가야겠다고 생각했다. 어느 방향

으로 움직여서 얼마나 더 빨리 이곳에 도착해야 그들이 마주치지 않을까 생각하려니 머리가 터질 것만 같았다.

시간을 돌리려고 시도하기 직전, 그녀는 전신을 향해 달려드는 파편을 바라보며 순간 사고가 정지한 것 같다고 느꼈다.

몸을 파고드는 통증이 느껴지지 않았다. 숨을 쉴 때마다 가슴이 문제없이 오르락내리락했고 심장은 거칠게 뛰었으며 땀방울이 흘러내렸다. 그녀는 자신도 모르게 과거로 이동한 건가 싶었다.

두려움을 껴안고 그녀는 느리게 눈을 깜빡였다.

그녀는 폭발물에 찢겨 피투성이가 되어있지 않았다. 과거로 돌아가 있지도 않았다.

다만 아플 정도의 포옹에 짓눌려 꼼짝도 못 하고 서 있을 뿐이었다.

앞이 제대로 보이지 않았다. 누군가의 가슴팍에 비벼진 머리카락이 뺨에 붙어 까슬까슬했다. 그녀는 숨을 죽이고 있다가 다급하게 버둥댔다. 그녀의 머리와 어깨를 단단히 껴안은 누군가의 팔이 미동도 없다가 차츰 느슨해졌다. 그녀는 포옹에서 벗어나 위를 보았다.

눈앞을 채운 건 최주상도, 봉화가 가득 떠오른 하늘 풍경도 아니었다.

소년처럼 배시시 웃는 정여준의 얼굴이 그곳에 있었다.

그녀를 껴안고 대신 온몸에 파편을 뒤집어쓴 그가 피를 토했다.

*

대체 왜. 왜. 그게 유일하게 내가 이해하지도 알아내지도 못한 일이야. 왜 정여준이 거기 있었던 걸까. 어디서 어떻게 튀어나와서 날

막은 걸까. 분명 뒤에 있었는데, 어떻게 내 앞에서 그 공격을 다 뒤 집어썼을까.

나한테 말해주지 않은 정보가 있을까 봐 차세연을 털어본 적도 있어. 사람 고문하는 게 기분 좋은 일은 아니지만 어쨌든 하는 방 법을 모르지는 않았지. 당신한테 속성으로 배웠잖아. 직접 당해가 면서.

차세연한테 버티는 깡은 없더라. 아는 게 있으면 뭐든 말했겠지 만 결국 그럴싸한 정보는 없었어. 차세욱도 마찬가지고. 섹션은 답 을 주지 못했어.

어쩜 이렇게 손톱만큼도 도움이 안 될 수가.

＊

산성과 마찬가지로 섹션도 기대치 않은 손님을 맞아야 했다. 서 형우는 건물이 흔들리며 벽이 허물어지는 걸 보고 최주상을 떠올렸 다. 하지만 뚫린 구멍을 통해 뛰어들어온 사람은 이찬이었다.

살아 돌아오지 못할 사람을 다시 보는 일이 윤서리 외에도 또 생 길 줄 몰랐던 그는 의외라는 듯 입술을 모았다. 당황한 기색을 들키 고 싶지 않았다. 생각보다 빨리 상황판단을 마치고 탈출한 모양이 었다. 이찬은 머리가 깨져 어깨까지 피에 젖어있었다.

"괴멸을 앞둔 마지막 싸움엔 내가 없을 거라고 약속했잖아." 이 찬이 말했다.

"그랬지. 약속 지켜졌잖아? 너 지금 전선에 있는 거 아니잖냐. 여 긴 싱크섹션이야, 꼬맹아."

이찬은 서형우가 앉은 의자를 부쉈다. 시선을 일찍 눈치챈 그는 바닥에 주저앉기 전에 급하게 의자에서 일어났다가 지팡이를 놓치고 비틀거렸다. 이찬이 그의 목을 움켜쥐고 무게를 싣자 그들은 우당탕 소리를 내며 바닥에 넘어졌다. 다급히 권총을 찾아 빼 든 차세연과 차세욱이 이찬을 향해 발포했지만, 총알은 공중에 터져 사방으로 퍼졌다. 폭발한 권총의 파편이 그들의 양손에 깊숙이 박혔다.

이찬이 총탄에 집중한 틈을 타 서형우는 그의 얼굴에 주먹을 날렸다. 목을 짓누르던 이찬의 손이 떨어지고 두 사람은 서로의 머리를 붙잡아 벽에 사정없이 부딪쳤다. 이찬은 서형우의 뒤통수를, 서형우는 이찬의 이마를 바닥에 짓누르며 상대보다 먼저 힘을 풀지 않기 위해 끙끙거렸다.

"싱크홀에서 올라온 것도 우리가 알아서 돌아온 거였고 산성에서 12년이나 버틴 것도 우리 힘으로 살아남은 거였어!" 이찬이 소리쳤다. "도와달라고도 안 했잖아! 놔두라고! 그냥 놔두라고! 왜 그것도 못 하겠다는 거야!"

"웃기지 마. 그곳은 비극의 유적지가 돼야지, 신인류의 탄생지로 만들 순 없어."

그는 이찬의 다리를 깔고 올라가 지팡이로 머리를 내리눌렀다. 다른 한 손으로 주머니를 뒤져 라이터를 꺼낸 그는 이찬의 옷과 머리카락에 불을 붙였다. 이찬은 소리를 내지르며 몸을 비틀었지만 불은 그의 의지에 복종하지 않았다.

불이 전신으로 옮아 붙은 걸 확인하고 서형우는 지팡이를 뗐다. 그는 라이터를 내던지고 뒤돌며 말했다.

"그러니까 거기서 왜 올라와. 너희가 괜히 싱크홀에서 올라오니까 힘든 사람이 많아지잖아."

건물이 우는 소리를 내며 크게 흔들렸다. 서형우는 인상을 찌푸리며 이찬을 돌아보았다. 차세욱이 멀찍이서 "나가!" 하고 소리쳤다. 서형우는 불타고 있는 이찬의 시선을 따라 고개를 들었다.

천장이 무너지고 있었다. 안팎에서 부서진 흔적이 동시에 생기며 곳곳에 폭발이 일었다. 천장뿐 아니라 벽 여기저기에도 금이 가기 시작했다.

이찬은 피부가 타들어 가는 고통에도 불구하고 다른 곳으로 도망칠 생각이 없는 듯했다. 제 몸을 뒤덮은 화염보다도 더 강렬하게 능력을 펼치며 그는 조용히 귀를 기울였다. 후드득하는 소리가 자장가처럼 들려왔다. '천장이 떨어져 내리기 전에 과연 여준이가 저것들을 공중에 멈춰줄까.' 하는 쓸데없는 생각이 들었다. 당연히 그럴 리가 없었다. 여준은 자신이 내버려두고 왔다. 어쩌면 4년 전부터 계속, 내버려두기만 해왔을 것이다.

반쯤 죽어 바닥에 굴러다니는 이찬을 신경도 쓰지 않고 서형우는 바깥으로 피하려 했다. 그러나 감히 한 발짝도 나가는 걸 허락하지 않겠다는 듯 천장이 그에게 무너져 내렸다.

2층 건물이 폭발하며 그들의 머리로 쏟아졌다.

＊

난 최주상이 정여준을 계속 공격할 걸 알았기에 그 사람을 막아섰어. 하지만 내가 그때 끼어들지 않았어도 정여준은 그 공격을 멈출 수 있었을 거야. 멈춘 다음엔 장담을 못 하겠지만.

그리고 정여준은 아마, 아마도, 내가 거기에 있었기에 자리를 벗어나서 내 앞으로 왔어. 굳이 그러지 않았어도 난 시간을 돌릴 테니까 최주상의 공격에 맞아 죽는 일은 없었을 거야. 하지만 정여준이 그걸 알 리가 없지.

한 사람이라도 자기 자리를 지켰다면.

내가 움직이지 않았거나 정여준이 움직이지 않았거나, 둘 중 한 명이라도 상대방을 좀 더 믿고 자리에서 벗어나지 않았더라면. 그 러면 적어도 그런 식으로 끝나지는 않았을 텐데.

✳

정여준의 피가 그녀의 머리카락을 타고 흘러내렸다. 핏방울 위로 눈송이가 내려앉아 녹아들었다.

그의 무릎이 꺾이며 휘청했다. 두 사람은 함께 주저앉았다. 늘어진 몸을 끌어안고 그녀는 그의 최후를 직감했다.

최주상은 그녀를 향해 팔을 뻗은 채 어쩌지도 못하고 서 있었다. 그녀는 최주상의 뒤편에서 다가오는 무장한 이들의 행렬을 보았다. 분명 자신의 뒤에도 같은 무리가 있을 것이었다. 머잖아 공중을 가로질러 올 이들까지 상상하니 그녀는 절로 오싹해졌다.

그녀는 최주상이 자신을 살려주지 못할까 걱정하지 않았다. 외려 그가 정말 그것을 성공할까 봐 염려됐다. 저를 제외한 모든 생존자가 기어이 세상을 떠나고 신가영만 홀로 남는 것이 지금 그녀가 상상할 수 있는 가장 큰 공포였다.

그녀는 떨며 말했다.

"이건 네가 아니라… 내가 처리할 문제였어. 이 공격은 내가 감당해야 했어. 그래야 하는 일이었어…."

정여준은 웃으며 힘겹게 고개를 가로저었다. 그는 하고 싶은 말이 많은 듯 입을 벙긋거리더니, 힘에 부쳤는지 결국 가는 목소리로 느릿느릿 말했다.

"무사해서 다행이에요."

그녀는 눈을 뜨는 걸 버텨내지도 못하는 그를 내려다봤다. 생명이 사그라지는 모습이 너무나 생생했다. 이 마지막 말이 그의 유언이 될 것이 자명했다.

안 된다. 그녀는 그렇게 내버려둘 순 없었다. 지금 죽이선 안 되는 사람이었다.

그녀는 방금 알껍데기를 깨고 나온 작은 생명체처럼 힘겹게 고개를 들었다.

복원자의 절박한 명령에 따라 시간이 되돌아갔다. 그곳엔 피투성이의 정여준도, 넋을 놓은 최주상도 없었다. 하늘에서 눈이 내리지도 않았고 가쁜 호흡에서 피어나는 흰 입김도 없었다. 무릎 밑으로 바스락대는 낙엽이 느껴질 뿐이었다. 그녀는 머릿속에 그렸던 과거 어느 지점에 도착한 것을 확인했다.

처음 잠입했던 경선산성, 처음 만났던 정여준이 눈앞에 있었다.

정여준은 그녀가 가지고 들어왔던 단도를 치켜들었다.

"도망가 줘."

생기 없고 암울한 표정의 그가 그렇게 말했다. 심장이 목구멍에 들어찬 것처럼 요란하게 고동쳤다. 그들의 머리 위에 떠 있는, 최주상이 날렸을 건물조각에 금이 가기 시작했다.

그녀는 화가 날 정도로 익숙해진 한 문장을 소리 내 말했다.

"도망쳐."

그의 눈이 빼쪽 솟았다. 그녀는 그가 멈추지 않은 파편이 자신의

276

머리를 내리치길 기다렸다.

받아들일 수 없는 죽음으로부터 그를 건져내야 했다.

✳

처음엔 거기서 최주상과 정여준이 마주치지만 않으면 될 거라고 생각했어. 물렀지. 비원과 산성이 대치하는 이상 그날은 빠르건 늦건 장소가 어디건 반드시 찾아올 게 당연한데.

모두 시도해봤어. 최주상이 산성에서 날 발견하지 못할 경우. 마지막에 이찬이 당신의 지령을 따르지 않을 경우. 내가 정여준의 거점에 붙어있을 경우. 마지막 전투가 더 빨리 일어날 경우. 더 늦게 일어날 경우. 최주상이 정여준보다 날 먼저 발견할 경우. 정여준이 최주상을 먼저 발견할 경우. 최주상의 곁에 백업이 전혀 없을 경우. 산성의 머릿수가 훨씬 많을 경우.

생각할 수 있는 모든 경우의 수를 이뤄내기 위해 하나하나 환경을 바꿨어. 같은 시도를 열 번 하고 다른 시도를 열 번 하고 그것을 반복해서 또 열 번.

수백 수천 번을 시도해도 정여준은 어떤 식으로든 죽었어.

장소가 달라도, 몸으로 받아내는 파편 종류가 달라져도, 심지어 최주상이 아닌 다른 이유 때문에라도, 정여준은 언제나 나보다 오래 살지 못했어.

내가 아예 정여준을 만나지 않으면 어떻게 될까 싶어서 산성에 잠입하지 않았던 적도 있어. 그래, 얌전히 경찰업무만 하고 살았던 거지. 당신을 배신하지 않았던 윤서리가 딱 한 번 있었던 거야. 그건 최주상이 그렇게 바라마지않던 신가영의 모습이기도 했어. 일반인의 거죽을 뒤집어쓰고, 비원과는 아무 인연도 만들지 않고 조용히 바깥 공기를 마시는 그런 삶 말이야.

정여준은 소리 소문도 없이 죽었어. 내가 그 도시를 주시하지 않았다면 언제 죽었는지도 몰랐을 정도로. 그리고 원래보다도 더 일찍 죽었지. 내 나름대로 산성 측을 유리하게 만들어줬던 순간들이 싹 사라진 거니까.

최주상을 움직여 싱크섹션을 몰살시켜본 적도 있어. 하지만 금방 다시 과거로 돌아갔어. 유례없던 최악의 결과가 나왔거든. 떠올리고 싶지도 않아.

하다 하다 너무 힘들어서 정여준한테 그냥 털어놓은 적도 있어. 넌 최주상을 상대하다가 죽을 거고, 아무리 애를 써도 난 너를 살릴 수가 없다고.

본인이 죽을 걸 알려주면 경계하고 조심할 거라 생각했는데 아니더라. 정여준은 자기가 왜 전방에 나서서 죽음을 자초했을지 자꾸 자문했어. 그럴 만한 이유가 얼마 없다는 걸 스스로가 가장 잘 알고 있었겠지. 결국 답을 찾아냈는지 그 사람은 날 구하고 같은 결과를 되풀이했어.

그래. 숨길 생각 없어. 난 이 해결점 없는 무한한 노동에 지쳤어.

그 사람 눈에서 목숨이 꺼져가는 수백 번째 모습을 보는 것도 지긋지긋해.

이젠 시간의 흐름을 그대로 걷는 것보다 과거로 거슬러 올라가는 게 더 자연스럽게 느껴질 정도야. 대체 이 지겨운 실험을 언제까지 반복해야 할까. 이쯤 되니 내가 하는 짓이 정여준을 살리기 위한 도돌이표가 아니라 정여준의 죽음을 위한 연주처럼 느껴져.

당신이랑 똑같은 면접을 몇 번이나 반복하는 것도 지겹고 나정이를 계속 잃는 것도 괴로워. 같은 장소에서 끊임없이 죽어 나가는 시체들 보는 것도 견디기 싫어.

이 계절에 난 얼마나 오래 매달려있는 걸까. 여기서 얼마나 살았을까? 이대로 계속 시간을 돌리면 영원히 죽지 않고 머물러 살 수 있는 건가 싶은 생각까지 들어.

나는 내 능력으로 질리도록 긴 시간을 살아가고 있는데, 왜 정여준은 본인 능력으로 본인을 살리지도 않을까.

정여준을 몰랐다면 편했겠지. 처음 산성에 갔을 때 단번에 죽이는 데에 성공했으면 이런 고생은 하지 않았을 거야. 그래, 차라리 그때 그 사람을 죽였다면 좋았을 텐데.

하지만 어쩌겠어.

이미 나는 정여준을 알고 있는데.

가장 억울한 건 이거야. 대체 난 왜 그만두지 않는 거지?

왜 포기하지 않을까. 왜 언젠간 성공할 거라고 착각하는 거지? 어째서 착각이 이렇게 오래 지속되는 걸까. 계속 실패만 하면 깨끗이 포기할 줄도 알아야 하는데.

알아. 그러지 못하니까 내가 여기 있는 거야. 정여준을 버리고 미래로 나아갈 생각 따윈 하지도 못하고, 이렇게 가장 지치고 괴로운 시기를 몇 번이고 반복하면서.

어디부터 다시 시작해야 할까. 이제 어느 때로 돌아가면 될까. 난 내가 기억하는 모든 과거의 순간으로 돌아가 모든 가능성을 다 시도해본 것 같아. 내가 아직 되돌리지 않은 시간대가 어디쯤인지도 모르겠어. 남아있기는 한 걸까.

아마 남아있지 않더라도, 새로운 장면을 억지로 만들어내기 위해 나는 또 과거로 도망치게 되겠지.

왜냐면 난 여전히 경선산성의 부활을 원하니까. 정여준처럼, 비원의 자유를 원하니까.

반드시 정여준이 한 손엔 이찬의 손을, 다른 한 손엔 최주상의 손을 잡고 당신 앞에서 웃는 날이 오게 하겠어. 이 보이지 않는 두 번째 싱크홀에서 올라온 사람들만큼은 총칼로도, 이간질로도, 계략으로도, 배신으로도 죽일 수 없다는 걸 당신한테 똑똑히 보여줄 거야.

자, 이제 난 다시 허무해질 싸움을 하러 갈 거야. 거기서 우린 또 비참해질 거고, 당신은 잔인할 거고, 최주상은 용서받지 못할 짓을 할 거고, 많은 사람이 죽을 거고 나는 한 명이라도 더 살리려고 발버둥 치겠지만 어쩌면 또다시 수포가 될지도 모르지.

이번엔 어떨 것 같아?

내가 해낼 수 있을 것 같아?

언제쯤 성공할 거라고 생각해?

미안. 별로 안 미안해서. 그러게 날 그 친구한테 보내지 않았다면 좋았을 텐데. 나한테 보여준 사진이 정여준이 아니라 전혀 다른 엉뚱한 사람이었다면 당신도 이런 얘길 듣게 되지 않았겠지.

하긴 뭐. 무슨 소용이야. 이제 당신은 기억도 못 할 텐데.

갈 거야. 다시 시작하자. 성공을 빌어줘.

나는 당신의 고통을 빌게.

셋.

둘.

7
여기

윤서리는 그곳에 그저 존재만 하고 있었다.

카운트다운을 끝맺지 못한 그녀는 먼 옛날 장인이 완성해놓고 떠나버린 그림처럼 공간에 장식돼 있었다. 그녀는 색채를 머금은 빛을 모아다 정교하게 반죽해놓은 것처럼 보였다. 혹은 캔버스 없이 허공에 촘촘히 덧칠해 그린 입체화처럼도 보였다.

앉은 자리에 그대로 굳어있는 그녀처럼 서형우도 마찬가지였다. 그들뿐만이 아니었다. 공기의 진동이 멈췄고, 먼지의 부유가 멈췄고, 역사의 기억이 멈췄다.

얼어붙은 시공간을 바라보며 정여준은 팔짱을 꼈다.

정지자는 잔잔히 일렁이는 눈동자를 한 사람에게 고정했다. 그는 시간을 돌리기 직전인 복원자를 하염없이 보고 있었다. 한숨과 함께 정여준은 윤서리에게 가능한 한 가까이 다가가 섰다.

그 어떤 생존자도 생명체를 조종할 순 없었지만, 정여준이 멈춘 건 그녀가 아니라 그녀를 지나는 시간이었다. 그저 지금은 그녀의 심장이 뛸 순간이 안 되었을 뿐이고, 눈꺼풀이 아직 눈동자를 덮을 때에 이르지 못했을 뿐이다. 세상의 한순간이 그의 의지 때문에 한없이 늘어지는 중이었다.

그 능력은 그가 죽음의 순간과 대면했을 때도 유효했다. 그는 제 몸에서 생명이 빠져나가기 직전에 시간을 멈췄고 그의 시간은 죽음의 문턱 앞에 고정되었다. 멈춘 시공간 안에서 그는 생의 마지막을 유예할 수 있었다.

거기서 끝나야 했다. 그가 예상치 못한 건 그녀의 능력이었다. 그녀는 그가 제 시간을 멈춘 것과 동시에 그들 모두의 시간을 과거로 돌려버린 것이다.

고정된 시간에 갇혀 그는 흘러가는 시간 속의 그녀를 관망해왔다. 그는 그녀에게 손을 대보았다. 모습이 선명히 보이고 조금 전까지 서형우와 대화하던 말까지 들렸지만, 그의 손은 그녀에게 닿지 않았다. 그는 지금 자신이 정확히 어디에 있는 것일까 물어보았다. 그녀는 대답하지 않았다.

그들의 반복되는 역사를 지켜보는 데에 조금 지치긴 했지만, 그는 아직 괜찮은 것 같다고 생각했다. 만약 멈춘 시간을 움직이게 하면, 그는 첫 생의 마지막 순간으로 돌아가 최초의 죽음을 맞이할 것이다. 하지만 그는 그러지 않기로 했다. 수없이 되돌린 시간들을 빼앗기고 무력해질 그녀를 그냥 두고 싶지 않았기 때문이다. 그는 그 충격을 방조할 자신이 없었다.

"왜 그렇게까지 이 악물고 뛰어다니는지는 저도 지켜봐서 알겠는데…, 적당히 하다 그냥 보내주세요."

진심이었다. 그는 그녀가 시간을 돌릴 때마다 이번엔 자신을 그냥 죽게 내버려두길, 부디 포기하고 그날을 받아들이길 기도했다.

그가 시간을 멈췄던 건 죽는 게 두려워서가 아니었다. 마지막으로 그녀의 얼굴을 천천히 보고 산성을 한 바퀴 돌고 싶어서였다.

그러나 그녀는 그에게 지나치게 많은 시간을 주었다. 이제는 온전히 눈을 감아도 충분히 만족스러울 것이다.

그는 그녀의 눈앞에 얼굴을 바싹 가져다 대고 말했다.

"제가 먼저 시간을 멈췄다면 서리 씨는 시간을 돌릴 수 없었을 거고, 서리 씨가 먼저 시간을 돌렸다면 전 시간을 멈출 수 없었겠죠. 그러면 어떻게 된 일일까요. 가능한 건 하나. 서리 씨가 시간을 돌린 그 순간, 동시에 제가 시간을 멈춘 거라면 설명될 수 있겠죠."

그를 인식하지 못하는 그녀를 대신해 그는 미소를 지어주었다.

"하지만 시간이 멈추는 동시에 되돌려지는 게 가능할까요? 사람이 죽었는데도 살아있을 수 있나요? 비가 내리고 있는데 동시에 증발하는 중일 수 있나요? 글쎄요. 하지만 우리는 서리 씨 머리카락이 바닥에 떨어진 채 멈춰 있는 동시에 본래 자리로 돌아가는 걸 본 적이 있죠. 그럼 과연 그때의 그 시간은 어떻게 됐을까요. 서리 씨가 되돌린 동시에 제가 멈춰버린 시간은, 대체 어떤 모양새로 존재를 인정받고 있을까요."

그는 허리를 폈다.

"열심히 고민하고 있을게요. 서리 씨가 시도하는 일이 원하는 대로 성공할 수 있길 바랄게요. 하지만 이번에도 실패하면 그냥 놓아주세요. 저랑 같이 이 퍼즐을 풀어주면 고맙겠어요."

사람이 사람을 죽이는 비극만큼이나, 사람이 사람을 죽지 못하게 막는 미련은 무겁고 괴롭다. 그는 그녀가 실패를 짊어지고 사느니 차라리 실패한 채로 평온하게 살길 바랐다.

그는 자신의 시간만 멈춘 채 유지하고 그녀의 공간을 놓아주었다. 윤서리의 심장이 뛰고 서형우의 동공이 축소됐다.

"하나."

그녀는 마지막 수를 선고한다.

복원자의 의지는 그렇게 다시 시간을 돌리고, 역사는 지워져 과거의 기억으로 향한다.

그는 그녀를 쳐다보느라 내내 등지고 있던 서형우를 향해 몸을 돌렸다. 존재가 희미하게 지워지는 도중이었다.

그 모습을 눈에 담은 정여준의 표정은 무섭도록 무미건조했다. 윤서리가 한때 혐오스러울 정도로 생기 없다고 생각했던 바로 그 얼굴이었다.

과거로 사라지는 서형우에게 그는 냉담하게 말했다.

"오랜만에 뵙습니다, 장 과장님."

8

당신이 선택한 이야기

윤서리가 신가영이라는 이름을 버린 계기가 고정돼 있듯, 서형우가 장태성이라는 이름을 버린 이유 역시 고정돼 있었다.

그날의 그 장면을 보고 그는 어떤 형태로든 자신의 정체성이 뒤집히리라 예감했다. 장태성이라는 이름으로 죽는 것과 장태성의 이름을 버리는 것 중 하나를 택해야 하리라는 판단도 들었다.

그건 싱크홀의 생존자들이 이경선과 최주상의 뒤를 따라 땅 위로 올라온 날이었다.

장태성은 그들을 향해 가장 먼저 발포한 일선이었다. 회사는 그에게 직통으로 명령했고, 그를 따라 다른 요원들과 부대원들 역시 정체 모를 유령들과 맞서 싸우기 시작했다.

그는 눈을 믿기 힘든 모든 일을 지체 없이 보고하고 부하를 추렸다. 싱크홀에서 기어 나온 좀비들이 도시를 나가고 있었다. 그도 신속히 중앙으로 돌아가야 했다.

그런 그에게 회사가 개인회선으로 내린 명령은 아무리 그라 해도 예상치 못했던 것이었다. 회사는 싱크홀 생존자의 변이를 목격한 사람들을 전부 지우라고 명령했다. 말인즉슨 도시에 있는 모든 사람을 청소해야 한다는 뜻이었다.

만약 명령을 거부하고 임무에 응하지 않으면 똑같은 명령이 다른 동료의 개인회선으로 내려질 것이었다. '내가 쏘시 않으면 두 번째로 선택된 누군가가 나를 쏠 것이다.' 그 간결한 깨달음이 그를 찾아왔다. 어쩌면 그가 바로 그 두 번째 장기짝일지도 몰랐다. 이 명령을 그가 받기에 앞서 누군가가 수행을 거부했다 해도 이상할 게 없었다.

그는 갈등을 마음 저편으로 치워버렸다. 다음으로 든 생각은 이것이었다. 명령을 따른다 쳐도, 혼자 힘으로 이곳의 모든 인원을 말살하는 게 가능한가.

곧바로 숫자계산이 시작됐다. 그가 데려온 요원들은 그대로였지만 무장대원들은 반절 이상 죽거나 다쳤다. 확률은 도박에 가까웠다. 회사는 분명 그가 혼자 그들을 상대하다가 덩달아 자멸하길 바라고 있을 터였다.

"서진아." 그는 후배 팀장을 인적 없는 곳으로 불러냈다. "네 담당 부대 살아남은 애들 전부 여기로 불러줘. 새 임무 받았어. 단독이야. 같이 조용히 끝내자."

서진은 곧바로 무선연락을 돌려 분대원들을 불렀다. 질문도 의심도 없이 지시를 따르는 걸 조심성 없다고 탓할 수만은 없었다. 서진은 젊은 시절에 그가 직접 교육하고 5년 동안 짝을 이뤄 현장을 활보한 후배였다. 함께 사지를 넘은 것만도 세 번이나 되었다. 그저 이번엔 그럴 생각이 없을 뿐이었다.

그는 연락을 마친 서진을 쏘고 옆에 나란히 쓰러졌다. 숨죽이고 기다리고 있자 서진의 연락을 받은 대원들이 열을 지어 도착했다. 분대장이 보이지 않는 걸 보니 현장에서 사망한 모양이었다. 그는 서진의 뒤에 숨어 그들을 사살하기 시작했다.

직전까지 괴상한 기현상과 싸웠던 그들은 쉬이 상황파악을 하지 못하고 주변 건물들이 무너지고 있는지 살피기에 급급했다. 다행인 건 그들을 공격하는 게 최주상이 아닌 장태성이기에 반격의 기회가 있었다는 점이고, 불행인 건 그들이 그것을 눈치채지 못했다는 점이었다.

그는 널브러진 시신들 사이를 구르며 제 몸에 피를 묻히고, 다른 후배인 형민과 우혁을 호출했다. 달려온 두 사람은 시쳇더미를 보고 놀라 누가 시키기도 전에 각자 연합한 대원들을 불렀다.

부상을 당한 척 시체들 사이에 몸을 수그리고 있던 그는 지원병이 도착하기 전에 그들을 쏘았다. 서진을 처리할 때처럼 깔끔하게 끝내지는 못했다. 우혁을 먼저 사살하자 이변을 눈치챈 형민이 반격했기 때문이다.

형민이 다급하게 쏜 총탄은 그의 무릎을 뚫었고 그의 총탄은 형민의 코를 관통해 뒤통수를 깨부쉈다. 그는 오른쪽 무릎을 붙잡고 끙끙댈 틈도 없이 시신을 한데 모았다. 곧 호출받은 대원들이 도착할 것이고, 공격으로부터 몸을 지킬 방어막이 필요했다.

그는 키가 크고 골격이 듬직한 형민의 시체를 자신과 가장 가까운 곳에 두었다. 십수 명의 시체 뒤에 숨어 그는 떨면서 기다렸다.

눈을 부리부리하게 뜬 채 죽은 형민의 눈동자가 너무나도 맑아서, 반대편 광경을 거울처럼 비춰낼 수 있을 것만 같았다.

그는 자신이 죽인 이들의 무기를 이용해 대원들을 사살하고 다른 팀장이나 분대장을 불러냈다. 그들은 그가 준비한 죽음의 정류소를 향해 순서를 지켜 방문하듯 차례차례 모여들었다.

명령권을 가진 윗사람을 불러내 처리하고, 휘하의 아랫것들을 처리한 후 또 윗사람을 불러내 죽이는 행위를 그는 반복하고 또 반복했다. 그의 몸을 지키는 시쳇더미가 쌓이고 무기도 함께 쌓였다. 도중에 오른 다리에 총상을 한 번 더 입었지만 조준하고 난사하는 데에는 지장이 없었다. 팔다리를 다치는 것보다 더 피해야 할 일은 다만 그들의 눈동자를 보는 것이었다.

시체인 척 숨어 아군을 점진적으로 처리하기로 한 계획은 생각보다 잘 먹혔다. 사살에 능한 대원들이 싱크홀 생존자들의 초자연적 행위에 놀라 진정하지 못한 게 행운이었다. 결국 그는 도시에 남은 마지막 한 명까지 처리하고 살아남았다. 그가 입은 부상은 오른쪽 다리의 총상 두 군데뿐이었다.

그는 피와 진물이 흐르는 다리를 질질 끌며 도시를 나왔다. 독하게 귀환한 그의 목숨을 회사는 빼앗지 않았다. 하지만 그렇다고 멀쩡히 자리를 유지시킬 수도 없는 노릇이었다. 결국 그는 동료와 대원들이 당한 사고를 막지 못한 책임을 지고 과장직을 내려놓아야 했다.

좌천은 타의였지만 자의이기도 했다. 윗선은 자신이 내린 명령을 묻어야 했고 그는 자신의 행위를 숨겨야 했다. 명령한 이와 명령받은 이가 서로를 견제하며 끝없이 감시하는 기이한 꼬리잡기가 그때부터 시작되었다. 윗선이든 장태성이든 도중에 이 일에서 손을 털고 나가려 한다면 상대에게 목을 물려 죽을 것이었다. 한번 시작한 이상, 마지막 남은 한 명의 초능력자 좀비를 없앨 때까지 이 작업은 계속돼야 했다.

위에서 내린 명령을 그림자에 감추고 홀로 독박을 쓴 그는 경찰청으로 자리를 옮겼다. 그는 전직 직함과 함께 본명도 버렸다. 장태성을 잊기 위해 그가 선택한 건 자신이 가장 먼저 죽인 세 후배의 이름 앞글자를 딴 이름이었다. 그는 그렇게 피 냄새나는 서형우라는 이름을 새 신분증에 새기고 경찰청에서 회사의 지시를 기다렸다.

몇 주 지나지 않아 회사가 그에게 소개한 건 두 명의 과학자였다. 둘은 국정원의 누구도 신경 쓰지 않는 구석진 방에서 신경증 환자처럼 팔다리를 달달 떨고 있었다.

그는 그들과 이미 면식이 있었다. 비교적 최근에 할당받은 보안대상이었다. 공들여 관리할 인물이 아니라고 판단했기에 그는 세쌍둥이의 연구소에 자주 들르지 않았다. 어린 요원들더러 주기적으로 상황보고만 하게 했을 뿐이다.

이제 와 다시 만났다고 반가울 리는 없었다. 그는 두 사람을 위아래로 대충 훑어보았다. 겉모습이 구별되는 걸 보니 자매가 아닌 남매끼리 온 모양이었다. 그는 여자로 보이는 쪽에게 물었다.

"너 차세영이냐, 차세연이냐?"

여자는 목에 건 방문자 명찰을 들어 보였다. 차세연. 디자인에 전혀 공들이지 않은 명찰엔 그렇게 쓰여 있었다.

"나머지 한 놈은 어딨어?"

회사의 주선으로 대면할 때 그들은 언제나 셋이 함께였기에 한 말이었다. 둘은 어물거리며 눈치를 보았다. 익숙한 분위기였기에 그는 굳이 듣지 않아도 답을 알 것 같았다. 그는 심드렁하게 추궁했다.

"어딨어."

도무지 입을 열지 않으려는 차세연을 대신해 차세욱이 말했다.

"그것까지 말해야 합니까?"

"그럼 그거 말고 뭐 때문에 나한테 보내졌겠어. 차세영 어딨느냐고."

"이제 없습⋯."

"아니 당연히 그러겠지. 시체 어디에다 묻었어?"

차세연의 어깨가 움찔했다. 차세욱은 기에 눌리기 싫은 듯 한껏 무심을 가장하고 말했다.

"모릅니다. 저흰 뒤처리에 관련 안 됐어요."

마치 모든 게 남의 의지였다는 투였다. 웃을 생각도 들지 않아서 그는 오른 다리만 주물럭댔다.

차세영은 싱크홀이 발생했을 때 현장에 있었다고 했다.

차라리 그 자리서 파묻혀 편히 죽었으면 좋았으련만, 불행히도 그녀는 살아남아 싱크홀을 올라왔다. 그보다 더 불행한 일은 그녀가 생존자로서 최주상을 따라가지 않고 무리를 벗어났다는 것이다.

집단의 생존을 위해 단 한 명의 생존자도 빠져나가선 안 된다는 생각을 최주상이 아직은 미처 하지 못했던 때였다. 다른 사람들 역시 최주상과 이경선의 뒤를 따라 허겁지겁 도망가는 것 외엔 독자 행동을 시도할 엄두조차 못 냈다. 차세영만이 예외였다. 싱크홀의 발생 원인을 짐작한 유일한 생존자는 아수라장 속에서 자신의 쌍둥이 남매를 먼저 떠올렸다.

"물! 물!"

그녀가 끔찍한 몰골로 그들을 찾아가 가장 먼저 한 말은 그것이었다.

차세연은 오물을 뒤집어쓴 제 언니를 처음엔 알아보지 못했다. 죽은 줄 알았던 자매가 살아 돌아오리라곤 꿈에도 생각하지 않았으니 더욱 그랬다. 때마침 그들은 혹시 모를 조사를 피하려고 망명을 준비하고 있었다. 최소한의 짐만 챙기고 텅 빈 집에 숨어 있던 그들은 문을 박차고 들어온 그녀를 보고 아연실색했다.

차세영은 그들의 시선에 거리끼지 않고 수도를 콸콸 틀어 한참 동안 물만 마셨다. 그러더니 다짜고짜 냉장고를 열어 얼마 없는 먹을거리를 전부 입에 쑤셔 넣기 시작했다. 어둠과 죽음 속에서 아무것도 먹고 마시지 못했던 위장은 바닥에 떨어진 먼지 뭉치조차 게걸스럽게 원했다.

가만두면 두 동생의 머리카락까지 뜯어먹을 기세였기에 차세욱은 급히 근처에서 음식을 사 왔다. 차세영이 물과 음식을 흡입하는 모습을 두 사람은 유리창 너머 실험동물을 구경하듯 지켜봤다.

차세영은 한참을 먹고 울다가 다시 먹고 울길 반복했다. 우레 같은 폭식이 진정되자 차세연이 조심스럽게 말했다.

"너 진짜 세영이 맞는 거지? 정말 살아있는 거지? 지금까지 어디 있었던 거야, 우린 너도 싱크홀에 빠진 줄 알았잖아."

"싱크홀에 빠졌던 거 맞아."

차세영은 말을 하면서도 삼각김밥을 통째로 입안에 넣었다. 서너 번도 씹지 않고 삼키려다 사례들려 된통 기침하더니 아직 포장도 뜯지 않은 과일 젤리에 눈독을 들이기까지 했다.

차세연은 더듬거리며 말했다.

"어떻게, 무슨… 어떻게… 구조도 포기했다던데? 거기서 생존자 나왔다는 말은 아무 데서도….""

"그래? 아직 소식이 안 퍼졌나? 아니 그럼, 우리만 이렇게 된 거야? 범위가 지하 내부인 게 맞구나…. 그런데 왜 작용대상은 한정적인데 결과는 이렇게 불균형하지?"

빠르게 혼잣말하던 그녀는 두 동생에게 손가락을 까딱거렸다. 이쪽으로 와보라는 신호였지만 그들은 다가가지 않았다.

"세욱아, 야." 차세영이 말했다. "나한테 아무거나 던져봐."

"뭐?"

"집히는 거 아무거나 던져봐. 얼굴 앞에서 던지진 말고. 그래. 그렇게 엉거주춤 서서, 응, 떨어진 상태에서 던져."

그는 어영부영 움직였다. 무슨 일이 벌어졌는지 본인이 무슨 행동을 하고 있는지 생각할 틈도 없었다. 그는 그녀의 말을 따라 두루마리 휴지를 집어 던졌다.

차세영의 근처까지 날아간 휴지는 포물선을 거슬러 올라가 그에게로 다시 되돌아왔다. 자신에게 끌어당겨지듯 날아온 휴지를 그는 붙잡지 못했고, 휴지는 뒤로 떨어져 허무하게 데굴데굴 굴렀다.

믿을 수 없어 하는 동생들을 보며 차세영은 싱크홀을 나온 이래 처음으로 웃었다. 그녀는 물을 연거푸 마시고 말했다.

"휴지 움직이는 건 쉽네. 남들은 총알도 움직이고 집도 들었다 놨다 하는데 왜 난 천 쪼가리랑 가죽 같은 것밖에 못 건들지? 신발이랑 옷 잡아끄는 거 말곤 쓸 데가 없잖아….”

그녀는 얼떨떨해하는 동생들을 앉히고 자신이 겪은 일을 이야기하기 시작했다. 싱크홀에서 헤맨 이야기, 며칠간 겪은 끔찍한 기억들, 이경선과 최주상, 생존자들이 갖게 된 기이하지만 일관성 있는 능력. 둘은 그 모든 이야기를 들으며 그녀가 미쳐서 망상에 사로잡힌 게 아닌지 생각했다. 두 사람의 얼굴에 의심의 기운이 어릴 때마다 그녀는 자신이 움직일 수 있는 물건을 옮겨다 능력으로 되돌려놓았다.

차세영은 탈출 후 일어난 일들도 모두 설명했다. 잔뜩 부른 배를 두드리며 그녀는 뒤늦게 진저리쳤다. 죽을힘을 다해 그 긴 계단을 올라왔는데 나오자마자 다시 죽도록 달리게 될 줄은 몰랐다는 것이었다.

“야, 나 총질하는 놈들 중에서 장태성도 봤다? 장태성 기억하냐 장태성? 그 왜 국정원에서 우리한테 붙여준 과장. 그 인간도 거기서 군인들 사이에 껴있던데 어떻게 아는 척을 못 하겠더라 아는 척을.”

“…너 살아있는 거 장태성이 알아?” 차세욱이 말했다.

“글쎄? 못 봤을걸? 완전 전쟁통이었는데 내 얼굴 알아볼 틈이 어딨었겠어.”

“그럼 아직 아무도 모르는 거야?”

“너희가 알잖아. 아, 어디에 먼저 말해야 주목받기 쉽지? 국정원에 흘리는 것보단 기자들 부르는 게 몸값 올리기 좋겠지?”

“그럼 너랑 같이 있던 사람들은? 그 사람들은 어디 있어?”

“어디든 가 있겠지. 내가 알겠냐. 여기까지 숨어서 왔어. 이제 몇 시간 있으면 그 사람들도 슬슬 나오겠지. 한두 사람도 아니었는데.

야, 그러니까 빨리 서둘러, 이거 다른 놈이 먼저 터트린 다음엔 이도 저도 못 써먹어!"

'쾅' 하는 타격음이 울렸다. 왼쪽 머리가 깨진 차세영은 옆으로 고꾸라졌다. 망가진 의자 다리가 차세욱의 손에 들려있었다.

"뭐…."

그녀는 눈을 부릅떴다. 차세욱이 팔을 치켜드는 것이 흐릿하게 보였다. 그가 다시 제 머리를 찍기 직전 그녀는 차세욱이 입고 있는 셔츠의 위치를 능력으로 되돌렸다. 아래로 움직였던 그의 팔은 낚싯줄에 당겨지듯 위로 올려졌다.

당황한 그가 이를 악무는 사이 그녀는 허겁지겁 일어났다. 문밖으로 도망치려는 그녀의 다리를 붙잡으며 그는 요란하게 넘어졌다. 그녀도 뒤따라 엎어졌다. 비명을 지르며 버둥대는 그녀를 제압하고 차세욱은 가차 없이 차세영의 목을 졸랐다.

"뭐야, 너 뭐해!" 차세연이 소리쳤다.

"멍청아, 보고만 있지 말고 위에 옷 벗어!"

"뭐?"

"위에 옷 벗으라고, 얘가 조종하지 못하게! 벗고 저거 잡아, 저거! 부서진 의자든 뭐든 들고 오라고 빨리!"

차세영은 자신의 목을 조르면서 꽥꽥 소리치는 그를 향해 필사적으로 손을 뻗었다. 그러나 이제 막 사지에서 도망 나온 지친 팔은 저 홀로 허우적거리며 힘을 잃어갈 뿐이었다.

차세욱이 식식거리며 말했다.

"총질한 거 보고도 감이 안 와? 이유야 모르지만, 그 사람들이 너희 살려둘 생각 없는 거잖아… 나중이라고 그게 달라질 거 같아?"

"이… 너, 이….".

"거기서 죽음으로 갚든가 우리처럼 깨끗하게 발 빼고 도망칠 것이지 무슨 이런 게 돼서 돌아오냐 거추장스럽게? 진짜 너만… 너만 여기 안 왔어도… 차세연. 빨리 오라니까. 빨리 쳐."

떨어진 의자 다리를 간신히 쥐고 있던 차세연은 화들짝 놀랐다.

"치라고?"

"그래 빨리 쳐."

"누구를? 나더러 세영일 치라는 거야 지금?"

"그럼 나 혼자 죽이고 다 뒤집어써? 빨리 와서 쳐. 거기 멀뚱멀뚱 서서 말리지도 않는 주제에! 차라리 조금이라도 빨리 보내주자고!"

"그… 그만해! 왜 꼭 죽여야 되는데? 셋이서 빨리 도망치면 되잖아!"

"얘가 이 꼴로 여기까지 온 거 설마 아무도 못 봤겠냐? 죽이려다 놓친 인간 우리가 숨겨준 거 알면 그쪽이 너랑 날 내버려두겠어? 얘랑 같이 죽기 싫으면 당장 쳐! 내가 잡고 있는 동안!"

싱크홀 발생 원인을 아는 생존자의 존재를 회사가 먼저 알게 할 순 없었다. 차라리 그들이 사후보고를 하는 게 살아날 구멍을 찾을 기회였다.

차세영은 거품을 물고 눈을 까뒤집었다. 차세연은 자신이 든 나무토막 뒤에 숨어서 떨고 있었다. 차세욱이 짜증스럽게 소리쳤다.

"너도 나한테 죽고 싶냐, 차세연!"

차세연은 이를 악물고 뚝뚝 끊기는 비명을 질렀다. 그녀가 악을 쓰며 나무토막을 휘두를 때마다 차세영의 발작 같은 떨림이 조금씩 사그라졌다. 이내 그 몸은 미동도 하지 않게 되었다.

"야, 그만해. 그만하라고."

그는 차세연을 붙잡고 흉기를 빼앗았다. 그녀는 주춤주춤 물러나 머리를 감싸고 한참 동안 웅크렸다.

둘은 시신을 처리하기 위해 머리를 굴릴 틈도 없었다. 얼마 지나지 않아 회사의 사람들이 그들의 집에 성큼성큼 들어왔기 때문이다. 비록 오른 다리에 총상을 입은 장태성은 그 자리에 없었지만, 세쌍둥이를 관리했던 다른 요원이 현장을 수습했다. 차세욱은 그 자리서 그 요원에게 처리당하지 않았다는 사실에 일단 반은 성공했다고 믿었다.

회사는 차세영을 처리한 그들을 두고 고민했다. 그러다 결국 장태성에게 보낸 것이었다. 골칫거리를 한곳에 모아두려는 심산이겠거니 하고 서형우는 생각했다. 둘을 써먹을 구석이 없지는 않았다. 차세영이 죽기 전에 동생들에게 알려준 정보는 값을 톡톡히 했다.

그는 비슷한 신세가 돼버린 두 사람을 한숨 쉬며 바라보았다. 이제 자신들은 가면 갈수록 회사에 스스로를 묶을 것이다. 회사의 손에 잡혀 싱크홀로 던져지지 않기 위해 무엇이든 하게 되겠지.

그는 반쯤은 자신이 만들어낸 현실에 달리 유감을 갖지 않았다. 하라면 하면 되는 것이다.

"이제 난 너희 뒷구멍 닦아주던 상사가 아니야. 너희도 없는 맘 쥐어짜서 나한테 굽실거릴 필요 없어. 초기 정보원이니까. 나름 연구자 대접도 해줄 수 있고. 대신 그만큼 내 팀에서 한 사람 몫 다할 생각은 해라. 차세영은 잊어. 그놈은 생존자도 못 되고 출발부터 싱크홀 안에서 죽은 탈락자야."

그는 차세연과 차세욱을 시작으로 스페어 요원들을 찾기 시작했다. 버릴 패로 쓸 수 있는 영민하고 적당히 눈치 없는 아이들이 많이 필요했다. 그는 두더지들을 섹션의 빙산의 일각으로 만들고 조용히 생존자들을 추격하기 시작했다. 최주상과 이경선이 갈라서고, 비원이 만들어지고, 경선산성이 결집하는 일련의 순간들이 쏜살같이 지나갔다.

초기에 그는 이들이 이합집산을 몇 번 더 반복할 거라 생각했지만, 예상외로 지형은 그대로였다. 비원은 효과적으로 생존자들을 통제했고 경선산성은 언제 밖으로 터져 나와도 이상하지 않은 활화산이었다.

회사는 이때 섹션과 별도로 '방제작업'을 시도했었다. 하지만 그들은 비원도 산성도 전멸시키지 못하고 시작 단계에서 재빠르게 철수해야 했다. 작전을 숨기지 않아도 됐다면 성공 못 할 것도 없었겠지만, 격렬하게 대항하는 상대와 정면으로 살육전을 벌이기엔 눈치를 봐야 할 구석이 많았다. 비원에도 산성에도 수완 좋은 생존자가 아직 넘쳐나서 소리 없이 청소하기는 불가능하다고 그들은 판단했다. 이후 회사는 무음 청소가 가능해질 시기까지 작전설계를 서형우에게 일임했다.

회사의 어설픈 청소 시도는 최주상의 자기확신을 더 공고히 하는 데 일조했다. 최주상은 자유롭게 움직일 수 있는 구역을 넓히기 위해 돈을 긁어모으기 시작했다. 일원의 이탈을 효과적으로 막기 위해서이기도 했다. 손잡는 이들이 비열할수록, 겉보기엔 깨끗할수록 비원은 더 기름져졌다. 돈이 밀려들었다가 썰물처럼 빠져나가고 다시 해일처럼 덮쳐오는 기세가 너무나 엄청난 나머지 라땅은 공포를 느낄 정도였다. 일생 막연한 망상 속에서만 존재했던 재물을 손에 쥔 그는 현실감이 없어서 지난날의 순진하고 정직한 노동을 억울해할 틈도 없었다. 최주상도 김현이도 역시 그랬다. 서형우는 최주상이 본래 그런 일을 하던 인간이어서 비원의 몸집을 성공적으로 키웠다고 생각했지만, 사실 그들은 자신이 얻은 초능력보다 돈에 더 놀라고 어색해했다. 그만한 물질적 충족을 겪은 경험이 전무했던 것이다.

그러나 그들은 허무와 당혹감에서 재빨리 빠져나왔다. 돈이 주는 해방감을 맛볼수록 그에 대비해 돈으로 해결할 수 없는 일에 대한 공포가 커졌다. 운명을 스스로 결정할 수 없다는 패배감이 묘하게 호승심도 같이 키워서인지, 비원은 나날이 뿌리를 단단히 내렸다. 간신히 생존만 유지하는 경선산성과는 달랐다.

서형우는 경선산성을 버리고 최주상과 임시로 결탁하는 게 일을 처리하기 편하겠다고 판단했다. 다행히 비원은 저항 없이 섹션의 손짓을 따라 움직였다. 최주상이 섹션보다 이경선을 훨씬 두려워했기 때문이란 걸 서형우는 끝끝내 알지 못했다.

이경선은 자기 사람들을 잘 지켜냈지만, 갇혀 지내며 수시로 위협을 받는 집단이 건강한 활력을 유지하는 건 쉬운 일이 아니었다. 분명 경선산성도 처음엔 한데 묶이기 어렵고 별다른 공통점도 연결점도 없는 잡스러운 군상이었다. 그나마 그들을 엮어주는 공통점은 급작스러운 재해에 휩쓸려 터무니없는 재주를 얻었다는 동질감과, 최주상보다는 이경선에게 정서적 친밀감을 느낀다는 것 정도였다. 그걸 제외하면 그들은 그저 같은 언어와 경험을 공유하는 완전히 서로 다른 인간들이었다. 분명 그랬을진대, 세월이 흐르고 피로와 낙담이 켜켜이 쌓이며 그들이 지니던 개성도 모난 곳도 서서히 빛이 바랬다. 분명 모두가 색색이 다른 이들이었거늘 그런 과거의 모습쯤은 아무것도 아니라고, 세상 만물을 굽어보는 누군가가 비웃으며 조롱하는 것 같았다.

사정은 비원 사람들도 마찬가지여서, 나름의 신념을 지니고 열꽃을 피웠던 이들도, 어디서든 납작 엎드려 주변을 살피는 작은 짐승 같던 이들도, 유독 충성심에 불타 맹목적이던 이들도, 결국 나중엔 구별하기 어려울 정도로 고만고만한 점토 인형처럼 변했다. 모두 처음엔 각자 마음속에 자기만의 촛불을 켜놓고 있었지만 더는 그렇지 않았다.

심지어 싱크섹션마저 지겨움에 몸부림을 치기 시작했다. 현상 유지를 위해 같은 일을 꾸준히 반복해야 했지만, 그 일은 눈에 보이는 성과도 없을뿐더러 목숨값까지 요구했다. 그들은 종종 초능력자가 아니라 신입 요원을 죽이기 위해 일하는 게 아닌지 회의가 들었다. 물론 그 질문은 누구의 마음에도 큰 파문을 일으키지 못하고 곧장 평범한 악의의 뒤로 숨어버렸다.

비원과 산성의 대치를 아슬아슬하게 유지시키고 감시하던 섹션의 일상에 큰 파도가 일어난 건 싱크홀이 발생한 지 8년째 되던 해였다. 전투 중 이경선이 최주상에게 살해당했다는 보고가 들어왔다.

지도자를 잃은 경선산성이 우왕좌왕하며 비원에 머리를 숙이려는 정황이 보였다. 아주 나쁘지는 않았지만, 서형우는 앞으로 일방적으로 몸집을 불릴 비원을 감당할 생각에 머리가 터질 것만 같았다.

그러나 진정한 파도는 아직 오지도 않았다. 이경선의 사망은 잔잔한 전조일 뿐이었다.

지옥에서 방금 기어 나온 것처럼 해쓱한 한 요원이 서형우를, 장태성 과장을 찾아온 것이다.

"너 누구였더라?"

8년 전 모습에서 전혀 나이를 먹지 않은 정여준 요원에게 그는 그렇게 말했다.

윤서리는 아예 싱크홀 발생 전으로 시간을 돌리려 했던 적이 있었다.

사망자를 줄이기 위해서였다. 싱크홀을 빠져나온 소수의 생존자 외의 희생자들은 가차 없이 모두 죽었다. 만약 싱크홀이 생기기 전의 과거로 돌아가서 사람들에게 진실을 알린다면 회생 가능성이 있을지도 몰랐다. 모든 사람이 그녀의 예언을 믿어주진 않겠지만 시도할 법은 했다.

그러나 그녀가 얻은 건 아무것도 없었다. 능력을 얻기 전의 시간으로 돌아갈 수는 없었던 탓이다. 결국 그녀는 싱크홀 아래에서 똑같은 지옥을 고스란히 한 번 더 겪기만 했다.

반복은 그녀가 자신의 재주를 쓴 이래 혹처럼 달고 다니는 짐짝이었다. 무엇이든 반복하지 않으면 효과를 볼 수 없었다. 아주 사소한 것 하나라도 바꾸려면 그것과 이어져 있는 수십 개의 과정을 일일이 끊어내야 했다.

이번에도 그녀는 경찰청 입사를 반복했다. 지겨운 흰 건물과 깃발을 올려다보며 그녀는 가만히 눈을 감았다. 이 가을이 몇 번째 반복되는지 셀 수가 없었다.

시간을 돌려가며 공부했기에 입사에 주어진 기회는 길고 길었다. 같은 방법이 이후의 모든 일에 적용됐다. 암살팀과 함께 처음으로 도시에 들어갔을 때, 팀원들은 최주상이 날린 파편에 깔려 단번에 즉사했다. 그들이 달리던 속도와 시체의 위치를 계산해 몇 번이고 반복한 끝에 그녀는 파편이 추락하기 전에 리더를 붙잡아 쓰러트릴 수 있었다. 이찬과 함께 심문소에 갔을 때도 마찬가지였다. 그녀는 차세연에게 죽기 직전에 몇 번이고 시간을 돌려가며 서형우에게 할 거짓말을 정교하게 다듬었다.

이미 자신의 능력을 사용해 타인을 구한 경험이 있기에 더욱 포기하지 못하는 건지도 몰랐다. '아직 충분히 반복하지 않아서 그런 것이다. 조금만, 조금만 더 시도하면 다른 사람들처럼 정여준도 분명히….'

그렇게 주문을 걸며 그녀는 다시 가을을 밟았다. 서형우와의 첫 대면에서부터 일상처럼 거짓말을 늘어놓고, 그를 마주칠 때마다 속을 끓여도, 시험해보고 싶은 새로운 시도를 위해 하루하루를 견뎠다.

그녀는 기다리던 사건이 일어나자 마음을 다잡았다. 비원 때문에 희생될 뻔했던 '그 아이'가 신변보호를 요청한 것이다. 기다리긴 했지만 그녀는 반갑지 않았다. 이번에 그녀는 이 보호요청을 무시할 생각이었다.

퇴근길, 그녀는 아이가 사는 곳에 들러 군것질거리를 깠다. 근처에서 돌멩이를 갖고 놀던 아이가 그녀를 흘끔거렸다. 그녀는 들짐승이나 철새에게 모이를 뿌리듯 아이에게 과자를 건넸다. 아이는 걱정될 정도로 아무런 경계 없이 과자를 받았다.

자신이 살렸던 열 살 먹은 어린이의 머리를 가만가만 쓰다듬으며 그녀가 말했다.

"미안. 이번엔 널 안 지킬 거야. 내가 이번에도 그 사람을 살리는

데 실패하는 게 너한테는 좋겠지. 걱정하지 마. 경험상 난 아마 또 여기로 돌아올 가능성이 크니까. 그땐 널 다시 구해줄게. 이번만 날 용서해줘."

그녀의 말을 이해하지 못한 아이는 눈만 굴리며 과자를 씹었다. 그녀는 아이를 돌아보지 말기로 다짐하며 자리에서 일어났다. 그러나 결국 언덕을 내려가며 세 번이나 고개를 돌릴 수밖에 없었다.

비원에서 일어나는 모든 폭풍을 가만히 내버려두며 그녀는 섹션이 의도한 일이 전부 성공하게 했다. 차곡차곡 쌓아 올려진 탑이 완성된 그 날, 서형우는 최주상이 라땅을 처리할 장소로 이동했다. 최주상과 함께 있는 사람은 김현이와 라땅밖에 없었다. 라땅 외의 복원자가 자리에 없는 걸 확인하고 서형우는 안도했다. 그가 죽을 때 그의 능력이 다른 복원자에게 옮겨갈 것을 염려했기 때문이다. 가능하면 그런 일은 피하고 싶었다.

서형우가 몸을 숨기고 그들을 지켜보던 그때 그녀는 전혀 다른 곳에 있었다. 그녀가 향한 곳은 포에스 빌딩이었다. 라땅의 실각을 예감한 비원이 내부투쟁을 하다가 무너진 본거지였다. 이 빌딩에서 비원의 고위직 절반과 중간관리를 담당하던 대부분이 죽었다.

서로를 공격하다가 빌딩을 폭삭 무너지게 한 사람들을 홀로 말리는 건 각오했던 것보다 어려운 일이었다. 그녀가 쓸 수 있는 도구는 앞일을 알고 과거로 돌아가는 것뿐이었다. 누가 언제 무엇을 부술 것인가, 그것이 어디를 스치고 되돌아갈 것인가, 누구를 죽인 후에 얼마나 많이 멈출 것인가. 그 모든 걸 보고 겪은 그녀는 공격을 피해가며 빌딩을 올라가 꼭대기 층에 도착했다. 가장 많은 이들이 모여 있는 곳이었다. 그녀는 몇몇 사람을 살리고 몇몇 공격을 무용지물로 만들며 당당히 인파를 뚫고 걸었다.

차츰 그 신통하고 낯선 이방자에게 눈길이 모였다. 소란이 잦아들고 시선이 집중되자 그녀가 말했다.

"당신들, 경선산성으로 들어갈 생각 없습니까?"

멍하니 그녀를 쳐다보던 사람들은 킬킬거리더니 곧바로 그녀를 공격했다. 조직의 배신자, 혹은 산성의 미친놈이라고 생각한 모양이었다. 둘 다 맞았기에 그녀는 웃으며 그들에게 거의 죽어주었다. 그리고 다시 시간을 돌려 공격을 피하고 말했다.

"최주상이 당신들을 버렸습니다. 이제라도 산성에 가서 조금 더 살 생각 없습니까? 당신들이 산성에 한꺼번에 붙으면 정여준이 최주상을 이길 수 있을지도 모릅니다."

이제 그들은 그녀만을 공격하지 않고 자신 외의 모든 이를 표적으로 삼았다. 본래 일어나던 난장판이 재개되자 그녀는 다시금 시간을 돌려가며 이리저리 뛰어다녔다. 누군가를 설득하기는커녕 살아남는 게 고작이었다.

큼직하게 조각난 유리창이 날아와 그녀의 배에 박혔다. 역한 토사물과 핏물이 목을 타고 올라왔다. 그녀는 기침하며 눈살을 찌푸렸다.

"아… 망할 인간들이."

시간을 되돌려 유리창을 아슬아슬하게 피하고 그녀는 배를 문질렀다. 아직 기억에 아릿하게 남아있는 통증 때문에 비틀거리면서도 그녀는 계속 중얼거렸다.

"여기 붙어봤자 아무도 못 산다니까요."

그녀를 신경 쓰는 사람은 아무도 없었다. 몇 번이나 시간을 돌리고 사람들 사이를 배회해도, 그녀에게 최주상의 행적을 묻는 이는 나오지 않았다.

그녀는 낙담했다. 여기 있는 모든 이가 자신만의 승리를 믿고 있었다.

"그래, 얌전히 산성으로 따라올 거라곤 꿈도 안 꿀 테니까 일단 여기서 나가! 건물이 무너질 거라고! 너희가 무너트릴 거라고! 지금 하는 짓 당장 멈추든가, 아니면 다들 빨리 나가! 도망쳐. 고집부리지 말고!"

그녀의 외침은 수백의 발소리와 군중의 고함에 묻혔다. 부서지고 흔들리는 건물을 지켜보며 그녀는 싱크홀 사태 때 느꼈던 공포를 상기했다.

천장이 무너졌다. 실패였다. 설령 몇 번이고 다시 시도해 이들을 산성으로 끌고 간다 해도 정여준에게 도움될 성싶지 않았다.

그녀는 이를 갈며 시간을 되돌렸다. 과거로 가서 열 살배기 아이를 구하고, 포에스 빌딩이 무너지는 날엔 순경을 모아 서형우를 뒤쫓아 갔다.

차에서 내리자 멀찍이 최주상과 라땅이 보였다. 먼 곳에서도 그녀를 알아본 최주상은 흠칫 놀라 우산 끄트머리를 올렸다. 그를 쏘아보며 그녀는 자신이 타고 온 순찰차를 턱 끝으로 가리켰다.

'무슨 상황인지 알겠죠. 라땅을 죽이는 건 멍청한 짓이에요.'

메시지를 알아챈 그는 라땅을 차에 태우고 조용히 자리를 벗어났다. 분노한 서형우가 다리를 질질 끌며 그녀에게 달려왔다.

그녀는 그 추하게 분노하는 얼굴을 응시하며 가만히 서 있었다.

굵직한 빗줄기가 어깨를 아프게 때렸다.

✳

　2주에 한 번 정해진 요일에 교외로 나가는 건 귀찮은 잡무 중 하나였다. 장태성 과장 아래에 있는 요원들은 각자 돌아가며 산성 근처에 들러 보고서를 받아 윗선에 전해야 했다.

　싱크홀이 발생 직전, 정여준은 연구소에 노크하고 있었다. 옆에는 여동생이 함께 있었다. 동생은 그와 마찬가지로 아직 제대로 된 직위도 없었지만, 팀의 말단에서 몇몇 작업을 공유하던 차였다.

　산은 그들이 건물 안으로 들어가기 전에 무너졌다. 쩍 벌어진 검은 아가리에 잡아먹히며 몇몇 이들이 그랬듯 정여준 역시 운명에 붙잡히고 말았다. 생존자들이 싱크홀 밑바닥에 떨어질 때 본능적으로 각자의 능력을 활용해 목숨을 부지한 것처럼 그도 그러했다. 그에게 기생한 능력은 훌륭하게 숙주를 보호했다. 그의 시간을 멈춰버린 것이다.

　그에게 똬리를 튼 능력은 그를 정지자로 점찍은 동시에, 능력 외의 모든 것을 잠들게 해버렸다.

　그는 저 홀로 시간 속에 갇혀 싱크홀 바닥에서 존재가 희미해진 채 굳어있었다. 생존자들이 모여들 때도, 그들이 광란과 살육에 몸부림칠 때도, 이경선과 최주상을 위시한 사람들이 차례차례 싱크홀을 빠져나갈 때도 그는 영원과도 같은 무의식에 사로잡혀 어둠 속에서 잠들어 있었다.

　피폐한 배신과 증오의 역사가 바깥에서 새겨지는 동안에도 그의 시간은 흐르지 않았다. 그는 싱크홀 밑바닥에 그대로 있었으나, 이 세상에 존재하지 않는 생물이기도 했다. 멀쩡히 시간이 흘러가는 공간 속에서 저 혼자 시간이 멈춰버린 이물질은 어디에서도 환영받지 못했다.

어쩌면 그렇게 영원히 존재하지도, 존재하지 않지도 않는 무언가로 남아 자연에 버림받을 수도 있었으리라.

그러나 그는 느리게나마 삶을 향해 혼신의 걸음을 딛고 있었다.

'내가 지금 여기서 뭘 하고 있지.'

그 의식이 싹트기 시작한 건 8년이나 지난 후였다. 숙주를 무의식에 가둔 그의 능력은 그가 치열하게 사고하는 걸 방해하고 있었다. 멈춘 시간 속에서 헤매던 그는 이 힘을 조절할 수 있겠다는 걸 간신히, 아주 느리게 깨달았다. 잠들기 전에 있었던 일을 기억해내고 자신이 평범한 상태에 처해 있지 않다는 것도 알아냈다. 제 몸이 무려 시간을 멈췄다는 걸 받아들이는 데엔 적잖은 각오가 필요했다.

인정하는 것이 어려웠을 뿐 방법이 어렵지는 않았다. 능력이 그를 받아들인 것처럼, 그도 능력을 받아들여야 하는 건 당연한 순서였다.

그는 자신을 멈춰두던 것을 놓아주고 눈을 떴다.

차라리 그대로 영원히 시간을 멈추고 있을 걸, 혹은 그냥 죽었으면 좋았을 걸, 하는 생각만이 그를 지배했다. 공간은 그를 순식간에 질식하게 했고 공포에 질리게 만들었다.

그는 허겁지겁 다시 시간을 멈췄다. 점차 그 상태에서도 앞을 볼 수 있었고 상황판단이 가능해졌다. 그는 자신이 까마득한 지하에 있는데도 풍경이 보인다는 사실에 갸우뚱했다.

시선을 위로 향한 그는 턱을 벌렸다.

곳곳에 불꽃이 멈춰진 채 밝게 빛나고 있었고 위로 끝없이 이어진 나선 모양의 계단이 보였다.

그는 시간을 멈추고 풀길 반복하며 굳은 몸을 천천히 움직였다. 점차 자신뿐 아니라 다른 것의 시간도 멈출 수 있겠다는 걸 깨달은 그는 세상의 시간을 멈추어보았다. 아무 냄새도 나지 않고 걷기도 편하니 살 것만 같았다. 그는 바로 나선계단을 향해 내달렸다. 외계인이 만들어 놓기라도 한 것 같은 기이한 구조물이었지만, 이 지옥의 심연에서 벗어나게 해줄 도구는 그것밖엔 보이지 않았다.

그는 가도 가도 끝이 보이지 않는 계단을 쉼 없이 올랐다. 공중에 뜬 채 박제된 징검다리를 밟고 올라가던 그는 멀리 하늘이 보이자 뒤늦게 잊고 있던 것이 떠올랐다. 추락할 때 함께 있던 동생이 보이지 않았다. 그걸 망각한 제 머리가 원망스럽고 혐오스러웠다.

그는 계단을 다시 내려가 거대한 구덩이에서 동생을 찾아 헤매는 만용을 부리진 않았다. 그저 동생도 이 계단을 타고 올라가 하늘을 보았길 기도할 뿐이었다.

동생의 시신은 바닥에서 분해된 지 오래였지만 그는 자신의 시간이 8년이나 멈춰 있었다는 사실을 당시 알지 못했다.

고독과 인내의 끝에 드디어 그는 새파란 하늘에 환호하며 밖으로 나왔다. 고개를 든 그의 눈 앞에 펼쳐진 건 익숙하고도 해괴한 풍경이었다. 사람들이 싸우고 있었다. 공중에 별별 것들이 날아다니고 부서지고 있었지만, 전쟁은 아니었다.

평소처럼 비원과 경선산성이 대치하고 있을 뿐이었다.

그리고 그 모든 것들이 꼼짝 않고 멈춰 있었다. 하늘을 가로지르는 시멘트 덩어리와 흙모래와 시커먼 연기가 딱딱하게 메마른 물감처럼 제자리에 굳어있었고, 사람들은 팔다리를 치켜든 그대로, 달려나가는 자세로, 엎어져 웅크린 모습으로 꽁꽁 얼어있었다.

그는 자신이 세상의 시간을 멈춰두고 있었다는 걸 기억하고 황급히 정지를 풀었다. 켜켜이 숨을 죽이고 있던 수많은 움직임이 와르르 쏟아지면서 일제히 운동하기 시작했다. 그는 우주 한복판에서 잠수하고 있다가 단번에 화산폭발 장소로 내던져진 것 같은 기분이었다. 먹먹했던 귀가 따갑게 울렸다. 자극받은 눈에서 눈물이 흘렀다.

죽음밖에 남지 않은 침묵의 전쟁터에서, 죽음을 향해 달려가는 소란스러운 전쟁터로 올라온 듯했다. 둘 다 탐탁지 않긴 매한가지였지만 그중 하나를 골라야 한다면 당연히 시끄러운 난장 쪽이 좋았다. 그는 살아 움직이는 사람들을 보고 가슴이 벅차 싱크홀 안쪽에서 마지막 걸음을 뗐다.

고대하고 고대하던 바깥 땅을 밟고 일어서자 근처에 있던 무리가 그를 발견했다. 작은 소란이 일었지만, 그곳엔 이미 더 큰 소란이 한창이었기에 금방 묻히고 말았다. 그러나 적지 않은 사람들의 경악에 찬 눈길은 그에게 꽂힌 채 움직이질 않았다. 정여준 역시 정체 모를 상황에 동요하여 혼란스럽게 그들을 둘러보았다.

8년 만에 싱크홀에서 올라온 그를 보고 누구보다도 놀란 건 그와 가장 가까이 있던 두 사람이었다. 이경선과 최주상은 서로 마주보고 대치하던 중 정여준의 새파랗게 질린 얼굴을 보고 당혹스러워 잠시 아무것도 하지 못했다.

먼저 기회를 잡은 건 최주상이었다. 그는 이경선이 정여준에게 정신이 팔린 빈틈을 타 온 힘을 다해 공격했다. 뒤늦게 제 자세로 돌아간 그녀는 최주상이 날려 보낸 대부분을 공중에 멈춰냈지만, 뒤에서 연속해 터지며 날아드는 파편을 미처 막지 못했다. 죽은 동료의 뼛조각이었다.

아군의 시체에 찔려 나뒹굴면서도 이경선은 최주상을 경계했다. 그리고 조금 전 싱크홀에서 올라온 귀신 같은 남자의 존재도 잊지 않았다. 그녀는 인생을 이렇게만 끝내지 않겠다는 것처럼 정여준의 존재를 붙잡았다. 아니, 그녀의 능력이 정여준을 붙잡았다 해야 할 것이다. 이경선에게서 가장 가까운 곳에 있는 정지자는 정여준이었다. 그가 그녀의 능력을 옮겨 담을 그릇이 될 이유는 그것으로 충분했고 또 유일했다.

절대 무너질 것 같지 않았던 경선산성의 큰 기둥은 그렇게 정여준이라는 새 생존자를 마지막으로 눈에 담고 숨을 거두었다. 최고 정지자의 능력은 곧바로 그에게 모조리 옮겨갔다.

그는 그녀의 능력을 얻고 허겁지겁 도시 밖으로 도망쳐 나왔다. 다짜고짜 자신을 공격하는 최주상이라는 남자를 이해할 수 없었고 그가 내던지는 공격을 모조리 막아버리는 자신의 능력도 이해할 수 없었다. 그의 기억은 8년 전 요원 시절에 머무른 그대로였다. 동생을 찾아야 했다.

그러나 그가 만날 수 있었던 건 동생이 아니라 과거의 상사였던 장태성뿐이었다. 국정원 과장 장태성이 아닌 경찰청 팀장으로 변한 서형우를 앞에 두고 그는 상대가 자신을 훑으며 죽일지 살릴지 계산하고 있다는 걸 상상도 못 했다.

서형우는 비원의 대항조직인 산성을 섹션의 손으로 직접 연명해보자는 생각이 들었다. 이경선의 사망으로 흩어진 사람들을 다시 모으기 위해 정여준을 허수아비로 세우고, 이후 입맛대로 써먹으면 비원의 몸집을 줄일 좋은 도구가 될 것이었다.

섹션은 정여준을 살리기로 결정했다. 지난 8년간 일어난 일을 알려주되 도망치려는 욕구가 들지 않게 하는 게 관건이었다. 걱정이 무색하게 정여준은 순한 양처럼 얌전히 정보를 흡수했다. 섹션과 비원, 산성의 이력에 대한 설명이 차근차근 이어졌고 종래엔 차세연과 차세욱마저 모습을 드러냈다. 서형우가 관계도에 대한 설명을 마치자 차세연은 초능력의 성질에 대한 나름의 분석을 읊었다.

말하는 내내 차세연은 한시도 손을 쉬지 않았다. 끊임없이 먹을 것을 입에 넣는 그녀를 보고 정여준은 눈치를 보다 말했다.

"많이 시장하신 것 같은데 식사가 끝날 때까지 기다려드릴게요."

"먹어도 먹어도 배는 계속 고파."

차세연은 손을 벌벌 떨며 그렇게만 말했다.

차세영이 죽기 전 알려준 정보들, 그리고 8년간 섹션의 두더지들이 물어다 준 데이터 덕에 정여준은 제 몸이 이경선의 능력을 먹어버렸다는 사실을 알게 되었다.

그는 서 팀장이 자신을 제2의 이경선으로 만들고 싶어 한다는 말을 듣고 깜짝 놀랐다. 서형우는 그의 어깨를 두드리며 말했다.

"비원 하나만 우뚝 서면 곤란해. 양분된 상태가 유지돼야지. 비원이랑 산성이 서로 제 살 깎아 먹다 몸집이 작아지면 그때 각개격파로 없애버릴 거야. 만약 한쪽이 다른 한쪽을 전멸시키면 우린 나머지 한쪽만 상대하면 돼. 넌 일단 이경선 잃은 그 사람들이 뿔뿔이 흩어지지 않게 잡아줘라. 우리 시야 안에 있어야 돼. 그 도시 밖으로 벗어나지 않게."

"저더러 블랙요원이 되라는 말씀이신가요?"

"나한테 동생을 찾았었지? 네가 그 밑에서 꾸물거리는 동안 그

앤 진즉에 위로 올라왔어. 비원한테서 보호하려고 해외로 보낸 지 오래야. 네 임무 끝나면 바로 동생 있는 곳으로 보내줄 테니까 걱정 하지 말고 다녀와라. 어차피 너 지금 정지자인 데다 비원한테 찍혀 서, 국내에서 맘 편히 돌아다닐 방법도 없을 텐데."

정여준은 정보원 특유의 감으로 그 말이 거짓말이라는 걸 눈치 챘지만 달리 거역하지 않았다. 동생이 무사히 살아있다는 말이 진 실일 수도 있었기 때문이다. 어쩌면 진실일 거라고 무작정 믿고 싶 었기 때문인지도 몰랐다.

그러나 그것까지 믿어준다 해서 그가 섹션에 자신의 모든 걸 드 러낼 이유는 없었다.

"너 정말 8년 동안 거기서 살아남은 이유 짐작 안 가나?"

서형우가 그렇게 물었을 때 그는 지나치게 능청스러워 보이지 않 도록 주의하며 둘러댔다.

"그러게 말입니다. 제 생명을 잠깐 멈춰두는 능력이라도 갖고 있 나 보죠. 다시 시도했다간 또 8년 뒤에 정신 차릴 것 같으니까 겁나 서 못 하고 있어요."

열을 알면 아홉만 보고하라. 정여준에게 그렇게 가르친 건 다름 아닌 장태성이었다.

서형우는 그 이상 그의 생존방법에 대해 묻지 않았다. 이경선이 사망했을 때의 현장 상황과 최주상의 반응만 궁금해할 뿐이었다.

정여준은 차세연과 차세욱이 자신의 본래 능력을 추정할까 두려 워 마음을 졸였다. 그는 아주 오랫동안 고민했다. 그들을 멀뚱히 세 워놓을 순 없는 노릇이었으므로 시간을 멈춰두고 몇 시간이고 갈등 했다. 손익을 따지고 명분을 찾아 헤맸다.

직업이기 때문에, 단지 이번에 받은 임무가 잠입이기 때문에 버려진 도시에 잠깐만 들르는 거라고 생각하면 쉬웠을 것이다. 그러나 모든 상황이 그로 하여금 정해진 선택만을 할 수밖에 없도록 몰아가고 있는 걸 그는 알았다. 폐쇄도시에 들어가지 않으면 바깥에서 쫓기는 삶을 살아야 한다. 살아있을지 확신하지도 못하는 동생까지 담보로 잡힌 상황이었다. 그에게 선택지는 없었다.

그는 무력감을 느끼며 시간을 풀었다. 눈을 부릅뜬 상태로 멈춰 있던 서형우가 전혀 친절하지 않은 미소를 지으며 빙긋 웃어 보였다.

결국, 그는 대항조직의 첩자이자, 만들어진 우두머리라는 감투를 받아들였다.

서형우는 만족스럽게 말했다.

"아, 너 서류상으로 사망자니까 기기 뚫어서 이쪽이랑 연락 못 하는 건 알지? 뭔 일 있으면 최주상 눈 피해서 직접 와. 돈 부족해서 굶을 염려는 말아라. 수백 명 되는 인간들이랑 폐기도시에서 자급자족하라는 소리는 안 해. 몇 년 동안 산성 유지시킬 현금 떼놓을 테니까 나한테 장소 받아가. 이경선 능력 갖고 있고 돈도 있으면 그놈들 환심 사는 것도 조금은 쉬워지겠지."

최주상이 경찰에게 쓴 검은돈 일부가 정여준을 통해 산성으로 흘러들어 가고, 산성은 그것이 비원의 돈인 줄도 모르고 쓸 것이다. 비원 역시 자신들이 산성을 먹여 살리는 데에 일조할 거라고까지는 상상하지 못할 것이었다. 비원이 섹션에 쓴 돈이 칼이 되어 본인들을 공격하는 꼴이었다.

우스운 모양새였지만 정여준은 맘 편히 비웃을 수 없었다. 그저 애써 긍정적으로 생각할 따름이었다. 한번 비원을 나간 돈도 다시 비원으로 돌아가는데, 설마 자신이 섹션으로 돌아오지 못할 리가 있겠는가. 발 달리지 않은 지폐도 이리도 자유롭게 온 세상을 돌아다니는데, 땅속에서 올라왔다 하여 바깥세상에서 가슴 펴고 살지 못할 이유가 어디 있으랴.

윤서리는 눈을 떴다.

몇 번째로 이동했는지 생각하는 것도 지쳤다. 익숙한 흰 벽과 한 남자의 등이 보였다. 산성에서 처음으로 끌려온 전시실이었다. 그녀는 자신이 무슨 목적으로 이 순간으로 돌아왔나 기억을 더듬었지만, 도저히 이렇다 할 답이 나오지 않았다. 이제 그녀는 명확한 표지판도 없이 과거로 이동했다. 정여준을 살려야 한다는 목적 외엔 모든 게 불분명했다. 무엇을 더 해야 할지 막막했다. 기계적으로 돌아온 과거의 공간에서 그녀는 무작정 정여준에게 도망치라고만 외치고 싶었다.

꼴사나운 건 알고 있었다. 도망치라고 알려주지 않아도, 그는 이미 도망쳐야 할 때 도망치고 있었고 도망치지 말아야 할 때 당당히 고개를 들며 살고 있었다. 쉬지 않고 도망치며 살고 있는 건 오히려 윤서리 자신이었다. 너무나 오랫동안 과거로만 도망쳤기에 미래를 받아들이는 방법을 잊어버린 것만 같았다.

그녀가 눈을 뜬 걸 발견한 사람들이 술렁였고, 익숙한 실랑이가 시작됐다. 이찬과 다른 사람들이 이런저런 말을 하는 동안에도 그녀는 오로지 정여준만 뚫어지라 쳐다봤다.

당신은 누군가요, 어디에서 왔나요, 조곤조곤 묻는 그의 목소리가 그녀의 귓바퀴에 귀고리처럼 대롱대롱 매달렸다. 같은 질문을 대체 몇 번째 듣는 것인가. 그런데도 그녀는 그에 맞받아쳐 정여준에게 정체를 물어야 했다. 이곳에 모인 수백 명의 사람을 처음 본 양, 이찬의 정체를 감도 못 잡는 양, 나정을 보아도 가슴이 아프지 않은 양, 눈앞의 정여준이란 인간이 얼마나 좋은 사람인지 어떤 죽음을 맞이할지 알지 못하는 양, 그렇게.

어디에서 왔냐는 물음에 거짓 없이 대답하려면 뭐라고 말해야 할까. 그녀는 알 수 없었다. 바깥세상일까, 비원일까, 경찰청에서 온 걸까. 아니면 그 무엇도 아니고 그저 미래에서 왔다는 대답만이 진실일까.

어디에서 왔는지에 대한 답은 몰랐다. 그러나 어디로 가게 될지는 아주 잘 알고 있었다. 지금껏 해온 대로라면 그녀는 이찬과 함께 서형우를 찾아갈 것이다. 거창한 잠입이라도 되는 것처럼 유세를 떨며 산성에서 두더지 노릇을 하게 되겠지만, 그래 봤자 이제껏 해오던 것들의 반복이다. 절대 이걸로 그를 살릴 순 없었다. 수십 년의 실패의 경험이 그렇게 알려주었다.

피로한 조바심이 들었다. 그녀는 이제껏 해보지 않은 새로운 시도를 떠올리기 위해 이리저리 머리를 굴렸다. 그러던 도중 무리 앞쪽에 앉아있는 이찬과 눈이 마주쳤다. 과거로 와 이 순간을 반복할 때마다 늘 그랬듯, 그녀는 이찬을 똑바로 바라보며 눈을 깜빡였다. NIS를 모스로 치니 아니나 다를까 그는 당황했다. 그는 제 정체를 알고 있는 섹션 요원이 정여준에게 잡혀있다는 생각에 안절부절못했다. 결국 그는 벌떡 일어나 말했다.

"그러니까 뭐냐, 정리하면, 비원이 정확히 어떤 덴지도 모르는 바깥 인간이, 부모님 유해 찾으려고 군인한테서 총까지 훔쳐 여기 왔는데, 여준이 네가 사람 죽이는 거 보고 그거 막으려고 했다가 들켜서 끌려온 거라 이거지."

서형우가 보낸 사람을 어떻게든 산성 밖으로 내보내기 위해 그는 열성적으로 거짓말했다. 그녀는 이찬과 산성 사람들의 목소리를 한 귀로 흘리고 괴롭게 눈을 감았다.

'아, 그랬었지.' 그녀는 맘속으로 탄식했다. 무슨 생각으로 이 순간으로 시간을 돌렸던 건지 기억이 났다.

아직 어떤 친구도 죽지 않은 경선산성을 보고 싶어서 이곳에 왔다. 단지 그뿐이었다.

이제껏 시도했던 모든 노력이 그녀를 손가락질하며 비웃는 것 같았다. 이 굉장한 능력으로 할 수 있는 게, 고작 한때 반짝했던 추억을 들춰보는 것이라 생각하니 얼굴이 뜨거워졌다. 그런 건 사진첩의 역할이다. 인간이 온 힘을 다해 이뤄야 하는 목적이 아니다.

어쩌면 이것이 복원자의 숙명적 한계인가 싶어졌다. 복원자의 능력은 되돌리는 것이지 변화시키는 것이 아니다. 이런 능력밖에 없는 이상, 끝없이 되돌아가고 되돌아가는 것만이 할 수 있는 전부인건가 하는 생각마저 들었다.

무엇을 해야 하는가. 이 굴레에서 벗어나려면 어떤 행동을 해야 하나. 그녀는 머릿속에 펼쳐놓은 지도 위에 서서 간절하게 헤맸다.

지형을 떠올리며 가야 하는 곳. 표적이 있을 곳. 정여준이 있는 곳. 아래를 내려다볼 수 있고 장애물로 둘러싸인 높은 곳.

높은 곳.

그녀는 이를 악물었다. 다른 건 다 시도해도 아직 시도하지 않은 것이 한 가지 있었다.

정여준을 죽게 하는 결정적 원인이 최주상이라면, 최주상을 없애면 된다.

그녀는 자신이 이것을 아직도 시도하지 않고 무의식 아래에 눌러두었다는 사실이 부끄럽고 다행스러웠다. 적어도 그를 완전히 배신하지는 않았던 것이다.

지금까지는.

오직 그것이 다행스럽지 않았다.

두더지 임무를 띠고 돌아온 정여준이 산성에서 본 사람들은 도저히 누군가와 필사적으로 싸울 만한 꼴로 보이지 않았다. 그는 과연 이런 곳에 투입이라는 말을 써야 하는 건가 싶어졌다. 이경선을 잃은 경선산성은 더 이상 경선산성이 아니었다.

정여준은 도시를 돌아다니며 사람들과 접촉하려 했지만 아무도 자신을 산성의 주민으로 생각하지 않았다. 대부분은 비원이 어서 쳐들어와 자신들을 편히 죽여주길 바랐고, 그나마 기운이 남은 이들은 도시를 나가 최주상에게 항복해 비원 조직원이 되자고 친구들을 설득하고 있었다.

그들은 8년 만에 밖으로 나온 새 동지의 이야기를 궁금해하지도 않았다. 정여준은 당황했다. 그는 호기심을 상실한 인간을 다루는 법을 몰랐다. 자신과 함께하지 않겠냐고 제안할 시도는 차마 하지도 못했다. 8년을 이끌어준 우두머리를 따르다 잃었는데, 며칠 전에 막 만난 낯선 남자가 그들의 눈에 찰 리 없었다.

처음에 그는 임무 실패를 예감했다. 며칠이 지나 예감은 확신으로 바뀌었다. 다시 며칠이 지나자 그는 산성의 모습을 관찰하는 게 아니라 눈 안에 담고 있었다. 희망 없는 사람들에게서 무력감을 느끼다가, 점차 슬픔을 느끼다가, 종래엔 분노를 느꼈다.

그들은 싱크홀 밑바닥에서조차 삶을 포기하지 않았던 강인한 사람들이었다. 그에게 살길을 열어주고 계단을 준비해준 고마운 선배들이었다. 그런데 어째서 이 광활한 대지, 새파란 하늘 아래 앉아 삶을 팽개치고 죽음을 기다리고 있는 것인가.

이유는 알았지만, 그는 받아들이고 싶지 않았다. 어디 한번 나한테 속아서라도 좀 더 사람답게 살아보라는 오기가 그의 안에 치밀어 올랐다.

며칠 후 비가 푸슬푸슬 내리는 날 그는 싱크홀의 한 가장자리에 섰다. 늘 그랬듯 아무도 그에게 관심을 주지 않았다. 얼마 지나지 않아 곧 비가 멈추었다. 단순히 비가 그쳤다고만 생각했던 사람들은 몇 시간이 지나자 이상을 느꼈다. 머리 위에 찰랑거리는 판자가 생겨난 것이다. 도시 전체에 유리판을 덮은 것 같은 광경이 펼쳐졌다.

정여준이 비를 멈춘 채 붙들고 있었다.

사람들은 설마 하고 두런거리며 싱크홀 앞에 꼿꼿이 서 있는 한 남자를 쳐다보았다. 절망에 찬 사람들이 하나둘 그의 앞에 모여들었다. 구름에서 떨어진 빗줄기는 사람들의 머리에 닿기 전에 공중에 멈추었고 그 빗방울 위에 빗방울이, 빗방울이 모인 곳에 다시 빗방울이 떨어지며 켜켜이 층을 만들어내고 있었다.

정여준이 입을 열었다.

"이것은 이경선의 능력입니다."

그 이름에 수군거림이 한순간에 멎었다.

"아시다시피 전 싱크홀 바닥에서 8년을 죽지 않고 버티다가 최근에 이곳으로 올라왔습니다. 가장 큰 기적은 제가 8년 동안 죽지 않았다는 게 아닙니다. 제가 올라왔다는 사실입니다. 대체 어떻게 올라왔을까요. 8년 전의 여러분과 똑같은 방법으로 올라왔습니다. 나선 모양의 계단을 이용해서요.

똑같은 방법으로 올라왔다는 사실만큼 놀라운 기적이 없습니다. 그건 이경선이 죽기 직전까지도 그 긴 계단을 멈춘 채 유지했다는 뜻이니까요. 계단은 이경선이 죽자 그제야 무너졌습니다. 대체 왜 8년이나 그 다리를 놓지 않고 붙들어놓을 생각을 했을까요.

그날 미처 함께 올라오지 못한 누군가가 나중에 더 올라올 수 있으니까. 한 사람이라도 살아있을 수 있으니까. 몇 년이 지났더라도, 생존자가 올라올 가능성이 한없이 제로에 수렴해도 희망을 놓기 싫었을 테니까요. 실제로 저는 이경선이 그 희망을 놓지 않은 덕분에 계단을 타고 올라와 살았습니다. 그 사람이 붙잡은 게 하필이면 불가능과 비상식이라서 제가 산 거예요."

그는 능력을 풀었다. 공중에 10밀리미터 두께로 쌓여있던 빗물이 한순간에 땅으로 떨어졌다. 빗물이 사람들의 정수리와 어깨를 쳤고 땅을 둥둥 울렸다. 차디찬 물을 뒤집어쓴 사람들은 흠칫 떨었지만 더는 고개를 수그리지 않았다.

"제 능력은 이경선의 죽음이 아니었으면 존재하지도 못했을 겁니다. 누군가가 더 나아지기 위해선 다른 누군가가 희망을 품은 채 죽음을 각오해야 하는 거겠죠. 이경선이 그랬던 것처럼요. 그 능력을 받아먹었으니 그럼 저도 여러분을 위해 죽음을 각오해보겠습니다.

이경선은 살아있는 사람이 남아있는지 없는지도 모르는 싱크홀 밑바닥에 목숨의 일부를 바쳤습니다. 여러분은 어디에 목숨의 일부를 거실 건가요. 최주상의 도박입니까? 이경선의 꿈입니까."

한동안 도시엔 빗소리밖에 들리지 않았다. 그는 마음속에 똬리 틀고 있던 말을 후련하게 뱉었는데도 시간이 지날수록 괴로움이 찾아오는 걸 느꼈다. 자신이 진심으로 생각하는 말을 한 것인지 임무를 위해 그럴듯한 말을 지어낸 것인지 알 수가 없었다.

"야." 정여준에게서 등을 돌린 채 앉아 비를 맞고 있던 남자가 소리쳤다. "남의 땅에서 연설할 거면 이름이라도 대고 시작해."

"…정여준입니다."

"어엉. 그래, 안녕."

남자는 설렁설렁 손을 흔들었다. 그리고 쭈그려 앉은 자세 그대로 폴짝 뛰어 뒤돌았다. 그는 오랫동안 이발하지 못해 머리털과 수염이 지저분했다. 비에 젖어 이마를 길게 덮은 머리카락 사이로 장난기 가득한 눈동자가 빛났다.

"찬이라고 불러라."

이찬은 무릎을 펴고 일어나 젖은 머리를 뒤로 넘겼다. 정여준은 하염없이 주먹을 쥐었다 폈다.

"어, 그리고, 앞으론 이경선 뒤에 꼭 님 자를 붙여, 인마."

2대 경선산성의 출발점이었다.

손에 직접 피를 묻히지 않았을 뿐이지, 윤서리는 남의 피를 밟고 가는 데에 이미 익숙해져 있었다. 시야가 닿는 곳마다 타인의 피가 강처럼 흘렀고 그녀는 그곳을 나룻배 없이 건너야 했다. 하지만 핏물에 푹 잠겨 헤엄치는 삶을 살았어도 막상 손에 피를 묻히려니 거부감이 들었다.

그녀가 번제물로 점찍은 사냥감은 그나마 거부감이 덜 드는 인간이었다. 비록 깨끗하지도 온전하지도 않은 희생양이지만, 최주상이라는 제물을 바쳐서 정여준을 돌려받을 수 있다면 도전할 만한 가치가 있었다. 최주상은 죽음으로써 그가 죽였던 사람들의 수만큼 생명을 구할 것이다.

그녀는 그를 죽여야만 하는 이유를 헤아리며 칼날을 기울였다. 그의 목에 닿은 칼은 망가지지 않고 얌전히 때를 기다리고 있었다. 그는 온순했다. 신가영이 자신에게 해를 입힐 리가 없다고 확신하는 건지, 아니면 신가영에게 살해당하는 거라면 개의치 않는 건지 그녀는 알 수 없었다. 알고 싶지도 않았다. 마지막 표정조차 보고 싶지 않아서 그녀는 뒤에 선 채 그의 목을 그었다. 그는 한때 그토록 요란하게 살았던 게 믿기지 않을 정도로 조용히 죽었다. 살해는 최주상 때문에 고요하게 끝났다.

두려움과 죄책감이 일순 경련처럼 그녀를 스쳐 갔지만 그리 오래가지 못했다. 그녀는 죽은 그를 내려다보며 덤덤히 생각했다. 나에게만 무해했던 이 사람이 다른 곳에서 무슨 짓을 했는지 잊어선 안 된다. 이 남자가 겪은 고통보다 다른 이들에게 준 고통을 더 똑바로 바라봐야 한다. 나를 지켜줬고 앞으로도 지켜줄 이 돈이 어떻게 태어난 건지 모르는 척해선 안 된다….

그 다짐은 아주 소용없지는 않았지만 큰 의미가 없었다. 그녀는 결국 그를 죽이기 전으로 돌아갔기 때문이다. 최주상을 없앴는데도 정여준은 변함없이 죽음을 맞았다. 최주상을 잃은 비원을 이끌어간 건 김현이었다. 결말은 달라지지 않았다.

그녀는 김현이와 라땅도 없애야 하나 잠시 계산했다. 그러다 곧

바로 흠칫하며 진저리쳤다. 서형우의 찌꺼기가 자신의 혼에 들러붙은 것만 같았다.

꼭 서형우 때문만은 아닐지도 모른다고 그녀는 생각했다. 서형우에게 감염된 게 아니라 긴 시간을 지나며 스스로 병든 것일 수도 있었다. 그런 인간과 겹칠 구석이라곤 어디도 없을 거라고 굳게 믿었는데, 실은 서형우와 자신은 그리 멀리 떨어져 있지 않았던 게 아닐까 하는 의심이 그녀를 떠나지 않았다.

그녀는 지친 몰골로 다시 최주상 앞에 섰다. 경선산성을 만나기 위해 다시 비원의 삶을 견뎌야 했다.

신가영을 앞에 둔 그는 살해당할 때처럼 조용하고 얌전했다. 자비 없는 싸늘한 시선도, 우아함을 가장한 냉혹한 몸짓도 그저 한낮의 이슬 같은 허상이 되었다. 신가영에게 그는 언제든 아이를 간병할 자세가 돼 있는 보호자였다. 물론 그녀에게는 그마저 전부 허상으로 변했을 뿐이다. 다시는 진실을 알기 전으로 돌아갈 수 없다.

그녀는 용서를 구하고픈 마음이 없는데도 빈말을 뱉었다.

"날 용서해줄 수 있어요?"

뜬금없는 소리로 들렸을 텐데도 그는 망설임 없이 답했다.

"내가 안 그럴 수도 있는 거니?"

그는 무엇을 용서해달라는 거냐고 묻지도 않았다. 그저 자신이 모르는 미래에서 어떤 일이 있었고, 가영이가 그 미래를 버리고 이곳에 돌아왔다는 것만 유추할 수 있었는데도 그에겐 오로지 그 사실만이 중요했다.

그는 그녀와 눈높이를 맞추고 천천히 말했다. 긴장한 기색이 역력했다.

"네가 뭘 했든 앞으로 뭘 하든 난 괜찮아. 너야말로 날 용서하려고 노력하지 말렴. 용서하고 싶지 않은 순간이 온다면 용서하지 마."

이미 그녀는 너무나 오랜 시간 동안 그를 용서하지 않았다. 그러나 그의 눈이 간절함으로 지나치게 번쩍이는 나머지 그녀는 고개를 끄덕일 수밖에 없었다.

경선산성은 이경선 시절부터 우리 목숨을 비원에 맡길 순 없다는 생각으로 뭉친 집단이었다. 자신들은 사회악이 아니고, 선한 의지로 서로를 조절하면서 다 함께 살 수 있다는 믿음이 기저에 깔려 있었다.

하지만 정작 최주상이나 정여준 둘 중 한 명의 힘을 빌리지 않는 한 단순한 선한 의지의 합심은 믿기 어려웠다. 각 조직의 지도자를 뺄 경우 그 구멍이 지나치게 컸다. 그게 정여준이 서형우에겐 물론, 양심의 가책을 받으면서도 끝까지 산성의 동료들에게 시간 정지능력을 숨긴 이유였다. 동료들이 그 능력을 얻기 위해 위험을 무릅쓰고 그의 목숨을 노릴 가능성이 있었기 때문이다. 그것은 이후 윤서리가 능력을 철저히 숨긴 이유와 닮아 있었다.

전투 중 최주상은 자주 모습을 보였지만 정여준은 늘 후방에서 움직였다. 동료를 앞세우고 뒤에서 혼자 안전하게 숨어 있는 두목이라며 비원 조직원들은 그를 비겁자라고 질타하곤 했다.

그가 전방에 나타나지 않는 이유는 세 가지였다. 첫째론 옆에 보는 눈이 없다면 어차피 시간을 멈추고 이동해가며 해결할 것이기 때문이었다. 둘째론 블랙요원인 그에게 제시된 임무는 어디까지나 끝까지 살아남고 두 조직을 괴멸하는 것인지라, 도중에 순직하면 안 된다는 이유였다. 셋째로, 시간을 멈추는 힘이 동료에게 먹히면 그나마 다행이지만 전방에서 설치다가 비원의 정지자에게 능력이 옮겨가면 여러모로 큰일이기 때문이었다.

그는 만약 자신의 능력을 알게 되는 사람이 생긴다면 그건 서형우나 차세연일 거라고 생각했다. 그러나 정작 눈치챈 건 다른 사람이었다. 그가 충분히 경계하고는 있었지만 능력을 숨기고자 애쓰진 않았던 인물이기도 했다.

그날은 그가 산성에서 다섯 번째로 맞은 전투가 일어난 날이었다. 최주상이 참여한 것만 세자면 두 번째였다. 정여준은 늘 그렇듯 산성과 비원 모두의 눈을 피해 후방에 몸을 숨기고 있었다. 높은 곳에서 격전지를 내려다보며 싸움을 지원하던 그는 자리를 옮겨야겠다고 결정했다. 아래쪽의 싸움이 격렬해지면서 대열의 위치가 많이 바뀌어, 동료들의 일부가 보이지 않은 탓이었다.

길을 헤매는 중엔 상황을 제대로 볼 수 없으므로 그는 시간을 멈춰두고 자리를 떴다. 새 장소를 찾으면 정지를 풀 생각이었다. 위치를 바꿀 때나 긴급 상황이 일어났을 때 시간을 멈춰 해결하는 건 그가 지난 전투 내내 해온 방식이었다.

그는 여유롭게 이곳저곳을 돌아다녔다. 먼지 하나 움직이지 않는 세상에서 자유롭게 돌아다니는 건 정여준뿐이었다. 친구들이 위험에 처할까, 적이 자신을 발견할까 걱정할 필요도 없었다.

하지만 그날은 달랐다. 그는 시커먼 무언가가 멀리서 천천히 다가오는 걸 보고 자신이 정지를 풀었나 싶어 화들짝 놀랐다. 그러나 가지에서 떨어지던 나뭇잎은 그의 눈높이에 멈춘 채 움직이지 않고 있었다. 정지는 유지된 채였다.

멈춘 세상에서 오로지 정여준과 그것만이 움직이고 있었다. 그는 걸음을 멈췄다. 그것은 계속해서 그에게 다가왔다.

사람이었다. 상대는 단정하고 우아하게 산책하듯 곧게 걸어왔다.

"이야아… 귀신이 곡할 노릇이네. 나도 내 사람 모으면서 별별 재주를 다 봐서 더는 신기할 게 없다고 생각했는데 말이야. 역시 하루라도 더 오래 살고 볼 일인가 봐, 응?"

최주상이 말했다.

정여준은 뻣뻣하게 굳어 옴짝달싹도 못 했다. 심장이 세차게 뛰고 근육이 아프도록 긴장했다. 최주상은 멈추지 않고 다가왔다.

'실수했구나.' 정여준은 그렇게만 생각했다. 능력이 빗겨나가 최주상의 시간은 미처 멈추지 못한 거라고 여겼다. 그는 얼른 최주상의 시간을 멈추었다. 최주상의 걸음이 우뚝 멎었다. 다른 것들과 마찬가지로 얌전히 멈춰 있는 최주상을 확인하고 그는 참았던 숨을 팍 터트렸다.

그러나 그는 다시 숨을 삼켜야 했다. 최주상의 눈썹이 올라가며 눈이 스르륵 커졌기 때문이다.

잔뜩 힘줘 눈을 뜬 최주상은 입술도 쭉 늘리면서 소름 끼치는 미소를 지었다.

"처음 만나는 사람한테 인사도 안 하고 능력부터 쓰라고, 이경선이 그렇게 가르치든?"

정여준은 아무 말도 못 하고 간신히 서 있었다. 최주상을 가까이서 본 건 처음이었다.

"아, 이경선한테 뭘 배울 틈도 없었겠구나. 미안해, 재미난 정지자 꼬맹아. 너희들 선대 대장을 존경하지는 않지만 놀릴 생각은 아니었어. 그나저나 이거 지금 네가 멈춘 거지? 설마 이경선한테 물려받은 능력은 아니지? 만약 그랬으면 8년 내내 눈치 못 챈 게 자존심 상하는데."

"…."

"아, 네 능력이겠구나. 8년 동안 아래에 있었다는데, 네 시간을 멈추고 있던 거겠지, 방금 나한테 했던 것처럼. 그러면 말이 되겠네."

"대체 어떻게 움직일 수 있는 거죠?"

"산성 사람한테 존댓말 듣자니 미안한데. 아무리 나라도 그 정도 염치는 있다고."

"제가 시간을 멈췄을 때 움직일 수 있는 건 저밖에 없었어요. 뭘 어떻게 하신 거죠?"

"그러는 넌 어떻게 시간을 멈출 수 있는 건데?"

"…그냥, 그럴 수 있는 정지자가 되었으니까요."

"나도 그럼 그냥 멈춘 시간을 부술 수 있는 파쇄자라서 그런가 보지."

"내 능력으로 당신을 이길 수 있는 건 정말 하나도 없군요. 당신도 남의 능력 가져가기 전에 처음부터 시간을 깨트릴 수 있었던 건가요?"

"아가야, 아무리 나라도 내가 이런 것까지 부술 수 있는지는 몰랐어."

최주상은 다시 날 선 미소를 지었다. 그러나 주변을 둘러보더니 언제 웃었냐는 듯 표정을 싸늘하게 굳혔다.

"이경선 후계자가 이런 눈속임으로 후방지휘하고 있을 줄은 몰랐네. 내가 여기 없을 때도 그런 식으로 싸웠던 거지? 어쩐지 애들이

맥을 못 추고 돌아오더니만. 남들 다 멈춰 있을 때 너 혼자 그렇게 움직여서 이겼으니 참 편했겠어, 응? 물론 오늘로 마지막이지만."

"글쎄요. 내가 당신을 영원히 멈추는 것과 당신이 자신을 영원히 부수는 것 중 어떤 게 더 현실성 있을까요."

"영원이라는 것부터가 현실적이질 않잖아. 방어만 하는 사람이 공격만 하는 사람한테 상대가 되겠어?"

"방어하면서 맨몸으로 싸워도 제가 당신한테 쉽게 죽을 정도로 호락호락한 상대는 아닐 겁니다."

"나야말로 너 하나 못 죽일 정도로 호락호락하게 살진 않았어."

부정할 수 없었다. 짧게나마 지켜본 최주상은 능력으로든 맨손으로든 사람을 죽이는 데에 아무 어려움이 없었다. 정여준은 최주상에게서 도망쳐 전선에 섞일 방법을 떠올리지 못해 막막했다.

"…죽일 생각으로 달려들지 않으면 당신한테서 도망치지 못하겠네요. 이거 어쩌면 제 동료들이 벌써부터 3대 수장을 세워야 할지도 모르겠군요."

"뭘 또 재미없는 말을 하고 그래. 당연히 날 죽일 생각이니까 산성에서 살았을 거 아니야."

"조금 전까지는 아니었습니다."

"이거 그냥 미친놈이었구먼."

"당신은 그런가요? 절 죽이려고 여길 찾아왔습니까? 이경선처럼 처치하려고?"

"글쎄…."

최주상은 주머니에 손을 넣은 채 버릇처럼 주변을 휘휘 둘러봤다. 정여준이 정지를 풀지 않는 이상 무언가가 움직일 리는 없었다. 그 지루하고 고독한 풍경에 혀를 차며 최주상은 나른한 목소리로 말했다.

"처음엔 그럴 생각이었지. 아니 물론 지금도 죽일 생각이긴 한데… 어떤 형사 놈 말곤 너만 한 눈엣가시가 없으니까. 그런데 아무렴 시간 멈추는 정지자일 줄 알았겠나. 내가 정지자였으면 더 잴 것도 없이 이 자리서 바로 네 재주를 잡아먹겠지만, 안타깝게도 그렇질 않아서. 이경선 능력이야 어찌 되든 알 바 아니지만, 시간 멈추는 능력은 그냥 보내버리기엔 좀 아깝지 않겠냐."

"그래서요?"

"내 믿을 만한 정지자가 근처에 있을 때 죽이는 편이 나을 것 같아서. 지금 이 기회를 놓친다고 나중에 못 죽일 리도 없고. 네 눈이 닿는 곳에 내 사람이 있으면 그때 죽이는 게 낫겠지. 어차피 너도 날 죽이려고 할 땐 네 파쇄자 친구를 주위에 둘 거잖아."

"딱히 그럴 생각은 없었습니다."

"거짓말이 과하네. 콩알만 한 도시에서 외교 놀이는 하지 말지 그래."

최주상은 심드렁하게 정여준을 내려다보다 획 돌아섰다. 미련 없이 멀어지는 상쾌한 걸음걸이가 당혹스러웠지만, 그는 긴장을 늦추지 않았다. 최주상은 뒤돈 채 말했다.

"네가 이거 제대로 돌려놔서 시간 다시 움직이면 내 정지자 데리고 네 머리 부수러 여기 올 거야. 죽기 싫으면 아무쪼록 열심히 도망치는 게 좋을 거다. 만약 운 좋게 오늘 살아남더라도 다신 내 앞에서 이런 눈속임은 시도할 생각 마라, 응? 파쇄자나 복원자 도움 없이 혼자서 나랑 싸울 자신이 있다면야 뭐 얼마든지 시간 멈추고 기다리든가."

"…그럼 이게 절 살려두는 마지막 호의입니까?"

"설마 그것까지 알려줘야 할 정도로 멍청해?"

"마지막이 아니게 할 생각은 없나요?"

최주상은 걸음을 우뚝 멈추고 고개만 돌려 정여준을 보았다.

"싸움을 멈출 생각은 없습니까? 당신도 이 살상을 8년이나 계속했으면 분명 알 겁니다, 이래 봤자 산성에도 비원에도 미래는 없을 거란 걸."

"…산성이 우두머리를 잘못 택했군. 이건 후계자가 아니라 배신자 같은데."

"우리가 적대관계인 건 목적이 아주 조금 달라서 그럴 뿐입니다. 대체 여기서 뭐 하고 있는 겁니까. 시간까지 조종할 수 있는 사람들이 고작 서로 죽이네 마네 하면서. 우리가 손잡고 일해도 아까울 판에 이런…."

"아까 말했지, 외교 놀이할 생각 말라고."

여유롭고 부드러웠던 목소리가 낮게 깔렸다. 최주상은 제법 멀리 떨어진 곳에 있었지만, 정여준은 그 얼굴이 바로 제 눈앞에 다가온 것만 같았다.

"이게 게임인 줄 알아? 지휘자 한 명이 버튼 하나 누른다고 멈출 싸움 같냐고."

"8년간 쌓인 증오가 하루아침에 사라질 걸 바라진 않습니다. 하지만 전 그만큼 앞으로 8년 더 노력할 각오가…."

"8년이나 더 살아남을 생각을 하다니, 초능력자 주제에 꿈도 크지."

'경선산성'이 아닌 '초능력자'라는 지칭에 정여준은 어딘가 해소되지 않은 불편함을 느꼈다. 그러는 당신도 초능력자이지 않냐고 하고 싶었지만, 정여준은 그 말을 삼켰다.

최주상은 다시 뒤돌아 걸으며 말했다.

"헛바람 들어서 망상하지 말고 이경선의 유물이나 잘 지켜. 그 자리에 앉은 이상 나한테 죽을 걸 기다리는 게 네 운명이야. 엉뚱한 데에 머리 굴릴 바엔 내가 죽일 네 친구들 목숨이나 걱정하는 편이 유익할 거다."

최주상은 정말로 정여준과 멱살 한 번 잡지 않고 돌아갔다. 물론 정여준이 정지를 푼 이후는 달랐다. 그날 경선산성은 태풍처럼 도시를 쓸고 다니는 최주상의 능력에 악전고투했다. 정여준은 부들거리는 팔다리를 붙잡으며 그 괴성 같은 폭격을 묵묵히 받아내야 했다. 마치 뒤에 숨어 보이지 않는 2대 수장 정여준에게, 어디까지 해낼 수 있겠느냐고 최주상이 시험하는 것만 같았다.

그들이 대면한 이후 최주상이 산성에 직접 들어오는 일이 빈번해졌다. 산성 사람들은 날이면 날마다 비원 대열의 선방을 지키고 서 있는 최주상을 보며 몸을 떨었다. 저 악마 같은 인간이 이번에야말로 작정하고 우리를 쓸어버리려는 게 아니냐는 소리가 여기저기서 튀어나왔다.

아마 자신이 시간을 멈추는 걸 감시하려는 목적이리라고 정여준은 짐작했다. 그가 작정하고 시간을 멈추고 일을 벌이려 한다면, 그것을 상대할 수 있는 게 최주상 자신뿐이라고 여겨 계속 현장에 발을 들이는 것일 터였다.

다 이해할 수 있었으나 한 가지가 걸렸다. 정여준은 어째서 경선산성의 우두머리가 시간도 멈출 수 있는 정지자입네 하는 소문이 돌지 않는지 기이했다. 최주상이 그 사실을 퍼트리지 않을 이유가 없었다. 적당히 소문을 내면 산성 내부에 균열을 일으키거나 비원 정지자들의 입맛을 돋울 수도 있었다.

그는 최주상이 그 사실을 여차할 경우를 위한 보험으로 간직하고 있다고 이해하기로 했다. 물론 진실은 다른 데에 있었다. 정여준의 비밀을 숨기는 것 따윈 최주상에게 안중에도 없었다. 그가 원한 건 신가영의 비밀을 지키는 것뿐이었다. 시간을 다루는 정지자가 존재한다는 사실이 밝혀지면 누군가는 시간을 되돌리는 복원자의 존재를 찾으려 들지도 몰랐다. 능력을 추적하다가 가영의 존재를 발견하는 사람이 나오게 둘 순 없었다.

그 가능성을 없애기 위해서라도, 정여준은 이경선의 능력을 물려받았을 뿐인 복제품으로 남아줘야 했다.

윤서리가 공들여 헤매 얻어낸 것이 누군가에겐 지름길이 되는 경우가 왕왕 있었다.

그녀가 더 많이 걷고 인내해 얻어낸 것을 주위 사람들은 더 빠르게 얻었다. 물론 그녀가 능력을 그런 의도로 이용한 덕이었다. 그녀의 행동은 자신의 시간을 늘리고, 다른 사람의 시간을 잘라서 이어붙이는 것이나 다름없었다. 헤매는 선택지를 없애주고 매 순간 지름길을 마련해줬다. 그건 대부분 그들을 향한 그녀의 호의였지만 때로는 자신의 시간 단축을 위한 것이기도 했다.

같은 시간을 반복할 때마다 사람들의 지름길이 점점 짧아지고 있다는 걸 그녀는 처음엔 느끼지 못했다. 그녀가 대신 헤맨 덕에 사람들은 헤매지 않아도 되었다. 그녀가 서른 개를 보고 들었기 때문에 사람들은 가장 중요한 두세 가지만 보고 들어도 충분했다. 그들은 덜 헤매도 더 곧은길로 갔고, 덜 보았지만 더 알았고, 적은 논쟁을 벌였지만 더 많은 결론을 냈다. 이미 모든 걸 겪은 그녀가 매번 더 짧은 길을 제시해줬기 때문이다.

그래 봤자 그녀는 허탕 칠 일을 줄이거나 시간을 좀 더 효율적으로 쓰는 데에서 그치리라고만 생각했다. 그러나 어쩌면 그보다 더한 것이 지름길을 달리고 있을지도 모른다는 걸, 그녀는 정여준을 통해 깨달았다.

처음 만난 그는 분명 귀신에게 생기를 빨린 것처럼 지치고 어두워 보였다. 그러나 다른 사람들과 함께 있을 때는 다정했고, 이찬과 있을 때는 좀 더 즐거워 보였으며 그녀와 함께 있을 때는 휴식을 취하는 것처럼 평화롭고 고요했다.

딱 그 정도였다. 그녀가 겪은 첫 번째 정여준은 분명 그 범위의 분위기와 표정을 벗어나지 않았다.

그러나 긴 여로를 달리다 어느 순간 문득 그녀는 생각하게 되었다. '정여준 저 사람이 저렇게 자주 밝아 보이는 사람이던가?'

그를 부드럽고 맑은 사람이라고 느낀 적은 있어도 밝고 화창해 보인 적은 없었기에 그녀는 갸우뚱했다. 단지 자신이 많이 지쳐있기에 상대적으로 그가 밝게 느껴지는 건가 생각하기도 했다. 시간을 되풀이하면서 그녀는 때때로 절박함을 잊을 정도로 지쳐서, 숨기기 어려울 만큼 굳은 얼굴로 있기 일쑤였다.

하지만 정여준은 반대였다. 그녀가 더 많이 시간을 돌릴수록 그의 표정은 여우비에 젖듯 서서히 밝고 따스해졌다. 온유한 눈빛에 담긴 소년 같은 기대감. 그녀는 그 낯설도록 빛나는 표정을 보며 마냥 마음 따뜻해질 수만은 없는 이질감을 느꼈다.

그녀는 의아해하며 생각했다. '내 기억과 감정은 계속 쌓이고 변화하지만, 당신의 시간은 변함없이 반복되기만 할 뿐일 텐데. 변함없는 이 세상에서 내 정신만 늙어갈 뿐, 그 외엔 모두 한결같다고 생각했는데.'

순간 묵직한 깨달음이 그녀를 찾아왔다.

정여준의 마음이 지름길을 달리고 있었다.

자신의 시간을 늘리고 남의 시간을 가속한 탓에 사람의 마음마저 더 빠르게 움직이게 만들어버렸다. 본래는 그가 열 번 헤맨 끝에 발견하게 될 감정을, 한 번만 헤매고도 바로 손에 넣게 된 것이다.

절망이 공식처럼 답을 내렸다. 그녀는 판결문을 읽듯 중얼거렸다. "나는 시간을 돌릴 때마다 새로운 정여준을 죽게 했구나."

서형우는 싱크홀이 생긴 이래 이만큼 불만스러웠던 적이 없었다. 비원은 이기고 지기를 번갈아 반복했다. 산성은 이경선이 살아있을 때만큼 회복될 정도였다. 그는 정여준이 비원과 산성 모두를 망가트려 주길 원했지만, 정여준은 섹션이 아닌 산성의 입장에서 유능했다.

"밭 해치라고 보낸 두더지가 엉뚱하게 겨울잠을 자고 난리야."

경마장에서 선두로 질주할 줄 알았던 말이 알고 보니 강아지인 기분이었다. 불안해진 그는 정여준을 감시할 끄나풀을 만들기로 했다. 비원과 달리 산성에는 싱크홀 생존자가 아닌 사람이 한 명도 없었기에, 섹션은 두더지를 산성 내부에서 발굴해야만 했다.

섹션은 산성을 나온 이찬을 몇 번의 고배 끝에 붙잡았다. 처음엔 비원으로 위장했지만, 곧 자신의 신분을 밝히며 그는 이찬의 난동을 멈출 마법의 첫 문장을 말했다.

"정여준은 내가 심은 두더지야."

서형우는 이찬이 짧게나마 충격과 의심 사이에서 헤매는 틈을 놓치지 않았다. 믿지 않으려 하는 이찬에게 그는 그간 차곡차곡 쌓아놓았던 증거들을 내밀며 말했다.

"정여준은 처음부터 우리 사람이었고 만약 너마저 이쪽으로 돌아서면 경선산성은 일인자도 이인자도 전부 허깨비가 되는 거겠지. 만약 네가 오지 않더라도 우린 다른 놈을 포섭할 거고, 넌 산성 놈들을 모두 의심하며 살게 될 거야. 산성도 비원도 결국 이쪽이 원하는 결말을 맞을 거다. 이대로 돌아가서 동료들한테 진실을 밝히고 산성의 영웅이 돼서 그놈들이랑 함께 자멸할 거냐, 아니면 이제라도 우리 쪽에 붙어서 그놈들이 공멸한 후에 조용히 호의호식하는 삶을 살 거냐?"

그의 눈에 그날 이찬은 제정신을 붙들고 있는 사람처럼 보이지 않았다. 결국 이찬은 생존을 약속받고 섹션과 손을 잡았다.

그가 이찬에게 내린 초기명령은 하나였다. '정여준이 산성의 우두머리인 척하고 있는 건지, 정말 우두머리가 되려고 하는 건지 관찰하고 있어라.' 이찬에겐 지독히도 맘에 들지 않는 심부름이었다. 그것은 정여준이 저를 배신하고 있는지 섹션을 배신하고 있는지 판단해보라는 것과 다름없었다.

산성으로 돌아가고 얼마간 이찬은 정여준의 얼굴을 보기 괴로워 도시의 온갖 곳을 들쑤시고 다녔다. 몸에 무리가 갈 정도로 돌아다니자 기어이 정여준은 대체 뭘 찾아다니길래 그렇게 헤매고 다니느냐고 물었다.

아무것도 찾고 있지 않았다. 찾을 수 있는 것이 세상에 없는 게 문제였다. 싱크홀을 나온 게 잘못이었을까, 이경선을 따랐던 게 잘못이었을까. 다른 고비는 다 넘겨도 정여준만은 따르지 않았다면 산성이 섹션에 붙잡히는 일은 일어나지 않았을까.

애당초 이경선을 따랐다고 당당하게 말할 수도 없었다. 이찬은 싱크홀을 나온 직후엔 최주상과 함께였다. 낌새가 이상하게 흘러가는 게 불편해서 몰래 빠져나오려다 최주상에게 죽을 뻔했는데, 그때 이경선이 구해줘서 구사일생으로 어쩌다 전향했을 뿐이었다.

하지만 이경선을 충성스럽게 따르면 따를수록 마치 처음부터 그녀와 같은 생각을 해온 것처럼 느껴졌다. 가능성을 믿고, 미래를 꿈꾸고, 통제와 불의에 분노하는 것처럼. 신념이라는 게 있는 것처럼. 단 한 번도 최주상과 뜻을 함께한 적이 없었다는 듯.

그런 어중간한 겉치레로 표리부동한 탓에 이리되었나 싶어 이찬은 자괴감이 들었다. 동시에 억울하기도 했다. 왜 자꾸만, 생사의 갈림길에서 한쪽 편을 고르라고 일면식도 없는 인간들에게 선택을 강요당해야 하는가? 자신은 그저 불운하게 한 번 죽었다 살아났을 뿐이었는데.

이찬은 지긋지긋할 정도로 익숙한 산성의 풍경을 낯설게 관찰해보았다. 그리고 정여준을 방금 처음 만난 것처럼 쳐다보았다. 옆에 서 있는 이 정여준이라는 남자는 그를 집어삼키기 위해 온 괴물인가. 아무 감정도 없이 명령만 수행하는 로봇 같은 요원인가. 자신의 정의에 취한 경찰인가. 싱크홀 앞에서, 누군가 툭 밀기만 하면 지옥 같은 구덩이 속으로 떨어질지 모르는 그 아슬아슬한 끄트머리에 서

334

서, 빗방울을 멈춰가며 연설했던 그 청년은 정말 서형우의 하수인인가. 최주상의 공격을 막아가며 한 사람의 동료라도 살리려고 애썼던 그 친구는 진정 자신의 친구가 아니었는가.

어쩌면 정여준은 저를 한 번도 친구라고 여기지 않았을지도 모른다는 생각에 이찬은 이름 붙일 수 없는 배신감을 느꼈다. 동시에 남의 말만 믿고 산성의 구원자를 의심하는 자신에게 염증이 들었다.

여러 종류의 두려움이 그의 가슴에 차곡차곡 쌓였다. 첩자 노릇을 하는 걸 들켜선 안 된다. 정여준이 첩자라는 걸 들켜서도 안 된다. 산성이 머잖아 무너질 것을 겉으로 두려워해서도 안 된다.

혼란과 외로움이 덕지덕지 묻은 짐이 무거웠다. 정여준이 자신을 배신했다는 충격만큼, 자신이 동료들을 배신했다는 충격이 컸다. 무엇을 위해 이 자리에 있는 건지 알 수 없었다. 이렇게 되면 정여준이 산성에 오기 전, 이경선을 잃고 망연자실했을 때보다도 더 꼴이 사나웠다.

그때보다도 더.

그러고 보니 그때는 어쩌다 그 꼴을 박차고 일어날 생각을 했던가. 대체 이 허여멀건 남자의 무엇을 믿고 다시 걸어나갈 생각을 했었나. 그는 가슴에 묻어뒀던 기억을 차근차근 더듬어보았다.

빗소리에 섞인 목소리가 그의 머릿속을 울렸다. '여러분은, 어디에 목숨의 일부를 걸겠습니까.'

"…야." 걱정스럽게 쳐다보는 정여준에게 그가 말했다.

"웅?"

"너 만약 내가 원래 비원이었다고 하면 어쩔 거야?"

"…너 이경선 님이 맘먹고 갈라서기도 전에 최주상이랑 대판 싸우고 찍혀 나왔다며. 비원이 생기기도 전에 이경선 님한테 붙었는데 어떻게 네가 비원 소속이야."

"아니 좀…, 제발 그렇게 매사 진지하게 받아들이지 좀 말고. 만약이라고 했잖아 만약. 만약 내가 원래 비원 출신이었는데 어쩌다여기 들어와서… 비원을 버리고 산성에 정착했다고 하면 넌 어떻게 생각할래?"

"비원 얘기만 해도 질색하면서 어쩌다 그런 가정을 할 생각을다 했냐?"

"아니 그니까 그딴 건 됐고! 넌 어떻게 생각할 거냐고. 두목으로서."

정여준은 전투 진영을 읽듯이 이찬을 바라보았다. 그 속 모를 눈을 보니 이찬은 목이 졸리는 것만 같았다.

"두목으로서는 뭐 좋지. 인구가 한 명이라도 많은 편이 유리하잖아."

"…그러냐."

"그리고 그냥 인간 정여준으로서는 아무래도 상관없는 얘기고."

"…."

"네가 비원 출신이든 산성 출신이든 무슨 상관이야. 우린 산성 출신이라서 같이 있는 게 아니라 싱크홀 출신이라서 함께하는 거야."

살아생전 이경선의 입에서 나왔다면 절대 수긍하지 않았을 말이었다. 그 논리라면 최주상도 싱크홀 출신이니 동지로 받아들여야 했다. 그러나 이찬은 정여준이 무슨 말을 하고 있는지 알고 있었다. 정여준은 비원 출신도 산성 출신도 아니었다. 그를 이곳에 묶어두는연결고리는 오직 싱크홀밖에 없었다.

내가 어느 출신이든 부디 나를 받아 달라. 정여준은 의도하지 않았지만 이찬에게는 그렇게 들렸다.

눈살을 찌푸리는 이찬을 보고 정여준이 말했다.

"왜? 비원 버리고 여기 들어오겠다는 조직원이라도 있어?"

"말이 되냐. 들어오는 순간 나한테 뒈진 목숨이야."

"그러게 왜 그런 비유를 들고 그래."

"내 말이. 최주상 때문에 이 나이에 벌써 노망이 들었나." 이찬은 기지개를 켰다. "넌 어떠냐. 여기 와서 사계절 다 지냈잖아. 여기도 조금은 맘에 들긴 들어?"

"…그러게."

정여준은 버려진 빈 도시를 바라보며 숨을 길게 들이쉬었다. 노을만큼은 공평하게 도시 구석구석에 스며들어 금빛 자국을 남겼다.

"꽤. 꽤 많이."

이찬은 그 대답을 믿기로 했다.

정여준이 섹션에서 왔든 어디서 왔든 알 바 아니었다. 섹션을 버리고 산성을 택하게 하면 그만이었다. 산성에 마음을 준 걸 확인하기만 하면 됐다. 정여준이 말 잘 듣는 첩자로 남길 원하는 건 서형우지 그가 아니었다. 이경선은 비원에 잃었지만, 정여준까지 남의 손에 죽게 할 순 없었다.

정여준이 경선산성을 위해 목숨을 걸었다면,

정여준을 위해 목숨을 거는 사람이 한 사람은 있어야 했다.

광기 어린 고함이 연기에 섞여 위로 올라왔다. 윤서리는 아래쪽에 까맣게 모여 이리저리 움직이는 사람들을 내려다봤다. 그녀가 산성의 일원이 된 이래 처음 일어난 비원과의 전투가 한창이었다.

이번에는 저 아래에 이찬이 함께 있었다. 주유소를 찾는답시고 혼자 떠나있지 않도록 그녀가 붙잡아둔 탓이었다. 섹션의 지시대로 라면 이 전투에서 빠져있어야 하는 이찬은 진땀을 흘리며 비원을 상대하고 있었다.

이찬은 서형우의 심기에 거슬리는 일은 되도록 하지 않았지만 적어도 전투 현장에서는 자기 능력만큼의 일을 해냈다. 동료에 대한 책임감 때문인지 남들에게 의심을 사고 싶지 않아서인지는 몰랐지만 어쨌든 그 능력에 기대보기로 했다.

정여준은 예상대로 이찬이 아닌 다른 핑계를 대서라도 그녀를 현장에서 빠져나오게 했다. 높은 장소로 이동한 그는 그녀가 기억하고 있는 설득의 말을 늘어놓았다.

"혼자서 예전처럼 얼마든지 지낼 수 있는데 우리처럼 살 필요는 없어요. 같은 생존자라는 이유로 이 짐을 떠넘기고 싶지 않아요. 제가 싸우는 걸 직접 보고 다시 결정하세요. 부담스럽거나 무서워지면 이 틈에 몰래 도망가게 도와줄게요."

그러더니 그는 말을 더듬기 시작했다.

"그리고 가시기 전에 이건 물어봐야 할 것 같아서… 그… 이상하게 들리겠지만… 정말 이상하게 들리겠지만…."

그는 당혹스러운지 얼떨떨한 표정으로 괜스레 머리를 긁적였다. 정여준은 그녀의 얼굴을 요목조목 뜯어보더니 멍하게 중얼거렸다.

"자꾸 이 생각이 들어서 그러는데… 왜 이렇게 당신이, 익숙하고 그리운 거죠?"

338

제가 한 말에 본인이 더 놀랐는지 그는 어찌할 바 몰라 보였다. 민망해하는 그를 보고 그녀는 길게 한숨 쉬었다. 또다. 그의 정신은 여전히 그녀가 알던 것보다 빨리 지름길을 달리고 있었다.

그녀는 다가가 한 손으로 그의 눈을 덮었다. 뻣뻣하게 굳은 그의 어깨에 이마를 맞대고 그녀가 말했다.

"왜냐면 당신은 날 만난 지 얼마 안 됐지만, 난 당신이랑 백 년 가까이 같이 있었거든."

손바닥 밑으로 그의 눈꺼풀이 움찔거리는 게 느껴졌다.

"있잖아, 방금 네가 한 말 모른 척하고 넘겨버린 게 지금까지 서른네 번째인데…. 아무리 그래도 한 번은 정직하게 대답해주는 게 좋겠지? 내가 지금 시도하고 있는 뭔가가 계속 실패하는 중인데, 네가 시도한 그 질문도 자꾸 거절당하니까 보기에 별로 좋질 않네."

그녀는 손을 떼고 그의 눈을 똑바로 바라보며 말했다.

"나도 그래. 나도 당신이 그리워. 당신이랑은 다른 의미로 더 많이, 더 오래 그리워했어. 내가 아직도 만나지 못한 미래의 당신이 너무 보고 싶어."

말을 끝내자마자 그녀는 곧바로 시간을 돌렸다. 그리고 그가 서른다섯 번째의 기묘한 질문을 하기 전에 얼른 말했다.

"지금 당장 저기서 우리 친구들이 비원한테 죽을지도 모르잖아. 날 억지로 도망가게 하려고 계속 실랑이할 거야?"

"하지만, 봐요, 이게 여기 사는 사람들에게 일어나는 일이에요."

그는 자신이 멈춰버린 불꽃들을 가리켰다.

"만약 여기서 비원 사람을 마주치면, 난 내가 멈춘 불을 집어다 그 사람 입속에 넣고 능력을 풀 거예요. 다시 움직이기 시작한 불길은 그 사람 목과 폐를 태우겠죠. 여기는 그런 사람이 지휘하는 곳이에요. 눈으로 봤으니, 직접 생각해서 결정하세요. 이런 데에서 도망치는 데에 죄책감 가질 필요 없어요."

그녀는 과거 몇 번이고 했던 말에 진심을 담아 대답했다.

"난 네 옆에 있어도 괜찮아. 너 같은 사람이 돼도 괜찮아."

이찬의 바람은 일부만 이뤄졌다. 정여준은 산성의 우두머리로 남기로 결정하긴 했지만, 끝까지 섹션에도 산성에도 마음의 전부를 주지 못했다.

마음의 주인인 정여준조차 그 사실을 똑바로 직시하지 못했다. 갈등은 온전히 그만의 몫이었다. 그 누구도 대신 결정해줄 수 없고 대신 행동해줄 수 없는 싸움이었다. 처음에 그는 경선산성에 대해 그다지 깊게 고민하지 않았다. 비원과 산성이 오해와 증오를 풀고, 섹션과 동등한 위치에서 협상하게 만들면 갈등이 풀릴 거라고 안일하게만 생각했다.

그 기대가 깨지면서 그가 느낀 건 실망보다는 공포였다. 그는 산성이 비원을 받아들일 마음이 없는 것 이상으로, 섹션이 생존자를 받아들일 생각이 없다는 걸 깨달았다. 그는 점점 더 날것 그대로 다가오는 서형우의 경멸을 어떻게 견뎌야 할지 혼란스러웠다. 서형우는 하필이면 이 시대의 이 나라에 변종들이 나타난 데에 불만이 컸다. 만 년쯤 뒤에 나타났다면 그 시대 사람들에게 죽었을 텐데 하필 지금 나타나서 내 손을 쓰게 한다며 그는 이따금 불평했다. 정여준을 눈앞에 두고도 그는 늘 아무렇지도 않게 변종의 전멸을 논하고 꾀했다. 정여준은 섹션이 자신을 청소해야 마땅한 변종으로 보지 않고 예외로 둔 것인지 묻지 않았다. 서형우를 믿어서가 아니었다. 돌아올 대답이 두렵기 때문이었다.

서형우의 주장대로라면 지금 정여준은 다수의 시민을 지키기 위해 비원을 경계하는 중이었다. 그러나 서형우의 믿음대로라면 이 싸움은 정여준이 변종 모두와 동반자살을 해야만 끝날 것이었다.

그는 그런 결말을 바라고 작전 투입을 승낙한 게 아니었다. 아무리 선택지가 한정돼 있어도 그는 제 손으로 한 집단의 전멸을 위해 일할 생각이 없었다. 아홉을 위해 하나를 버리는 일은 그 전에도 해왔다. 그건 비록 정의는 아닐지라도 정당성을 논할 수 있는 수준이었다.

그러나 산성에서 그가 하는 일은 아홉은커녕 아무것도 위하고 있지 않았다.

그저 하나를 버릴 뿐.

정여준은 서형우에게 왜 그 하나를 보호해주지 않느냐고 따지지 못했다. 그가 이해할 수 있는 이유와 서형우가 자신을 이해시키는 이유가 너무나도 달랐다. 섹션에 갖는 회의가 커지고 산성에 정을 붙일수록 그의 마음은 쪼그라들었다. 자신은 어느 편도 아니고 둘 모두의 적이라는 생각에 죄책감이 날로 커져만 갔다.

정체성을 잃은 두더지가 제대로 된 잠을 잘 수 있을 리 만무했다. 시간이 흐를수록 혈색이 흐려졌다. 날이면 날마다 비원과 대치하면서 능력은 예리하게 갈고 닦였지만, 사소한 모든 일에 피로를 느꼈다. 두통은 일상이 되었고 한순간도 불안 없이 대화를 나눌 수 없었다. 요즘 표정이 왜 그러느냐, 몸이 안 좋으냐는 걱정스러운 말을 들은 이후론 포커페이스에 집착하기도 했다. 사람들과 함께 있을 때는 편안한 웃음을 지을 수 있다가도, 혼자 남으면 기력을 잃고 유령 같은 얼굴로 멍하니 서 있기 일쑤였다.

거울에 비친 자신의 얼굴이 도저히 인간 같지 않다고 생각한 어느 날, 그는 섹션을 찾아가 이렇게 물었다.

"요원으로서의 저를 믿으십니까, 과장님?"

"믿지 않는 요원을 현장에 던지는 머저리는 어느 나라 정보국에도 없어."

물론 거짓말이었다. 믿음을 갈구하는 정여준은 그가 무슨 말을 하든, 어떻게든 본인이 신뢰받고 있다고 착각할 것이었다.

불행히도 서형우는 정여준의 안에 있는 실망과 회의의 크기를 알아채지 못했다. 그는 이찬이 자신을 감시하는 두더지란 사실은 눈치채지 못했지만, 서형우가 자신을 요원으로 보고 있지 않다는 것 정도는 충분히 느끼고 있었다.

섹션이 변종을 쫓는 이유는 단지 그들이 변종이기 때문이고 생존자이기 때문이었다. 다른 이유는 없었다. 자신 역시 언젠가는 이경선처럼, 최주상처럼 버림받고 부서질 것이었다. 그는 서형우의 뒤에 숨은 또 다른 서형우들까지 이겨낼 자신이 없었다.

정여준은 피로를 못 이겨 서형우에게 넋두리하듯 말했다.

"블랙요원은 어차피 안전을 보장받지 못하지 않습니까. 그런 기본적인 데에 불만을 느끼진 않습니다. 다만, 제 이 헌신이… 정말로 이 땅에 사는 사람들을 위한 것입니까?"

그 질문에 대한 답을 정여준과 서형우는 서로 전혀 다른 방향으로 확신했다. 이경선과 최주상이 자신들의 운명을 반대로 점쳤듯이.

정여준은 결국 경선산성에 투입된 지 3년이 지나자 서형우에게

342

이 말을 마지막으로 남기고 다시는 싱크섹션에 오지 않았다.

"우리는 정말 어둠 속에서 헌신하며 빛을 떠받치는 지지대가 될 수도 있었습니다. 문장으로만 그럴듯하게 치장하는 게 아니라, 정말로요. 그리고 제 생각엔 장 과장님도 아직 늦지 않으셨습니다."

서형우는 뒤늦게 아차 했다. 정여준은 죽은 동생을 이미 마음에 묻고 그 대신 수백 명의 형제자매를 산성에서 찾았다. 시궁창에서 올라온 쥐는 고양이의 먹이가 되느니 개미떼의 왕이 되길 선택한 것이다.

이경선 모양을 갖춘 인형이 아니라 정말로 이경선을 만들어버렸다는 두려움이 서형우를 덮쳤다. 더 크게 자라기 전에 없애야 했다. 경선산성이 다시 무너지려 든다면 세 번째 허수아비를 마련하면 된다. 어렵겠지만 이찬을 그 자리에 세울 수도 있다. 정여준을 제어할 수 있는 끈을 놓치는 것보다는 나았다.

하지만 이찬은 어디까지나 감시용이었다. 이찬에게 정여준의 암살을 시켰다가 산성 사람들에게 들키면 곤란했다. 그 덕에 분열이 일어나면 좋겠지만, 이찬 혼자 집단 내부에서 린치를 당할 가능성이 컸다. 위험을 감지한 조직이 본능적으로 경계감만 커질 수도 있었다. 비싼 두더지 한 명을 잃는 것에 상응하는 대가가 나오질 않을 터였다.

차세연은 내부 두더지가 아닌 외부인으로 암살팀을 꾸리기로 방향을 틀어주었다. 첫 번째 팀은 보기 좋게 실패하고 도시 안에서 전멸했다. 두 번째 팀은 변종들의 전투에 겁을 집어먹고 반 이상이 달아나는 바람에 섹션이 품을 들여 처치해야 했다. 그래서 서형우는 세 번째 암살팀을 보내면서도 그리 큰 기대를 품지 않았다.

특히 그중 한 명은 그에게 일말의 기대도 받지 못했다.

스페어는커녕 버리는 카드로만 지나갈 줄 알았던 윤서리 전 수사관이었다.

정여준은 무릎을 꿇었다.

그의 품에 안긴 윤서리도 덩달아 주저앉았다. 추락하는 이 감각을 그녀는 아주 잘 알았다. 바닥에 도달하는 데 걸리는 시간은 순식간이지만, 그 깊이는 싱크홀과 맞먹었다.

'이것은 실패를 알리는 선고다.' 그녀는 생각했다. 이번에도 해내지 못하였다.

그녀는 고개를 들었다. 뽀얗게 내리는 눈송이를 고스란히 받아내는 그의 둥근 머리가 보였다. 손을 뻗으니 그는 배시시 웃었다. 그러더니 몸을 가누지 못하고 그녀의 팔에 고개를 묻었다. 그녀는 절망에 가득 차 그의 얼굴을 붙잡았다. 버석버석 마른 비명이 새 나왔다.

"이게 아니야. 네가 아니라 차라리 내가 죽는 게 낫다고."

"무사해서 다행이에요." 그는 웃으며 말했다.

그녀의 눈에서 눈물 한 방울이 떨어지고 그의 눈에서 생기가 사라졌다. 그녀는 5초 전으로 시간을 돌렸다. 그가 마지막 말을 남기는 그 순간이었다.

"무사해서 다행이에요."

다시 그녀의 눈물 한 방울이 떨어지고, 그의 생명은 꺼져갔다. 5초 전. 지친 복원자에게 그가 말했다.

"무사해서 다행이에요."

다시 눈물 한 방울, 그리고 얕은 생명과, 그리고 또 5초 전, "무사

해서 다행이에요", 눈물 한 방울, 죽음, 5초 전, "무사해서 다행이에
요", 눈물, 죽음, 5초 전, "무사해서 다행이에요."

그녀는 계속해서 같은 시간으로 돌아가 그의 유언을 반복해 들었
다. 정여준은 죽기 직전 매번 단 한 방울의 눈물을 보았지만, 수십
번의 눈물방울을 쌓아가는 윤서리에게는 통곡이었다.

끊을 수 없는 애도의 굴레에 갇혀 그녀는 생각했다. 사실 난 널
괴롭히고 있는 걸까? 널 살리려는 게 아니라 네 비석을 더 매끄럽게
깎고 있는 걸까? 네가 수천 번 죽은 건 나 때문일까?

"무사해서 다행이에요." 그가 다시 속삭였다.

그녀는 진저리치며 시간을 돌렸다.

무사했을지언정, 그녀는 다행이었던 적이 없었다.

생존자들은 총을 쓰지 않았다.

경선산성의 정상을 차지한 정지자 앞에선 칼붙이도 쉽게 꺼내 들
면 안 되는 게 상식이거늘, 총 따위를 들이미는 비원 조직원은 어디
에도 없었다. 빠르기만 하고 터무니없이 가벼운 총알은 정여준이 처
리하기 허무할 정도였다.

총칼을 들고 달려드는 사람. 전투 중 그를 찾아내 뒤에서 덮치는
장정. 그의 손에 죽는 마지막 순간까지 전혀 능력을 사용하지 않는,
처음 보는 얼굴들. 최주상이 미쳤거나 그들이 비원이 아니거나 둘
중 하나일 터였다.

답이 무엇인지는 자명했다. 그러나 최주상 외에 제 등에 칼을 꽂
으려는 사람을 그는 별로 생각하고 싶지 않았다. 그 정도로까지 버
림받았다고 인정하고 싶지 않았다. 적어도 한때는 한솥밥을 먹으며

발맞춰 걸었던 동료였다. 믿고 의지하며 뒷모습을 따라갔던 상사이지 않았는가. 정여준은 경선산성을 살리고 싶었을 뿐, 그렇다 하여 싱크섹션을 도구로 삼거나 해할 생각은 없었다. 서형우도 알고 있을 것이었다. 그런데도 굳이 초능력도 없는 일반인을 사지로 보내 무엇이 득이 되는가.

그러나 그는 세 번이나 보내진 암살팀 요원의 목에 칼을 꽂으며 마음을 정리할 수밖에 없었다. 서형우는 처음부터 어떠한 득을 보려고 이 일을 시작한 게 아니었다. 득 될 것이 없는 걸 처리해왔을 뿐.

그는 등 뒤로 날아오는 총알을 멈춰 세우며 한숨 쉬었다. 총을 포기한 암살자가 칼을 쥐고 그에게 달려들었다. 여자였다. 건장한 남자 동료가 손도 못 쓰고 죽는 꼴을 봤으면서 이럴 마음이 드나 싶었다. 그는 여자가 쥔 단도를 허공에 멈추고 숲 너머를 보았다.

먼 곳에서 최주상이 날려 보낸 거친 선물을 공중에 매달아 놓고 그는 단도를 집어 들었다. 여자는 도망가지도 않고 그를 신기한 물건 보듯 했다. 그 뒤 그녀가 한 말은 더욱 묘했다.

"도망쳐."

멈춰놓은 잔해를 최주상이 다시 폭발시킬 것쯤은 알고 있었다. 주의하라고 경고하지 않아도 그는 충분히 대응해 멈춰 세울 수 있었다.

이상히 여긴 그는 시간을 멈췄다. 머리 위의 파편이며 아래의 산성 사람들과 비원, 공간의 떨림, 운동의 의지, 그리고 눈앞의 여자까지 예외 없이 얼어붙은 듯 정지했다.

멈춘 세상을 알아채면 최주상은 그를 찾아올 것이다. 그러나 그 전까진 짬이 있었다. 적어도 눈앞의 여자를 관찰할 시간 정도는 있을 것이었다.

"…왜지?"

그는 답을 주지 못할 여자에게 얼굴을 바짝 들이대고 스산하게 중얼거렸다.

조금 전까지 죽이려 들었던 상대에게 도망치라는 말을 하는 심보가 무언지 이해 가지 않았다. 여자의 표정은 이루 말할 수 없이 기괴하고 복잡했다. 망설이는 듯, 두려워하는 듯, 슬퍼하는 듯 알쏭달쏭하기만 했다.

한 가지는 확신할 수 있었다. 이 여자를 죽여도 섹션은 그에게 다음 암살자를 보낼 것이다. 그가 죽을 때까지 끝없이.

그는 정지를 풀고 최주상의 파편을 멈췄다. 그중 일부는 여자에게 맞도록 두었다. 기절한 여자를 이찬에게 맡기고 그는 최주상을 피해 피곤한 걸음을 옮겼다.

그가 그녀를 생포해 데려가도록 한 건 서형우가 진정 자신을 완전히 버렸는지 확인하기 위해서였다. 암살팀이 섹션에서 조직됐는지 알고 싶었고, 그렇다면 그 사람들은 자신이 두더지라는 사실까지 인지했던 건지 묻고 싶었다.

"이 사람한테 물어보고 싶은 게 있어서 데려왔어요. 내가 걱정하고 있는 답을 이 사람이 말할 가능성이 있어요. 하지만 정말 그럴 경우, 난 그걸 여러분이 모두 들어줬으면 해요. 이 사람이 나한테 편하게 말할 수 있도록 도와주겠어요?"

"무슨 답을 걱정하는 건데? 그냥 네가 말해. 저 여자가 뭐라고 얘기하든 우리한텐 네 의견이 더 중요해."

"미안하지만 그걸 제 입으로 먼저 말할 용기가 없네요."

만약 여자가 그의 정체를 폭로한다면 그는 그 자리서 진실을 털어놔 자유로워질 생각이었다.

그러나 여자는 그를 몰랐다. 도시에 사람들이 존재하는 사실조차 몰랐던 듯했다. 그는 갈등했다. 서형우가 보낸 사람이 아니더라도 무슨 상관인가. 남이 먼저 폭로하지 않으면 난 나 스스로 진실을 밝힐 용기 하나 못 낸단 말인가. 고작 그 정도의 겁쟁이면서 산성을 짊어지겠다고 다짐한 건가. 용서를 구하고 새로이 시작할 각오도 없는 주제에.

그랬다. 없었다. 그는 그러지 않았다. 그들이 그를 용서하더라도, 그가 자신을 용서할 수 없었기에.

그는 끝끝내 자신을 섹션의 사생아가 아닌 이경선의 후계자로 포장하길 택했다. 그렇게 살고 싶었고, 그 이름으로 죽고 싶었다.

그러니 어떻게 버리겠는가.

"난 네 옆에 있어도 괜찮아. 너 같은 사람이 돼도 괜찮아."

그렇게 말해준 사람의 삶을, 미래를 어떻게 포기하겠는가.

절벽 밑으로 이어지는 경선산성의 새카만 중심, 모든 것의 시작이었던 싱크홀의 끄트머리에서 그들을 보았을 때. 최주상이 그를 향해 날린 파편을 막아서며 뛰어든 윤서리를 보았을 때. 그는 망설이지 않았다.

살아야 하는 건 언제나 그가 자신보다도 사랑했던 이들이었다.

"아이고."

그는 세상을 멈추고 탄식했다. 변화가 무색하게 최주상은 바로 눈을 깜빡였다. 정여준은 두 손을 내밀고 다급히 말했다.

"좀 봐줘요. 이 지경까지 왔는데 이 사람까지 건들진 마세요. 보아하니 비원도 상황이 우리랑 비슷해진 것 같은데, 한 명 더 죽이는 거로 경쟁할 필요가 있겠어요? 내 목숨이랑 바꿔간다고 치고 이 사람은 살려주세요."

최주상은 그 말엔 신경도 쓰지 않았다. 새카만 파편에 가려진 윤서리에게서 눈을 뗄 줄 모를 따름이었다. 마치 멈춰진 시간을 깨트리지 못한 것처럼 그는 미동도 못 하고 굳어있었다.

멀찍이 떨어져 있던 정여준은 총총히 걸어와 윤서리의 옆에 섰다.

"이야, 이거 시간 풀자마자 바로 멈추려고 해도 안 맞게 할 자신이 없는데."

"…뭐?"

"최주상 씨, 내가 졌어요. 어떻게 이렇게 빠르게 공격할 수 있습니까? 움직이고 있던 걸 가속한 것도 아닌데. 시간이 흘러가자마자 끝장나게 생겼는걸."

"네가 멈출 필요도 없어. 내가 가루로 부숴버리면 그만이야."

"이미 이 사람 몸에 너무 가까이 있어요. 당신이 하려는 일이 당신이 한 일을 이기지 못할 거예요. 당신은 움직임을 느리게 할 순 있어도 멈출 순 없잖아요. 뭐 어쨌든 이 사람을 구하는 데에 동의해준 건 감사합니다."

최주상은 윤서리에게 달려가려다 멈칫했다. 정여준이 그녀에게 성큼 다가서더니 그대로 껴안았기 때문이다. 아슬아슬한 간격으로 그녀를 덮은 파편은 그의 가슴과 허리 안으로 들어갔다. 꼼꼼하고 조심스럽게 팔을 두르고도 그는 불안한지 연신 주위를 살폈다. 그는 반쯤 체념하고 말했다.

"이렇게까지 했는데 만약 시간이 풀린 뒤에 이 사람이 다치면 그땐… 아, 당신이 도와줄 리가 없군요. 하지만 이 사람은 몰라도 비원 사람들을 구할 생각은 있겠죠? 돌아가서 당신 사람이라도 구하세요. 전부 잃기 전에."

도시를 채운 낯선 침입자들을 둘러보며 정여준은 한숨을 쉬었다. 살아남을 이들의 앞길이 막막하게만 느껴졌다. 그는 윤서리의 정수리로 고개를 푹 숙였다.

"최주상 씨. 이런 사이로 만나게 돼서 유감이에요. 당신을 구하려 하지 않아서 미안합니다."

최주상이 얼마나 당혹스러운 표정을 짓고 있는지도 미처 모르고 정여준은 입을 앙다물었다. 시간이 흘렀고, 정여준은 바뀐 위치에 존재했고, 윤서리는 눈을 깜빡였다.

찢기는 고통을 고스란히 견디고 그는 주저앉았다. 주변의 소리가 지나치게 크게 들렸다가 아무것도 들리지 않기를 반복했다. 그럴듯한 주마등이라도 펼쳐지길 기대했지만, 눈앞을 왔다 갔다 하는 건 화려한 환상이 아닌 윤서리의 머리카락이었다.

마지막으로 눈에 담는 장면으론 이것도 꽤 좋다는 생각이 들었다. 딱 이 정도 풍경을 그는 원했다. 사람이 얼마나 깊은 나락에서 돌아오든 얼마나 특이한 초능력을 가지게 되든, 그 능력은 아마 누군가를 찌르고 뭉개고 부수기 위한 게 아니라 그저 머리카락을 잘라주고 붙여주며 킬킬거리기 위해 생겨났을 것이다.

서형우의 수족에게 죽지 않아 다행이었다. 비록 남이 정해준 길을 걷다가 어쩌다 보니 이곳에 왔지만, 죽음을 맞이하는 방식만은 스스로 택할 수 있어 기뻤다.

그는 떨리는 입술을 끌어당겨 웃었다. 그리고 진심을 담아 말했다.

"무사해서 다행이에요."

그것은 눈앞의 윤서리에게 하는 말인 동시에, 처음 만났던 날의 예민하고 창백한 그녀를 향한 것이기도 했다.

메마른 호흡을 뱉으며 정여준은 생각했다. '죽기 전에 이 사람 얼굴 좀 오래 보고 가자.'

이마에 내려앉은 따뜻한 눈물과 차가운 눈송이를 느끼며 그는 세상의 시간을 멈추었다.

그녀의 두 번째 눈물방울이 공중에 매달렸다.

정여준의 얼굴은 유령 같았다.

그녀는 멍하니 앉아 있다가 주위를 둘러보았다. 무의식이 데려다 준 과거의 공간은 익숙한 곳이었다. 그를 처음 만난 장소였다. 지겨운 장면, 서글픈 공격, 정해진 대사를 읊조리는 무의미한 연기. 그것들이 겹겹이 쌓인 닳고 닳은 무대였다.

눈앞의 정여준은 요원의 목에 칼을 내리꽂았다. 그 거침없고 날선 몸짓을 그녀는 아무 생각 없이 가만히 바라보았다. 총을 쥐고 있었지만 쏘지 않았다. 칼을 빼 들고 달려들지도 않았다. 과거에 일어난 일을 재현하고 잡혀가야 하겠지만, 의욕이 들지 않았다. 그럴싸한 것들은 전부 영혼의 배수구 밑으로 빠져나가고 오직 허탈함만이 찌꺼기처럼 남았다.

마지막으로 누군가에게 도움이 된 게 언제였는지 기억나지 않았다. 오래전 일이었다. 모든 게 너무나 오래전 일이었다.

지친 숨소리가 살인현장에 이질적으로 울렸다. 인기척을 예민하게 잡아챈 정여준이 고개를 홱 돌렸다. 그는 그녀가 주저앉은 곳을 향해 성큼성큼 다가왔다.

윤서리는 무방비하게 양팔을 늘어뜨리고 말했다.

"미안해. 사실 처음부터 널 구하려고 했던 건 아니야. 원래는 나정이를 구하려고 했어. 그런데 안 되더라. 그 애가 죽어야 하는 사람인 것인지, 내가 무능해서 그런 건지 모르겠지만. 아니야, 아니야… 그냥 내가 무능한 거로 하자."

낯선 여자에게서 나정의 이름이 나오자 그는 놀라 멈춰 섰다.

"나정이도 못 구했는데 너는 구할 수 있을 거라고 착각한 게 잘못일까. 남들보다 몇 배로 시간을 누리는데도 그 값을 못하는 내 잘못일까. 아니면 되돌아갈 줄만 알고 변화할 줄은 모르는 이 시간이란 놈이 잘못인 걸까…."

주춤거리던 그는 주변 공기가 흔들리는 걸 느끼고 하늘을 보았다. 최주상이 보낸 손님들이 무서운 기세로 날아오고 있었다. 그는 그것들을 가볍게 멈추고도 혼란에서 빠져나오지 못했다. 여자는 공중의 파편들이 전혀 걱정도 되지 않는다는 듯 땅바닥만 내려다보고 있었다.

"그래, 우리 힘은 의지에 좌우되는 에너지야. 그게 무슨 뜻인지 이젠 정말 잘 알겠어. 이 능력은 의지를 가진 무언가를 건드리지 못하는 건지도 몰라. 난 죽음을 피하려 했던 사람은 어떻게든 살려냈는데, 죽을 각오를 했던 사람은 아무리 시간을 되돌려도 살릴 수가 없었어." 그녀는 손바닥에 얼굴을 묻었다. "왜 나정이는 자기가 죽어도 괜찮다고 생각했을까. 너는 왜 죽을 각오 따위를 했니. 네가 목숨을 던지지만 않았다면…, 네가 죽고 싶지 않다고 생각했다면 난… 그러면 내 능력은 널 살릴 수 있었을지도 몰라…. 그럼 난 이제 죽음을 각오한 너와 싸워야 하는 걸까. 아무도 꼭두각시가 되지 않고, 네가 날 구하려 하지 않고, 나도 널 구하려 하지 않으려면 어떻게 해야 할까. 구하지 않아도 네가 구해질 순 없을까…."

한참을 토로하다 지친 그녀는 고개를 들었다. 저도 모르게 과거로 이동해 있었다. 어차피 그럴 생각이었기에 그녀는 차라리 잘 됐다고 생각했다.

그녀는 머리카락을 쓸어 올리다가 흠칫 놀랐다. 누군가가 앞에 서 있었다.

갑작스럽게 울분을 토한 가영 때문에 잔뜩 당황한 라땅이었다.

생각이 엉키고 꼬였다. 그녀는 자신이 정확히 언제부터 이곳에 와있었는지, 그가 어떤 말을 얼마나 알아들었을지 짐작도 가지 않았다.

황급히 다른 시간으로 도망가려는 찰나, 라땅이 그녀에게 눈을 맞추며 쪼그려 앉았다. 그는 싱긋 웃으며 말했다.

"갑자기 무슨 말 하나 싶었는데, 그거였구나. 너무 걱정하진 마. 네가 그렇게 마음 쓰지 않아도 되는 일이란다. 그나저나 최 사장님이 그걸 말해준 줄은 몰랐는데. 난 사장님이 너한텐 평생 그 얘길 안 하실 줄 알았어."

그녀는 그의 명쾌한 어투에 움찔했다.

"제가… 제가 방금 한 얘기를 알아들었어요?"

"응? 알아듣기 쉬운 말은 아니었지만… 대충 그거잖아? 싸우고, 서로 구하지 않고 어쩌고… 갑자기 한 말이라 잘은 몰라도 어쨌든 이런 얘기 아니었니?"

"네, 네…."

"그거…."

이어져 나온 말을 듣고 그녀는 자리에 굳었다.

손가락 하나 까딱할 수 없었다. 아주 오래전, 혹은 그리 멀지 않은 과거, 별 감흥 없이 스치고 지나갔던 어떤 생각이 그녀의 머릿속을 울렸다. 심장이 세차게 뛰었다.

"가영아?"

그는 왜 말이 없냐는 듯 눈만 끔뻑였다.

"…라땅."

"응."

"고마워요. 미안해요…."

"응?"

그녀는 과거로 향했다.

눈앞엔 그녀에게 경찰청에 들어가 잠입요원 리스트를 알아봐 달라고 부탁하는 최주상이 있었다.

그녀는 떨리는 입술을 진정시키고 말했다.

"네, 그럴게요. 그런데 조금 천천히 준비해서 나가도 괜찮죠? 급하다면 바로 시작하겠지만… 여기에 좀 더 있다가 가고 싶어요."

9
계단

한 해 정도만 버티면 된다. 포에스 빌딩이 무너지기까지는 그 정도의 시간만 지나면 된다. 그녀는 그 날이 오기까지 경찰청에 들어가지 않을 생각이었다.

좀 더 나중에 가겠다는 그녀를 최주상이 억지로 떠밀어 보낼 리가 없었다. 그녀가 마음의 준비를 끝낼 때까지 언제까지고 기다릴 여유가 그에겐 있었다. 그는 그녀가 둥지를 나가기 전까지 어떻게든 비원을 유지하기만 하면 그만이었다.

그것을 알았기에 이용할 수 있었다. 그녀는 생각했다. '내가 비원의 일원이 된다면, 당신은 영원히 비원을 지키길 포기하지 않겠지.'

그건 잔인한 투항이었다. 방법은 명확했다. 수도 없이 경찰청에 입사했던 가을을 떠나보내고 그녀는 서형우를 만나지 않았다. 어물어물 신변보호를 요청했던 열 살배기 아이는 윤서리가 아닌 신가영의 위치를 이용해 살려줬다. 서형우와 기묘한 면접을 볼 일도 결탁할 일도 없었다.

그저 기억 속 포에스 빌딩이 무너졌던 날을 기다릴 뿐이었다.

그날이 가까워지자 아니나 다를까 비원은 들끓기 시작했다. 섹션이 심은 두더지가 날이 갈수록 우수수 뽑혀 나오고, 교묘하게 설치된 정황들은 하나같이 우주 라땅을 의심케 했다. 최주상의 눈치를 보며 비원은 라땅의 처분 여부를 두고 둘로 갈라졌다.

오래 지나지 않아 최주상은 결국 그를 데리고 비원을 나갈 것이고, 그의 실각을 확신한 조직원들은 주도권 쟁탈과 면죄부를 위해 서로를 공격하다가 건물을 무너트릴 터였다.

그렇게 놔두지 않을 것이다. 그녀는 제 발로 방을 걸어나갈 각오를 마쳤다.

문제의 그 날, 그녀는 이른 시간에 최주상에게로 향했다. 그녀의 보호자인 최주상이 아닌, 비원의 수장인 최주상이 있는 곳으로 걸음을 옮겼다.

끝내 그녀는 수뇌부가 득시글하게 모여 있는 포에스 빌딩 상층에 도착했다. 문을 박차니 다섯 열을 지은 사람들이 보였다. 창가에 최주상과 김현이가 있었고 중앙엔 안색이 퍼렇게 질린 라땅이 죄인처럼 서 있었다.

그들은 제지받지 않고 들어온 외부인을 보고 놀라 경계했다. 오직 세 명만이 그녀를 알아보고 당황했다. 10년 넘도록 완벽하게 숨겼던 신가영이 제 사람들 앞에 선 걸 보고 최주상은 잠시 충격에서 헤어 나오지 못했다.

그녀는 최주상을 향해 뚜벅뚜벅 걸었다. 바깥 열에 서 있는 파쇄자들이 고함을 지르며 몸을 내밀었다.

"가만있어!" 최주상은 자리에서 벌떡 일어섰다.

그녀에게 날아들던 공격물이 일제히 공중에서 멈추거나 부서졌다. 그들은 망연자실하여 최주상과 김현이를 바라보았다.

"내가 불렀다. 내… 내 손님이야." 최주상이 말했다.

그의 떠는 모습을 처음 본 부하들은 숨도 못 쉬고 그녀를 쳐다봤다. 그녀는 그들이 눈에 뵈지도 않는다는 듯 곧바로 라땅에게 걸어갔다. 시선은 최주상에게 꽂힌 채였다.

라땅은 그녀를 돌아보며 이름을 부르려 했다. 그녀는 최주상을 닮은 다정한 손길로 라땅의 입을 가렸다.

그리고 허리 안쪽에 숨겨놓았던 칼로 그의 턱을 그었다.

주변이 대번 술렁였다. 최주상마저 눈에 띄도록 놀랐다. 그녀는 라땅의 머리를 붙잡아 자신과 눈을 마주치게 했다. 자신을 비난하는 내면의 소리를 잠재우고 그녀는 그의 귀에 입을 대고 속삭였다.

"미안해요, 라땅. 내가 가져갈게요. 날 용서하지 마요."

시간을 돌리기 전에 만났던 그의 모습이 눈앞의 그와 겹쳐 어른거렸다. 정여준의 죽음을 한탄하며 중얼거렸던 그녀에게, 그는 분명 이렇게 말했다.

'알아듣기 쉬운 말은 아니었지만… 대충 그거잖아? 싸우고, 서로 구하지 않고 어쩌고… 갑자기 한 말이라 잘은 몰라도 어쨌든 이런 얘기 아니었니?'

그리고 이어졌던 그 말은.

'그거, 이경선이랑 최주상 사장님 얘기 아니야?'

묻어두었던 죽은 동물이 비에 쓸려 발에 채인 기분이었다.

아무렇지 않게 생각하고 넘겼던 한 진실이 뒤늦게 존재를 과시하며 앞으로 나서는 것만 같았다.

그렇다, 두 명이었다. 이경선과 최주상이었다. 서로를 죽이기 위해 싸우던 그들은 중요하지 않았다. 싱크홀을 빠져나온 그들이 중요할 뿐이다.

둘 중 한 명이라도 없었다면 싱크홀의 계단은 완성되지 못했다. 이 얼마나 단순하고 중요하지만 잊기 쉬운 사실이었나.

두 사람이 함께 있었기에 사람들은 싱크홀을 나올 수 있었다. 아무리 이경선이 용을 써도, 아무리 최주상이 신가영을 살리려 노력해도, 그 둘이 동시에 존재하지 않았더라면 그들은 살아남지 못했다.

그러나 이제 이경선은 없다. 최주상은 이 상황에서 벗어나려는 의지가 없다. 오직 정여준만 홀로 남았을 뿐이다.

정여준만.

그녀는 깨달았다. 정여준과 함께하는 또 다른 한 명이 없으면, 세상이 만들어 놓은 이 두 번째 싱크홀에서 올라갈 수 없을 것이다.

정여준이 새로운 이경선이 되었듯 누군가는 새로운 최주상이 되어야 했다.

라땅의 눈동자가 온전히 그녀의 얼굴을 담았을 때 그녀는 그의 급소를 찔렀다. 그는 저항하지 못하고 늘어졌다. 그녀가 하필이면 최주상의 역린이었기 때문에 저항하지 않았을지도 몰랐다. 그렇게 생각하니 그녀는 자신이 선택한 명패에 묻은 피의 무게가 두려웠다.

생명이 그를 떠나고, 복원자의 능력도 그를 벗어났다. 숙주를 잃은 능력이 자리를 옮길 그릇은 가장 가까이 있는 복원자밖에 없었다.

의심할 여지 없이 그것은 그녀였다.

라땅을 따르던 파쇄자들이 그녀를 공격했다. 그녀는 자신을 향해 날아오는 온갖 것들을 조용히 올려다보며 새로운 도구를 시험해봤다. 모든 공격물이 상대에게 곧바로 되돌아갔다. 라땅의 능력은 마치 처음부터 그녀의 소유였던 것처럼 자연스럽게 숨 쉬며 꿈틀거렸다.

공격을 저지한 건 그녀뿐만이 아니었다. 그들이 폭파해 던진 것들을 사방으로 부수며 최주상이 사자후를 내질렀다.

"가만있으라고 말했다. 전부 멈춰! 죽고 싶은 거냐!"

그가 뜻한 건 '나한테' 죽고 싶으냐는 것이었지만 그들이 이해한 건 '저 여자한테' 죽고 싶으냐는 것이었다. 방 안이 싸늘하게 가라앉았다. 누구도 손가락 하나 쉬이 까딱이지 못하는 가운데 오직 최주상만이 숨을 몰아쉬며 그녀를 뚫어지라 보고 있었다.

그녀는 손에 묻은 피를 옷에 쓱쓱 문질러 닦고 말했다.

"끝까지 잘해낼 줄 알았는데…, 고작 이런 복원자 하나 처리할 자신이 없어서 내 손을 빌릴 줄은 몰랐지."

"…?"

"자기 수족 하나 제대로 간수 못 하는 사람한테 내가 계속 그 자리를 맡겨도 정말 괜찮겠나?"

최주상은 어안이 벙벙하여 그녀의 말을 곱씹다가 피가 차게 식었다. 그녀는 그가 받아들이기 어려운 역할을 연기하고 있었다.

그러나 그녀는 알았다. 그는 그녀가 원하는 걸 거절하는 게 불가능한 인간이었다. 그녀는 그에게 바짝 다가가 말했다.

"말해봐. 내가 이대로 뒤에 머물러있어도, 정말 당신 힘으로 비원을 책임질 수 있겠어?"

동시에 그녀의 타오르는 시선은 이렇게 말하고도 있었다.

'최고 복원자의 능력이 지금 나한테 있어요. 거기다 시간까지 돌릴 수 있는 걸 당신은 알 거고요. 날 힘으로 이길 생각은 하지 마세요. 당신의 능력은 날 이길 수 없어요.'

최주상은 떨리는 손을 뒤로 숨겼다. 분노나 배신감 때문이 아니었다. 그녀가 선택한 길이 끔찍하도록 걱정되었기 때문이다.

이제 그녀는 죽음에 온몸을 푹 담갔다. 최주상의 자리에 올라타 착실히 죽어가는 종착지로 달려가게 된 것이다. 그녀는 각오한 바였다. 나정과 정여준의 죽음이 그토록 단단하게 고정돼 있던 건 그들이 스스로 죽을 각오를 했기 때문이다. 그렇다면 그녀가 자신의 의지로 죽음을 택한다면, 마찬가지로 그 운명은 고정돼야만 한다. 적어도 그녀의 죽음이 완결 나기 전엔 정여준과 나정이 운명을 고수할 필요가 없어질 것이다. 그녀는 그들을 위해 아주 느리게 죽어야 했다.

이 자세한 계산은 모르더라도 최주상은 그녀가 순수하게 비원을 이끌고 싶다는 열망 때문에 일을 벌인 게 아니란 것쯤은 알았다.

그는 턱을 떨며 말했다.

"면목이 없습니다. 하지만 지금까지도 제 힘만으로 비원을 책임진 건 아니지요. 당신이 없었다면 어떻게 우리가 살아남을 수 있었겠습니까."

김현이가 아무 말 없이 보고만 있자 대열의 가장 앞에 서 있던 이가 용기를 내어 최주상에게 말했다.

"어느 분이십니까? 이분은… 저희 중 아무도 아는 사람이 없는 것 같은데…"

"내 위에 계신 분이다."

아무도 10년이 넘도록 그런 존재가 있다는 것조차 몰랐지만, 그 말은 모든 의심을 짓눌러버렸다.

"모습을 드러내길 원치 않으셔서 지금까지 내가 얼굴을 대신 했지."

천하의 최주상을 굴복시킨 인간을 바라보는 눈동자들이 공포와 경외로 빛났다. 그녀는 저들의 눈에서 공포를 사라지게 하려면 시간이 얼마나 필요할지 생각했다.

적어도 정여준을 살리기 위해 발버둥 친 시간보다는 덜 걸릴 게 분명했다.

최주상이 고개를 숙이고 말했다.

"직접 손을 쓰게 해드려서 죄송합니다. 어려운 발걸음 감사합니다, 신가영 님."

"윤서리다." 보호자였던 남자의 머리를 내려다보는 그녀의 목소리가 까슬까슬하게 갈라졌다. "옛날 이름은 버리고 싶어."

두더지들이 산 채로 돌아왔다.

비원은 싫어하는 반찬을 골라내듯 간단하게 제 식구 사이에서 두더지만 쏙쏙 잡아 내팽개쳤다. 마치 어느 날까지만 섹션의 첩자들과 동거하기로 정해놓기라도 했던 것처럼 한날한시에 모든 요원이 임무지에서 버려졌다.

이제껏 최주상이 두더지를 살려서 돌려보낸 적은 없었다. 서형우와 전략적 동업관계이면서도 그랬다. 정체를 들킨 두더지를 비원이 얌전히 서형우의 품에 되돌린 건 전례 없는 일이었다. 심지어 비원 사람들은 그들이 두더지인지도 모르고 쫓아낸 눈치였다고 요원들은 전했다. 단지 위쪽 사정으로 사람을 정리하는 중이니 내일부턴 나오지 말라고 통보했을 뿐이라고.

떠밀려 돌아온 두더지 중 누구도 자세한 경위를 알지 못했다. 그중 몇몇만 출처 없는 정보를 반복해 말했다. '비원이 더는 최주상의 것이 아니다.'

요원들의 보고에 신뢰도를 더해주기로 작정한 듯, 비원은 10년 넘도록 유지해온 섹션과의 연락망을 끊었다. 남아있는 소통 수단은 없었다. 최주상은 메시지를 전하지 않았다. 소식조차 알 수 없었다. 경선산성이 여전히 도시에 갇혀있지만 않았더라도 그는 최주상이 암살당했다고 생각했을 것이다.

서형우는 내용 없는 보고서를 북북 찢으며 말했다.

"어떻게 한 명도 빠트리지 않고 전부 알아냈지? 이렇게 한 번에?"

현장 요원들과 가장 접촉이 많은 자신들을 타박하는 것이라고, 차세연과 차세욱은 생각했다.

"한 번에는 아니겠지. 전부 알아낼 때까지 기다린 다음에 지금 내보낸 거 아니겠어?" 차세욱이 말했다.

"뭐하러? 그럼 넌 비원이 여기에 첩자 꽂으면 리스트 다 알아낼 때까지 나머지 놈들 구경만 할 거야?" 서형우는 발을 굴렀다. "분명 여기서 정보가 샌 거야."

두 사람은 그의 시선을 피하며 죽은 듯 입을 다물었다. "어디가 구멍이었을까?" 그는 중얼거리며 목을 긁어댔다. 일하며 딱 한 번 스쳐 지나갔을 뿐인 사람들까지 죄 의심스러웠다.

"내가 놓친 게 뭐지? 의식 못 한 사각지대가 있나? 이봐. 차세영

개 진짜 죽은 거 맞겠지?"

"누구?" 차세욱은 순간 그 이름이 누구의 것이었는지 떠올리지도 못했다.

"차세영 살아생전에 차세연이랑 겉모습 구별해낸 사람 아무도 없잖아. 징그럽게 닮았지 진짜…. 만약 살아있었으면 차세연인 척하고 여기서 정보 빼갔어도 아무도 모를걸."

"의심할 게 없어서 죽은 앨 의심해?" 차세연이 말했다.

"죽기 전에 변종이었잖아. 그놈들 변수가 한둘이어야지. 차세영이 살았으면 비원에 붙는 것도 자연스럽네. 정말로 확실하게 죽은 거 맞아?"

"그걸 왜 우리한테 물어? 그 애 시체 가져간 건 당신네잖아."

"운반책들이 뭘 알겠어? 결국, 차세영이랑 마지막에 같이 있었던 건 너희들이야." 그는 차세연을 곁눈질했다. "아니면 그건가? 사실 죽은 건 차세연이고, 살아있는 건 변종 차세영인가?"

"난 차세연이야!" 차세연은 책상을 치며 벌떡 일어났다. "세영인 내 손으로 죽였어!"

그녀는 자신이 뱉은 말에 움칠해서 다음 말을 잇지 못했다. 도움을 구하듯 그녀는 애타게 차세욱을 보았다. 차세욱은 꿋꿋이 누구와도 눈을 마주치지 않았다. 변호해주려는 기색도 없는 그에게 그녀는 끓는 듯한 배신감을 느꼈다.

서형우는 그녀에게 시선을 고정한 채 말했다.

"대답해봐, 차세욱. 네 옆에 있는 거 정말 차세연 맞아?"

"…글쎄. 세영이랑 세연이는 나도 잘 구분하지 못했어."

"웃기지도 않는 소리." 그녀는 탁자에 쌓은 먹을거리를 내버려둔 채 자리를 박차고 나갔다. '비원과 연락망이 끊어진 책임을 나한테 뒤집어씌우려는 구나.' 그렇게 생각하며 그녀는 이를 갈았다.

차세연이 사라지고 나서야 차세욱은 등을 축축이 적신 식은땀을 알아챘다. 먼저 처리되는 게 자신이 아니라는 확신이 들자 심장이 기쁨에 겨워 두근거렸다. 고양감이 그를 긴장시켰다. 만약 차세연에 이어 서형우까지 없어진다면, 섹션의 사정을 속속들이 아는 건 자신밖에 없으니 비록 비원과 동업하지 못하더라도 회사에 이용당할 구석이 생길 것이다. 그렇다면 살아남을 수 있다. 서형우도 없어진다면. 서형우를 처리한다면.

차세욱의 머릿속에서 이미 시체가 돼버린 서형우는, 정작 쌍둥이 남매 일이야 어찌 되든 상관없다고 생각하고 있었다. 차세영이 살아있을지도 모른다는 건 흥미로운 가정이지만 진지하게 고려할 가치도 없었다. 그의 머릿속은 차세욱처럼 자기 안위에 대한 생각만으로 가득했다. 이대로 영영 비원을 잃는다면, 최주상을 놓친다면, 자신은 분명 '갈릴' 것이다.

그렇게 되면 그가 섹션에서 한 일이라곤 경선산성에 정여준을 선물한 것밖엔 없는 꼴이 된다.

싱크홀 앞에서 첫 작전을 수행했을 때만큼 조바심이 들었다. 그는 갈 곳 없어진 두더지들의 자리 배치를 새로 하며 그날 뜬눈으로 밤을 새웠다.

잠들 수 없었던 건 차세연도 마찬가지였다. 그녀는 동이 트기도 전에 안전가옥을 나왔다. 그녀가 향한 곳은 비원이었다. 늘 두더지를 대신 보내기만 하고 직접 찾아간 적은 한 번도 없던 장소였다. 발걸음을 돌리고 싶어질 때마다, 그녀는 혼자 살아남으려고 서형우에게 그녀를 판 차세욱을 떠올렸다. '걔가 나랑 같이 섹션에 들어온 건 세영이 일을 혼자 책임지기 싫어서였을 거야.' 그녀는 생각했다.

넋 놓고 있다가는 그녀도 언니처럼 될 것이다. 그것만은 피해야 했다. 어떻게든 그보다는 덜 추하고 덜 허무한 마지막을 맞이하고 싶었다. 죽음을 늦출 수 있다면야 차세욱처럼 행동하겠다고 그녀는 결심했다.

이제 비원은 섹션의 두더지 한 마리 없이 깨끗하므로 차세연이 안심하고 활보할 수 있을 것이다. 그녀는 한때 최주상이 자리했던 건물로 다짜고짜 들어갔다. "최주상을 불러줘. 아니면 지금 최주상이나 마찬가지인 사람을 불러줘." 최주상이라는 이름은 여전히 그들을 두렵게 하는지 효과가 좋았다. 차세연은 거친 대접을 받았지만, 난처해 어쩔 줄 몰라 하는 기색을 느낄 수 있었다.

낯선 객의 호령을 윤서리에게 전달한 건 김현이었다. 그녀는 한때 자신이 키우다시피 했으나 지금은 자기 상사가 된 젊은이를 향해 무뚝뚝하게 말했다.

"바깥에서 사람이 왔어."

"다 돌려보내라고 말씀드린 것 같은데요. 더 이상 같이 일하지 않는다고 전해주세요."

"최 사장 이름을 알고 있는 사람이야."

윤서리는 머리를 기울였다. 그녀가 아는 한 섹션에서 최주상을 아는 사람은 열 손가락 안에 들었다. 만나볼 필요가 있을까 고민하던 차에, 김현이가 입을 열었다.

"어쩌면 저쪽이랑 다시 손잡을 기회일지도 모르지."

"정말 그랬으면 좋겠어요? 저한테 맡기기 그렇게 불안하세요?"

"네가 비원을 지킬 수 있다면 난 널 따를 수 있어." 김현이는 휠체어를 지그재그로 굴렸다. "하지만 넌 그러겠다고 말한 적 없잖아. 약속할 수 있니? 비원을 지키겠다고?"

"아니요." 윤서리는 도전하듯 턱을 들었다. "어차피 처음부터 비원은 지켜지지 않았어요. 아무도 진정한 의미에서 비원을 지킨 적 없어요. 비원도 당신을 영원히 지켜주진 않을 거고요. 12년이 지났어요, 현이 이모. 이제 다른 곳으로 가야 할 때예요."

"좀 더 비관적으로 변한 이경선을 보는 것 같구나. 하지만 그래봤자 넌 최주상은 못 돼."

"그러고 싶지도 않아요. 전 최주상의 자리는 필요하지만, 최주상 같아질 필요는 없거든요."

윤서리는 순전히 김현이와의 자리를 피할 목적으로 손님을 찾아 나섰다. 섹션의 대담한 방문객은 얄궂게도 라땅이 쓰던 방에서 기다리고 있었다. 당연하게도, 본 적 없는 윤서리를 기억하지 못하는 차세연이 애써 당당한 척하며 다리를 떨었다.

윤서리는 악수를 청하지도 않고 냉랭히 말했다.

"안녕하세요. 찾으시는 분은 부재중이십니다. 어쩐 일로 오셨는지요."

차세연은 자신보다 훨씬 어려 보이는 그녀를 훑어보더니 말했다.

"너희 보스하고 약속이 있어."

"그분은 오늘 아무 약속도 잡지 않으셨는데요."

"너 정도의 애가 알고 있을 약속이 아니야."

"제가 어느 정도인지 어찌 아시고?"

차세연은 기세가 꺾여 우물거렸다.

"그럼 안전가옥에서 사람이 왔다고 전해줘. 그렇게 말하면 아실 거야."

섹션에서 다급하게 사람을 보낸 게 한둘이 아니었지만, 윤서리는 티 내지 않았다.

"그분은 정말로 부재중이십니다. 저한테 말씀 주시면 전해드리겠습니다. 전 기억하는 데에 자신이 있습니다."

차세연은 잠시 망설이다가 말했다.

"그분께 거래를 제안해줘. 내가 안전하게 도망칠 수 있을 때까지 보호해주면 그 대가로 명단을 넘기겠다고."

윤서리는 눈썹을 찡긋했다. 차세연이 섹션을 버리려는 것일까, 섹션이 차세연을 버린 것일까? 후자의 가능성이 압도적으로 높아 보였다.

"저희에겐 필요한 명단이 없습니다. 귀하의 식구들은 모두 귀하께 돌려보냈을 텐데요."

"두더지 명단 말고. 섹션 고위직을 말하는 거야. 큰손들 명단. 언제든 다시 너희 쪽에 두더지 심을 준비가 되어있는 사람 말이야. 대체 누가 너희한테 두더지 리스트를 팔았는진 모르겠지만, 아무리 그놈이라도 이거까진 모를걸."

'차세욱을 바칠 생각이구나.' 윤서리는 생각했다.

"괜찮습니다. 이미 알고 있습니다."

"허세 부리지 마. 섹션이라고 하던 짓만 반복할 것 같아? 이제 물갈이가 시작될 테니 지금 너희가 아는 정보는 무용지물이 되겠지. 너희한테 붙은 우리 쪽 배신자도 쭉정이가 될 거고. 자만하지 말고 앞으로 일어날 일을 걱정하는 게 좋을 거야."

"도망칠 때까지 저희 보호를 바란다고 하셨는데, 그럼 귀하께서는 어떻게 섹션의 정보를 알아내시려고요?"

"도…도망치기 전까지는 실시간으로 전해주면 되잖아. 루트만 놓아줘."

"그보다는…." 윤서리는 팔짱을 꼈다. "싱크홀이 생겨난 원인에 대한 정보는 어떠신가요. 10년도 넘었으니 섹션에서 그 정도 조사는 끝냈을 것 같습니다만. 그거라면 위에서 긍정적으로 검토하실지도 모릅니다."

"아니, 그건 아직 원인불명이야… 우린 조사반도 아니었고…."

"그렇습니까." 그녀는 차세연을 지나치게 노려보지 않기 위해 애썼다. 이만 끝내자는 듯 밖으로 팔을 뻗으며 그녀가 말했다. "제안해주신 건 생각해보겠습니다. 결정이 나면 연락드리죠."

"아니, 생각해달라는 게 아니고 위에 전해달라고. 그렇게 해주겠다고 했잖아."

"아, 예. 전달해드리겠습니다. 말실수를 했네요."

그녀는 건물 아래까지 내려와 배웅했다. 꼿꼿이 서서 인사하며 그녀는 차세연이 했던 말을 미소와 함께 돌려주었다.

"조심히 들어가십시오. 앞으로 일어날 일을 걱정하시고요."

차세연은 불편한 이물감을 느끼며 비원을 나왔다. 차세욱이 있는 곳으로 바로 돌아갈 자신이 없었다. 그래도 의심을 덜 사는 편이 나으니 섹션에서 움직이지 말아볼까, 아니면 다른 안전가옥으로 몰래 숨어볼까, 온갖 갈등으로 머리를 굴리며 그녀는 걷고 또 걸었다. 그러다 얼굴을 드러낸 채 비원 근처에서 너무 오래 걷는 건 위험할 것 같아 택시를 잡아탔다.

그녀는 비원과 가장 가까운 안전가옥의 주소를 불렀다. 한참 뒤 그녀는 택시가 안전가옥과는 다른 방향으로 달리는 걸 눈치챘다. 도로는 섹션을 향하고 있었다. 그녀는 아차 하며 뒤늦게 운전석을 살폈다. 거울에 비친 기사의 눈이 낯익었다. 그는 그녀가 이전에 기획에 따라 비원에 심었던 두더지였다.

서형우 이 망할 자식. 차세연의 분노 섞인 감상은 그리 오래가지 못했다.

택시 안에 울리는 살려달라는 목소리가 차세연의 것인지 차세영의 것인지 그녀는 알 수 없었다.

비원의 수장이 바뀌었다는 소식은 조금 늦게 경선산성에 도착했다. 산성 사람들은 최주상이 죽은 건가 싶은 생각에 놀랐고, 그가 죽었는데도 비원이 유지됐다는 것에 두 번째로 놀랐고, 라땅이 죽었다는 데에 세 번째로 놀랐다. 사실은 최주상이 죽지 않았는데도 새 수장이 자리를 꿰찼단 걸 알았을 땐 그들은 더 놀랄 기력이 남아있지 않았다.

라땅이 사망하면서 최주상은 자연스럽게 김현이와 함께 이인자의 자리에 앉았다. 불후의 첩탑을 뒤흔든 윤서리라는 사람에 대한 추측과 뜬소문이 산성을 휩쓸었다. 그들은 자연스럽게 비원과의 전투를 기다렸다. 그들이 도시로 돌아온 이래 비원을 기다린 건 처음 있는 일이었다.

그러나 일인자가 바뀐 후 치러진 첫 전투에서 최전방에 선 최주상을 보고 그들은 당황했다. 새 우두머리가 정여준처럼 후방을 지키려는 건가 생각하니 두려움이 일었다. 마땅히 경계해야 할 적의 얼

369

굴도 정체도 모르자 경선산성은 더 큰 공포에 휩싸였다.

멀리 떨어진 고지대에 서서 상황을 지켜보던 정여준은 그러나 두려움보다는 의아함을 느끼고 있었다. 최주상은 여느 때처럼 그를 의식하며 공격했다. 그러나 평소처럼 무자비하지 않았다. 정여준이 없더라도 큰 피해를 보지 않도록 봐주는 듯한 움직임이었다.

그는 이유를 알 수 없는 무른 싸움에 갸웃했다. 그리고 뒤에서 자신을 덮친 암살자의 목에 칼을 내리꽂았다.

이번이 세 번째였다. 서형우가 자신을 버렸다는 확신이 들자 그는 내심 상처받으면서도 홀가분했다. 먼저 섹션을 버린 것은 자신이니 그들도 자신을 버리는 것이 맞다. 다만 굳이 일반인을 보내면서까지 죽이려 드는 게 원망스러울 뿐이었다.

아래쪽으로 집중을 돌리려던 그는 인기척을 느끼고 돌아보았다.

처음 보는 여자가 서 있었다.

여자는 암살자로 보기엔 그에게 달려들 생각이 없어 보였고 무기도 들고 있지 않았다. 맨몸으로 산성에 들어오는 건 비원밖에 없다. 그는 잔뜩 경계해 한쪽 발을 뒤로 옮기고 몸을 낮췄다.

그는 소문으로 듣던 이름을 떠올렸다.

"윤서리?"

여자는 움찔하더니 그대로 그를 향해 걸어왔다. 그리고 들짐승을 달래듯 조심스럽게 말했다.

"주위엔 우리 말고 없어. 난 복원자야. 우리 능력으론 서로를 다치게 할 수 없어. 그러니까 긴장하지 마."

그는 암살자의 목에 꽂았던 칼을 빼 들어 치켜세웠다. 그녀는 그의 형형한 눈을 보고 한숨 쉬며 양팔을 들었다. 그러면서도 걸음을 멈추지 않고 다가왔다.

"난 공격 안 해."

"그런데 왜 지금 당신의 비원은 우리를 공격하는 거죠?"

"비원이 내 것이었던 기간보다 최주상의 것이었던 기간이 너무 길어서."

"하지만 지금은 당신 것이잖습니까."

"그래. 내가 원하는 대로 비원을 바꿀 수도 있지. 하지만 천천히 바꿔갈 거야. 서둘러서 이것저것 급하게 시도했다가 망한 기억이 너무 많거든."

"비원을… 바꿀 거라고요?"

"그래. 어떻게 바꿨으면 좋겠어?"

"비원이 우리와 싸우지 않을 수도 있을 거란 말입니까?"

"왜? 싫어?"

"그게 가능한가요?"

"가능하지 않을 건 또 뭐야."

"믿기 어려워서요."

"뭐를? 비원을 믿기 어려운 거야, 그럴 가능성을 믿기 어려운 거야?"

"둘 다."

"하지만 당신은 이미 그걸 믿고 있는 것 같은데."

"…."

"아니야?"

"왜 그렇게 생각하죠? 최주상이 그렇게 말했나요? 절 어디까지 알고 있습니까?"

"…난 당신을 모르지. 우린 지금 처음 만났잖아."

"예. 말씀하신 것처럼 저도 당신을 모릅니다. 대체 어떻게 최주 상을 이기고 수장이 되었죠? 비원을 바꾸기 위해 꼭대기까지 올라 간 건가요? 정말 비원이 당신 말을 따르고 싸움을 멈출 것 같나요?"

"그래. 그럴 거야. 우린 화해할 수 있어."

그녀는 그의 바로 앞까지 다가왔다. 불신과 불안이 가득한 눈으로 자신을 바라보는 정여준이 보였다.

죽어가는 얼굴보다는 차라리 이런 표정이 나았다.

그녀는 그에게 얼굴을 바짝 댔다. 코끝이 아슬아슬하게 닿을 듯 말 듯 했다. 그녀가 낮게 속삭였다.

"우린 화해할 수 있어. 날 믿어. 부탁이야. 우린 화해할 수 있어. 그렇게 되도록 만들 거야. 비록 그게 지금 당장은 아니겠지만. 앞으로도 누군가는 죽을지도 모르지만. 하지만 살 수도 있었던 친구가 죽는 일은 없을 거야. 믿어줘. 우린 반드시 화해할 거야."

"…"

그녀는 고개를 뗐다. 정여준의 뒤에 있는 수풀이 흔들리며 이찬이 불쑥 나왔다.

이찬은 그녀를 발견하고 다급하게 주변 바위를 부숴 날렸다. 그녀는 그 공격을 되돌리지 않고 가만히 지켜보았다. 그녀의 예상대로 정여준이 대신해 돌덩이를 공중에 멈춰 세웠다.

그녀는 아무 대응도 하지 않고 등 돌려 언덕을 내려갔다. 정여준은 그녀를 쫓아가려는 이찬의 앞에 팔을 가져다 대 막았다. 이찬이 그를 살피며 말했다.

"야. 괜찮아?"

옆에 낯선 인간의 시체가 있었지만, 다행히 그는 다친 구석이 없어 보였다. 다만 엉뚱한 곳에 혼을 두고 온 사람처럼 멍해 보였다.

"왜 그래?" 이찬이 물었다.

정여준은 느릿느릿 이찬을 돌아보았다. 자신을 걱정스럽게 쳐다보는 친구의 어깨를 툭툭 쳐주고, 그는 멍한 얼굴을 손으로 쓸었다. 그리고 당황이 잔뜩 묻어난 목소리로 중얼거렸다.

"비원 수장 입에서… 친구라는 말이 나왔어."

정여준이 당장 판을 읽어내려고 쩔쩔맨 것과는 달리 이찬은 그리 고심하지 않았다. 어찌 된 영문인지는 어차피 섹션에 물으면 다 들을 수 있으리라 생각했기 때문이다.

그래서 그는 서형우에게 대수롭지 않다는 듯 말했다.

"미리 말 좀 해주실 것이지. 거 특이한 사람을 최주상 대신 세워 놓으셨던데, 갑자기 무슨 생각이십니까? 비원이 비원 같지를 않으니 이거 숨 쉬는 것도 찜찜해서 원. 듣자니 최주상이랑 상태가 다르다던데요?"

그는 그렇게 말할 때만 해도 다음과 같은 대답이 돌아올 줄은 상상도 하지 못했다.

"우리가 한 게 아니야."

"음?"

"이쪽에서 만들어 놓은 게 아니야. 그냥 어느 날 갑자기 비원 꼭 대기가 변했어."

이찬은 그 말을 잠시 받아들이지 못했다.

"그 무슨… 그럼 그 여자 대체 누군데요."

"무슨 여자."

"비원 머리요. 정체가 뭐냐고요. 어디서 솟아난 거예요? 윤서리도 뭐, 우리가 모르는 사이에 싱크홀에서 올라왔대요? 12년 만에?"

"윤서리? 이름이 윤서리야?"

"농담하는 거죠? 그 사람 이름이 윤서리인 건 경선산성 막내도 알아요." 서형우가 얼굴을 구기자 이찬은 헛웃음 쳤다. "저기 그럼서 팀장님은 윤서리가 복원자인 것도 아직 몰라요?"

"뭐야, 그건 어디서 들었어?"

"여준이 앞에서 본인이 직접 말했대요. 거짓말일 수도 있겠지만 하여튼."

"윤서리가 정여준이랑 대면했다고?"

"알고 있는 게 뭡니까? 윤서리 얼굴이 어떻게 생겼는지도 당연히 모르겠네요? 비원에 심어놨다던 두더지가 아무 말도 안 해줬어요? 그 여자한테 다 털렸나?"

"털렸을 수도 있고, 아닐 수도 있고."

"뭐예요 그건."

"수장이 바뀐 뒤로 비원의 아무하고도 연락이 안 돼."

"죽은 거네 그럼."

"최주상하고도."

"…."

"최주상이 두 눈 뜨고 멀쩡히 살아있으니 여기 일은 웬만해선 다 그놈한테 들었을 텐데, 배짱도 좋지, 수장 자리에 앉자마자 감히 섹션을 등져? 경선산성만도 못한 꼬락서니가 되고 싶나 보지."

이찬은 숨을 집어삼키고 조용히 서형우를 지켜봤다. 머릿속이 어느 때보다도 빠르고 다급하게 요동치고 있었다. 정여준이 섹션의 첩자라는 걸 들었던 때만큼 눈앞이 번쩍였다. 다만 그때와 지금은 달랐다. 그는 아주 오랫동안 굳어있던 감각이 손가락 끝부터 서서히 되살아나는 듯한 느낌에 저릿저릿했다.

그는 미동도 않고 눈만 굴렸다. 방 안엔 서형우와 차세욱밖에 없었고 차세욱은 장식물처럼 구석에 박혀 아무 말도 없었다. 윤서리의 등장에 당황한 그들의 모습을 이찬은 음미하듯 천천히 훑어보았다. 섹션은 새로운 비원 수장이 의도하는 바를 알지 못했다. 그녀가 어떻게 최주상을 밀어내 비원을 장악하고 재구성했는지도 몰랐다. 섹션과 비원의 정보교환은 일제히 끊긴 듯했고 윤서리는 모든 접촉을 거부하고 있었다.

요는 이랬다. 윤서리를 필두로 한 비원은, 이유는 알 수 없지만 섹션에 등을 돌렸다.

그는 더는 참지 못하고 입술에서 힘을 풀었다.

"하!"

갑자기 터진 이찬의 웃음에 서형우는 혼잣말을 멈췄다. 이찬은 자신에게 쏠린 두 쌍의 눈동자를 즐기며 말했다.

"그니까 이거지, 너희 지금 비원을 조종하지 못한단 거지?"

이찬은 다리를 덜덜 떨었다. 까딱거리는 발끝에선 긴장이나 불안 따위는 보이지 않았다. 의자에 앉은 채로 춤을 추는 듯한 모습이었다.

탁자 한가운데가 돌연 쩍 소리를 내며 갈라졌다. 차세욱이 눈을 부릅뜨며 일어서려 하자마자 이찬은 즐겁게 다리를 흔들었다. 의자들이 조각조각 나며 부서졌고 차세욱과 서형우는 바닥에 나뒹굴었다. 서형우는 얼른 지팡이를 짚고 일어섰다. 그러자 지팡이는 이 찬의 기다란 휘파람소리와 함께 사방으로 터지며 가루로 변했다.

"이차아안!"

그의 화난 고함에도 이찬은 아랑곳하지 않고 빙글빙글 웃었다. 그들 주위의 모든 것들이 원을 그리며 차례로 터져나갔다가, 리듬에 맞춰 손뼉 치듯 부서졌다가, 폭죽 터지듯 위로 솟아올랐다. 난잡한 소음을 뚫고 서형우의 목소리가 날아들었다.

"쓸데없는 생각 마라, 멍청한 자식! 비원이 여길 버렸다고 하루아침에 널 동지로 봐줄 것 같아서 그러냐? 고작 이따위 반항이나 하고 도망쳐서 뭐가 달라질 것 같아? 멈춰! 정여준처럼 되고 싶냐!"

"이 지질한 양아치야, 내가 지금껏 너 무서워서 여준이를 속였겠냐? 비원이 섹션 따까리 짓 하는 게 무서워서 그랬지!"

"그러면 뭐? 비원이 우릴 벗어나고 산성을 놓아주면 다 해결될 것 같아? 후회할 짓 하지 마라. 우리가 사라지면 그다음은 세상 모든 인간이 싱크섹션이 될 테니까."

"역시 최주상이랑 짝짜꿍할 때부터 알아봤지. 둘이 빼다 닮았네."

"지금 넌 싱크홀 생길 산 위로 다시 기어 올라가려는 거야!"

"아 진짜 더러운 새끼. 비유를 들어도 꼭 그런 거로 드니."

이찬은 문가로 터벅터벅 걸어갔다. 그가 걸음을 뗄 때마다 사방의 조각은 더 예리한 조각으로, 잔해는 더 작은 잔해로 부서졌다. 천장과 벽에 굵직한 금이 갔고 높은 곳에 있는 물건들이 아래로 우르르 쏟아졌다.

그는 여전히 얼떨떨했다. 그가 12년간 알았던 비원은 최후의 한 명이 사라질 때까지 그늘 뒤에 숨어 지내길 선택할 게 틀림없었다.

적어도 지금까진 그 믿음이 깨지지 않았다.

그가 경선산성을 포기했던 건 비원의 무기력한 고집을 너무도 생생히 봐왔기 때문이다. 시간이 흘러 언젠가 미로의 막다른 선에 다다르면, 산성이 비원에 물리고 비원이 섹션에 먹히는 게 순리인 것처럼 보였다.

그러나 그는 이제껏 현실성이 없단 이유로 아예 하지도 않았던 질문을 던져보았다. 만약, 비원이 마음만 먹는다면.

그들에겐 미로의 막다른 벽을 부술 힘이 충분히 있지 않나?

단지 부수려 하지 않았을 뿐이었다. 파쇄자가 수장자리에 있었던 주제에, 자기만의 불문율 하나를 깨부수지 못해 같은 자리를 맴돌았던 것이다. 이찬은 그 불문율을 깨트린 새 수장에 대해 생각했다. 섹션의 보호막을, 사실은 보호막도 아니었던 허울을 벗어던진 비원에 대해 생각했다. 그리고 새로운 비원이 지금보다 자세를 더 크게 바꿀 걸 가장해보았다.

어쩌면 섹션이 이 싸움에서 질지도 모른다는 가능성. 오직 그것만이 어둠 속에서 반짝였다.

섹션을 이기더라도 세상은 이기지 못할 거라는 게 최주상의 지론이었다. 이찬은 그에 동의하는 편이었지만 얼마든지 웃으며 침을 뱉을 수 있었다. 그가 혼란과 절망 속에 끝내 따르기로 맹세한 건 최주상이 아니라 이경선이었고 정여준이었다. 벗어날 수만 있다면 그 뒤는 그들과 함께 생각하면 될 일이었다.

허무하고 후련했다. 그는 소리 내 웃었다.

"하! 하하하! 내가 이런 말을 하게 될 줄은 몰랐는데, 최주상 그 놈이 적어도 바깥세상엔 깽판을 안 친 게 그나마 다행이네! 우리한

텐 그렇게나 지랄을 떨었는데 잘도 얌전히 살았어! 나중에 사람들
은 최주상을 엄청 자제력 강한 놈으로 볼 거 아냐 이거?"

그가 처음 서형우의 말을 듣고 산성을 배신했던 건 절망 때문이
었다. 그러나 지금 그가 섹션을 버리려는 건 거의 발작에 가까웠다.
정말 비원이 섹션을 등졌는지는 따지고 싶지 않았다. 아주 가늘게
비친 희망을 변명 삼아서라도, 섹션의 두더지가 아닌 경선산성의 이
찬으로 돌아가고 싶었다.

그러나 그가 보금자리로 돌아가는 걸 서형우가 따뜻한 눈으로
지켜볼 리 없었다. 서형우가 그들을 만나기 전의 장태성으로 다시
는 돌아갈 수 없듯이, 이찬 역시 자신을 만나기 전으로 돌아가선 안
됐다.

무기로 쓸 만한 것들은 모두 산산조각이 났기에 서형우는 이찬이
등을 돌리는 순간을 기다렸다가 달려들려고 했다. 하지만 그는 이
찬에게 몸을 던지지 못했다. 차세욱이 먼저 선수를 쳤기 때문이다.
다만 차세욱이 노린 목표물은 이찬이 아니었다.

차세욱은 서형우가 이찬에게 주의를 빼앗긴 이때를 기회로 여겨
몰래 다가갔다. 적어도 그는 몰래라고 생각했다. 온 힘을 실어 머리
를 내려치려던 주먹이 엉뚱한 곳에 헛손질하고, 서형우가 한쪽 다
리로 그를 걸어 넘어트리기 전까지는 그래 보였다.

지팡이를 잃은 서형우는 반대쪽 다리로 균형을 잡지 못하고 차
세욱의 위로 우당탕 소리를 내며 쓰러졌다. 엎어지자마자 서형우는
때를 놓치지 않고 차세욱의 목을 짓눌렀다. 한때 직업군인과 함께
현장을 활보했던 남자는 전직 학자를 손쉽게 제압했다. 차세욱이
자신을 없앨 순간만을 기다리고 있는 걸 그는 알고 있었다. 때마침

이찬이 만들어준 난장판을 이용할지도 모르겠다는 생각 역시 진즉 들었다. 그는 요 며칠간의 차세욱에게서 본 눈을, 자세를, 분위기를 알고 있었다. 흙먼지 날리는 과거의 아수라장에서 경험했었다. 상대를 죽이기 위해 남의 시체에 숨어 비겁하게 숨죽이며 때를 기다리는 살인자의 얼굴을.

"차세욱! 차세욱!" 그는 무릎으로 차세욱의 배를 차며 소리쳤다. "최소한 지금은 방해하지 말았어야지!" 그는 자신들을 경멸 어린 시선으로 관찰하는 이찬을 보며 애가 탔다.

차세욱은 유일하게 자유로운 왼손을 뻗어 서형우를 잡고 목 졸리는 소리로 말했다. "네가 가…네가 대신 가. 네가 한 게 뭐가 있어…! 내가 아니었으면 너흰, 아무것도…알아내지 못했어…내가 남아야 돼! 넌 그냥 사람들 협박할 줄만 아는 허수아비야…."

"네가 물어다 온 게 네 것인 줄 아는가 보네. 그건 차세영이 알려준 거야. 시체한테서 빼돌린 정보로 이 자리에 있던 주제에 어디서 그런 착각을."

서형우는 손에서 힘을 풀지 않았고 차세욱의 경련은 조금씩 멎었다. 파편들은 여전히 공중에서 무섭게 회오리쳤다. 소용돌이 안에서 그는 당장에라도 씹어 물어뜯을 듯 이찬을 노려보았다. 이찬은 유쾌하게 웃으며 말했다. "네가 죽이고 있는 그놈 핑계 대지 마. 방해받지 않았더라도 날 건드릴 수 있었을 것 같아?"

쩌렁쩌렁 울리는 서형우의 고함을 이찬은 바깥벽을 부숴버리는 것으로 덮어버렸다. 방은 반 이상 무너져가고 있었다. 휑하니 뚫린 건물 밖에서 늦가을의 햇살이 쏟아져 들어왔다. 들꽃처럼 대지를 장식한 낙엽은 경선산성의 단풍만큼이나 한가로워 보였다.

이찬이 말했다.

"내가 지금 널 죽이지 않는 건… 칼 든 사람한테만 칼 겨누고 초능력 휘두르는 사람에게만 능력으로 맞서겠다고 이경선 님과 약속했기 때문이야. 그 이유밖에 없어. 내가 당신 같은 인간한테 자비심을 갖는 일은 이전에도 없었고 앞으로도 없을 거야."

그는 다시는 돌아오지 않을 지긋지긋한 심문실을 휙 둘러보고 건물 밖으로 뛰어내렸다. 장소를 벗어나는 내내 그는 뒤도 돌아보지 않았다. 경선산성 바깥의 출입금지구역에 다다르고 나서야 그는 서형우의 주변을 휘몰아치는 파편들에서 힘을 거두었다. 서형우의 이가는 소리가 바로 옆에서 들리는 것만 같았다.

붉은 통제소를 지나 고요한 유령도시로 들어오고 시커먼 싱크홀을 마주하자 그의 가슴은 뒤늦게 세차게 뛰었다. 조금 전 거둔 소용돌이가 심장 속으로 옮겨온 기분이었다. 섹션을 박차고 나온 게 실감 나지 않았다.

이렇게 쉬운 일이었나. 그는 멸망의 증거 같은 싱크홀을 바라보며 한숨 쉬었다. 가족이나 마찬가지인 친구들을 속이는 일을 그만두는 게 이렇게나 간단한 일이었나. 혹은, 비원의 변화를 확신하지 않았다면 절대 시도하지 못했을 정도로 어려운 일이었나. 비원의 새 수장이 섹션을 흔들지 않았다면 끝까지 제힘으로 결심하지 못했을까. 그는 섹션을 버리고 돌아온 게 자신의 온전한 용기에서 비롯되지 않고 비원에 보장받은 것이라 생각하니 서글플 정도로 부아가 치밀었다.

거점으로 돌아와 정여준의 얼굴을 보니 그 감정은 더 진해졌다. 애써 부정해왔던 죄책감이 한꺼번에 몰아치며 양심을 찔러댔다. 아무도 모르게 배신했다가 아무도 모르게 돌아왔으니 맘 놓고 뿌듯해할 수 없었다. 그가 무엇을 잘못했는지 아는 이가 없으니, 그를 용서해줄 사람도 없었다.

"언제 왔어? 나갈 땐 요란하게 가더니 네가 웬일로 이렇게 조용하게 들어오냐?"

정여준이 그의 어깨를 툭 치며 말했다. 이찬은 눈만 껌뻑껌뻑 깜빡이다가 말했다.

"여준아."

"왜, 뭐."

"난 네가 상상할 수 있는 수준을 넘어선 기회주의자야."

"뭐야 또 뜬금없이."

바로 직전까지도 이찬은 불안해하고 있었다. 서형우에게서 등돌리고 나온 게 올바른 선택일까, 그의 말대로 이 결정은 어리석은게 아닐까. 비원이 섹션에서 벗어났을 뿐 그게 산성의 생존을 의미하지는 않지 않을까. 어찌어찌 산성이 살 수는 있어도 자신은 살아남지 못하진 않을까. 누군가 진실을 퍼트리면 자신은 배신자로 영영 낙인찍힐 텐데.

그러나 갈등과 죄책감 사이에서 갈팡질팡하던 마음은 정여준의얼굴을 보자마자 물거품처럼 사라졌다. 후회 따윈 흔적도 없었다.

'진작 이랬어야 했어.' 이찬은 생각했다. 이경선이 살아있었다면자신은 결과가 어찌 되든 상관없이 산성을 택하고 섹션을 버렸을것이다.

"난 사실 이경선 님 장례에 참석하지 않았어."

갑작스러운 이찬의 고백에 정여준은 멀뚱멀뚱 그를 쳐다보았다.

그는 개의치 않고 계속 말했다.

"남들이 그분 무덤 팔 때 난 가까이 가지 않았어. 그냥 그분 묻히는 걸 보는 게 싫었어. 기일도 챙기지 않았어. 그분이 없는 걸 기억하기 싫어서. 많이 늦었지만 이제 나 혼자 산성에서 그분 3년상을 치를 거야. 3년만 목숨을 바치겠어. 그 뒤론 다시 기회주의자로 돌아가든 어쩌든 내 맘대로 할 거야. 3년 뒤에 산성이 이기고 있으면 난 산성 사람인 거고, 비원이 됐든 누가 됐든 다른 쪽이 이긴 패를 쥐고 있으면, 하… 씨… 그럼 뭐 뒈지는 거겠지. 어차피 일찍 죽으나 늦게 죽으나 결국 하늘 올라가서 볼 건 이경선 님 얼굴인데."

이찬은 뒤통수를 벅벅 긁으며 툴툴거렸다. 정여준은 이해할 수 없는 그의 말에 갸웃했다. 이미 자신만의 죄책감에 충분히 매몰된 정여준은 이찬의 죄책감을 상상할 여유가 없었다. 그저 저 나름대로 생각을 정리하는 수단으로 말을 건 것이겠거니 생각하며 정여준은 대충 고개를 끄덕여주었다.

"찬이 삼촌 왔다!" 멀찍이서 나정이 외쳤다. "근데 삼촌 왜 손에 아무것도 없어요!"

나정의 말에 맞장구치며 사람들이 하나둘 다가왔다. 심부름시킨 물건들은 어디에 놓고 몸뚱어리만 갖고 왔냐며 깔깔거리는 목소리가 노랫소리처럼 들려왔다. 모든 게 아득하게 느껴져서 이찬은 실없이 웃었다. 매일같이 들어온 목소리인데도 아주 오랜만에 듣는 것만 같았다.

서형우는 회사에 이찬의 이탈을 보고하지 않았다. 그는 자신이 머릿돌부터 지어 올린 것이나 마찬가지인 심문소를 버렸다. 잘려나간 섹션의 팔다리보다 더 큰 상처를 입은 건 그의 자존심이었다. 그는 이찬이 섹션을 떨치고 나갈 때 무력하게 바라보기만 한 걸 참을 수 없었다. 그러잖아도 그는 최주상이 얼굴조차 비치지 않고 아무 갈등 없이 섹션을 버린 데에 체면을 구긴 참이었다. 넋 놓고 이찬의 능력을 구경하기만 한 건 12년 전 싱크홀 앞에서 이경선과 최주상에게 맥없이 농락당한 기억을 불러일으켰다. 그는 특히 이찬이 웃으며 떠났다는 데에 분노했다. 그의 머릿속에서 이찬은 그래선 안 되는 인간이었다. 설사 배신하더라도, 언제 다시 비원에 호되게 공격당하고 섹션에 뒤를 찔릴지 전전긍긍해야 하는 처지였다. 그는 이찬의 멱살을 잡고 네 따위가 무슨 힘이 있다고 그렇게 자신만만하게 살아남을 거라 믿는 거냐고 소리치고 싶었다.

경선산성으로 들어가지 않는 이상 그 욕망을 이룰 방도는 없었다. 그의 화풀이대상이 된 건 국정원에서 그의 작업을 비공식적으로 도와주던 아랫사람들이었다. 싱크홀 사태의 진실조차 알지 못하는 어린 직원들은 그가 매일같이 회사를 들락거리는 탓에 커피 한 잔도 변변히 마시지 못했다. 그를 만난 날엔 으레 차장들의 기분이 내리막길을 달리는 것도 직원들이 최근 그를 꺼리는 이유 중 하나였다.

기분이 우중충하기론 서형우 자신도 마찬가지였다. 그의 표정은 본부를 거듭 다녀올 때마다 한층 더 어두워졌다. 윗사람들과 언성을 높이기 일쑤였고 누구 앞에서나 불만스러워 보였다. 그는 재능 없는 예술가가 분노에 차서 대충 만든 인형 같았다.

최주상 때문에 자율적으로 이찬을 매수하도록 허락받았는데, 그 둘이 이렇게 한순간에 쏙 빠져나가니 그는 디딜 입지가 없었다. 아무도 그를 신뢰하지 않았다. 그조차 자신을 믿을 수 없었다. '서형우 그 사람은 어차피 처음부터 버려졌던 사람이야. 그간 열심히 잘 비벼서 연명한 거지. 비원이 서 팀장 꼭두각시였던 게 유일한 힘이었는데, 이제 누가 그 인간을 부려먹겠어?' 그는 저를 보는 모든 직원이 서로 그렇게 쑥덕거리는 환청에 시달렸다.

그는 차세연과 차세욱이 스스로 명을 재촉하지 않았더라도 오래 못 가 제거됐으리란 걸 알고 있었다. 써먹을 구석이 없으면 바로 버려진다. 더더군다나 그 쌍둥이는 싱크홀과 변종들에 대해 지나치게 많이 알았다. 묻고 덮고 숨기는 해결책을 선호하는 이들은 어디에나 있다. 증인이기 때문에 보호했다가 증인이기 때문에 죽이는 일은 언제든 자기 일이 될 수 있었다. 그러니 그는 목격자가 되는 게 아니라 반드시 사건 한복판에 있어야만 했다.

그러나 이제 그를 제외하곤 싱크섹션의 초기형태를 기억하는 이도 없거니와, 싱크홀 사건의 중심에 있었던 두 사람도 깔끔하게 저세상으로 거처를 옮긴 뒤였다. 이제는 그가 최후의 증인이 되었다. 그가 사라지면 아무도 제0호 섹션 지휘자를 심문할 수 없을 것이다.

두려워진 그는 자신이 잡을 수 있는 마지막 동아줄은 정여준밖에 없다고 생각했다. 비원이 처세술을 바꾸기 전에 이쪽에서 먼저 산성을 흔든다면 판의 흐름은 변할 것이다. 하지만 그 계산 역시 홀로 앞서나간 몽상에 지나지 않았다. 겨울이 깊어지면서, 회사는 해가 바뀌기 전에 새로운 기획 방향을 확정 짓고 싶어 했다.

오랜 입씨름 끝에 나온 결론은 통보에 가까웠다. 새로운 섹션이 생기기는 하겠지만, 앞으로는 지금껏 꽁꽁 감쌌던 것처럼 물밑에 숨진 않을 것이란 설명이었다.

'고작 팀 단위로 비원을 제어하려 했던 게 문제였다. 이젠 국가

차원에서 제대로 나서겠다. 이상 능력을 휘두르는 테러집단을 처리하려는데 여론이 설마 그놈들 편을 들겠나.' 굳이 그렇게 비밀작전을 고집할 필요가 없다고 그들은 유들유들 말했지만, 그는 그 바뀐 자세가 무엇을 뜻하는지 모르지 않았다. 서형우의 진두지휘는 이것이 마지막이란 뜻이었다.

이때껏 그래 왔듯 그는 강하게 반발했다. '생각하고 계시는 그런 놈들이 아니다. 우두머리 두 명이 문제다. 최주상, 정여준, 그 수족과 능력들이 핵이다. 그걸 먼저 없애지 않으면 그들은 끝없이 복제된다.' 그렇게 몇 번이고 주장했지만, 그의 외침은 먹혀들지 않았다.

안전가옥으로 돌아온 그는 애써 불안을 감추며 침을 뱉었다.

"순진하고 무능한 것들이 상사인 건 상관없어. 하지만 상사 노릇하겠답시고 내 작전에 손대는 건 못 참아!"

그는 섹션에 잔류한 인원을 꼽아보았다. 보기 좋게 반 토막이 난데다 그중 대다수는 현재 그가 아닌 다른 누군가에게 명령을 하달받고 있었다. 맹목적인 정여준 사냥에 함께 나설 요원은 없었다.

혼자서 해낼 수 있겠느냐 없겠느냐는 지금의 그에게 유의미한 질문이 아니었다. 뭐라도 해야 했다. 무모한 짓을 하는 것보다 아무 시도도 하지 않는 게 훨씬 위험했다.

그는 마지막으로 봤던 정여준의 모습을 어렵게 떠올렸다. 불안과 죄책감에 절어 있는 온순한 얼굴을 기억해내니 작은 불꽃처럼 자신감이 피어올랐다. 처치하지 못할 것도 없어 보였다.

그는 비원이 경선산성에 진입하는 순간을 기다리기로 했다.

고요한 도시에 소복소복 눈이 쌓였다. 비원의 새 수장은 하늘이 일방적으로 내려보내는 흰 것들을 되돌려 보내지 않았다.

윤서리는 싱크홀을 멀찍이 돌아 도시에 진입했다. 무시무시한 시커먼 구덩이와 마주하기 싫은 건 비원도 마찬가지였다. 산성에 다녀올 때마다 그녀는 비원의 모든 이를 남김없이 데리고 왔다. 최주상과 김현이를 양옆에 세우고 행차하듯 도시를 가로지를 때마다 그녀가 뿌듯해하는 건 한 가지였다. 자신을 뒤따라오는 이들의 머릿수에 변함이 없다는 것이다. 아직은 아무도 죽지 않았다.

예전과 달리 경선산성은 비원의 돌입을 재빨리 눈치채지 못했다. 비원이 선제공격을 하지 않은 탓이었다. 산성 사람들은 비원이 지척에 와있는데 아무것도 파괴되지 않았다는 사실에 당혹스러워했다. 처음에 그들은 놀라서 비원에 공격을 퍼부었지만, 김현이가 앞서서 그 공격을 막는 일은 있어도 최주상이 반격하는 일은 일어나지 않았다. 이후에도 비원은 소풍하듯 도시에 들어왔다. 전투답지 않은 전투나마 시작되려면 산성 쪽에서 먼저 움직여야 했다. 정여준이 공격을 자제시켰을 때, 비원이 전혀 움직이지 않고 멀뚱멀뚱 서로를 쳐다보는 광경을 보고 경선산성이 기함했음은 말할 나위도 없다.

산성 사람들은 비원이 온순해진 이유를 궁금해하는 만큼, 자신들을 죽이지 않을 거면 뭐하러 저 인원을 끌고 들어오는지 의아해했다. 얼굴 맞대고 인사할 생각이 아닌 이상 이곳을 찾아올 이유가 없었다.

윤서리로 말할 것 같으면 바로 그 얼굴 맞대고 인사하는 걸 목적으로 산성에 오는 게 맞았다. 모든 게 이전과 같지 않다는 걸, 더는 소모전을 하지 않겠다는 걸 믿게 할 충분한 여유가 필요했다.

그리고 정여준이 살아있으며 앞으로도 살아남을 것을 확인할 기회가 필요했다. 그가 수천수만 번을 죽었던 순간이 앞으로 얼마 남지 않았다. 그녀는 그가 죽음의 순간을 넘어서도 눈을 깜빡이는 걸 확인해야만 미래를 받아들일 수 있었다. 그렇지 않고서는 시간의 흐름에 복종할 용기가 나지 않았다.

도시를 가로질러 이동하던 중 최주상이 말했다.

"이 부탁 하나는 들어주렴."

가까이에 김현이 외에 듣는 귀가 없을 때만 최주상은 그녀를 평소처럼 대했다. 이인자가 아닌 옛 보호자의 익숙한 목소리가 바람과 함께 다가왔다.

"만약 이번 결말도 좋지 않게 끝나면 과거로 돌아가. 가서 안전하게 숨어. 비원이든 경선산성이든 아무것도 신경 쓰지 말고 그냥 평화롭게 사는 걸 삶의 목적으로 삼아. 그렇게 하겠다고 진심으로 약속하면, 이번 시간대에선 네가 원하는 대로 끝까지 발맞춰줄게."

"…약속할게요. 하지만 이번 결말은 나쁘지 않을 거예요. 그렇게 만들려고 온 거예요. 내가 확신을 하지 않으면 나 대신 확신해줄 사람이 이 세상에 아무도 없거든요."

"내가 말하는 건 비원이랑 산성의 결말이 아니라 네 인생의 결말이야. 어떤 식으로든 그 자리가 너를 불행하게 한다면 다 버리고 돌아가. 네가 너 자신보다 우리를 더 신경 쓰는 것처럼 보이면, 그땐 나도 내 의지로 행동할 거라고 미리 말해두는 거다."

그녀는 날붙이에 손 뻗는 어린아이를 보듯 그를 쳐다봤다.

"안됐지만 난 당신이 당신 의지대로 행동했을 때 어떤 일이 벌어지는지 다 알고 있어요."

"그래. 자세히 묻지 않을 거야. 난 궁금하지 않으니 괜찮아."

그러리라고 그녀는 예상하고 있었다.

정점에 있기에 합당하지만, 우두머리가 되어선 안 됐던 사람이었다. 그녀는 이제 확신을 하고 최주상을 그렇게 평가했다. 사람들을 죽음의 구렁텅이에서 건져 올릴 능력은 있었지만, 그들의 삶을 이어나가게 하는 능력은 그에게 없었다.

최주상이 덤덤히 말했다.

"어떤 결말이 오든 상관없어. 살면서 배운 게 한 가지 있다면, 무슨 일이 벌어지든 그건 내가 바랐던 게 아니라는 거야. 설령 네가 바라는 일이 이뤄지더라도 그건 아마 내가 원했던 것과는 한참 다르겠지. 어차피 무슨 짓을 해도 내가 좋아할 수 없는 결말만 온다면, 너라도 만족할 수 있는 결말이 오는 게 나아."

"고마워요. 마음 돌릴까 봐 무서우니 함부로 시간 돌리지 말아야겠네요."

그녀의 진지하지 않은 농담에 그는 헛웃음 쳤다.

"내가 마음 돌릴 기회는 네가 시간 돌리기 전에도 12년이나 충분히 있었어."

"그러게요. 만약 내가 더 과거로 가서 설득하면, 경선산성이랑 화해할 수 있겠어요? 내가 나설 일 없이 최주상의 이름으로, 12년 허비하지 않고 그보다 더 빨리."

"글쎄. 네가 널 볼모로 협박하면 가능성은 있겠다만 아마 화해하는 척만 했겠지."

그는 뒤로 한참 멀어져가는 싱크홀을 돌아보았다.

"산성이 비원은 용서한다 하더라도, 날 용서하진 않을 거야."

"그러게 말이에요. 이경선을 죽였다면서요?"

"이경선만 없애면 경선산성도 사라질 줄 알았어."

"후회해요? 그 시간으로 돌아가게 되면 말려줄 수도 있어요. 성공은 장담 못 하지만."

그는 고개를 저었다.

"이경선이 죽기 전엔 나도 비원도 너무 날 서 있었어. 그 뒤엔 산성이 그랬고."

"그래요. 비원이 죽인 건 이경선뿐만이 아니니까."

"서로가 서로를 죽였지. 우리가 먼저 시작했으니 당연한 거겠지만."

그는 폐 안의 공기를 전부 쥐어짜 내듯 길게 숨을 뱉었다.

"비원이 비원이길 포기하고 경선산성이 이 도시를 나오면 그땐 온 세상이 네 적이 될 거야."

"그러겠죠. 나뿐만 아니라 우리 모두한테 그럴 거예요."

"차라리 예전처럼 사는 게 그나마 덜 끔찍하다고 생각하게 될 거야."

"그럴지도 모르죠. 아닐 수도 있고."

"바깥세상은 우릴 이미 잊었고, 이제 와서 기억하려고 하지도 않을 거야. 숨어 살 유령도시조차 뺏기고 땅바닥에 기어 살 수도 있어."

"예. 하지만 그러지 않게 할 거예요."

"아직 늦지 않았어. 이제라도 마음 돌릴 생각은 없니?"

"아직 늦지 않았는데 제가 고작 그런 결정을 할 것 같은가요?"

그녀는 안심시키듯 그와 시선을 마주했다.

"우린 싱크홀에 떨어져서도 포기하지 않았잖아요. 그러니 싱크홀이 생기기도 전에 포기해버리면 미래의 우리가 분명 화낼 거예요. 난 복원자예요. 먼저 폭발해 다가오는 게 없으면 돌려보낼 수 없어요. 그러니 이번 희망도 부서질 때까지 기다려줘야 해요. 적어도 그

전엔 되돌리지 않을 거예요."

"경선산성이 내게 복수하도록 내버려두는 한이 있어도?"

"네." 그녀는 흔들림 없이 말했다. "제가 함께 복수 당하게 되더라도."

그는 말도 안 되는 소리 말라는 듯 단호한 눈짓을 했다. 하지만 그녀는 늘 그랬듯 진심이었다. 어떤 형태로든 복수는 이뤄질 것이다. 다만 일단 함께 두 발로 일어선 후에 하자고 그녀는 생각했다. 최주상을 향한 복수도, 가면 뒤에서 싱크섹션과 연결돼 있던 이들을 향한 복수도, 우선 이 철장에서 벗어나야 시작할 수 있을 게 아닌가.

그리고 그 복수 역시 아마 이찬이나 정여준만의 영웅담이 되어선 안 되리라고 그녀는 생각했다. 경선산성은 이제껏 비원처럼 리더에게 의존하는 모양새로 성장했지만, 최주상이 홀로 잡아끌었던 비원이 완전하지 못했듯 정여준과 이찬 두 명만이 짊어지는 산성은 견고하지 못할 터였다. 계단을 만드는 건 두 명일 수 있어도 그것을 밟고 올라 탈출하는 건 둘 뿐이 아니다. 모든 사람이 끈질기게 위까지 다다르도록 견뎌내야만 했다. 그들은 함께이되, 종래엔 각자의 방식으로 복수하고 각자의 방식으로 용서해야 할 것이었다.

윤서리는 자기 몫의 복수와 용서를 다른 이들에게 맡기기로 했다. 적어도 복수에 있어선 그게 그녀의 방식이었다.

지금 당장은 그녀 자신이 가장 잘할 수 있는 일에 집중하는 편이 좋았다. 그녀는 이동 경로에 늘어선 잔해들을 움직여 본래 있던 위치로 되돌려놓았다. 몇 달 전에 산성이 비원을 향해 던진 것들이었다. 땅에 흩어진 뒤로 한 번도 남의 손을 안 탄 잔해들은 그녀의 의지를 따라 공중으로 떠올라 차곡차곡 양옆에 늘어섰다.

산성 사람들이 거점으로 이용하고 있는 장소가 가시거리에 들어 오자 비원은 이동을 멈췄다. 대면할 위치로는 지나치게 멀었으나 서로의 능력을 생각하면 가까운 거리였다.

산성 인원의 약 절반은 이미 바깥에 나와 있었다. 여전히 정여준은 현장에 보이지 않았고 이찬이 선두를 지키고 있었다. 비원도 각자의 이동수단에서 내려 열을 맞춰 늘어섰다. 하나같이 긴장하여 뻣뻣한 자세였지만 지난날과는 비교할 수 없을 만큼 느슨한 몸짓이었다.

최주상은 주변에 다가선 사람들을 의식하며 그녀에게 말했다.

"제 할 일이 어떻게 됩니까? 오늘도 이렇게 가만히 서 있으면 되겠습니까?"

"그래. 더는 공격할 의지가 없단 걸 확인시키는 게 오늘의 네 몫이다."

그건 그에게만 해당하는 말이 아닌 비원 전체를 향한 명령이었다. 그녀는 은은하게 웃었고 최주상은 얌전히 시선을 낮추었다.

도시에 들어올 때마다 그랬듯 그들은 가만히 서서 산성을 지켜보기만 했다. 대화를 재개하기 위한 초석이었다. 아무도 죽이지 않을 것이고 아무도 죽지 않을 수 있다는 사실을 산성도 비원도 믿지 못했기에, 그녀는 그들 모두의 상식을 과거 첫 순간으로 돌려놓을 필요가 있었다.

그녀는 잠자코 한 장면이 연출되길 기다렸다. 비원이 아무리 오랫동안 도시 안에 있어도 그 누구도 공격하지 않는 순간을, 정여준이 전투 지원을 위해 뒤에 숨지 않고 앞으로 나타나는 광경을. 그렇게 되기까지 그녀는 몇 번이고 비원과 함께 경선산성을 만나러

올 생각이었다. 피를 건너기 위해 만든 징검다리는 인내 깊게 걸어야 하는 법이다.

도시엔 적막만 감돌았다. 죽음 때문이 아닌 순수한 관찰로 인해 생긴 고요함이었다. 비원은 방어를 위해 산성을 주시했고 산성은 비원이 언제까지 공격 없이 가만히 서 있기만 할지 의심하며 긴장하고 있었다.

그녀는 깨질 듯 말 듯 한 위태로운 평온을 즐기며 상대 쪽을 훑어보았다. 당장에라도 공격할 기세인 이찬의 옆에 조대홍이 있고, 그 옆엔 긴 백발의 노인이 서 있었다. 죽지 않은, 죽을 이유가 없었던 홍정윤이 그곳에 있었다. 선두엔 없지만 건물 안에 김나정도 있을 것이었다. 지난번 진입 때 나정의 얼굴을 확인했으니, 그 사이 산성이 미친 짓을 벌이지 않은 이상 분명 살아있을 터였다.

처음으로 얻은 보상이었다. 그녀는 어서 정여준의 생존도 확신하고 싶어 자꾸만 발을 구르며 시계를 흘끔거렸다.

그 시간 정여준은 구름 아래 서서 그들을 내려다보고 있었다. 격전이 없어 최근엔 자리를 몇 번이나 옮길 필요가 없었고 신경질적으로 꼼꼼히 몸을 숨기지 않아도 되었다. 그는 자주 찾는 익숙한 고지대에 앉아 생각을 이리저리 굴렸다. 딴생각할 여유가 있는 건 좋았지만 멀리 떨어진 장소에서 아무도 움직이지 않으니 어느 편의 동향도 읽어낼 수 없었다. 주변에 건물이 없으면 어느 쪽이 비원이고 경선산성인지 구별하지도 못할 것이다.

문득 그는 그거야말로 과거의 자신이 바라던 형태가 아니었나 생각했다. 비원과 산성을 나누는 의미가 사라지고 서로가 자발적으로 싸움을 멈추는 것. 너무 오랜 시간이 지나 잊고 있었지만 분명 그것이 요원으로서의 그가 바란 이상향이었다. 그는 요원이길 포기한 지금의 자신도 그것을 원하는지 자문해보았다.

너무나도 간절히 원했다. 지나치게 원하는 나머지, 이미 비원과 산성이 싸움을 멈춰가는 중이란 걸 알아채지 못했을 정도로 깊게 바라고 있었다. 그는 비원에 새로운 무언가가 싹을 틔웠음을 확신했다. 이것은 일시적으로 혼란만 주고 사라질 허상이 아니었다. 누군가 뿌린 씨앗이 발아했는지 혹은 저 스스로 돋아난 싹인지 알 길은 없지만, 확실한 건 이건 분명 변화를 가져다줄 종소리라는 사실이었다.

그리고 또 하나 확신할 수 있는 것은 등 뒤로 다가오고 있는 무언가의 존재였다.

슬프게도 그것은 이제 그에게 익숙해진 물체였다. 그는 자신을 향해 빠르게 날아오는 그것을 공중에 멈춰 세우고 돌아섰다. 눈높이에 총알이 떠 있었다.

주변엔 사람이 보이지 않았고 저격이 가능한 장소도 아니었다. 저격이 아니라면 모습을 드러내게 하는 건 그리 어렵지 않았다. 그는 숨어 있는 자를 유인하기 위해 빠른 걸음으로 뒤로 내려갔다.

경중경중 이동할 때마다 뒤를 쫓듯 총알이 따라붙었다. 총알의 주인은 여전히 보이지 않았다. 숙련된 미행 솜씨에 감탄한 그는 순간 제 상황을 잊고 유희를 느낄 뻔했다. 그는 더 빠르게 달려 아래로 향했다.

그는 과자 조각을 늘어놓듯 공중에 총알을 주렁주렁 멈춰놓았다. 지치지도 않는지 새로운 총알이 날아들었고 그는 그것을 가볍게 멈춰 세웠다. 사람이 숨을 만한 장애물이 서서히 사라지자 그는 뒤를 휙 돌아보았다. 반격대상의 모습을 봐두어야 했다.

암살자의 얼굴을 확인한 그는 저도 모르게 멈춰 섰다. 그러나 상대가 멈추지 않고 내달려오는 걸 보고 다시 허겁지겁 밑으로 내려갔다. 그는 달리며 소리쳤다.

"난 당신이 보낸 사람이 온 줄 알았죠!"

탄창을 갈아 끼우는 소리가 들렸다. 정여준이 다시 말했다.

"그런데 당신이 직접 온 줄은 몰랐네요!"

그는 뒤를 보았다. 서형우가 지팡이에 팔을 받쳐 두고 그를 조준하고 있었다. 그는 날아든 총알을 바로 눈앞에 멈춰 세웠다.

"이건 제게 소용없는 거 아시잖습니까, 과장님! 잘못 세운 작전을 아직도 수행하시는 걸 보니 마음이 안 좋네요!"

서형우는 다시 정여준을 따라 달렸다. 지팡이를 질질 끌며 뛰는 모습이, 쫓는 게 아니라 쫓기는 것처럼 보였다.

정여준은 그와 너무 멀어지지 않도록 속도를 조절하며 천천히, 그러나 여유를 잃은 것처럼 움직였다. 쉼 없이 그를 돌아본 탓에 거의 뒤로 달리는 것이나 마찬가지였다.

"목숨을 버릴 각오로 작전에 임하라고 가르치시더니, 상관에게 살해당할 각오도 거기에 포함됐던 건가요?"

그는 대답하지 않고 계속 발포하며 정여준을 밑으로 몰아붙였다. 정여준은 거리를 유지하며 내려가다가 조금씩 사이를 좁히기 시작했다.

"그만두시죠. 지금이라도 멈추면 저도 과장님을 해치지 않고 넘어갈 수 있어요!"

"하하! 정지자가 잘도!"

처음으로 터져 나온 그의 목소리에 정여준은 눈썹을 추켜세웠다. 이제 정여준은 온전히 그를 마주 본 자세로 뒤로 물러서고 있었다. 서형우가 절뚝이면서도 자신이 낼 수 있는 가장 빠른 속도로 달렸기에 정여준 역시 느긋하게 굴 수는 없었다.

"앞에 서 있는 사람을 제대로 보십시오. 그거론 제게 승산이 없어요."

"그래, 당연히 총으론 승산이 없겠지."

갑자기 그는 지팡이를 치켜들고 정여준을 향해 몸을 날렸다.

"하지만 여기로 유인하는 데 쓰는 도구로는 충분해!"

뒤로 물러선 정여준의 한쪽 발이 땅을 딛지 못하고 허공에 붕 떴다. 언덕과 이어진 싱크홀 끄트머리에서 몸이 위태롭게 흔들렸다.

"앞을 제대로 봐야 했던 건 너야, 이 괴물 자식!"

서형우는 미소를 지었다. 지팡이를 쥔 손에 잔뜩 힘이 들어갔다. 정여준이 중심을 잃고 비틀거리는 순간을 놓치지 않고 밀쳐내야 했다. 총질을 해도 소용없고, 불편한 다리를 끌고 직접 대련하기도 어렵다면, 싱크홀 밑으로 떨어트리면 그만이었다. 그는 팔을 쭉 뻗었다. 지팡이 끝으로 정여준을 밀어내기 직전이었다.

그러나 그의 지팡이가 찌른 건 정여준의 가슴이 아닌 휑한 허공이었다.

"어…, 헉!"

그는 숨을 집어삼키며 손을 펼쳤다. 지팡이는 싱크홀 아래로 떨어지며 소리도 흔적도 없이 사라졌다. 그의 발끝은 절벽 가장자리를 긁듯 간신히 닿았다가 안쪽 허공으로 떨어지길 반복했다. 다리는 부들부들 떨리고 머리는 땅보다 싱크홀에 더 가깝게 기울어졌지만, 그는 아래로 떨어지지 않은 채 버티고 있었다.

옆으로 비켜선 정여준이 그의 멱살을 잡아주었기 때문이다.

"오랜만에 뵙네요. 반갑지는 않지만요."

정여준은 눈을 내리깔며 싸늘하게 말했다. 대롱대롱 매달려 땅 끝을 딛고 선 서형우의 눈에 핏발이 섰다. 조금 전까지 암흑 위에 떠 있던 정여준의 한쪽 발은 중심을 잃지 않고 땅으로 고이 돌아와 있었다.

"과장님이 절 여기로 유인할 생각을 하셨으면, 제가 과장님을 유인하고 있을지 모른다는 생각도 하셨어야죠."

서형우는 숨이 차오른 탓에 이를 갈지도 못했다.

"여기 떨어진 적이 없어서 저한테 속으신 거예요. 싱크홀 쪽으로 다가가고 있는 걸 제가 모를 리가 있나요. 이젠 여기서 살지 않는 비원 사람들이어도 싱크홀이랑 가까워지면 본능적으로 피가 굳어요. 조금 과장해서, 우리는 눈을 가리고 산책해도 이 앞에서 발을 멈출 걸요."

서형우는 정여준을 잡아당기기 위해 버둥거렸다. 정여준은 그를 잡은 팔을 쭉 뻗으며 행동과 전혀 어울리지 않는 조언을 했다.

"조심해요."

서형우는 씩씩거리며 정여준을 노려보았다. 그 눈빛에 차마 숨기지 못한 죽음을 향한 공포가 서려 있는 걸 보고 정여준은 통쾌해야 할지 슬퍼해야 할지 알 수 없었다.

"전 당신이 저를 여전히 과거의 후배였던 저, 제자였던 저로 기억해서 그렇게 얕잡아봤다고 생각했어요. 명령만 내리면 아무 생각 없이 따르기만 할 거라고요. 그래서 절 경선산성에 꽂아 넣고 아무렇지도 않게 저를 죽게 하는 작전을 돕게 했구나 싶었죠. 하지만 이런 조잡한 방식으로 공격하는 걸 보니… 그냥 절 그만큼으로도 보지 않으셨던 거네요. 이건 정지자 정여준이 아니라 예전의 어린 요원 정여준이라도 막을 수 있겠어요."

정여준은 한숨을 폭 쉬었다.

"우리가 왜 이렇게까지 당신한테 놀아나야 했죠?"

"살아있는 재앙을 내버려두느니… 차라리 내가 칼을 쥐고 핏값을 뒤집어쓰는 게 나아…."

"아니, 당신한테 변명을 들으려고 물어본 게 아니에요. 저 스스로한테 한 말이었어요. 고작 당신 같은 인간 때문에 우리가 여태껏 비원이랑 싸운 게 억울해서요."

서형우는 낄낄 웃었다.

"나 한 명 때문에 그랬다고? 너희를 아는 게 기껏해야 나 정도라 그런 거겠지. 세상 사람 만 명이 알게 된다면 만 명 모두 너흴 죽이고 싶어 할 거야!"

"…." 정여준은 눈을 굴리며 고개를 기울였다. "동의하지 않지만 일리는 있는 말이네요."

"그럼 대체 왜 그딴 선택을 했지?"

"죽이고 싶어 하는 거랑 죽이는 것 사이엔 엄청나게 큰 차이가 있거든요."

정여준은 멱살을 잡은 손에 힘을 줘 그의 몸을 밀쳤다. 싱크홀 끝에 기대고 있던 그의 발끝이 완전히 땅에서 떨어져 공중에 매달렸다.

"예전에 이런 말을 한 적 있으시죠. 변종들이 만 년쯤 뒤에 나타났으면 그 시대 사람들한테 죽고 당신한테는 죽지 않았을 텐데 하필이면 이 시대에 나타나서 싱크섹션한테 먹히는 거라고. 흥미로운 말이었어요. 지금이 아니면 만 년 뒤에라도 반드시 우리 같은 사람이 생기긴 할 거라고 단정 짓는 것 같은 말투여서. 당신이 싱크홀에 대해 얼마나 알고 있는지, 제가 모르는 진실이 따로 있는지 그건 모르겠지만… 분명 저한테 말하지 않은 무언가가 하나 이상은 있겠죠. 저도 당신한테 말하지 않은 게 있는 것처럼요."

정여준은 그를 잡은 손을 놓았다. 억 하는 비명은 공포에 질려 바깥에 나오지 못하고 그의 목구멍 안쪽에 눌어붙었다.

그가 싱크홀 아래로 떨어지자마자 정여준은 그의 시간을 멈췄다.

"죽진 않을 거예요. 죽고 싶긴 하겠지만요. 거기서 기다려요. 나도 나중에 죽기 전에 내 시간을 멈추고 밑으로 다시 내려갈게요. 그 아래서 긴 대화를 나눠보자고요. 만 년쯤 수다라도 떨다가 바깥으로 올라와서, 그때 세상이 어떻게 바뀌어있는지 같이 구경 좀 해보죠."

서형우는 순식간에 암흑 속으로 사라져 흔적도 보이지 않았다. 정여준이 그의 시간을 멈추지 않았더라도 거대한 검은 입은 그의 비명이 바깥으로 나가길 허락하지 않았을 것이다.

정여준은 그의 멱살을 놓은 손을 꿈지럭댔다. 존재하지도 않는 여섯 번째 손가락을 잘라 떨어트린 것처럼 저릿저릿했다.

싱크홀 안을 휘몰아치던 거대한 바람이 우우 울었다. 정여준은 썩은 사체를 뒤늦게 발견한 것처럼 흠칫 뒤로 물러났다. 공중에 매달아 놓은 총알을 따라 길을 되돌아 올라가니 높은 곳의 바람 소리가 그를 반겼다. 그는 마지막 총알에 쌓인 눈송이를 검지로 쓸었다. 서형우가 처음으로 발포한 탄환이었다. 총알들을 붙잡아뒀던 힘을 푸니 싱크홀까지 이어진 작은 쇳덩이들이 우수수 떨어졌다.

본래 서 있던 장소로 돌아온 그는 아래쪽을 보았다. 눈이 절로 커졌다. 진영에 변화가 없었다. 그들은 여전히 움직이지 않고 그저 서로를 바라보기만 했다. 산성도 비원도 선제공격을 거부하고 있었다. 단지 혹여나 상대편 파쇄자가 공격을 시작할까 두려워하며 긴장의 끈을 놓지 않을 뿐이었다.

이렇게 오랫동안 평형상태가 유지된 적은 없었다. 최근의 비원은 자리에 말뚝처럼 박힌 채 미동도 않았고, 산성은 그것을 온건한 압박으로 간주해 결국엔 공격하곤 했다. 그는 주변을 휘휘 둘러보았다. 친구들로부터 이리도 멀리 떨어진 곳에 홀로 높이 서 있는 건 비원과 산성의 복잡한 움직임을 한눈에 보기 위함이었다. 그는 4년 만에 처음으로 그 전략에 의문을 품었다. 지난 몇 달간, 그러니까 비원의 수장이 바뀐 이후로, 자신이 꼭 이런 곳에서 아래를 내려다봐야만 하는 상황이 있었던가?

그는 단호히 고개를 저었다. 그간 격전은 일어나지 않았다. 홍정윤의 능력만으로도 충분히 방어하고도 남을 정도로 어설픈 싸움만이 있었을 뿐이다. 심지어 멀쩡히 도시 안에 들어와 있는 최주상조차 그를 찾아 헤매지 않았다.

잔잔하다고 생각했던 수면 아래에서 큰 파도가 몰아치고 있었다는 확신이 들었다.

그는 생각했다. 오늘 저들은 움직이지 않을 테고 어쩌면 앞으로도 싸우지 않을 것이다. 이대로 계속, 적어도 서로를 향해서는 공격하지 않고 살 수 있을지도 모른다.

그는 오래전에 숨겨뒀던 꿈이 꿈틀거리는 걸 느꼈다. 이제껏 혼자서만 꿈꿔왔다고 착각했던 소망이었다.

홀로 높은 곳에 서 있을 때가 아니었다. 그는 서둘러 산성이 진을 친 곳으로 내려갔다. 근처엔 총을 들고 쫓아오는 서형우도 없고 우아하게 고개를 쳐든 최주상도 없었지만, 그의 발은 어느 때보다 재빠르게 움직였다.

그가 언덕을 구르듯 뛸 때 윤서리는 초조하게 손목시계를 흘끗거리고 있었다. 정여준이 숨을 거뒀던 시간이 지났다. 그녀는 당장 자리를 박차고 경선산성에 뛰어가 사람들에게 정여준을 찾아보라고 외치고 싶었다.

차분했던 그녀의 얼굴이 일그러진 걸 보고 김현이가 말했다.

"왜 그렇게 안절부절못하세요. 드디어 저쪽을 공격할 타이밍이라도 재고 계신가요?"

최주상의 행동에 맞춰 깍듯함을 연기하고 있지만, 그녀는 윤서리보다는 산성에 정신이 팔린 듯했다. 김현이는 맞은편 진영에서 눈을 떼지 않았다. 그녀는 휠체어 손잡이를 만지작거리며 말했다.

"제가 이러니 우리 사람들도 다 그렇게 생각할 겁니다. 주저하지 말고 당신 옆의 파쇄자에게 공격을 명령하든지, 그럴 생각이 없다면 좀 더 표정을 정돈하는 게 나을 텐데요."

윤서리는 시계를 감싸 쥐고 손을 내렸다. 몇십 년에 걸쳐 거짓말만 하느라 이젠 얼굴에 진심을 드러내고 싶어도 그러지 못한다고 생각했는데, 지금은 지적을 받고도 포커페이스로 돌아가기 힘겨웠다.

무료하게 떠돌던 김현이의 손가락이 움찔했다. 산성 사람들이 양옆으로 천천히 갈라지고 있었다.

김현이가 최주상에게 말했다.

"둘로 나뉘네. 자넨 왜라고 생각해? 난 숨어 있던 나머지 인원이 뒤에서 합류하려는 것 같은데."

"공격을 시작하려는 거겠지. 오늘은 지난번보다 많이 늦긴 했지만 어쨌든 이렇게 될 일이었잖아."

둘의 목소리는 윤서리의 정신에 닿지 않았다. 그녀는 반으로 나뉘는 산성 진영 한가운데를 뚫어지라 보고 있었다. 사람들은 조금 당황한 듯, 그러나 거부감 없이 선선히 몸을 뺐고 가장 앞을 지키고 있던 이찬은 묵묵히 고개를 숙이고 있었다. 마치 뒤를 보지 않아도 무엇이 다가오는지 아는 것처럼.

한 남자가 무리의 가운데를 가로질러 앞으로 나섰다. 정여준이었다.

피 흘리는 반시체가 아닌, 생생히 살아있는 정여준이었다.

"어라." 김현이가 휘파람을 불었다. "웬일이래."

"…됐어."

윤서리가 속삭이듯 중얼거렸다. 그녀는 살아있는 이들과 고요한 도시를 느리게 둘러보았다. 되돌려지지 않고 세차게 흘러가는 시간이 어색하고 감격스러웠다. 그녀는 손목을 두른 익숙지 않은 시곗줄을 풀었다. 시계 알을 들여다볼 일이 더는 없었기에 그녀는 그것을 망설임 없이 바닥에 내던졌다. 이제 그것은 누군가의 초조와 절박함을 빨아먹을 일 없이, 아침 참새의 장난감이 되어 새둥지 정도나 장식할 것이었다.

윤서리가 저를 무슨 심정으로 쳐다보는지 정여준이 알 도리는 없었다. 정여준은 자신의 무리를 시선으로 다독이면서 이찬의 어깨에 손을 올렸다. 이찬은 퉁명스럽지만 불만 없이 말했다.

"굳이 네가 안 나섰어도 별문제 없었을 거야."

"별문제 없으니까 나선 거야."

현장에 정여준이 모습을 드러낸 걸 보고 거점에 몸을 숨기고 있던 사람들이 하나둘 나오기 시작했다. 그는 그들이 비원 앞에 서는 걸 말리지 않았다. 마지막으로 나정이 얼굴을 빼꼼 드러냈다. 아이는 어른들의 싸움을 구경하려는 게 아닌 단순한 바깥 산책하러 나가는 듯한 몸짓으로 걸어 나왔다.

과거 어느 한때 나정이 했던 말이 시간을 넘어 메아리치듯 정여준의 귀에 울렸다. 아이는 지금보다 더 어렸고 그는 경선산성에 투입된 지 얼마 지나지 않은 때였다. 열대야에 모두가 잠 못 이루던 밤, 불꽃놀이용 화약을 구해다 터트려 노는 이찬을 다들 구경하고 있었다. 하늘 위 별처럼 무구히 빛나지 못하고 금세 사그라지는 불꽃을 보며 나정은 이렇게 말했다.

"아주아주 오랜 시간이 흘러서, 땅이 바다가 되고 산이 모래밭이 된 먼 미래에… 만약 그때도 이 별에 사람이 살고 있다면, 어쩌면 우리가 저주하는 저 싱크홀에 흐르는 바닷물을 보려고 사람이 몰려들지도 몰라요. 세상에서 가장 거대하고 완벽하게 둥근 폭포를 구경하기 위해 들뜬 마음으로 여행 짐을 싸고, 어린 꼬마가 아버지 어깨에 올라타 폭포를 향해 손을 뻗고… 검은 구멍이 아닌 푸른 절벽 앞에서 웃으며 친구들과 사진을 찍는… 그런 날이 언젠간 올지도 모르죠. 우리는 보지 못하겠지만 누군가는 그럴 수 있을 거예요…."

정여준은 생의 첫 순간으로 돌아간 것처럼 웃었다. 눈을 깜빡일 때마다 눈꺼풀 안쪽의 어둠에서 그 여름날의 불꽃이 반짝이는 것 같았다.

그는 사람들을 향해 외쳤다.

"비원에서 공격하면 제가 막을 테니 안심하고 계세요! 대신 이번엔 우리 쪽에서 공격하는 것도 제가 막겠습니다. 위험한 상황이 아니면 지금까지 그랬던 것처럼 대기해 주세요!"

항변하는 사람은 없었다. 그는 이찬을 지나쳐 앞으로 나갔다.

"얘. 어쩌려고 그러니. 뭘 하려는 거야?"

홍정윤이 조심스럽게 물었다. 정여준은 자신이 낼 수 있는 가장 다정한 목소리로 답했다.

"폭포를 만들려고요."

그는 그대로 비원을 향해 성큼성큼 걸었다. 홀로 다가오는 그를 보며 비원이 술렁였다. 정확히 무슨 일이 벌어지고 있는지 아는 이는 아무도 없었다. 윤서리와 정여준조차 앞으로 어떤 일이 벌어질지 알지 못했다. 그러나 윤서리는 한 가지는 확신할 수 있었다. 영원히 시간을 돌려도 바꿀 수 없을 것만 같았던 한 사람의 운명이, 장고의 인내 끝에 드디어 변화를 받아들였다.

"비원!" 윤서리가 소리쳤다. "지금까지 싸웠던 시간보다 더 오래 대화를 나눌 것이다! 내가 용서받고 돌아올 때까지 죽지 말고 여기 있어라!"

사망의 낙인을 떨쳐낸 정여준을 보며 그녀는 심호흡했다. 울고 싶지 않아서 그녀는 웃음을 터트렸다. 눈송이가 콧잔등에 내려앉아 햇살처럼 녹아내렸다.

그녀는 가슴을 쭉 펴고 걸음을 디뎠다. 정여준의 유언이었던 마지막 말을, 그러나 이제는 유언이 아닌 한 문장을, 그녀는 승리감에 가득 차 그에게 소리쳤다.

"무사해서 다행이다!"

10
당신이 모르는 이야기

사박사박 눈 밟는 소리가 들렸다.

실제로 그 소리는 전혀 나지 않았다. 단지 그가 걸음을 떼며, 정상적인 곳이었다면 눈 밟는 소리가 나겠지 하고 허구의 소리를 멋대로 상상해 들을 뿐이었다.

그는 주머니에 손을 푹 찔러 넣고 한참을 걷다가 멈춰 목을 꺾으며 끙 소리를 냈다. 그리고 새하얀 도시를 다시 가로질렀다. 익숙한 장소였으나 익숙해지기 어려운 장면이 펼쳐져 있었다. 하늘 위로는 연기가 뭉쳐 있고 길바닥엔 시신이 나뒹굴었다. 무장한 사람들이 점점이 열을 지어 그를 맞았다.

시체를 건너뛰며 걷던 그는 어떤 이의 뒷모습을 발견하고 걸음을 빨리했다. 다가가 얼굴을 보니 예상했던 사람이었다.

자기 자신이었다. 최주상이 눈을 부릅뜬 채 우두커니 서 있었다.

최주상은 눈앞의 최주상을 손으로 쓸어보았다. 촉각 같지 않은 촉각이 손끝에 느껴졌다. 그의 앞에 있는 또 다른 자신은 굳어있었다.

그뿐 아닌 모든 것이 하나같이 멈춰 있었다. 있는 힘껏 내달리던 사람들도, 고통을 호소하며 버둥대던 부상자도, 하늘 위 연기도, 아래로 데굴데굴 굴러가던 조약돌도 전부 멈춘 채였다. 눈송이가 허공에 점점이 매달려 온 사방에 장식물처럼 박혀있었다. 그는 입술 끝에 닿은 눈을 만져보았다. 눈은 녹지 않았다.

이것이 어떤 상태인지 그는 알았다. 이미 겪은 바가 있었다.

"아무리 당신이라도 이건 건드리지 못할 거라고 생각했어요."

그는 목소리가 들려온 곳을 향해 뒤돌았다. 시간을 멈춘 장본인이 땅바닥에 아무렇게나 주저앉아 있었다. 정여준이었다.

"그래도 만약 누군가 여기 들어올 수 있다면 그건 당신밖에 없겠다고 생각했는데, 정말이네요. 진짜 징글징글하게 대단하세요. 여기 올 생각은 어떻게 했어요? 내가 여기 있는 줄 어떻게 알았나요?"

"…이상하게 생긴 게 사라지지도 않고 자꾸 눈에 거슬리니까 일단 와봤지. 네가 있을 줄은 몰랐다. 이런 곳인지도 몰랐고."

"겁도 없으셔라. 어떻게 들어온 거예요? 공간을 깨트려서?"

"존재하지도 않는 공간을 어떻게 깨트려. 여기랑 저기 사이에 있는 벽을 부숴서 들어왔지. 틈새가 조금만 더 좁았어도 눈치채지 못했을 거야."

"와, 당신… 당신 귀신도 볼 줄 알죠? 당신은 귀신도 부술 수 있을 거예요. 이런 인간이랑 싸우면서 4년을 버텼다니 역시 할 짓이 못됐어요."

"그러는 너는 세상 하나를 통째로 귀신으로 만들어버렸는걸. 여긴

405

대체 어떻게 생겨 먹은 데야? 무슨 상황이지?”

“보는 그대로예요. 제가 시간을 멈췄어요.” 정여준은 우물거리며 말을 골랐다. “정확히는 제가 죽기 직전의 순간이에요. 시간을 흐르게 하면 전 바로 죽을 걸요.”

“넌 살아있어. 조금 전에도 네가 갖다 준 사식으로 점심을 해결했다고. 설마 그 정여준은 다른 정여준이라는 끔찍한 소리는 마라.”

“그 정여준도 저랑 같은 사람이에요.”

“덜 끔찍하지만 기분 나쁜 건 마찬가지네. 네가 시간을 멈췄는데 저쪽은 어떻게 멀쩡히 돌아가는 거야?”

“그쪽은 이쪽이랑 분리됐거든요. 저는 여기에 있지만, 아까 말씀하셨던 대로… 여긴 그쪽 기준으론 존재하지 않는 공간이니까요.”

“정지자가 그런 짓도 할 수 있나?”

“정확히는 정지자와 복원자의 합작이죠. 의도한 건 아니지만.”

최주상의 미간이 좁혀졌다. 정여준은 눈을 굴리며 천천히 말을 골랐다.

“으음… 얘기가 긴데, 일일이 전부 말하지는 않을게요. 화내는 당신이랑 대화할 자신은 없거든요. 내가 시간을 멈춘 순간 서리 씨가 시간을 돌려버렸어요. 내가 먼저 멈췄거나 서리 씨가 먼저 되돌렸다면 둘 중 하나만 일어났겠지만… 동시에 힘이 부딪치니 어쩌겠어요. 멈추는 동시에 돌아가야 한다면, 둘 다 존재하는 수밖엔 없겠죠. 참 고지식하면서도 유연하지 않나요?”

“그 애가 네 앞에서 시간을 돌렸다고?”

“날 구하려고요. 예. 고맙게도. 덕분에 나 말고도 더 많은 사람이 살 수 있었죠. 이러나저러나 서리 씨는 신가영이 아니라 윤서리로 살아가는 게 자연스러운 것 같아요."

"…그 애에 대해 얼마나 알고 있는 거지?"

"글쎄요, 꽤 많이? 좀 봐주세요. 여긴 저 말고 모든 게 멈춰 있다고요. 그쪽 세상 돌아가는 거라도 구경하지 않으면 심심해서 미쳐버릴 걸요. 서리 씨랑 당신들이 만들어가는 미래가 궁금하기도 하고. 유일한 유희란 말이에요."

"그렇게 지루하면 그냥 시간 풀어버리고 진짜로 죽어버리지그래."

정여준은 알 듯 말 듯 한 미소를 지었다.

"그럴 생각이었죠. 처음엔 그럴 예정이었는데… 멈춘 시간을 풀어놨을 때 서리 씨 시간대가 어떻게 될지 모르겠어요. 이쪽이랑 그쪽이 완벽하게 분리됐다는 확신이 안 섰어요. 서리 씨는 시간을 계속 돌려가면서 엄청 열심히 살고 있었거든요. 만약 시간을 풀어버려서 모든 게 내가 죽는 순간으로 억지로 돌아가고, 그간의 노력이 다 헛것이 되면… 그럼 너무 가엾잖아요."

"너 때문에 시간을 돌리느니 차라리 노력이 헛것이 되는 걸 잠깐 견디는 게 나을 것 같은데."

"견디기 쉽지 않을 걸요. 서리 씨가 나 때문에 시간을 돌리면서 산 시간은 백 년이 족히 넘어요."

분노에 휩싸였던 최주상은 바로 이어진 정여준의 말을 듣고 입을 다물었다.

"즉, 나는 백 년째 죽어있는 거예요." 그는 자리에서 일어나 몸을 틀어 뒤를 보았다. "아니, 내가 아니라 우리가 백 년 동안 죽어있는 거겠네요."

최주상은 정여준의 뒤편에 있는 투명한 껍질 너머를 보았다. 희미하게 사람이 비쳤다.

정여준이었다.

그 정여준의 뒤에 정여준이 보이고 그 뒤에 다시 정여준이 있었다. 아득한 현기증에 최주상은 자리에 쪼그려 앉았다. 수백 수천의 정여준이 각기 다른 시공간에 저마다 홀로 갇혀 최주상을 보고 있었다. 공간의 막에 가로막힌 그들은 투명한 창살 밖에 일렬로 늘어선 죄수 같았다.

최주상이 탄식하듯 말했다.

"저놈들 전부… 자기 쪽 시간을 멈춘 거냐?"

"미련하죠? 이곳에 갇히고 나서야 알게 된 사실이지만요."

윤서리가 목적에 실패해 시간을 돌릴 때마다 그 모든 순간의 정여준은 예외 없이 시간을 멈췄다. 고정된 시간은 하나씩 늘어나고, 윤서리와 정여준의 명령을 모두 따라야 했던 시공간은 매 순간 갈라져 분열했다. 과거가 반복되고 멈춘 시공간이 늘어감에 따라 그곳에 갇히게 되는 정여준도 늘어날 수밖에 없었다.

결국, 윤서리가 그를 살리는 데에 성공하고서야 외로운 반복도 끝을 맺었다. 최주상이 마주하고 있는 건 가장 처음으로 복제된 정여준이었다. 그의 뒤편, 수없이 겹쳐진 껍질 안쪽에는 무수한 정여준들이 자신을 제 공간에 가두고 다른 공간의 정여준을 인식하고 있었다. 멈춘 채 지속되는 한없는 시간을 감내하며, 살아있는 동시에 죽어있기를 선택한 것이다.

최주상은 저마다의 공간에 홀로 남겨진 그들을 막막하게 바라보았다. 정여준과 정여준을 갈라놓은 시간의 장막들이 무수히 겹쳐져서 반투명한 호두 껍데기처럼 보였다. 가장 멀리 떨어진 최후의 정여준은 너무 까마득해서 보이지도 않았다. 그는 안쪽의 수많은 정여준을 상상했다. 무심하고 뻣뻣한 자세, 메마르면서도 온화한 표정. 그런 것들은 눈앞에 그려지듯 떠올랐다. 그러나 그곳에 고립된 채 바깥에서 반복되는 모든 답답한 시간들을 홀로 지켜보았을 고독은 쉬이 상상되지 않았다.

정여준이 허탈하게 웃었다.

"차라리 서리 씨를 처음 만난 그 날 바로 죽였다면 난 이렇게까지 되진 않았겠죠. 솔직히 아주 잠깐은 그렇게 생각하기도 했어요. 하지만 어쩌겠어요. 나는 이미 서리 씨를 알고 있고… 내가 그 사람을 다치게 내버려두는 건 불가능한걸요."

정여준은 제 뒤에 보이는 자신의 얼굴에 손을 가져다 댔다. 수면에 얼굴을 비쳐 보이는 듯 부드러웠지만, 물이 아닌 유리로 가로막힌 것처럼 그의 손은 장벽을 통과하지 못했다.

"생명은, 스스로를 복제하는 시스템…. 이경선 님의 의견이 이런 식으로 증명되네요. 초능력을 가져다준 우리 안의 이 에너지는 생명력을 가지고 있지만 생명은 아니죠. 하지만 세포로 호흡을 하진 못해도… 본디 복제돼선 안 될 것을, 이런 식으로 복제해내는군요."

최주상은 혀를 찼다.

"어리석은 것도 정도가 있지. 멍청한 짓을 했네."

"그러게요. 하지만 어디 나 혼자 그러겠어요? 자기가 죽이려고 했던 남자를 살리려는 여자가 더 어리석을까요, 자기를 죽이려고 했던 여자를 살리려는 남자가 더 어리석을까요. 그리고 둘 중 누가 됐든 당신만 하겠어요? 여기서 거기 돌아가는 꼴을 보아하니 당신은 둘 다 해당되는 인간인데."

"그래 봤자 너처럼 자기를 복제하지는 않았어."

"나라고 내가 복제될 줄 알았겠나요. 죽기 직전에 미련이 좀 남아서 잠시 시간을 멈췄을 뿐인데, 같은 일을 겪은 수천 명의 내가 생기게 될 거라곤 꿈에도 몰랐죠."

정여준은 정여준들이 갇혀 있는 공간의 반대쪽을 보았다. 가장 바깥 공간보다 더 바깥에 있는 곳, 최주상이 온 공간이었다. 살아있는 정여준과 윤서리가 보였다.

정여준은 입김을 불듯 조용히 말했다.

"저쪽의 정여준이 너무 부러워요."

"…사정은 대충 이해한다만 내 원망은 마라. 똑같은 사람 수천 명의 원망이라니, 꿈자리가 아니라 지옥자리까지 사나워지겠어. 여기서 일어난 일은 난 모르는 일이야. 현실은 하나다. 너는 다 기억할지 몰라도 너한테 일어난 일들은 실제론 일어나지 않은 거라고."

"그래요. 내가 여기 머물러있는 건 당신 때문이기만 한 건 아니에요. 그리고 서리 씨가 시간을 돌렸기 때문만도 아니죠. 계속 시간을 멈춘 내 탓이기도 합니다."

"…."

정여준을 빤히 쳐다보던 최주상은 턱을 빳빳이 치켜들고 말했다.

"내가 이 공간 전부 부숴줄까? 존재까지 싹 다. 그럼 너도 덩달아 조용히 죽을 수 있을지도 모르잖아. 시간 멈춘 걸 풀지 않고도."

"시도해봤나요?"

"아니. 당연히."

"그럼 저쪽에 있는 서리 씨가 기억의 변동 없이 안전히 살 수 있다는 확신이 있나요? 시간을 돌리기 전의 첫 지점으로 돌아가지 않고?"

그 말을 듣자마자 최주상은 정여준을 도울 생각을 지웠다. 그러나 그는 드러내지 않고 대충 대답했다.

"글쎄. 해봐야 알겠지."

"그럼 됐어요."

바라던 답이 나오자 최주상은 멋쩍게 뒷목을 긁었다. 정여준은 자신이 닿지 못하는 바깥공간을 바라보며 말했다.

"이게 운명 때문인지, 법칙 때문인지는 모르겠지만… 어쨌든 한 군데라도 어디에선가는, 시간이 제대로 흘러야지요."

"그래서 여기 계속 있겠단 거냐?"

"예."

"…그래, 난 그럼 간다. 너무 오랫동안 얼굴 쳐다봤더니 속이 안 좋아. 여기 정체가 뭔지 확인했으니 볼일은 끝났어."

"안전히 돌아가세요. 저쪽의 저를 잘 부탁할게요. 가끔 혈압 높여 줄 말동무가 필요하면 언제든 와서 토론하다 가도 좋아요."

"스트레스 발산용으로 두드려 팰 샌드백이 필요하면 찾아오지."

최주상은 뒤돌아서려다 멈칫했다.

"그럼 대체 내가 여기 없을 땐 혼자서 뭘 하고 있겠다는 거야?"

"지금까지 해온 거랑 똑같죠. 저쪽의 서리 씨랑 내가 죽는 순간을 기다리는 거예요. 꿈꾸는 사람이 죽으면 꿈도 사라질 테니까…. 그때까진 그쪽 세상을 지켜보면서 한가하게 시간 보내보죠, 뭐. 당신들이랑 서리 씨를 구경하는 건 꽤 즐겁거든요."

최주상은 심기가 불편한 듯 인상을 찌푸렸다.

"그렇다고 하니 그러마 하겠는데, 왜 이렇게까지 하는 거지? 가영이… 윤서리를 저기 살려두려고 왜 그렇게까지 견디는 거야?"

정여준은 눈을 동그랗게 뜨고 최주상을 보았다. 그리고 먼 바깥에 환영처럼 스쳐 지나가는 윤서리의 모습을 보고, 다시 그를 향해 고개를 돌렸다.

"왜겠어요?"

정여준은 미소 지었다.

최주상이 그를 완전히 처음 보는 낯선 이로 느낄 만큼 찬란한 미소였다.

"왜겠어요."

〈끝〉

돌이킬 수 있는

초판 1쇄 발행	2018년 12월 5일
초판 17쇄 발행	2025년 1월 15일

지은이	문목하
펴낸이	박은주
디자인	김선예, 이수정
마케팅	박동준

발행처	(주)아작
등록	2015년 9월 9일 (제2023-000057호)
주소	07236 서울특별시 영등포구 의사당대로 38 102동 1309호
전화	02.324.3945-6 **팩스** 02.324.3947
이메일	arzaklivres@gmail.com
홈페이지	www.arzak.co.kr

ISBN	979-11-89015-38-1 03810